上册

寒光里 著

关于邻居有『公主病』这件事情，我无可奉告

青岛出版集团 | 青岛出版社

图书在版编目（CIP）数据

关于邻居有"公主病"这件事情，我无可奉告 / 寒光里著. -- 青岛：青岛出版社，2025. -- ISBN 978-7-5736-2744-5

Ⅰ.Ⅰ247.5

中国国家版本馆CIP数据核字第2024ZL3682号

GUANYU LINJU YOU "GONGZHU BING" ZHE JIAN SHIQING, WO WUKEFENGGAO

书　　名	关于邻居有"公主病"这件事情，我无可奉告
作　　者	寒光里
出版发行	青岛出版社（青岛市崂山区海尔路182号）
本社网址	http://www.qdpub.com
邮购电话	18613853563
责任编辑	刘萍萍
特约编辑	徐晓辰
校　　对	李玮然
装帧设计	蒋　晴
照　　排	梁　霞
印　　刷	三河市良远印务有限公司
出版日期	2025年1月第1版　2025年1月第1次印刷
开　　本	16开（640mm×920mm）
印　　张	39
字　　数	658千
书　　号	ISBN 978-7-5736-2744-5
定　　价	69.80元（全2册）

编校印装质量、盗版监督服务电话 4006532017　0532-68068050

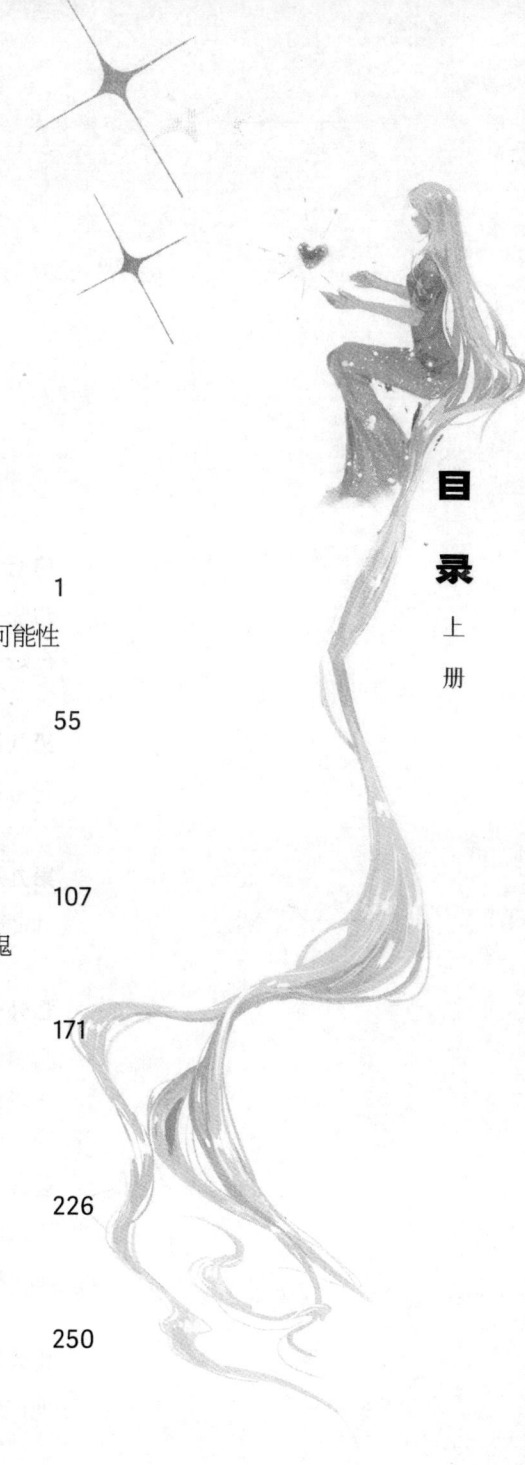

目录 上册

第一章　　　　　　　1
谢源否认他和蒋意有谈恋爱的可能性

第二章　　　　　　　55
蒋意是个不大真诚的姑娘，
但谢源有点儿喜欢她

第三章　　　　　　　107
谢源连表白的时候都是傲娇鬼

第四章　　　　　　　171
蒋意暂时不想让谢源知道
她家里的一团乱麻

第五章　　　　　　　226
谢源等不及 B 市的初雪了

第六章　　　　　　　250
蒋意遍历了身边最亲近的人，
只有谢源爱她，而她也爱他

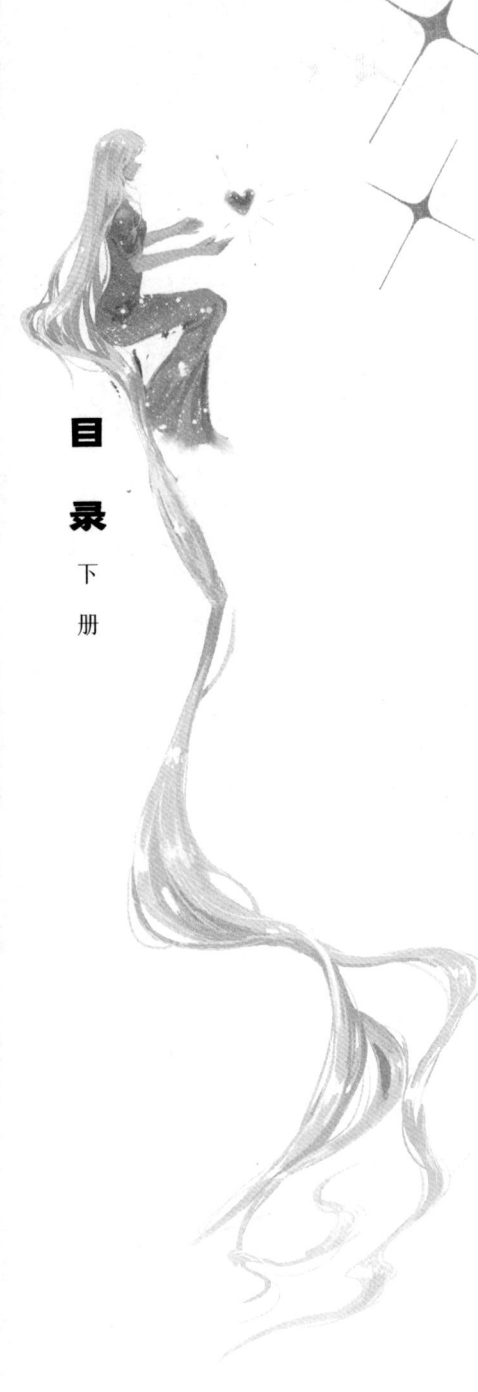

目录

下册

第七章   317
谢源一直陪在蒋意身边，
在她假装自己不痛苦的时候

第八章   364
蒋意只在乎谢源的未来

第九章   410
"同学，你要不要和我结婚？"

番外一   459
蒋意和谢源经历了
一场漫长的双向暗恋

番外二   590
谢源的爱是蒋意想要的爱情，
她争取了，然后得到了

番外三   605
他们的孩子在慢慢长大

第一章
谢源否认他和蒋意有谈恋爱的可能性

又是一年硕博毕业季。

今晚是组里惯例的毕业生欢送聚餐会,从导师到本科刚进组的师弟师妹都会参加,给实验室里即将离开校园走进社会的硕士和博士毕业生践行。

蒋意没有提前到场的观念,照旧慢悠悠地踩着点到。

出租车把她送到饭店门口。

她下车,高跟鞋稳稳地落在人行道的透水地砖上。她拿着手机,屏幕是通话界面。她打出去两通电话,都是打给谢源的,都没人接。

这男人肯定是故意的。蒋意若有似无地笑了一声,眉眼弯弯。

她往前走了几步,转眼便看到熟人。研一小师弟谷雨正在饭店门口停他那辆捷安特牌的山地自行车。

师弟研一课多,不常来实验室。每次他看见蒋意都会脸红。

蒋意换上笑眯眯的表情,走近他。

"谷雨——"

她的尾音转了一圈,飘散在夜风里。

谷雨猛地抬头,看清楚来人是蒋意之后,脸顿时涨红了。

蒋意五官柔和,神情是恰到好处的亲切。谷雨眼睁睁看着她越走越近,满脸通红,结结巴巴半天没问出声好。

蒋意脸上的笑意更甚。

"走吧,我们一块儿上去。"她拉开饭店的大门,微微侧了侧头,示意谷雨跟上。

包间里,谢源坐在圆桌旁边玩着手机,脸隐隐有点儿黑——每个人进来跟他打过招呼之后会跟一句:"蒋意人呢?"

他回答:"她还没来。"

反复几次,但凡是个人都会没耐心。

他也就不明白了,他们为什么都默认他能知道蒋意的行踪呢?他们真把他当成蒋意的用人了?

比如现在,博三师兄张鹏飞从旁边那桌招呼完走过来,跟谢源点头致意,紧随其后就说:"蒋意呢,怎么没看到她?你们俩不是一块儿来的?"

谢源闭眼,眼看着就要发飙,张鹏飞连忙按住他:"行,我闭嘴,我不问了。"

还算张鹏飞有眼色。

在谢源彻底失去耐心之前,蒋意终于姗姗来迟。她推门走进来,身后跟着一个脸几乎熟透的师弟谷雨。

没人关心他们俩为什么一块儿出现——蒋意一出场,谁还管她后面跟着谁。

蒋意长得漂亮,今天尤其好看。她一身宝蓝色的收腰长裙,穿了双高跟鞋。她脸上妆容明艳,过肩的鬈发一看就是精心打理过的。

她一出场,甚至还有师兄鼓掌起哄。

博士师姐发挥同性别的优势,在包间门口就拦截住了蒋意,搂上她的腰,想要领着她到她们那桌去坐。

蒋意摇头:"我要坐那儿。"

她指着谢源旁边的位子。

谢源压根儿就没看她。

师姐还想说什么,但蒋意已经挥手跟她们说"拜拜",然后拎着包往谢源那桌走去。

师姐看蒋意的背影,表情俨然是"自家白菜自愿送上门被猪拱,没救了"。

蒋意这棵水灵灵的小白菜,是铁了心要栽在谢源身上,其他人拦都拦不住。

谢源就在那儿坐着,面无表情。哪怕蒋意已经走到他的跟前,他也没有分给她一个眼神。

蒋意莞尔,手臂搭上他座位的椅背,慢悠悠地挑眉翘唇,俯下来靠近他,存在感极强。

一阵香气扑在谢源的脸上,谢源面不改色。

"谁惹你生气啦?"

谢源不接话。

蒋意瞥了一眼谢源旁边的空座位:"这个位子是你特意留给我的?"

谢源没好气:"不是,是我气压低、脾气坏、人缘儿差,没有人肯坐在我旁边。"

坐在谢源另一侧的师兄听到这话,"扑哧"一下笑喷了。

蒋意探头,甜甜地跟师兄打招呼:"师兄好。"

"你好,你好。"

她抚了抚谢源的肩膀,像在给狗顺毛,然后在空座位上坐下:"是就是了,干吗红着脸不好意思承认啊?你给我特意保留座位,我会很开心的。"

说完,蒋意还意味深长地看了他一眼。

谢源看不出脸红,反而有点儿脸黑。他抱起手臂,眯起眼睛,把蒋意平时的神态学得有七八分像:"我脸红了吗?蒋意,我怎么觉得是你脸红了呢?你不热啊?"

他扫了一眼她脖子上戴着的丝巾,挑眉。

她确实有点儿热,这包间里空调开得不足。蒋意轻哼一声。

谢源转头看她:"不装淑女了?"

她闻言,故意乖乖地仰起脸朝他笑了笑,跟他唱反调。但是她随后不耐烦地摘掉丝巾的动作,还是暴露出其骄纵的本性。

谢源终于满意了——他就是看不惯蒋意在别人的面前装乖,在他这里使性子。

蒋意把丝巾团了团,随手往包里一塞。她放的时候没注意,丝巾没彻底塞进包里,而是往旁边一歪,落在了地上。谢源看到了。

有强迫症的人看不得这种事情,他觉得烦。

他盯了地上那条丝巾两秒钟,还是没忍住,长臂一伸,把丝巾捡起来,重新叠了一下,然后再放进她的包里——这回总算顺眼了。

他的动作没逃过蒋意的眼。她扬起唇角,心情大好。

谢源知道她在笑他,觉得更烦了。

导师李恽教授到场，简短发言过后，晚餐正式开始。

蒋意坐在谢源旁边，各种折腾他。

喝完面前高脚杯里的饮料时，她推推谢源，谢源跟李恽说着话，顺手拿起饮料瓶给蒋意续上；想要吃什么菜但是夹不到的时候，她还是推推谢源，下巴朝着想吃的那道菜轻轻扬了一下，谢源接过她的筷子就替她夹了——而且蒋意连一句谢谢都不说。

桌上大家都忍着笑，看他们俩之间的小动作。平时大家在同一个实验室待着，抬头不见低头见的，相互之间没什么秘密，所以基本上都知道蒋意和谢源之间的这点儿"过节儿"。但师弟谷雨刚进组半年，研一忙着上课，没什么工夫天天来实验室泡着，因此不清楚蒋意和谢源的状况。

他此时此刻坐在桌子对面，眼睛简直快要看呆了。他悄悄问旁边的张鹏飞："蒋意师姐这么厉害吗？她居然能使唤得动谢源师兄？"

谷雨记得，进组第一天，负责带他的博士师兄特别嘱咐过，组里谢源师兄虽然智商高、长得好，但是脾气差、嘴巴毒，所以有事没事最好不要拿傻瓜问题去麻烦谢源师兄，因为肯定会被骂回来的。

张鹏飞忙着干饭，头也没抬："他们俩的相处模式就是那样。"

总而言之，蒋意撒娇爱闹腾，谢源容易黑脸，却被蒋意拿捏得死死的，日常就是被蒋意各种使唤。

这种情况已经严重影响到了实验室里各位单身人士的心理健康。不过，好在这两个人今年就要毕业了。

李恽待到七点半就撤了，走之前交代组里年资最深的两个博士生把一群师弟师妹照顾好："你们盯着点儿。我看王飞和高金伦这俩小子都喝飘了，有事给我打电话。"

"行，老师您放心。"

导师一走，包间里气氛更加欢快。

谢源中途出去接了一个电话，回来的时候，看见蒋意朝他招手。

"干吗？"

他注意到蒋意的眼神特别亮，警觉地拿起桌上蒋意的高脚酒杯闻了闻。果不其然，杯子里盛的已经不是果汁，而是白葡萄酒。

他瞥了她一眼："少喝点儿，喝多了没人管你。"

蒋意摇头："我没有喝多，一点点。"

她伸出手指比画了一下。

谢源把她的手拿开："有事说事。"

蒋意戳了戳谢源的硅胶手机壳："谢源，我们要毕业了，你就没有什么话想要对我说吗？"

她说完以后就安安静静地看着他，仿佛真的在等他的回答。

但谢源没什么情调："别矫情。"

他边说还特意把自己的手机放远了，不让蒋意玩他的手机壳。

蒋意："狗嘴里吐不出象牙。"

谢源听见了她的小声嘀咕。她这话等于骂他是狗，但他没有要生气的意思，盯着桌上剩下的菜。

要毕业了，这件事情对他来说没什么真实感。读研跟工作，这差别说大也不大。他无非就是换个地方，每天上下班呗。

他不需要什么过渡期，也没什么话要对蒋意说。他融不进毕业季的离愁别绪里。

师姐走过来找蒋意："到我们那桌去聊会儿？"

蒋意这次答应得很快，拿起杯子跟师姐走了。谢源身边难得清静下来——也就安静了一小会儿，师兄张鹏飞就坐过来找他说话。

谢源最近一年跟张鹏飞合作比较多，在国际会议上连续合作发了两篇文章。两个人私下也熟，互相碰了碰杯子，就算是送上前程似锦的祝福。

他们聊了几句未来工作发展的事情。

"到时候指不定我还要找你拿内推，别拒绝啊。"

旁边那桌，师姐们揽着蒋意在自拍。蒋意被师姐们抱在怀里，又甜又乖。

谢源往那儿看，张鹏飞也跟着把视线移过去。

张鹏飞话题一转："我记得你跟蒋意本科就是同学吧。"

谢源没否认，他和蒋意本科四年同专业、同班，研究生三年同课题组、同导师——孽缘。

张鹏飞又问："你跟蒋意现在是什么情况？"他指了指不远处的谷雨，"人家小师弟刚来半年，刚才问我：'蒋意师姐和谢源师兄是在谈恋爱吗？'"

谢源皱眉。

没等他澄清，张鹏飞接着说："我也就纳闷儿了。你说你这几年，拿快递、买奶茶、订机票、修电脑、养猫养狗……光是我知道的就有这么多事情，你全部都给蒋意干过，就算是二十四孝好男友也做不到这种程度吧。"

谢源听得脸色铁青。如果不是师兄记性好，他还真的不知道，原来自己帮蒋意做过这么多的事情。

"人家小师弟进实验室才多久啊，连他都看出来了。你别跟我说，你和蒋意还只是普通同学关系——"

谢源打断张鹏飞，再一次严肃澄清："我跟蒋意没关系。我们没有在谈恋爱。她就是一个被宠坏的公主。"

张鹏飞没往下接话，只是笑。

谢源凉凉地瞥他一眼："你笑个什么劲？"

"一直以为你们俩能成。"张鹏飞面露遗憾，"早知道当初我就自己铆足劲追蒋意了。可惜了。"

谢源闻言，把张鹏飞从头到脚打量了一遍。

张鹏飞笑骂："你这什么眼神啊？"

谢源淡定回应："你们俩不搭。"

张鹏飞推了他一把："你这德行。"

这还没完，谢源勾起嘴角："你可得想好了。如果你跟蒋意谈恋爱，那么拿快递、买奶茶、养猫养狗，这些活就全是你的了，你能干得了吗？"

张鹏飞听到这话，先是一愣，随即琢磨出点儿东西："行，知道你小子能干，这活就你能干，满意了吧？"

张鹏飞真拿这个臭小子没办法——刚才信誓旦旦说跟蒋意没有关系的人是他，现在这副不肯撒手样的人也是他，张鹏飞都不知道应该信哪一句。

张鹏飞强行跟谢源勾肩搭背："我跟你讲，蒋意师妹这种类型，出了校园，追求者起码能多排几条街。别的不说，咱们实验室里，谁还没喜欢过蒋意，是吧？你看师姐师妹都天天嚷嚷着要跟蒋意贴贴。小师弟刚进来，一看蒋意就脸红，就你不解风情。"

谢源把张鹏飞的胳膊拿开。

他在现在坐的位子抬头就能看到蒋意。师姐和师妹一人一边揽着蒋意的肩膀，有说有笑。感应到他看过去的目光，蒋意朝他眨了眨眼。

谢源觉得头疼——蒋意是什么类型？他只知道，她在他这里属于小恶魔类型，还是那种嘴里长獠牙、脑袋长角、后面长尾巴的恶魔。他不幸遇上了，就该躲得越远越好。

聚会结束。

这顿晚餐吃到将近十点，众人还觉得时间过得太快，意犹未尽。过了今晚，他们中的一些人就真的要告别校园，去闯荡社会，很多事情都会和

· 6 ·

现在不一样。很难说未来是会更好还是更坏，但这是他们必须要走的路。

谢源站起身，环顾四周。他看见蒋意还扎在师姐师妹堆里，俨然一副"团宠"宝宝的模样。他瞥了一眼身旁座位上挂着的羊皮链条包，蒋意的丝巾从包链敞口的地方露了出来。

她一直这样，没有要看好自己的随身物品的习惯。得亏这几年小偷儿少，要不然，光是补办学生证这一件事，谢源估计他就得替蒋意跑断腿。

师兄走过来问他要不要一块儿打车回学校。

谢源摇头："没事，不用管我。我今晚回家住，不回学校。"

谢源是B市本地人，家就在这里。

"行，那你路上注意安全。"师兄走开去照顾别的同门，留下谢源。

谢源在手机上叫了一辆出租车。很快有司机接单，五分钟之后到。

谢源拎起蒋意的链条包，往女生那桌走去。没等走近，他先注意到了桌上空掉的几个葡萄酒瓶。

谢源蹙眉："这是喝了多少？"

师姐看看师妹，师妹看看师姐，没人自告奋勇回答谢源的问题。只有蒋意微微仰起头盯着谢源，一点儿也不怕他。

谢源黑着脸盯回去。

盯人游戏对于蒋意来说稍稍有点儿幼稚，她很快不肯再玩。

"我只喝了三杯红酒。"她眨了眨眼睛，反问谢源，"你喝了几杯酒？"

她眼睛又圆又亮，兴致很好。

谢源："我没喝酒。"

"为什么不喝酒？你对酒精又不过敏。难道你今天吃头孢了？可是你最近也没有感冒啊。"她说话语调怪可爱的，抑扬顿挫。

她还会胡搅蛮缠，看起来应该是没喝醉。谢源做出判断后，也就懒得再理她，把链条包交到她手上："拿好自己的东西。"

从他的视角看，蒋意乖乖地把包拿稳了。谢源微不可察地扬了扬薄唇。

"我先走了。"他跟周围人打了招呼，然后迈步朝外面走去。

蒋意立刻拿上手机跟上去，朝师姐师妹挥挥手："我也走啦。"

谢源走得快。等蒋意追下楼，他已经站在马路边上了，正在跟张鹏飞闲聊。

蒋意没着急走近他们，把链条包挂在臂弯里，借着饭店门前的深绿色邮筒倚了一会儿。深夜街头的风把她的脑袋吹得很清醒。

她的视线没有离开过谢源。

跟张鹏飞聊了几句，谢源看似漫不经心地往马路上张望出租车的时候，顺便回头瞥了一眼饭店门口的方向。四目相对，他被蒋意抓了个正着。

蒋意扬唇明艳一笑。谁说他不在意她？他这不是还记挂着吗？她不在，他就会下意识地找她。

蒋意慢悠悠地走向谢源。

谢源回头张望蒋意却被她抓包，心情很难愉快。

他先开口："我跟你不顺路，你自己打车。"

"为什么不顺路？你去哪儿？"

"我回自己家。"

"那我先送你回你家，然后再让出租车师傅送我回学校。"蒋意对着谢源露出整齐的牙齿，笑得灿烂，"这样就顺路了。"

张鹏飞在旁边忍笑忍得辛苦。

蒋意眼神一转，没让他置身事外——看热闹总归是要付出一点儿代价的。她笑嘻嘻地看他："师兄，你说，我讲得对不对？"

张鹏飞被问到，连连点头："师妹说得对，你们俩顺路。谢源，你就捎蒋意一段路呗。"

谢源："……"

出租车很快就到了。蒋意拉开后座的车门，率先坐了进去。谢源认命地刚要拉开副驾驶座的车门，却被蒋意拉住手臂。

"你陪我坐在后面嘛。"

谢源拍掉蒋意的手，但还是坐到了后排。

张鹏飞憋着笑，隔着车窗跟他们两个人挥手说"拜拜"。

谢源上了车跟出租车司机说："师傅，麻烦先去T大，送个人。"

"行。"

谢源跟司机交代完，就戴上蓝牙耳机，低头看手机，摆明不想搭理蒋意。

车子行驶在路上，一盏盏路灯不断地向后飞掠。

蒋意只安静了一小会儿，很快又出声打扰谢源的清静。

"谢源。"她用手指戳他的胳膊。

"干吗？"

蒋意："我明天就退宿离校了。"

谢源头也没抬："行李自己搬。"

蒋意："我不是说这个。"

谢源把视线从手机屏幕上抬起来，看着蒋意。她不是想说这个，还能说什么？

谢源的视力好。借着窗外的路灯，他看到蒋意眼睛里轻轻晃动的零碎光亮，像是一潭湖水，涟漪阵阵。

谢源的心忽然柔软下来。

她应该确实有话想说，最后却没有说出口。

"算了。"她先泄气了，然后扭过头看着窗外。

谢源盯着她，觉得她此时有点儿无精打采，让人想要摸摸她的脑袋。

他分辨不出蒋意此刻情绪低落，究竟是因为酒精上头感到疲惫，还是为了别的什么事情而难过伤心。

谢源挥开这种怪怪的感觉——关他什么事？

他将眼神落回手机屏幕上，可是偏偏注意力怎样都集中不起来，真是让人烦躁。

T大离聚餐的饭店很近，十几分钟的车程也就到了。

出租车停在蒋意的宿舍楼下。

蒋意下车前，终于恢复了一点儿平时的神气，使唤谢源替她做事："你明天帮我办理退宿呗。"

谢源："退宿单需要本人签名。"

蒋意："你帮我代签一下呗，生活管理园区的老师又不知道我的签名应该是什么样子的。"

她说的是实话。谢源也被她说服了，正准备答应，就听见蒋意改主意了。她说："算了。我明天下午要去实验室把剩下的东西拿走，你那时候把退宿单拿给我吧，我直接签好名字给你。"

她不是商量的口吻。

谢源："行。"

他已经不指望蒋意能"自己的事情自己做"，就当是行善积德吧，反正也要毕业了，以后再也不用被蒋意奴役。

等到蒋意走进宿舍楼，谢源对司机说："师傅，开车吧。"

第二天下午。

谢源到实验室的时候，蒋意人不在。他放下包。

他的工位对面就是蒋意的桌子，她的东西都已经被装进纸箱里了，现在桌上空空如也。

大四保研的学弟早就提前预订了位子，就等这届毕业生搬走东西，腾出地方。

谢源盯着蒋意的空桌子看了一会儿，发现自己竟然快要想不起来她的桌子原来是什么样子的。

他记得，她的桌上好像有几盆仙人掌。她从来都不浇水，但仙人掌凭着顽强的生命力仍然活得很好。她还有一个很漂亮的笔筒，笔筒里面插着各种颜色的水笔，但她从来不用，而是借给别人，甚至某段时间，整个实验室的人用的笔都是蒋意的笔筒里的。

现在，这些回忆都被收进纸箱里，堆在蒋意的工位旁边。

原来几年的回忆拢共只占这么点儿空间，谢源这才终于有了要毕业的真实感。

他出去洗了下手。等他回来，蒋意终于露面了。她蹲在地上，正低头在看箱子里的东西，身上鹅黄色连衣裙的下摆堆在地上。

谢源留意到她的头发，上面的头发扎起来，下面的头发披着——她给他科普过，这叫公主头。

谢源绕过她，回到自己的位子上。她还是没有注意到他。

谢源低咳一声，蒋意猛然抬头。

"谢源——"她朝他露出明媚的笑脸，看着挺假的。

谢源慢悠悠地点了点头，表示听见了她的问候。

蒋意站起来，走到谢源跟前，理所当然地伸出手。

谢源稍稍抬起头，盯着她的脸："什么事？"

他明知故问。

蒋意："退宿单。"

谢源长臂一挥，把桌上的文件袋打开，抽出一张A4纸。蒋意接过A4纸，但是没走，直接占用谢源的桌子和笔，"唰唰"地把退宿单填完。她猛一下靠近谢源的时候，他闻到了她身上淡淡的香水味道。

"你帮我交了，还有钥匙。"她把宿舍钥匙也留在谢源的桌上。

谢源没说好，也没说不好，蒋意当他默认了。

她走回对面，接着整理自己的工位。她不知道从哪里找出来一盒巧克力，把手里那盒还没有开封的巧克力递到谢源手上。

谢源挑眉：什么意思？这是哪儿翻出来的临期食品？她这是把我当成活体的厨余垃圾桶？

蒋意："这是我送给你的离别小礼物，很好吃的。"

她用手肘撑着自己的办公桌，上半身几乎探到谢源这侧来："谢源，我会很想你的。"

她注视着他，脸上绽开甜甜的温柔的笑容——她很会利用颜值优势。

谢源脸上的笑意一晃而过。

"你笑什么？"蒋意歪头看他，眼神直白而明亮。

"没什么。"谢源瞥了一眼那盒巧克力，"就是觉得，认识你这么久，难得听你说句人话。"

蒋意皱了皱鼻子。人长得漂亮，怎么折腾表情都是好看的。她表示不满："你这是什么话？我每天都说人话。我不说人话，说的是什么啊，难不成还是喵星人的语言吗？喵喵喵？我倒是可以说，你听得懂吗？"

谢源不跟她胡搅蛮缠，拍了拍巧克力盒子，言简意赅："谢了。"

蒋意这才满意，露出笑脸。

"找搬家公司了吗？"谢源难得关心她。

蒋意摇头。

谢源就知道。他把手机拿起来，不紧不慢地说："那你把你新家的地址发给我。宿舍的东西多吗？一辆货车应该都能装下吧。"

刚好他这两天也在忙着搬家的事情。他在公司附近租了房子，把东西从寝室搬了过去。正好，这套流程他现在熟得很，同样的搬家服务给蒋意照搬一套就行。

蒋意摇头："不用啦，我都弄完了。"

谢源明显不信。

"是真的。"她又强调了一遍。

不知道为什么，听到她这么说，他反而还有点儿空落落的感觉。但他随即把这个念头挥开，觉得自己可能是被她虐出了毛病，都快成受虐狂了。

"行。"他回答道，"走之前记得再仔细检查一遍，别落下东西。这次我可不会再帮你把东西送上门了。"

谢源先把东西收拾好，没有留下来等蒋意。他也确实没有义务等她。再说，他还得帮她去交退宿单和宿舍钥匙呢。

从楼梯往下走的时候，他突然想起来，自己好像还没有问过蒋意她毕业后去哪家公司上班。

不过这也不重要。蒋意多半跟他一样，拿了算法工程师的 offer（录用通知），入职某家科技巨头。他们赛道相同，不管去哪里工作，以后总有机会再见面的。

　　楼上，蒋意用气泡纸把马克杯严严实实地包好，然后放进包里。

　　师姐从洗手间回来，看到蒋意，跟她打了声招呼，然后关心地问了她毕业后的去向。

　　"蒋意，你后来签了哪家的 offer？"

　　蒋意："原视科技。"

　　"那谢源呢？"

　　"他跟我一样，也去原视科技。"

　　师姐挑眉："可以啊。你们俩这算不算再续前缘？"

　　蒋意微微一笑，没有反驳。

　　谢源从学校搬出来后，立马搬进了他在公司附近租的公寓。

　　他周一入职。周五连着周末，他把这三天作为调整期，从学生的角色过渡到上班族。其实他就是忙里偷闲，稍微歇几天。

　　周日下午，谢源买了菜，准备做一顿丰盛的晚餐。

　　他预先把食材处理好，然后下楼倒了一趟垃圾。

　　他下楼的时候，楼道里空空如也，很整洁。等他倒完垃圾上楼，楼道里多出了一个大箱子。

　　送货员扶着箱子，正在手忙脚乱地打电话。他看到谢源从电梯里走出来，顿时眼睛一亮："先生，请问您是 1702 室的住户吗？"

　　"不是。"

　　谢源住 1701 室。

　　他瞥了一眼 1702 室紧闭的大门。他签合同的时候，中介告诉他，隔壁 1702 室也在挂牌招租，没想到这么快就有住户了。

　　不过这也很正常，这附近的房子一直很抢手，住在这里的基本都是在隔壁园区的互联网公司上班的员工。

　　好房源只要一腾出来就会马上被抢着租下，根本不愁租。

　　谢源穿过走廊，走到自家门口。他没兴趣跟新邻居见面寒暄。

　　良好的邻里关系应该是互不打扰。

　　这时候，送货员手里的电话终于打通了。

　　"您好，请问是蒋女士吗？您购买的洗碗机已经送到您家门口了。对，您在家吗？方便出来签收一下吗？"

　　蒋女士……谢源开指纹锁的手蓦地停顿。这个姓氏，这个性别——他心里"咯噔"一下,蒋意那张脸从他的脑海里飘过。

不可能!他马上把这个荒谬的念头挥掉。他应该不会这么倒霉,姓蒋的人很多,他的邻居只不过刚好也姓蒋而已。隔壁住的肯定不是蒋意,一定不是!

谢源拉开门,刚要走进去的时候,1702室的门也开了。

一个熟悉的声音钻进谢源的耳朵——

"哦,谢谢。你有笔吗?我签名签在哪里?"

这个声音——谢源猛地回头:"蒋意?"

他感觉眼前一黑——邻居就是蒋意。

蒋意穿着灰色卫衣、黑色运动长裤,头发扎成高马尾辫,一副靓丽又舒适的模样。听到有人叫她,她从门里探出脑袋。看到是谢源,她对他露出灿烂的笑容:"哈喽,谢源。"

谢源咬牙。

真是活见鬼了,她怎么会在这儿?她怎么会住在1702室?

他紧绷着脸,心情很难说好。

蒋意跟谢源打了一声招呼,然后继续跟送货员说话:"您帮我把洗碗机搬进来吧。嗯,放在旁边就行。谢谢。"

送货员只负责送货,不负责安装。他把箱子搬进蒋意家,然后收起签收单离开。

谢源看着送货员进电梯,然后目光转向蒋意,是审视的眼神。

蒋意:"好巧呀!"

谢源没有从蒋意的脸上看到一丝一毫的意外,仿佛他住在她隔壁是再正常不过的事情。

这像是一场有预谋的犯罪,经不起细究。

谢源的脸色越来越难看。

蒋意站在家门口。她和谢源正相反,她的心情好得没话说。她翘起嘴唇,笑吟吟正要说话的时候,谢源迅速把门关上。

"砰"的一声,好一个闭门羹,走廊里的声控灯"啪"的一声亮了。

有人明显生气了。

蒋意笑了笑。没事,来日方长。

人是下午遇到的,说不定晚上她就会跑过来打搅他。谢源实在太了解蒋意,边做饭边候着蒋意登门骚扰他。

· 13 ·

果不其然，傍晚五点半，谢源在厨房里刚把炖松茸鸡汤的火调小，就听见有人按门铃——他不用想就知道是谁。

门铃响了好几声，按门铃的人锲而不舍。谢源不想给她开门，但是门外按门铃的人显然耐心十足。

最后谢源妥协，走过去开门。大门打开，门外站着的是蒋意。

她还是穿着那身卫衣和长裤，但是头发披下来了，脑袋上戴着一个软绵绵、毛茸茸的粉色兔子发箍。

谢源盯着那个兔子发箍，隐隐觉得头疼，额头上的神经"突突"地跳。

他用手臂撑着门框，不给她放行。

"你这算扰民了。"他指了指门铃。

蒋意："这一层就我们两户，楼上楼下隔音也很好，我反正没有扰到我自己，我打扰到你了吗？"

谢源觉得答案显而易见，但是跟蒋意耍嘴上功夫没有意义。谁能比有公主病的人还刁蛮？

谢源抬起下巴，俯视她："什么事？"

蒋意举起手里拿着的东西："我来拜访我的邻居，送上小礼物。"

谢源不管她要送什么，一概不收。他不想跟她建立"互帮互助"的友邻关系。

读书的时候已经上当受骗了，现在他想重新做人。

"没正经事我关门了。"

"哎哎哎！"蒋意拦住谢源的手臂。

谢源的眼神扫过去，蒋意松手。

蒋意露出可怜的眼神："我一个人套不了被套。"

谢源："你可以只盖被芯。"

他准备关门。蒋意再次抱住他的手臂，这回说什么都不肯放手："不要嘛。只盖被芯，那样多奇怪。"

她在撒娇，谢源觉得头更疼了。

"再说了，我买的被套超级舒服的。如果一次也不用，那多浪费啊。谢源，我就借你一小会儿。你这么厉害，肯定三下五除二就把被子套好了。之后我请你吃饭，餐厅随便你挑。"

谢源不为所动，手指戳了戳她的脑门儿，威胁说："再不松手，我关门夹你的手了啊。"

蒋意祭出大招："谢源，你怎么这样啊？好歹我们也是这么多年的同学了，现在又是邻居，你不能见死不救吧？"

蒋意上纲上线，道德绑架，套个被套的事情，都能被她上升到"见死不救"的程度。她胡搅蛮缠的功力越发见长了。

谢源只能庆幸，还好他们这里是两梯两户的格局，同一楼层没有其他住户。要不然有人撞见这副场景，估计要脑补出一场爱恨情仇的大戏。

他认命："带路。"

蒋意表情瞬间乌云散开："我就知道，谢源最好了。"

谢源黑着脸："不是真心的话就不用说了。"

谢源跟着蒋意到她家。

她这边的公寓格局和他那儿是完全对称的。她的公寓看起来很明显是现代风格的装修，跟她脑袋上那个粉红色的幼稚的兔子耳朵发箍完全不搭。

蒋意把谢源带到卧室里。

谢源穿着自家的拖鞋，站到蒋意的卧室里，其实有点儿怪怪的，这里毕竟是女生的卧室。

蒋意的卧室里有一股淡淡的香味，像大自然里的植物，又像新鲜的水果。这可能是某种香薰或者香水的味道，很好闻。

谢源摸了摸鼻子。

被芯和被套扔在床上，一看就有与人搏斗过的迹象。

谢源稍感安慰：好吧，这至少说明蒋意还尝试过自力更生，而不是一上来就找他帮忙。

他让蒋意站到旁边："看好了。"

两三分钟的时间，他一个人轻轻松松就把她的被子套好了。

"看清楚了吗？"

蒋意乖巧地点了点头。

"学会了吗？"

蒋意继续点头。

谢源微微勾起嘴角，然后迅速把刚套好的被子又给拆了，拆的速度比套的速度还快。

蒋意瞪大眼睛，来不及拦他："你干吗？"

谢源把被芯和被套分开在放两边，抱臂，示意蒋意上去："换你来，我验收一下你的学习效果。"

"你……"蒋意快要气得脑袋冒烟，"谢源，你真是没救了。"

哪有他这样做事情的？她是找他帮忙套被套，不是找他教她套被套。

谢源靠着墙壁，夸张地笑了两声，把话丢回去，催促她："你要是学不会自己套被套，才真的是没救了。蒋意，快点儿。"

蒋意的公主脾气压不住了。她跳上床，捡起床上的鹅绒枕头就往谢源的脑袋上扔。

谢源稳稳接住："再闹就把你的枕头没收了，你今天晚上睡地板。"

"谢源！"

两方僵持不下。

谢源："你快点儿，我家里还炖着汤呢。"

蒋意的眼神动摇了——有戏。

谢源抓住机会："你把被子套套，我把汤给你盛一份。"

用食物哄人，他不知道这招对蒋意有没有效果。

蒋意盯着他看了一会儿，讨价还价："你管我的晚饭，我就去套被套。"

"行。"

蒋意走到床边，慢吞吞地拿起被芯的一角。谢源拎着她的枕头，站在旁边监工。

蒋意不擅长做家务，但是智商在线。套被套也不难，所以她学得很快。谢源刚才只演示了一遍，她就基本学会了。

她花了十多分钟套好被套，也差不多没脾气了，一屁股坐在床上，头发乱糟糟的，像爹毛的猫咪，发箍上的兔子耳朵也耷拉下来。

谢源轻笑一声。

她受打击的模样还挺可爱。

他替她把枕头摆好。

"这不是挺能干的吗？"他难得心情好，所以这句话算正儿八经夸她。

蒋意瞥了他一眼："你别把我当成小朋友哄。"

谢源吐槽她："小朋友都比你擅长做家务事。"

蒋意轻飘飘地哼了一声，没有还嘴。

晚餐时间，蒋意堂而皇之地出现在谢源家里。

谢源端着热腾腾的一锅松茸鸡汤从厨房里出来，见蒋意盘腿坐在客厅地板上，正在研究柜子上的音响，什么忙也不帮，像个甩手掌柜。

谢源其实早就琢磨过来了，他在套被套这件事情上面压根儿没有赢过蒋意——明面上看，他确实让蒋意自己动手套完被套，可也同样赔上了一顿晚饭，而且蒋意还顺理成章地进了他家的门，怎么看都是她赢得多。

他想骂人……算了，他犯不着跟蒋意斤斤计较，不值得。

他摆上碗筷："蒋意，洗手吃饭。"

他觉得自己像蒋意的妈。

蒋意站起来，熟门熟路地找到了洗手间。

谢源见到此情此景，几乎可以预见到未来的一段时间里，蒋意不会让他过上轻松的生活。

他现在重新找别的房子，还来得及吗？

晚饭吃得差不多了，谢源开始算账，用指节在餐桌上有节奏地敲了两下。蒋意拿筷子正在戳碗里的鸡肉，没有理睬他。

谢源居高临下，锋利的眼神像是在审讯疑犯："讲讲吧，你怎么想到把房子租在这里？"

谢源冷脸的时候很有威慑力，换作其他人早就露怯了，但是蒋意不怕他。她放下筷子，手掌向上撑着脸，饶有兴致地盯着他："我还想问你呢。谢源，你是不是舍不得我，所以特意搬到这里，继续跟我做友邻？"

她像是眼神带着钩子，甚至要把谢源盯到脸红。

谢源有一种冲动，想把她面前的碗筷直接没收。

她吃着他做的饭，嘴里却没一句实话，可见蒋意没有良心。

"蒋意——"他警告她。

蒋意满脸写着无辜，仿佛是他在冤枉她。要不是她在谢源这儿早就积累着一大堆的黑历史，他几乎都要相信她是无辜的了。

他忍住脾气，青筋"突突"地跳。

蒋意破功，"咯咯"地笑起来："好吧好吧，不逗你了。是HR（人事）推给我几个房屋中介。他们给我推荐的这套房子，说是房龄很新，装修很好，而且还是两梯两户，低密度住宅。我看了觉得很合适，所以才决定租在这里。"

她列举的这几项原因很有说服力，谢源也正是看中这几条优点而决定把房子租在这里。

他姑且当作真的是巧合，放她一马。

蒋意提到HR，这提醒了谢源。他继续问："你接下来去哪里上班？"

"你这么关心我呀？"她正经不过三秒钟，随手从盘子里挑了一颗青提，"原视科技。"

果然……谢源闭上眼。他就知道，蒋意跟他签了同一家公司。

· 17 ·

人在倒霉的时候,连喝凉水都会塞牙缝。他嫌蒋意有公主病,结果怎样都避不开她。

蒋意一边吃着青提,一边观察着他的反应,然后故作惊讶:"不会这么巧吧,难道你也去原视科技?那我们以后就是同事啦?"

谢源冷笑,看她表演:"蒋意,你这反应有点儿假。"

他既然拆穿了,那么蒋意也就没有必要接着装模作样。她挑眉笑了笑,一脸无所谓。

"是吗?"她声音轻飘飘的,"我还觉得自己演得挺到位的呢。"

谢源的脸色沉下来——她知道怎样惹他不快。

蒋意拿着调羹慢悠悠地舀着小碗里的鸡汤。她承认:"好吧,我其实早就知道你拿了原视科技的 offer,但我去原视可不是因为你。"

谢源板着脸:"我也没这么想。"

他没那么自以为是,非要觉得蒋意故意追着他跑。

蒋意朝他眨眼:"那就好。"

谢源正色道:"蒋意,我事先跟你约法三章,你在公司里别有事没事招惹我,我们划清界限。"

划清界限——他说得一本正经。

蒋意想要逗他,歪着脑袋想了想,故意顺着他的话说:"对啊,我们又不在一个组里。哪怕我想招惹你,应该也没这种机会吧。"

谢源:但愿如此。

谢源冷淡地移开眼,但旋即抓到她话里的重点:"等等,你连我在哪个组都知道?"

"对啊,你在广告算法组嘛,没错吧?"

谢源沉着脸,不想承认她说的是对的。她怎么什么都知道?

蒋意补充道:"是鹏飞师兄跟我说的。"她把张鹏飞卖掉了。

谢源就知道,张鹏飞是个大嘴巴,口风最不严实的就属他。

蒋意:"我在数据算法组。"

谢源:"谢谢告知,我不感兴趣。"

蒋意哼了一声:没劲的家伙,没意思。

她想笑,但是忍住了,没有笑。如果她现在笑出声的话,谢源肯定要气死了。

周一,新员工正式报到的日子。

统一的入职培训安排在七楼会议室，各个部门的新人都要参加。

谢源推开门，一眼就看到了蒋意。

蒋意晃荡着一双长腿，衬衫、短裙加过膝袜，长鬈发快要及腰，打扮得像一个二次元少女，外搭的黑色休闲外套被她随手扔在包上。

美而自知的人最是招摇，会议室里的人，有意无意地全在看她。谁也不会相信，穿成这样的她是程序员，正儿八经的算法工程师。

谢源目不斜视，径直走到蒋意后面一排，找空位子坐下。

他刚刚坐定，前面的蒋意就动了。她扭头看了他一眼，眼神意味深长。谢源被她看得心里发毛，顿时警惕起来。

蒋意扬唇笑了笑，把头转回去。但谢源仍然不能放松警惕，好在他左右的座位都有人坐着，蒋意没有可乘之机。

十点，入职培训准时开始。

各部门轮流上台介绍组织架构与职权划分。一段段的 PPT（幻灯片）宣讲结束。中场休息时，HR 开始分发个人信息申报表："麻烦各位现在填一下，有星号的是必填项，填完之后请交到我这里来。"

蒋意撑着脸颊，回头瞥了眼谢源——她的手里空空如也。

谢源顿时领会蒋意看上他手里的签字笔了——无用的默契。

怎么会有人第一天来公司上班，包里连一支笔都不带？蒋意就能干出这种事情。

谢源刚要把手里的签字笔递过去，有人抢先献殷勤——坐在蒋意旁边的男生主动与她搭话："你用我的笔吧。"

蒋意笑了笑，说"好"，接过水笔的时候说了句"谢谢"。

男生一脸雀斑，满脸雀跃，脸有点儿红："没关系。"

谢源摩挲了一下笔杆子，签字笔在他手里转了两圈。他没吱声。

借笔是打开话题的第一步。

"我叫陈天傲，是市场营销部门的应届生。"

"我是蒋意。"

谢源坐在后面，一边填表格，一边听前面两个人的对话——挺没营养的。

他迅速填完申报表，然后起身把表交到前面 HR 的手里。往回走的时候，他看到蒋意抬起眼睛，朝他慢悠悠地、轻巧地笑。

她笑个什么劲？她不是跟那个市场营销部门的应届生聊得挺开心的吗？

· 19 ·

统一的入职流程走完，各组的老大接走自己的新员工。

蒋意的临时同桌——市场营销部门的陈天傲要走了。蒋意把水笔还给他，但他没要："没关系，你拿着吧，我还有。而且，今天第一天入职，待会儿肯定还有很多别的东西要填写，身边没有笔不方便，你用吧。"

多么热心肠的人士。谢源的眼神在两个人身上转了一圈。

一批人走了，会议室里空出很多位子。谢源旁边的位子就空出来了。

蒋意起身，换到谢源的旁边坐下。谢源没搭理她。

"干吗不睬我？"蒋意把脸凑得离谢源很近。蒋意的这张面孔太漂亮，也太具有攻击性，乍一看让人晃眼，让人脸红心跳。

不过，谢源早就习惯了，此刻面不改色。

"谢源，难道认识我很丢人吗？"

不是丢人，是烦人。

他不说话，她就换一种方式招惹他——用水笔的屁股戳谢源的桌子。

"嗒嗒——嗒嗒——"

"啪——"谢源突然摁住她手里的笔，掌缘碰巧擦过她的指腹，一瞬间感受到的是温温软软的触感，并不像她本人张扬又做作的性格。

谢源一脸高深莫测，把笔没收。

蒋意支起手臂，仰起脖子，饶有兴致地追着看他："你摸我的手干吗？"

谢源想用胶带把她的嘴巴贴起来。好在她的声音不大，除了谢源，没人听见她说话。

谢源瞥了她一眼："蒋意，你还记得你昨天答应过我什么吗？"

蒋意："你是说昨天晚上吗？"

她的咬字重音落在"晚上"这个时间词上。再正常的话，被她说出来，总是显出若有若无的暧昧来。

谢源顿时不想说话了。

蒋意慢条斯理地挂起笑容，还要准备说什么，突然被人点名。

"蒋意！"一个高高壮壮、三十五岁左右的男人站在会议室门外，与蒋意对上眼神，示意蒋意跟他走。

数据算法组的老大朱伟星，蒋意认识他，她面试的时候，他是最后一轮技术面试的面试官。

蒋意进了数据算法组，现在朱伟星是她的直线主管。

· 20 ·

"走吧。我带你去我们组里。"

蒋意拎着包，拿上外套跟着老大出去。

谢源终于获得清静，故意无视了蒋意出门时朝他挥手再见的动作。

老大带着蒋意在组里转了一圈，给她安排好工位，然后给她介绍组里各个面孔，再简单说明了一下组里的组织架构、业务链，以及目前正在推进中的几个项目。

在蒋意来之前，组里只有一位女同事张辛迪。

"嘿，蒋意，叫我辛迪就好。"

组里整体的氛围很不错，工程师文化氛围非常浓厚。

蒋意一整天主要负责熟悉组里的工作流程。老大派给她几个任务，难度都不大，以便她能迅速跟上组里的工作节奏。

傍晚六点，老大拍了拍蒋意的桌子："下班吧。新员工第一周不加班。"言外之意，这种优待只在第一周才有，她从第二周开始就要疯狂加班了。

"明白。"蒋意收拾好东西，跟同事们说"拜拜"，然后下楼取车。

她在等电梯的时候，拿出手机，登上 Teams（一款团队协作办公软件）看了一眼谢源的状态。

他还在线，说明还在工作。他真是一个工作狂，第一天上班就加班。她要是老板，肯定要给他颁发好员工奖。

蒋意把手机塞回包里。

算了，不想他的事情了，谁让他几次强调，从今以后和她"划清界限"呢？不解风情的家伙。

"叮"的一声，电梯到了，蒋意昂首走进去。

随后几天，蒋意都没有碰上谢源。她蓄意守株待兔，但始终没有逮到"谢兔子"。由此可见，哪怕既是邻居又是同事，他们也不一定就能天天见面。她甚至都没有搞清楚谢源每天几点出门上班，几点下班回家——他把行迹隐藏得太好了。她甚至怀疑，谢源是不是故意在躲她。

他现在肯定开心死了。

好烦，她好不容易和谢源做邻居、做同事，结果现在连面都见不到。这算哪门子的邻居、哪门子的同事？这还不如以前读书的时候呢。

蒋意狠狠瞪了一眼 1701 室的大门——她真的好想去挠谢源家的门。

工作日，午休时间，蒋意和组里同事吃过午饭回到办公室。

办公室里飘着一群瞌睡虫，阳光正好的午后，催人犯困。

蒋意没有午睡的习惯，也不准备占用休息时间赶手头的工作。她拿着咖啡进了静音舱，耳朵戴上降噪耳机，与世隔绝。

她的闺密屠令宜远在 S 市，掐着点打来电话，问她第一周工作的心得体会。工作本身其实没什么好聊的，尤其她们两个人不是同行。蒋意是算法工程师，通俗来讲就是程序员，而屠令宜是杂志周刊的娱乐版记者。她们俩从事的职业可谓风马牛不相及，因此二人关于工作的事情聊不了多久。

二人聊着聊着，屠令宜的话题跑到了感情生活上面。

屠令宜问起谢源的近况："你和你那位二十四孝男同学，最近进展怎样？你们都已经毕业了，你该不会还对他念念不忘吧？"

屠令宜其实从来没有见到过谢源本人，但这并不妨碍她对蒋意和谢源之间的事情了如指掌。这大概是她身为娱乐版记者的职业本能。

蒋意晃着咖啡杯，不紧不慢地说："也没有到念念不忘的程度，你别把我形容得像一个变态花痴一样，好吧？不过，我和谢源现在是同事兼邻居。"

"邻居？"屠令宜大吃一惊。

蒋意和谢源做同事，她还能够理解。毕竟他们俩是研究生同学，就业方向基本差不了多少，而这几年头部几家科技企业给校招生开的薪水很高，所以他们会进同一家公司是再正常不过的事情，但是成为邻居是怎么办到的？

"你们两个这么有缘分的吗？这么凑巧的事情都能被你遇上，你赶紧去买彩票吧。"

蒋意露出微笑。屠令宜隔着手机，看不到她的表情。

蒋意："其实这也不是什么小概率事件吧，我和谢源都在公司附近找的房子。而且，当时签完 offer 之后，HR 就给我推荐了几个房屋中介，我想谢源应该也是这样吧。既然中介是同一群人，那么他们手里的房源肯定差不多。

"再加上，我知道谢源这个人最怕麻烦，他大概率会选择租两梯两户的房子。凭这几条场外信息，我能选中他隔壁的房子，好像也没什么难度。"

她把整件事情说得太容易了，但是屠令宜仍然觉得不对劲——哪怕像蒋意说的，谢源会倾向于租两梯两户的房子。可是，蒋意怎么保证他们正好就租在同一个小区、同一个单元楼、同一层呢？总不会那一整片区域，拢共只有那个小区、那个单元楼、那一层有两梯两户的房子在招租吧？

屠令宜第六感非常敏锐，一下子发现了端倪。

在屠令宜的再三逼问下，蒋意索性松口承认："好吧，好吧，我给中介塞钱了，行了吧？"

她当时找房子的时候，直接问中介，谢源租在哪里。

起初中介拿职业道德说事，愣是表示自己不能泄露其他客户的隐私。但是蒋意把佣金往上抬了几个点，摆足了冤大头的架势。

然后，中介就很爽快地达成了这单不道德的交易。

中介告诉蒋意，谢源还没有做出最终的决定，但是他目前正在考虑的两套房屋隔壁恰好都空置，正在招租。中介保证让蒋意能和谢源成为邻居。

最终，蒋意心想事成。

屠令宜就知道，这才像是蒋意干出来的事情嘛——但凡是能用钱解决的问题，蒋意绝对懒得找第二种方案。

屠令宜在电话那边直拍大腿："小意，你太阴险了！"

蒋意也笑："这就算是阴险了？"

拿铁的香气在静音舱里扩散得很充分，蒋意整个人放松在这股热烈的咖啡香味里。屠令宜还没有笑够，都快岔气了。蒋意的心情很好，所以她不介意等屠令宜缓过劲。与此同时，她做出决定，待会儿三点钟左右的时候再去买一杯咖啡。

美式？或者她可以喝一杯澳瑞白？

她转了转椅子——

静音舱的一侧是玻璃门。

蒋意蓦然对上一双冷淡的眼睛，心脏"咯噔"一下。

谢源手里拿着电脑，不知什么时候出现在数据算法组的办公区域里。他正好在看她，于是两个人四目相对。

谢源？他怎么会在这里？蒋意下意识地收起了脸上的笑。

毕竟她正在跟屠令宜讲，她是如何阴险地算计了他，和他成为邻居。

蒋意一阵心虚：静音舱的隔音效果应该还好吧？

好久没有见到的人突然出现在面前，还真是让她有点儿措手不及。

屠令宜的声音从耳机里冒出来，她问："喂？小意，你还在线吗？"

蒋意挂断电话，整理好衣服，拿起咖啡走出去，但是谢源已经不在了。

谢源在会议室里，蒋意留意到自己组的老大朱伟星也在会议室里待着。几个人坐在会议桌旁边，桌上摆着电脑和杯子，应该是在开一个跨组的小型会议。

蒋意来到张辛迪的办公桌边："辛迪，组里是有什么新项目吗？我们要跟别的组一块儿做？"

她的眼睛仍然看着会议室的方向，准确地讲，她是在看谢源。

张辛迪撑着下巴，顺着蒋意的视线看去，终于琢磨出了一点儿门道，于是笑得暧昧："等等，不着急，你先如实交代。你对新项目这么感兴趣，是冲着项目，还是冲着那位脸生的大帅哥？"脸生的大帅哥指的是谢源。

蒋意微笑，如同默认了张辛迪的猜测。

见她坦坦荡荡，张辛迪笑得更起劲了，从桌上拿了一个甜橙抛给她，慢悠悠地说："帅哥是楼上广告算法组的，也是新员工，跟你一批。我们两组要一起开发一个新项目，具体做什么不清楚，之前老大在月会上提过。"

蒋意捏着手里的甜橙，听到有新项目，眨了眨眼睛，表示出了一点儿兴趣。张辛迪轻轻撞了一下蒋意的胳膊："我跟你说，你要是对人家小哥哥感兴趣，就让老大把你也拉进新项目里呗。老大很好说话的，近水楼台先得月，我支持美女主动追求帅哥，现在都推崇女性力量嘛。你这么漂亮，肯定分分钟就把他拿下。"

蒋意扬了扬眉毛，五官动起来，笑得明艳又生动。她弯腰靠近张辛迪，轻声耳语："我才不要主动追帅哥呢。我这么漂亮，应该是帅哥主动来追我。"

张辛迪拖长音调"哦"了一声："漂亮的姑娘都这么讨人厌吗？"

谢源非常不爽。一整个下午，他只要停下手头的工作，脑子里就会不由自主地浮现出中午看到的画面——蒋意坐在静音舱里，应该是在跟谁打电话。她仰着脑袋，眉眼灵动又灿烂，时不时跟电话那边的人说话，并且一直在笑，情绪非常放松、非常活泼。

然后她转身看到他，脸上顿时就没了笑容，就像是车突然熄火了。

谢源重重地敲下回车键，眼睛盯着电脑屏幕，心底直冒邪火：她是什么意思？她嫌弃他？她有什么资格嫌弃他？

他还没嫌她有公主病，嫌她麻烦呢。她倒好，忘恩负义且不说，现在毕业了用不着他了，就直接翻脸不认人了？

他是对她做过什么伤天害理的事情吗？

谢源冷笑一声。

行，她嫌弃他，挺好的，他没意见。她最好是跟他相看两相厌，省得他有事没事就得伺候她这位公主。

下午三点，蒋意去买咖啡。

她点完单，转头看到了她想见的人，眼睛闪亮："谢源！"

谢源正往咖啡店这边走，把工牌塞进了牛仔裤的口袋里。

他也是一个人，瞥了她一眼，不咸不淡地径直走到柜台前面点单："一杯冰美式，谢谢。"

蒋意撑起下巴，侧着头看他。她的眼神太过直率，所以谢源也很难无视她。

谢源："难得见你亲自买咖啡。"

是啊，以前读书的时候，基本一天两趟都是他给她买咖啡，摆在她的工位上。她什么时候亲自走进过咖啡店？

蒋意翘起唇："你这么说，是要继续以前的习惯，承包我的咖啡吗？"

他那句话的语气是揶揄，他没想到蒋意顺势而为，直接提出无理的要求，而且丝毫没有半点儿不好意思。

蒋意："我不介意有人每天帮我买咖啡呀。要不我今天直接在这里办张礼品卡，然后你每天帮我买咖啡？反正你也知道我们组的办公室在哪儿。"

说完，她还真的低着头开始研究桌上的礼品卡广告。

他就多余问她。

店员端着做好的咖啡："小姐，您的澳瑞白做好了。"

蒋意接过咖啡。

谢源听到她点的是澳瑞白，稍显意外——她换口味了，以前她上午喝一杯冰美式，下午喝一杯拿铁，雷打不动。

没等谢源细想，蒋意拿起咖啡就要走，没有等他。她临走前，还特意对谢源说："谢源，你要更新一下知识库了，我现在的口味变了。"

她朝他莞尔一笑，然后走远了。

谢源由她这句话联想到其他方面，瞬间黑脸。只有三心二意的人，口味才会一天一变。现在应该有其他人在她面前大献殷勤吧。

谢源想到中午蒋意和别人打电话的场面，又回想起张鹏飞之前说的话——

"蒋意师妹这种类型，出了校园，追求者起码能多排几条街。"

谢源冷哼，她受不受欢迎，跟他都没有关系。有人争着抢着伺候有公主病的人，他应该高兴才对。

谢源拿走自己的冰美式，冷着脸往回走。

蒋意见完谢源，心情变得很好。她咬着吸管坐在办公桌前，眼睛盯着屏幕上的代码，手指快速地敲击键盘，翻飞如绣花似的。

张辛迪蹬着椅子滑过去："你在喝可乐吗？"

"没有啊。"蒋意把咖啡杯从桌上拿起来，给张辛迪看——杯子上印着这么大一个绿色海妖的商标，张辛迪怎么会觉得她在喝可乐呢？

"我在喝咖啡。"

张辛迪幽幽地飘出一句："我看你写代码越写越开心，还以为你在喝快乐水呢。"

蒋意忍不住翘起了嘴角。她见完最想见的人，心情肯定好啊。

她问张辛迪："我的心情好，看起来这么明显吗？"

张辛迪翻白眼："废话，你都快哼歌了，心情能不好吗？"

蒋意笑脸盈盈。

"不过这也很正常，刚刚踏入社会的毕业生都是这样的，就连上班都觉得很有意思，是吧？蒋意宝贝，好好珍惜这段时间的快乐吧。很快你就会跟我一样，看什么都觉得讨厌，别说喝可乐了，喝什么都不管用。"张辛迪是一副过来人的口吻。

她们俩正热火朝天地说着，老大朱伟星突然冒头，往她们这边张望，一副神秘兮兮的模样朝蒋意招了招手，又指了指旁边的会议室，示意她过去开会。蒋意心领神会，把笔记本电脑的充电线拔掉，抱着电脑起身，顺手拿上咖啡。

张辛迪叫住她，提醒道："别忘了新项目，还有广告算法组的帅哥。"

蒋意冲她比画了一个"OK（好）"的手势。

老大组织了一场三个人的小会议。除了他和蒋意之外，还有组里的一位 senior（指高级工程师），名字是鲍诚。

老大上来就布置任务："蒋意，我打算让你做 GraphLink（图片链接）这个项目。"老大指了指第三个人，"鲍诚是我们组里之前跟进这个项目的人，但接下来他会离开去做别的项目，所以由你接手他的工作。你之后有什么问题可以直接跟他对接。"

蒋意说"好"。

鲍诚把相关文档发过来，蒋意翻了翻内容。初步看，文档没什么大问题，都是和图神经网络相关的东西，这是她非常熟悉的领域。

只不过——她还惦记着有谢源的那个项目。

蒋意："老大，我们组是不是和广告算法组有合作的项目？"

"嗯，对的，你消息还挺灵通的嘛。是有一个新开的项目，主要想做一些推荐算法方面的创新工作，会尝试一些不同的思路，跟现在业务链上投入使用的解决方案有比较大的差异。你感兴趣？"

蒋意很直白："老大，我好想做那个项目。"

她眨了眨眼睛，想要让她的态度看起来更加诚恳。

"想进那个项目？"

蒋意点头，满眼期待。

老大面露难色："不行。我都已经安排好人员了。下次，等做完 GraphLink 项目，要是下次你还有感兴趣的项目，提前跟我说，OK？我一定尽量满足你的个人兴趣。"

老大的意思是"下次一定"。蒋意理解，没什么遗憾。跟谢源在同一个项目里固然好，但她其实不强求，进不了新项目也没什么大不了的。

再说，以谢源的性格，她要是凑得太近，结果可能会适得其反，这就像放风筝，拉一拉，松一松，要张弛有度。

她刚要说"好"，企图表达出善解人意的一面，但鲍诚在一旁插嘴，开玩笑说："老大，现在的小朋友也未免太任性了。这脾气……"

他没有把话说完，但是话里话外的意思已经非常到位了。

他这是在说蒋意很有个性呗。

蒋意托住脸，挂上笑容，看着跟笑面虎似的问鲍诚："前辈，你难道没有听说过吗？长得漂亮的女孩子，性格就算差劲一点儿也没关系——这是漂亮姑娘的特权。"这话从她嘴里说出来，完全没有违和感。长得漂亮，性格差劲，这不就是她吗？

"换成男人就不行。性格太差劲的男人，烦人。"她用半开玩笑的语气说了一句挤对人的话。

老大"哈哈"笑起来，鲍诚也被逗乐了，连声讨饶。

老大拍拍鲍诚的肩膀，一本正经地胡说八道："对啊，鲍诚，女孩子有点儿小脾气，这多可爱啊。"

老大挤对完鲍诚，又对蒋意说："你理解理解鲍诚，体谅一下他。像他们这种人，从小到大就没什么机会跟漂亮姑娘接触，所以一看到漂亮姑娘就'社恐'。"

鲍诚"哎哎"地嚷了两声："老大，什么叫'他们这种人'？你说得好像自己跟我不一样似的，怎么这么有优越感啊？你就跟漂亮姑娘接触多啦？"

蒋意合上电脑，跷起长腿，优哉游哉地在一旁看戏，完全是一副事不关己的态度。

晚上八点二十分，谢源路过1702室的门口，往自己家走去。

这时候，隔壁的门"咔嚓"一声打开了，一颗漂亮的脑袋探出来。蒋意笑盈盈地靠在门边，穿着樱桃红色的短袖上衣和格纹短裙。

谢源有一种错觉，觉得蒋意像是在守株待兔，特意蹲点等他到家。

有这种念头非常危险，谢源默念两遍：不要做庸人自扰的事情。

于是，他没有理会蒋意，目不斜视，径直打开自家大门，抬脚往里走。

不过，沉默或者无视，这些伎俩其实都不能对付蒋意。她怎么可能让谢源这么轻易地把她拒之门外？

蒋意跟了上来。她身材修长而且动作灵敏，靠近他的时候稍微矮了一下脑袋，香风飘过。在谢源关门之前，她已经站定在他和门把手之间，得意扬扬。

她一点儿也不老实。

谢源盯着她，眼前浮现出中午的事情：蒋意坐在静音舱里打电话，笑得比谁都开心，然后转身看到他就跟见鬼了一样。

谢源光是想想，就有无名火冒起来，舌头抵住了牙。

算了，他才不会像某人似的斤斤计较。

谢源一脸高深莫测："有事就说。"

蒋意从不研究读心术，所以不知道谢源此时此刻的心理活动。她按照自己的节奏，首先仰起脸，朝着谢源露出一个无可挑剔的笑容。

伸手不打笑脸人，这是谢源的优点之一。

她伸手出示手里的东西。谢源这才看到，她的手指之间夹着一张墨绿色的硬卡——公司楼下咖啡店的礼品卡。

"这是给你的，"蒋意微笑，"你要是哪天想给我买咖啡，就刷这张卡吧。"

他佩服她的厚脸皮。她为什么觉得，他现在还会像以前在学校里的时候一样任凭她差遣，跑腿给她买咖啡？

难道他把"受虐狂"三个字写在脸上了吗？

他毫不犹豫地拒绝："没兴趣。"

蒋意听了也不恼，好像对他这种反应习以为常。

"不要这么快就拒绝嘛。"她拉住谢源，手指不偏不倚地刚好揪在他的T恤腰侧，看似没有什么分寸，但其实并没有碰到他的身体。隔着衣服，但是手指抚过的地方仿佛能够传递体温，很难说她不是故意的。

谢源的肌肉紧绷。

蒋意笑了笑，慢悠悠地把礼品卡放进谢源的长裤左边口袋里，动作轻柔又优雅。

他没有拒绝。

"想见我的时候，就带一杯咖啡来七楼找我。"她往后，轻轻松松地靠在墙壁上，"你买什么我喝什么，所以，不需要有压力。"

她抬起眼睛，眸光不深不浅，透进他的眼里。

谢源沉默地盯着蒋意。她一贯擅长胡搅蛮缠、撒娇、耍横、讲歪理，为达目的不择手段——典型的公主病。

谢源没有耐心陪她玩游戏。他往前一顿，握住门把手，准备关门。

这个举动，相当于把蒋意置于墙壁、大门和他的身体所形成的三角区域里。四舍五入，这其实很像"壁咚"，只不过没有任何的浪漫氛围，只有剑拔弩张。

谢源个子高，目光居高临下，有意无意地还带点儿侵略性。他用眼神警告她，马上离开他的领地。

蒋意的视线在谢源的脸上转来转去。她的注意力根本不在谢源快要发火这件事情上，她近距离欣赏谢源的五官长相，看得心满意足。

就凭谢源这张脸，他再怎么佯怒，也都是赏心悦目的。谢源在她这里，毫无威慑力。

蒋意从腰后抽出手机，低头在屏幕上戳了几下。她点开和谢源的微信对话框，发送了一张表情包。

"你看，跟你现在的样子像不像？"她拿着手机在他眼前晃了晃。

屏幕上，一只小蓝猫弓着背冲人哈气，尾巴一晃一晃的，毫无威严，只有可爱。

谢源的嘴角快要抽搐了——她能不能认真一点儿？

蒋意见好就收，往后退了一步，这次给谢源让出关门的空间。不过，当谢源准备拉上门的时候，她又抬手摁住门框。

谢源居高临下，视线扫过她的脸——还有什么事？

顶着谢源威胁的眼神，蒋意语气如常："谢源，你这个周末有什么安排吗？"

谢源立刻心生警惕：她想干吗？

以防万一，他给出了一个模棱两可的回答："暂时还不确定。"

这个答案可进可退，是一张安全牌。但蒋意自顾自地理解出另一种意思："不确定？那就是没有安排咯。"她搭上谢源的肩膀，莞尔一笑，"我要去逛街，缺一个拎包的。你陪我，正好。"

谢源把她的手拿开，都快被她气笑了，什么叫缺个拎包的？

他发觉，蒋意走出校门之后可真是越来越得寸进尺。她就像一个任性的小孩子，因为缺乏管教，因为被一再纵容，所以性子越养越歪。

在他这儿没有规矩可不行。这会儿他受气，以及中午他在公司被她无视，这两件事情叠起来，谢源的心情好不到哪里去。

他该出手管教她了，要不然，她真能在他的头上作威作福。

谢源这下也不着急回家了，进门搁下电脑包和车钥匙，然后转身走出来。蒋意的视线从头到尾跟着他。他站在楼道里，反手把自己家的门关上。

楼道里非常安静，所以人的注意力能够充分地集中。

"蒋意，我觉得你还真挺没良心的。"谢源微微俯身，一张清俊的脸落在蒋意的眼睛里，越来越近，不像是在开玩笑。

一瞬间，楼道里的声控灯突然灭掉了。

"你就这么感谢教你套被子，给你做晚饭的恩人？奖励我陪你逛街一次？这高低得算恩将仇报吧。"

黑暗里，他好听的声音落在她耳畔，如同低音提琴似的。

蒋意的耳朵微微发烫。头发丝一颤一颤的，像是浸在热气里，她轻轻咬住嘴唇，受不了他在她耳边说话。

他太近了，这让她心猿意马。所以，蒋意没有第一时间出声反驳。

周围很安静，蒋意也过于乖巧。谢源轻咳一声，觉得嗓子痒痒的，氛围也怪怪的，让人不大自在。

谢源没有让黑暗持续下去，拍了一下自家的门，这个动静让声控灯重新亮起来。

他以为蒋意不出声，可能是听了他的话而不高兴。在亮堂堂的楼道里，他低头看她，把她脸上的表情尽收眼底，看到她有点儿脸红。他把蒋意的脸红解读为出于羞愧。啧，原来她也会反省、会羞愧，还不至于无可救药。

蒋意很快服软："好吧，那就换一种讲法——我请你吃饭，你顺便陪我逛街，好不好？"

谢源听了想笑：她确实也只是换了一种说法，事情的本质就没变——他还是一个拎包的。

看谢源没反应，蒋意又补充道："上次我说过要请你吃饭的。谢源，你得给我感谢恩人的机会，而不是不分青红皂白，上来就指责我没有良心。"

她将重音咬在"恩人"一词上。

谢源看她满脸认真的表情，突然就没有脾气了。算了，自己给她一次机会吧，看看她要如何感谢他这个恩人。他不轻不重地拍了一下她的脑袋："行，那就逛街吧。"

这回轮到蒋意一头雾水：他居然答应得这么爽快，她总感觉有什么地方不对劲。

她还想说话，但是谢源已经迅速进屋关门，没再给她继续胡搅蛮缠的机会。

行吧，他答应就好。蒋意慢悠悠地往回走。

蒋意在确定了周末和谢源的逛街安排之后，觉得自己这周连工作都格外有动力。大概这就是所谓的盼头吧，她盼着能够快点儿到周末。

周五，蒋意人还没到办公室，老大的消息已经发到了她的手机上。老大推给她一个联系人名片，对方的名字是李燎。

蒋意不认识这人。坐电梯上楼的时候，她拿出手机查了一下公司的组织架构，搜索到此人是PUK（解锁码）组的算法工程师。PUK组是公司内部的核心算法团队，简而言之就是公司的"王牌军"，看着好像很厉害的样子。不过，老大把这人推给她干吗？而且老大为什么只发给她一个联系人名片，就没有后文了？

蒋意到办公室放下电脑，见老大边喝着豆浆边走过来。

"蒋意，你看到我推给你的名片了吗？"

"你说李燎？"

"对，"老大点头，"李燎是PUK组的算法工程师，负责GraphLink的项目，所以接下来你要跟他那边汇报工作。你跟他直线联系，我就彻底放手不管喽，没问题吧？"

"没问题。"蒋意一口答应下来。

老大很满意，夸奖的话就跟不要钱似的："嗯，蒋意就是靠谱。"

这种话不必过脑子。

蒋意在办公桌前坐下，打开电脑，先登上 Teams，给李燎发了一条打招呼的信息。

半个小时之后，李燎回复："周一，项目每周例会。在此之前务必提交 1392 代码，你们已经严重落后于进度表。"

蒋意喝着燕麦拿铁，并没有被"严重落后于进度表"的描述吓到——谁还不会吓唬人啊？

她揣摩对方字里行间的语气——用词简练，公事公办，风格强硬，脾气不太好。她基本可以预判，这位李燎工程师，跟他们组的老大朱伟星应该是两种截然相反的领导风格。至少，李燎肯定不属于温和派。

蒋意放下杯子，手指在键盘上飞快地敲击，回复过去两个字："好的。"

李燎那边再无回复，直到下班也是如此。她的消息如同石沉大海。

周六上午，蒋意坐在吧台旁边磨咖啡豆。谢源发来消息："半个小时后楼下停车场见。"

蒋意放下手机，立刻往外走，去敲谢源家的门。

谢源很快给她开门。

"你已经准备好的话，现在出发也可以……"他话只说了一半，剩下的卡在喉咙里。他看到蒋意穿着一条薄荷绿的真丝睡裙，显然不是做好出门准备的模样——果然他不能对她期望太高。谢源皱眉："我怎么觉得，看你这样子，半个小时内也不能收拾好出门吧。"

蒋意笑眯眯："你看，你确实很了解我。"

一句话就让谢源黑了脸。

"去化妆，去换衣服，半个小时后走，我不会多等你一分钟。"谢源把蒋意推出门外，然后果断关门。

谢源其实也不了解蒋意，她收拾出门可以很快。等她弄好所有事情，时间也只过去二十分钟，她还能有多余的时间给屠令宜打一通电话。

蒋意坐在客厅里给屠令宜打了七分钟的电话，然后不紧不慢地换鞋出门。电梯里的信号很好，她在电梯里接着打电话。

屠令宜听说蒋意今天要和谢源出门逛街，马上来了兴致，还表示改天一定要登门向蒋意取经，学习怎样才能快速攻略一个男人。

蒋意抗议："哪里快速了？我跟谢源认识都有七年了，我和他的关系依然纯洁到底。"

屠令宜一针见血:"但我看你还挺乐在其中呢。"

蒋意想了想,跟着笑了:"这倒是真的。"

电梯门打开,蒋意走出来,张望了一圈,找谢源的车。

谢源先看到她。他注意到蒋意今天穿了一双高跟鞋,鞋子很漂亮,但看着不适合走路。

谢源亮了两下大灯。蒋意看到了,往他那边走过去。

她在电话里和屠令宜说再见:"好了,不跟你聊了,我要去'祸害'谢源了。"

屠令宜发出怪笑:"拜拜,祝你好运哟。"

蒋意走到谢源的车前,谢源从车里给她开门。

她坐上副驾驶座位,谢源看着她系安全带。

"给谁打电话呢?"他始终记着蒋意那天在公司,她坐在静音舱里跟其他人打电话,在他面前表情由晴转阴的事情,"也不看着点儿时间,你要是再晚出现一分钟,我就踩油门走了。"但他现在放狠话也是多余,看蒋意的样子,她像是在认真听他讲话吗?

蒋意没顾得上回答,把手里的咖啡保温杯递给了谢源。谢源拧开杯盖,心想:这盖子也不紧,她完全拧得开。所以,她这是试都不试,直接习惯成自然,让他给她拧,是吗?她真是公主了。

谢源保管杯盖,把杯子递给蒋意,但是蒋意没接,一脸莫名其妙:"你给我干吗?"

"不是你让我给你拧开盖子吗?"

"没有呀,这是你的——我亲手给你做的手磨咖啡。"蒋意托着下巴往谢源那儿靠近,眉眼柔软,多半是装的。

"谁让你说我没有良心?你今天就好好看看,我是怎么照顾你这位恩人的。"

谢源的脑海里却飘过一行字:无事献殷勤,非奸即盗。

他那天就多余说她没良心,总感觉他是给自己挖了坑。

蒋意催促他:"快点儿喝喝看,好不好喝?"

谢源抵不过她脸上真诚的表情,喝了一口,然后就被烫到了舌头,挺疼。他盖上杯盖,脸色凝重:"出发吧。"

谢源开车很稳。总体来说,他是一位非常懂得文明礼让的驾驶员。

他并道驶入环线。蒋意看车窗外飞掠而过的楼宇,突然觉得不对劲——慢着,他往哪儿开呢?这根本就不是去汇隆商场的方向。

她好心提醒:"谢源,你开错路了。"

谢源握着方向盘,抽空瞥她一眼:"没开错。"

"哪里没有?去汇隆,你应该往五条桥的方向。你看看,现在往哪儿开呢。"

"谁说我们去汇隆?"谢源嘴角挂上一丝得逞的笑容,"我是司机,去哪儿要听我的,知道吗?"

好啊,原来他在这儿等着她呢。蒋意就知道,谢源哪里会这么乖乖听她的话,她早该想到的。更过分的是,谢源甚至没用导航,所以她根本就不知道他到底要带她去哪儿。

过了大约四十分钟,他们抵达目的地。

谢源停车的时候,蒋意还是一脸气呼呼的表情,不肯搭理他。他难得一见蒋意生气,她这样子看着还怪可爱的。

他停好车,摘掉墨镜,将手搭在座椅靠背上看着她生闷气,彻底没脾气了,好言好语道:"不是说要逛街吗?这条街可以吧?"

他的语气甚至有点儿低声下气。

他自己都没有意识到,此刻他说话时完全是一副哄人的态度。

蒋意往车窗外面看。停车位置的东面,人来人往。

熙熙攘攘的胡同向游客敞开入口。巷路弯来折去,所以遮掩了里头大半的光景,只显露出摆在胡同口的那几家老店招牌。路口,老婆婆摆着一大串冰糖葫芦,看着红火。这里乍一看没什么起眼儿的,但是,这附近聚起了旺盛的人气,说明这里面肯定别有一番天地。

蒋意在 B 市读了七年书,对于这座城市也算基本了解。她当然知道这是城区里的胡同老街。每到节假日,大爷大妈喜欢领着放假的孙子孙女到这里逛逛,美其名曰故地重游,找找当年的回忆,外地游客也把这里作为必须打卡的景点。

蒋意不喜欢凑热闹,所以之前没来过这儿。

"知道这是哪儿吗?"谢源问她。

"当然,道营鼓巷。"

谢源扯了扯嘴角,笑了下:"行,还有点儿常识。"他开门下车,"下来吧。"

他把微单相机从包里拿出来——他不算摄影发烧友,但对摄影稍微有点儿兴趣,有点儿研究,勉强能算个摄影爱好者。

蒋意转头对上谢源的眼睛。她发现，从停车开始，谢源的视线就一直若有若无地落在她的身上。她一眼就看出他脑子里在想什么——他在观察她的反应，是想要看她会不会生气吗？

她想逛商场，买衣服买包包，谢源却自作主张带她来逛城区老街——买衣服是别想了，这地方估计只能买到旅游纪念品。

蒋意就知道，谢源怎么会乖乖听她的话。他那天答应得那么快，果然有古怪。估计那个时候他就已经在心里盘算好了，今天要故意这样折腾她。

蒋意把手机拿在手里。

他想在她的脸上看到生气的表情，她偏偏不让他如愿以偿。

去哪儿都算约会，反正她不亏。

蒋意对着谢源灿烂一笑，然后开门下车。谢源锁上车门，然后几步跟上蒋意，两个人穿过马路。难得见她这么乖巧，他愉悦地勾了勾嘴唇。蒋意走在前面，错过了谢源脸上的笑意。

"过来，"他拍了拍她的胳膊，把她拉回来，"走这么快，你知道怎么走吗？别乱逛，到时候迷路走不出去了。"

蒋意轻哼一声，觉得他在吓唬她。

谢源对这里熟门熟路，带着她走。蒋意很快就变成好奇宝宝，没跟几步路，又跑到前面去了。

谢源不着急。他不远不近地跟在她后面，时不时指点她左拐或者右拐。

他看着她脚上那双高跟鞋，鞋跟最起码有六厘米，他看着就觉得不放心，她倒是如履平地。

这个时候她一点儿也不娇气了。

"谢源，这边——"蒋意拉着谢源进了糕点铺。

她看什么都觉得新奇，弯腰看着柜台里摆设的中式糕点："谢源，这是什么？"

"枣花酥。"

"这个呢？"

"这是椒盐饼。"

"好吃吗？"蒋意忽然间回头，看着谢源问，眼睛一闪一闪的。

售货员大姐就站在柜台里侧，离他们几米远，目光如炬地盯着他们俩，他难道能顶住压力说不好吃吗？

谢源："你可以买点儿尝尝看。"

蒋意如同小朋友得到了家长的许可，看向售货员大姐："姐姐，帮我拿一点儿这个——"

　　售货员大姐立马喜笑颜开地迎上来。蒋意长得漂亮，这时候说话又温温柔柔的，简直就是一头待宰的小肥羊。

　　售货员往盒子里实打实地装着糕点。

　　蒋意没管大姐给她装什么糕点，拉着谢源，让他拍这个，拍那个。

　　"你怎么跟食物都要合影？这里可不是旅游景点。"

　　"这儿就是旅游景点啊，"蒋意有理有据，"我是外地来的游客。"

　　谢源嘴角抽搐。

　　他说归说，说完了还是乖乖给她拍照。

　　售货员把蒋意的糕点包好，将两个精美的礼盒摆在柜台上。蒋意去刷卡付完钱，从收银台往回走，才走几步路，又在一个柜台前停住不动了。

　　"谢源，谢源，你来看，这是红豆沙对不对？"她蹲下来看玻璃柜台里陈列的一大缸红豆沙。

　　谢源觉得她像放暑假的小朋友。他果然就应该让她待在家里写作业，不应该带她出门玩的。

　　谢源拿起相机对焦，熟门熟路地给她拍照。

　　人长得漂亮还是管用，连跟红豆沙合影都好看。

　　蒋意身上透着一种不知人间疾苦的气质。红豆沙柜台的售货员大姐找准机会热情推销，说女孩子吃红豆沙可以美容养颜、滋补身体、活血补气。谢源觉得，红豆沙都快被夸成千年难遇的珍稀药材了。

　　旁边一对情侣准备买一点儿，只是男生有些犯难："我们买回去之后怎么烧？拿来包汤圆吗？感觉挺麻烦的，是不是还要买一袋糯米粉？"

　　谢源看那人一脸纠结，突然产生了一种惺惺相惜的错觉，随口答："可以煮红豆沙糖水。"

　　他本意只是给那个男生提供建议，没想到被他带出来的小朋友听进耳朵里去了。蒋意小朋友拉住他的袖子："我要喝。"

　　谢源已经麻木了，放下相机，掏出手机："行吧——您好，给我拿两包。我扫您？"

　　没逛多久，谢源两手已经拎满了东西。跟她那天说的一样，他还真是个拎包的。

　　他的相机也跑到了蒋意的手里。她站在他前面，笑眯眯地要给他拍照。

　　他这么狼狈，有什么好拍的？

"你在这儿等我,我把这些东西先放到车上去。"

等他再回来,蒋意已经坐在路边的长椅上悠闲地喝果汁了,还把另一杯果汁推到他面前:"雪梨橙汁。"

还算她有点儿良心,谢源把吸管塞进杯子里去。

蒋意托着脸:"我们接下来去哪儿?"

从道营鼓巷尽头往旁边的岔路拐,就是一个花鸟市场,那是他们的下一站。

谢源体谅她:"你不需要休息一会儿吗?"

蒋意摇摇头,表示完全不累。

行,那他们就走吧。谢源帮她拿着饮料,两个人往花鸟市场拐过去。

谢源很快就后悔了——他为什么要带蒋意进入花鸟市场?

她看到可爱的小动物就走不动道。

小猫、小狗、小鸟、小金鱼……它们好像全部都戳在蒋意喜欢的点上,她对着它们满脸温柔,和对待他时完全判若两人……慢着,他为什么要跟小猫小狗争宠?

"谢源,你看。"蒋意抱着一只小小的马尔济斯犬。小狗还没她的手掌大,卷着的舌头吐出来,很漂亮。

谢源移开眼,有言在先:"我是不会帮你遛狗的。"

听到这话,蒋意忍不住笑。这笑是发自内心的,她觉得谢源都快形成条件反射了,她一开口,他立马防御。可见她确实把他折腾得够狠,他都已经总结出了经验教训。他非常笃定,如果她把这条马尔济斯犬买回家,那么受苦受累的肯定是他,遛狗、喂食、洗澡的担子肯定都压在他的身上。

蒋意故作遗憾地把小狗还给店主。

谢源看她。她干吗表现得这么失望?搞得好像是他不许她养狗。明明是她缺乏生活自理能力,担负不起照顾一个小生命的责任。

她在他这儿有"前科"。蒋意读大学的时候捡过两只流浪小猫、一条流浪田园犬——她只负责捡,不管养。还好谢源的爸妈喜欢猫猫狗狗,现在这三只小动物还在他爸妈家里养着呢。

谢源很不爽,拿起相机给蒋意和那条马尔济斯犬拍了一张照片——虽然没有买,至少有合影作为留念。

两个人在外面逛了一整天。到了吃晚饭的时间,蒋意终于如愿以偿了——谢源把车开到商场。

两个人晚餐吃的是铜炉羊肉火锅。

蒋意晚饭吃得比较少，更乐意拿个勺子吃甜品。

谢源把整本甜点菜单放在她面前，然后就不管她了。

蒋意点了两份蛋糕。

"你真是——"谢源无奈地笑。

蒋意："巧克力慕斯蛋糕是你的。"

谢源用公筷给她夹了羊肉，她朝他笑："谢谢。"

他哼着笑了下，心情不错。

蒋意看出一点儿端倪："你是不是觉得，我这样子还挺可爱的？"

她趴在桌上看他。

"问出来就不可爱了。"他没有否认。

蒋意扬唇，心情轻飘飘的，很舒服。

买单的时候，蒋意说刷她的卡，但谢源让服务生扫了他的付款码。

蒋意："明明说好是我请你吃饭的。"

谢源："欠着吧。"

蒋意还在琢磨他这话是什么意思，谢源已经率先往外走了："走了。"

蒋意跟上去。

所以，她是不是可以理解成，他们下次还能一起出门逛街？

谢源听到高跟鞋轻快地踩在地上的声音。他还真挺佩服她。这么高的高跟鞋，她穿了一整天，愣是像个没事人。

不过，他记得，蒋意在大学里就经常穿高跟鞋，所以应该是习惯了，而高跟鞋也确实符合她骄纵的性格。

谢源让她慢点儿："你这鞋跟这么细，小心崴脚。"

他不说不要紧，说完就跟乌鸦嘴似的，蒋意没走几步路，突然停住不走了。她抬头看他，眼神湿漉漉，怪可怜："好像扭到了。"

他合理怀疑，她是故意折腾他呢。

"你能背我吗？"

"你说呢？"

谢源不肯背蒋意，但伸出手扶住她，让她借力慢慢走。

他握住了她的手臂。离得这么近，他才注意到，她的胳膊很细，仿佛他多用一点儿力道，她的手臂可能就会被弄疼。以前他只觉得她闹腾的力气不小，还不知道她长着一架脆弱的骨头。

蒋意走得慢，几步路走得像乌龟挪似的，让谢源想起了白天在花鸟市场里看到的绿毛小乌龟。

这要走到什么时候？谢源没辙，把自己的手机给她："拿好了。"

谢源把蒋意捞抱起来。

蒋意盯着他。

谢源："别看我，看路。"

蒋意腹诽：她看路有什么用？他明明就是害羞。

她很轻，谢源抱起来很轻松。

两个人坐电梯下楼，谢源抱着蒋意往停车的地方走。他们来的时候没找到靠近电梯口的停车位，所以车子停得很远。而现在他们也得走上一段距离才能找到车。

谢源渐渐感受到，抱着一个人并不是件容易事。蒋意虽然轻，但说到底还是一个成年女性。他的呼吸稍微加重了。

蒋意冒出坏心思，故意说："谢源，你别喘啊。"

谢源："……"

"我觉得，你是不是工作之后就疏于锻炼了？你大学的时候抱我也没有这么喘啊。"

"闭嘴。"他这是气急败坏。

蒋意抿唇笑了下。

谢源："蒋意，你在偷笑是吧？"

被抓了个正着，蒋意立马否认："没有。"

呵呵，她还说没有，她声音里的笑意根本藏不住。

过了一会儿，蒋意提议："要不，你还是背我吧。"背着比抱着省力。

谢源："你穿着裙子，背你不方便。"

蒋意想了想，他说得对，她的裙子短，确实不方便。看不出来，他还挺贴心的。

谢源："蒋意，你要是真想让我省点儿力气，你的手就好好地搁在我的肩上，我还能借点儿力。"

他对于抱人怎么轻松这件事情倒是经验丰富……蒋意的心里"咕嘟咕嘟"地冒起醋意，她不知道谢源从哪里学到了这些没用的知识。

反正从本科到研究生，她没给他机会谈恋爱。谢源嘛……也不像能在高中干出早恋这种事情的人。这样想着，她心理平衡了许多。

蒋意盯着谢源的侧脸，他长得这么帅，不用来谈恋爱很可惜。

她轻轻笑了下——是他主动让她搭他肩的，他可别后悔。蒋意脑子里的坏水多。说干就干，她抬起手臂攀上谢源的肩，主动揽住他的脖子，手指刚好搭在他的颈后。颈后是危险区域——无论谁都是如此。

谢源身体微微发热，估计是抱她费劲，约等于做运动。相比之下，她手指就很凉，指甲的圆弧蹭在他的皮肤上，一划而过，过电似的。

她不像是无意的。

谢源喉结上下一动："蒋意——"

"嗯？"

"别逼我把你扔地上。"他掐了一下她的腰，让她老实一点儿。

很痒……这下换成蒋意蒙了。她下意识地咬住嘴唇，同时瞪大眼睛——他怎么知道她腰上最怕痒？

谢源冷哼。

蒋意这下乖乖的，不作妖了。她揽紧他的脖子，重心往上挪了挪，笑嘻嘻地说软话："好啦，好啦，我不乱动了。"

她说话的时候，温热的呼吸全部扑在他的颈侧。

谢源的脸紧绷着。

又是故意的，她还真的是不知道危险。

谢源大度，不跟她计较。

几步路，他走了像是有半个世纪那么久。

终于走到车旁，谢源放下蒋意，替她拉开车门。

蒋意坐进车里。谢源没动，也没关上副驾驶室的车门。

蒋意仰起头看着他。她有一双很好看的眼睛，注视着别人的时候，眼睛里像是有一汪多情的深潭。

谢源蹲下来，握住她的脚踝："要送你去医院看一看吗？"

蒋意摇头："不要。"

"万一伤到筋骨了呢？你要重视，崴脚会变成习惯性的。"

谢源问她要手机，他的手机还在她的怀里。他拿手机开了手电筒，然后把她的高跟鞋脱下来。

蒋意看着他的脸。

"严重吗？"她问得漫不经心，注意力其实根本没放在她自己的脚踝上面。

谢源抬头瞥她："我又不是医生。"

嘴上这么说，但谢源还是稍微看了一下蒋意的情况。他的外公和母亲都是骨科医生。他小时候磕磕碰碰，家里人顺手就给看了。耳濡目染，他多少有点儿经验。

她纤细的脚踝握在手里感觉没什么分量，脆弱得很。

"这儿疼吗？"

蒋意点头。

他换了一个位置，摁了摁："这里呢？"

蒋意也点头。

谢源皱眉："哪儿都疼？"

蒋意想了想，回答："哪儿都有点儿疼，又哪儿都不算太疼。"

这是废话文学。

谢源站起来，把手机里的手电筒关掉："那先回家。要是明天还疼，就得去趟医院了。"

"哦。"

谢源对待病患特别有耐心。他抱她上楼，一路送到家门口。蒋意非常满意。

然后，谢源又下去了一趟，把他们今天逛街买的东西拿上来——基本都是蒋意的东西。

蒋意靠在墙边，看他把她买的东西摆放在她家玄关处，摆得整整齐齐的，一看就是有强迫症。

他弄完，说："行了，你早点儿休息吧。"

他准备走。蒋意叫住他："谢源——"

他抬起眼皮，往她这儿看。

蒋意对他笑了笑："谢谢！"

这是她发自内心的谢谢。

周围安静了一会儿。谢源颔首："嗯。"

他面上不显，表情淡淡的，颇有一股深藏功与名的即视感，让人很安心。

"明天我在公司加班。你要是脚踝还疼，就自己坐出租车去医院。"

"好。"

"脚踝疼就别开车了，对路人不负责。"他把她说得跟马路杀手似的。

"嗯。"蒋意把谢源这一箩筐的唠叨照单全收，脾气柔顺得离谱。

这样不是挺好的吗？招人喜欢。

谢源盯着她看了两秒钟，随即打消念头。算了，他还是不夸她了。他如果夸她，她的尾巴肯定能翘到天上去。

谢源替她关门。门快要关上的时候，他轻声说："晚安。"

蒋意差点儿错过这句"晚安"。

晚安？谢源主动跟她说"晚安"？蒋意的眼睛瞬间亮起来。

"谢源，晚安！"她的情绪比他来得活泼得多。

大门关上，隔断里外。

蒋意此时此刻的心情，她觉得是能放烟花庆祝的程度。如果她没有看错的话，刚刚谢源眼睛里有一闪而过的笑意。

谢源其实笑起来特别好看，只不过一般很少笑——在她面前，他往往是被气笑的。

周一上午，蒋意第一次参加 GraphLink 项目的周会。

在八楼会议室，蒋意见到了李燎。他是 GraphLink 的研发组长，她现在跟着他干活。

蒋意拿着电脑走进会议室。其他人还没到，只有李燎在。李燎坐在会议桌旁边，头上戴着一副黑色耳机，应该是开着降噪。蒋意进来时，他连眼睛都没抬，始终盯着面前的电脑屏幕，手指在键盘上敲得飞快。

他皮肤很白，应该不常晒太阳，体形偏瘦，桌子底下两条腿很长，交叠着，即使坐着都显得很高。他看着很年轻，也就是二十多岁，不像朱伟星那种明显看着就是三十多岁的长相。

蒋意放下电脑，把自己的工牌也留在桌上。

公司管理非常严格，员工的权限分明，到哪儿都要刷工牌，所以工牌必须随身带着。

敲击键盘的声音忽然停住，李燎不知道什么时候摘掉了耳机，盯着她。

他蓦地伸出手，拿走桌上蒋意的工牌瞥了一眼。

"蒋意，"李燎照着工牌上印的汉字读出来，视线又在那张漂亮得出奇的证件照片上停顿一下，"我知道了。"

他知道什么了？

"我是李燎。"他抬头看着蒋意。

"李燎，你好。"

李燎不轻不重地点了下头，然后回去接着看电脑屏幕。

自我介绍就算结束了。敲击键盘的声音重新响起，他的电脑屏幕上显示着代码界面。

蒋意把眼前的这张脸印在自己脑海里。

李燎的性格很冷，人不如其名，冷漠、自负、不近人情，多半不好相处，这是她对李燎的第一印象。

项目组的成员陆续进来。十点，会议准时开始。

周会的节奏很快，前一个讲完，后一个马上跟上。每个人汇报自己手头工作的进展情况。所有人似乎都全神贯注，唯独李燎的注意力好像不在会议上。他全程盯着电脑屏幕，键盘敲得飞起，像是一个投入写代码的机器人，好像这场周会和他没有关系似的。

蒋意看着他的手指，仿佛能够听到他的大脑像老电脑的机箱似的，运转起来"呼呼"作响。她怀疑他到底有没有在认真地听其他人汇报。不过，这个行业里聪明人多得可怕，擅长一心多用的人随处可见。蒋意、谢源他们都是这样，所以，李燎这副样子，并不代表他对其他人说的话充耳不闻。

蒋意的想法很快得到了印证。

会开到一半，李燎打断了某人的汇报，然后径直指出对方在阐述过程中暴露的常识错误："SQL（结构化查询语言）左连接和右连接是不一样的。读书的时候没学过吗？还犯这么低级的错误？"

被他点名的那个程序员立马脸色涨得通红。

李燎话音未落，会议室里的气氛顿时变得紧张起来。

职场上的人都害怕犯错，谁累计的犯错次数越高，就越容易出局。

汇报终于结束。

李燎停下手里的工作，往所有人的邮箱里发了下一个版本迭代的任务书。他把需求一项项、一条条安排得很清楚，具体的工作落实到每个人的头上。

"不要超期，有问题及时汇报。"

散会后，李燎留下蒋意。他还是一心多用，手指敲着代码，嘴上问她："能看到1392代码的评审意见吗？"

蒋意本来已经把电脑屏幕合上了，现在重新打开笔记本电脑，登上项目组的代码库。评审意见弹了出来，右下角显示意见发布的时间——李燎在开会期间给她上周五提交的代码写了评审意见。

"午餐前改完，提交上来。"

距离午餐时间开始还有二十分钟。

他是研发组长——他说了算。

蒋意微笑："好的。"

到目前为止,她对待工作有求必应,态度始终很温顺。

"你可以出去了。"他下了逐客令。

李燎没对蒋意客气,只给了她二十分钟的时间修改代码。

与朱伟星相比,李燎确实态度不怎么友好。

他这是想要在新人面前立威吗?蒋意想想李燎那张冷漠的脸,顿时打消了此类低劣的念头。他看着也不像那种会把精力浪费在给新人下马威上的无聊领导。

蒋意从会议室出来,没有下楼,索性拿着电脑坐在八楼的休息区就开始写代码——给程序员一台电脑,哪里都可以是办公室。

写代码对蒋意来说是再简单不过的事情,她十分钟改完代码,五分钟写技术文档,一分钟提交,一套流程下来,还有四分钟的余量。

这点儿强度,李燎还压迫不到她。

蒋意打开 Teams 的消息窗口,给李燎写消息:"1392 代码已经修改完,请查收。"

她没用特别礼貌的措辞,完全是公事公办的口吻。

干完活,她该吃午饭了。

电脑上有新消息弹出来,是张辛迪,问她在哪儿,什么时候去吃午饭。

蒋意和张辛迪作为数据算法组里仅有的两名女员工,这段时间已经混熟,成为饭友。

蒋意打字发给张辛迪:"等我两分钟,我回办公室放下电脑。"

张辛迪:"没问题,等你,比心。"

她们俩的消息记录仿佛热恋期的情侣,如胶似漆。

蒋意合上电脑,往电梯那儿走。她刻意没选近的电梯,而是多走了一段距离,经过广告算法组的办公区域。

谢源没在。

不止谢源没在,广告算法组的办公区域空着一大半,横着竖着的显示器都黑屏,只有几个人还坐在位子上赶工,其他人应该都去吃午饭了。

蒋意到七楼,见张辛迪正坐在自己的椅子上,腿撑在地上,靠着椅背无聊地转来转去,合理怀疑:"你是不是把我的椅子调低了?"

她比张辛迪高很多。按理说,张辛迪坐她的椅子,脚应该踩不到地。

张辛迪:"别计较嘛,看在我特意等你一块儿吃午饭的分儿上。"

行,这个理由马马虎虎。

蒋意放下电脑，两个人去吃饭。

"其实你不等我也没事。"

"我肯定跟你一起吃饭，等你两个小时都愿意。我跟那些男的聊不到一起去。"

张辛迪和蒋意一前一后进电梯。张辛迪按下楼层按键："你一个上午忙什么呢？我都没看到你人。"

"我去开周会了，然后又被要求二十分钟内改完代码提交，就跟小学生补作业似的。"

张辛迪想了想："你在做 GraphLink 项目？"

"嗯。"

"李燎，是吧？"张辛迪一下子报出李燎的名字。

蒋意挑眉：李燎在公司里的名气这么大吗？

张辛迪："我听鲍师傅讲，GraphLink 项目的李燎很不好相处，对手下人的要求特别高。鲍师傅这么资深的算法 senior，在李燎手底下干活，都干得快抑郁了，跟老大求了好几次情，没别的要求，就是想从 GraphLink 项目里退出来。然后你来了，接了他的班。"

"鲍师傅"是鲍诚在组里的绰号。

张辛迪："难怪你一个上午都没在。"

蒋意笑了下："这么听着，我怎么感觉我是倒霉蛋呢？"

张辛迪也笑："这说明老大觉得你厉害呀！好好干，老大肯定觉得你是可造之才。"

蒋意："哦，这是在给我'画饼'。"

她们俩说说笑笑间，电梯到了三楼食堂。

两个人点完食物，接着找座位。张辛迪眼力好，一眼就看到了目标，用胳膊肘戳戳蒋意："八楼帅哥。"

蒋意顺着指示看过去——是谢源，张辛迪给他取的代号是"八楼帅哥"。蒋意听了想笑。不知道谢源听到这个代号会是什么感想，她太期待他的反应了。

可惜不巧，谢源他们那桌的人吃完准备走了，陆陆续续拿着餐盘起身。

谢源一脸正经，目不斜视，应该没看到她。

蒋意思考了一下，然后决定暂时遵守谢源提出的要求，在公司里划清界限。不能太欺负他，她得给他留一点儿空间，这样才有得玩。

张辛迪指着靠墙的沙发座位："我们坐那边吧。"

· 45 ·

蒋意点头："好的。"

两个人坐下来吃午饭。

午饭吃到一半，蒋意的手机响了，张辛迪瞥了一眼："该不会是李灭绝吧？"

蒋意反应了一下，才转过弯来，"李灭绝"指的是李燎。张辛迪给人起绰号的本事真的是一绝。

蒋意拿起手机看，不是李燎，是谢源。

谢源给她发来微信："脚踝还疼吗？"

蒋意正在吃鸡蛋羹，差点儿被噎到。难得看到他这么关心她，她挂起笑脸，眼睛里促狭的光一闪一闪。她正要动动手指回复过去，把他撩到满脸通红——

谢源后面几条微信消息紧接着就到了："我看你今天又穿高跟鞋。几厘米？比周末那双还要高吧？"

"那天你没有崴到脚踝，是吧？"

"蒋意，《狼来了》的故事读过吗？"

"如果没学过的话，我教你。"

蒋意从上到下看完，都能凭空想象出谢源平时说话的那种傲娇劲。她发语音调戏他："谢老师打算怎么教我？"

这话听起来不大正经。张辛迪坐在对面，突感一阵恶寒，忍不住抬起眼睛瞥她。

"跟人调情呢？"张辛迪问她，"你放弃'八楼帅哥'了？"

蒋意托着下巴，神情明艳又飞扬，不置可否。

张辛迪想了想，又说："也不是不能脚踩两条船。"

蒋意险些笑倒，张辛迪说话太有意思了。

谢源又发来消息。他直接忽略了她那句过分娇媚的语音，转发了一篇文章给她——《再读〈狼来了〉的故事：欺骗给我们带来了什么样的伤害》。

看起来就像是爷爷奶奶辈的人喜欢在朋友圈里分享的暖心鸡汤文。

蒋意都没点开看正文内容，真难为他还花费时间找到这么一篇美文。再说，他这叫什么话？他觉得她昨天崴脚是故意的？

好吧，蒋意承认，她确实是故意的。

她成年后就喜欢穿高跟鞋，各种场合都穿。几年过去，她早就能够驾驭各式各样的高跟鞋，七厘米的高跟鞋根本不足以让她崴脚。

不过，她故意是一回事情，但谢源说她骗他就是另一回事情。他就不能把她往好的方面想吗?

蒋意放下手机,注意到张辛迪朝她飞快地眨眼睛,像是给她打暗号。

这是怎么了?没等她问,一个声音从旁边响起来:"午饭吃完了吗?"

蒋意转头循声望去,李燎朝她这边走过来,手里拿着一杯酸奶。

蒋意没放下筷子。他没看见她的餐盘还满着,上面的饭菜几乎没动过吗?

李燎在她旁边坐下——他这是要干吗?

李燎:"你刚刚提交的代码,我已经给过修改意见了。"

蒋意:"我还没看。"

李燎:"我知道。"

然后呢?蒋意又舀了一勺鸡蛋羹,咬了两口,咽下去。

李燎:"你的代码没什么问题。但我觉得,你没理解整个项目的业务逻辑。"

蒋意:"我刚来。"

李燎:"这不是理由。"

张辛迪的眼神在他们俩之间疯狂地来回,蒋意已经能读出她眼神里的同情了。

李燎:"正好有时间,我给你讲讲。"

哪儿来的时间?他没看到她在吃午饭吗?

蒋意吃了四十分钟,李燎就坐着给她讲了整整四十分钟的业务逻辑,直到蒋意放下筷子。

"行。1405 的代码写完就早点儿交。"李燎拿着酸奶起身走了。

张辛迪坐在对面,看得目瞪口呆:"我感觉,'李灭绝'这个绰号还是太轻了。"

下午,蒋意工作做了一半,隐隐觉得胃疼。她去接了半杯热水,拿着杯子喝了几口,试图缓解疼痛,但并不管用。

蒋意的包里没放胃药。她拿起手机,在外卖平台上搜索附近的药店,随便挑了几种胃药下单,还好能点药店的外卖。

肯定是中午李燎在她吃饭的时候谈工作,讲什么业务逻辑,导致她这顿午饭吃得根本不消化,所以现在胃病发作。

蒋意盯着电脑屏幕上李燎发过来的需求文档。李燎罪加一等。

订单半个小时就送到了,外卖员的短信发到蒋意的手机上,说把她的包裹放在公司底楼的前台。

　　蒋意下楼拿药，在电梯里遇到了谢源。前段时间在公司里怎么都见不到的人，现在她随随便便就能遇到。

　　两个人谁都没提中午微信上那段《狼来了》的故事。

　　蒋意是因为正胃疼，心烦。至于谢源，他的脾气向来不好揣摩。蒋意此时此刻也没心情揣摩，只想赶紧吞了胃药止疼。

　　谢源："我去健身房。"

　　公司里有好几个健身房，蒋意从来不去——她没有锻炼的习惯。

　　蒋意："我去拿药。"

　　一个身体健康，一个身体虚弱，高下立现。

　　谢源皱眉："拿什么药？"

　　蒋意："你猜。"

　　她还有心思跟他开玩笑。谢源把她上下打量一遍："你胃疼？"

　　他看得挺准的。

　　蒋意："谢源，你可能进错行了。你应该去做中医，肯定能声名大噪，我觉得你望闻问切的基本功很扎实。"

　　谢源冷冷地说："胃疼就别说这么多话了。"

　　谢源没在健身房那一层下去，而是跟她一块儿坐电梯到底楼。

　　他在前台检查她买的药。

　　蒋意等在旁边，手指有一下没一下地敲着桌面。她着急吃药止疼，他可别耽误她的最佳治疗时间。

　　谢源看完袋子里的药，眉头紧皱："你买这么多种胃药干吗？吃完当心送进抢救室。"

　　他嘴巴不饶人，脾气还是这么差劲。

　　谢源把其中两盒药没收："这两种不能吃。你吃这个药，两粒，吃完最好再吃两块饼干。你那儿有饼干吗？"

　　蒋意反问他："你那儿有饼干吗？"

　　没有……

　　"我去给你买。"

　　三楼食堂旁边有一家罗森，九楼还有一家全家。蒋意和谢源一块儿到三楼的罗森便利店，谢源买了一瓶矿泉水和一盒苏打饼干。

　　便利店里有一排桌椅，谢源在旁边拧开瓶盖，又撕开饼干的包装袋，看着蒋意吞下两颗胃药。

蒋意把饼干盒放在他们俩中间，拿起一块饼干先往他嘴里塞。

谢源躲不及，也没躲，半推半就地咬住那块饼干，她的指腹轻轻蹭到了他的嘴唇。还行，饼干不难吃。

谢源："洗手了吗你？"

蒋意笑出声音。

谢源看她："笑什么？"

"没什么。"她转头盯着他，眼神明亮，"就是感觉好像回到了上学的时候。你记得吗？研一的人工神经网络课的大作业，我们两个人一组。"

谢源记得。组里第三个人临时放鸽子，撂下最后一摊东西不做了。蒋意和谢源只能压着火气自己顶上，坐在学校二十四小时营业的便利店里，拿着两台电脑通宵写代码、跑实验。那时的场景，和现在差不多。

谢源没再接蒋意递过来的饼干："你自己吃吧。"

蒋意也只掰开吃了两块。

谢源："你的胃不好，平时就应该少吃点儿外卖。"

蒋意："我不会做饭，也没有人给我做饭。"

谢源："公司提供晚餐。"

蒋意："可是我讨厌加班。"

谢源："……"

如果她非要这么说，那么他就无话可说了。

健康是第一位的，她应该学着照顾自己。

同学多年，谢源觉得，自己尚且不能"见死不救"。

"蒋意，这样吧，你每个周末可以到我那儿吃饭，我做饭。至于平时工作日的晚餐——"他瞥了眼蒋意。她小口地咬着饼干，模样像一只会咬人也会撒娇的小狗，看着勉强还算顺眼。

"如果我不加班，你也可以跟我一起吃。"

他在说什么？

蒋意晕晕乎乎地回到七楼，在办公桌前坐下。她放下手里没吃完的饼干，双手捧住脸，大脑有点儿死机。

刚才当着谢源的面，她强作镇定。现在她彻底把脑子里的想法都写在了脸上：她好像找到长期饭票了，真正的晚饭饭票。

谢源居然主动提出让她去他家吃晚饭。不是一次性的，而是从今以后每一个周末，以及不加班的工作日。

蒋意捏了捏自己的脸颊——疼，所以她没有在做梦。

张辛迪坐在旁边观察了好久，忍不住坐着椅子丝滑地靠过来，询问蒋意："你没事吧？"

蒋意摇了摇头，还有点儿晕乎乎的："我感觉像是中彩票了。"

"真的假的？你平时还买彩票？彩票的中奖概率多低啊。"

蒋意打开电脑，却无心工作。

张辛迪："那我是不是也应该去买一张彩票？你买的是哪种啊？"

"辛迪——"

"诶，怎么了？"

蒋意表情一本正经："我感觉，我可能快要谈恋爱了。"

张辛迪满脸震惊："你的财运和桃花运一起来了吗？你这也太旺了吧，本命年吗？"

蒋意单方面做出决定，今天是值得纪念的一天。

五点二十分，谢源坐在车里。

今天他没留下来加班，所以按照下午的约定，理论上，今天的晚饭蒋意可以到他家里吃。

蒋意爱吃什么来着？谢源开始思考，家里的冰箱里有什么食材符合这位大小姐挑剔的口味。

要不，他半路上先去一趟超市？或者，他现在直接在手机App（软件）上面下单，让配送员直接把食材送到家。

他要提前发微信跟蒋意说一声吗？省得她自己点了不健康的外卖。

谢源打开微信，目光停留在与蒋意的对话界面上。

他们之间发微信的频率其实高得离谱，普通同学、普通同事之间都不会有这么频繁。

主要是蒋意比较麻烦，有事没事总要在微信上骚扰他几句。他有的时候甚至觉得，蒋意的人生信条或许是：遇事不决，麻烦谢源。

这还挺押韵的，谢源忍不住笑了下。

他们的对话内容最后停在中午关于《狼来了》故事的讨论上。

谢源依然觉得，蒋意周六并没有崴脚，是故意装出来的。至于她装作崴脚的目的嘛——无非就是要变着法儿地折腾他。他见得太多了，都计较不过来。

蒋意中午发给他一条语音。想起这条语音里，她的语气和她说的话，谢源莫名其妙地有点儿血气上涌。

鬼使神差地，他点开那条语音。

"谢老师，打算怎么教我？"女人说话声音娇媚而活泼，在封闭的空间里仿佛被放大。这句话要是掐头去尾，忽略上下文语境，刻意往歪了想，总让人觉得或多或少带点儿少儿不宜的歧义。

这就是蒋意能够做出来的事情。她仿佛不知道"害羞"两个字要怎么写。

有些话，对于大多数男人有着绝对的杀伤力，谢源也不能免俗。

什么话能说，什么话不能说，她长这么大，难道不懂吗？他抬起手挡住眼睛，舌根抵着后槽牙，深呼吸了几下，勉强散去身上的燥热。

她真的是——妖精。

五点半，组里有人率先下班。蒋意把显示器的连接线拔掉，把电脑放进包里，也准备走了。

她收拾好东西，然后打开手机，习惯性地登录 Teams 查看谢源的状态，居然显示离线！这是不是意味着他今天没有加班，她可以去他家蹭饭？！

蒋意立刻退出 Teams，打开微信准备给谢源打语音电话。她一定要摆出气势，报上一连串菜名，不管他到底会不会做。

虽然谢源做什么她都愿意吃，但是规矩还是有必要在一开始立好。

蒋意的凌云壮志被一条弹出来的 Teams 消息打断。

Teams 上的消息只能是和工作有关的——联系人李燎发来信息："今晚加班，留着别走。"

又是李燎。蒋意的脑海里瞬间闪过一个念头：要不直接无视李燎，就当作没看见？

但是这招没用，因为李燎亲自到了七楼堵她。

他大步朝她走过来，跟周围欢欣下班的员工格格不入。

俗话说得好，想要刀人的眼神是藏不住的。蒋意瞪着李燎："我要下班了。"

李燎不管，叉腰挡在她面前："不好意思。你还有工作没做完，不能下班。"

他不要信口开河，她有什么工作没做完？

蒋意："1392 的代码都已经完成，你那边也确认了。1405 的迭代需求刚刚发布，离提交的截止日期还早着呢。"

他休想诓她加班。

李燎:"和这两次迭代无关,是之前的历史遗留问题。你的前任无能,所以你得替他收拾烂摊子。"

蒋意在 GraphLink 项目上的前任,指的不就是鲍师傅吗?

蒋意看了眼鲍诚的办公桌——鲍师傅已经跑路下班了。

幸好他不在,要不然李燎这话说出来还真是既伤人自尊,又伤同事感情。

"我回去做好,今晚给你。"

"不行。"李燎一口回绝,"带好东西上楼。八楼,今天上午开会的会议室。我们要现场跟测试以及业务的人员一起联调,做完才能下班。"

他就像是搞一言堂的封建大家长。

蒋意忍不住想翻白眼,下班不成,反倒得留下来加班。

她抱着整副下班的行头上八楼,半路经过广告算法组时留意了一眼,谢源果然不在。

他下班了,她却被留在公司,人间惨剧。

蒋意推门进会议室,没理会李燎,径直走到最远的位子,放下电脑和包,一屁股坐下来,被迫营业。

李燎正在跟其他人说事情,没空管蒋意。

蒋意坐着看了一会儿手机,谢源没发来任何消息。

邮箱里有几封未读邮件。蒋意习惯把工作邮箱和私人邮箱都登录在手机的邮箱 App 里。她以为只有工作上的邮件,结果仔细一看,里面还混着一封非公邮件,发信人姓名是"Chen Jiang"——祸不单行。

蒋意直接把这封邮件扔进回收站,然后再彻底清除,眼不见为净。她不想看到这个名字。

李燎跟测试的人聊完,走过来管理蒋意:"鲍诚负责的 1390 号需求在回归测试的时候出现问题,测试那边已经把问题复现、提交反馈过来了,你应该收到邮件了。"

蒋意找到对应的邮件,打开附件里的错误报告。

测试工程师把错误报告写得很清楚。

"我们今晚处理这个问题,确保 1390 能够随着这次的迭代版本发布。"

蒋意去追溯代码,早点儿做完,早点儿下班。

李燎反而说:"不着急。"

不着急?不着急你强留我加班?蒋意敲键盘的声音都比平时重。

李燎难得笑了下:"老规矩,干活之前,先决定晚饭吃什么。"

蒋意不经常加班,不懂这有什么好决定的。公司食堂供应晚餐,他们难道不是吃食堂吗?

李燎话音刚落,整个会议室立马从严肃的工作氛围里跳脱出来。

大家热火朝天地讨论起来,不知道的还以为他们在搞团建呢。

想吃什么的都有——业务说要吃日料,一个测试说要吃火锅,另一个测试要吃比萨……大家七嘴八舌,意见很难统一。

李燎站在蒋意的旁边问她:"你想吃什么?"

现在已经有三个不同意见了,李燎还不嫌乱,是打算加上她的,然后凑出一道有四个选项的选择题吗?

蒋意无所谓吃什么。此时此刻,她只想吃谢源亲手做的晚饭。

业务姐姐插话:"也行,让新人决定。"

蒋意:"我随便。"

业务姐姐一本正经:"不能随便。"

那业务姐姐想吃什么来着?蒋意回想了一下,然后说:"那就吃日料好了。"

业务姐姐马上高兴:"我就说吃日料吧。既然加班,肯定得让组长的钱包出血。"

原来是李燎出钱买单,日料确实贵一点儿。这样想,蒋意稍微觉得解气了一些。

她刚准备把注意力移回电脑屏幕上,忽然听到身旁的李燎轻笑了一声。

李燎:"行。那就开始干活吧。我让HRBP(人力资源业务合作伙伴)给我们订晚餐。"

六点半,日料送到。

蒋意去洗手,准备吃饭。

回来的时候,她收到了谢源的微信消息。

谢源发来两个问号,还挺抽象,蒋意没看懂。

她发了三个问号,比他多一个。

然后,谢源终于回复人话,言简意赅:"饭做好了。"

他在邀请她过去吃饭。

蒋意抽了两张纸巾,把手擦干。她觉得自己是世界上最大的倒霉蛋。

她神色凝重地在键盘上打下四个字:"我在加班。"

几秒钟过去，谢源回她三个句号。

他也觉得无语，是吧？蒋意把手机扔回包里。怎么会有这种离谱的事情？都怪李燎。

十点多，整套测试终于全部通过。

蒋意灌了两口咖啡，细腰靠着人体工学椅。她抬手把衬衣上面的三颗珍珠扣子解了，稍微松了口气。

她讨厌长时间的高强度的脑力劳动，对脑细胞的杀伤力极大。她怕老了增加罹患阿尔兹海默症的风险。

问题解决了，但是李燎没有说任何鼓励的话。相反，他很苛刻，嘴上说："我希望同样的事情，在这个项目里不要再次发生。"

也不知道他这句话是说给谁听的，写代码的鲍诚又没在场。

蒋意收起电脑下班。

几个人在八楼等电梯。有人想做好人，拿蒋意做人情："蒋意，你住哪儿？顺路的话，把安妮姐捎回去呗，她住宁和湾。"

蒋意懒懒地打了一个哈欠，眼冒泪花："不太顺路。"

谁也没预料到，新来的算法工程师居然不懂客气。

电梯到了，几个人陆陆续续走进去。马上要关门的时候，李燎恰好赶上电梯。

电梯关门。李燎问蒋意："1405 做到哪里了？明天能给我看 demo（样本）吗？"

蒋意："不能。"

众人："……"

蒋意："我手里还有我们数据组里自己的排期。而且，GraphLink 这个项目只占我一半的工作量，我每周有一半的时间得做别的活。"

李燎："给个日期。"

蒋意："周四下班之前。"

李燎："行。"

电梯到了负一层，蒋意率先走出电梯去取车，李燎往反方向走。

业务看着蒋意的背影，感慨："在职场上这么狂妄的姑娘，不多见。"

"她什么家庭背景啊？"

"不知道呢，看样子她脾气挺大。"

第二章
蒋意是个不大真诚的姑娘，但谢源有点儿喜欢她

蒋意开车回家。

加班唯一的好处大概只有躲过晚高峰吧，回家的路一路畅通。这段路，蒋意平时要开半个多小时，今天只开了不到十五分钟。

她把车停好。

也不知道谢源这个时候在干什么——快十一点了，挺晚。她很好奇他今晚做了哪些菜，越是想，越是心里痒。既然他能给她发微信，邀请她一起吃晚饭，这表示他肯定做了两人份的量。他如此贤惠，可惜了。

她下车，把平底鞋换成高跟鞋，将平底鞋留在车上，开车专用，安全。

她往前面走，凯旋门包的带子搭在肩上，左手拎着灰色电脑包。

安静的地下停车场，靠近电梯间的位置停着一辆黑色迈巴赫。车子没有熄火，也没有停在固定的车位上。

蒋意慢下脚步。

从迈巴赫后排下来一人，是个男人，蒋意认识——蒋沉。

他们俩都姓蒋，之间的渊源是同一个爸生的，不过亲妈不一样。

蒋意的眼神里泛出锐利的冷光。

蒋沉摁灭烟，迎上来，挡住她的去路，西装革履，人模狗样。他看着一副古道热肠的长相，蒋意却把他看作讨人嫌的不速之客。

蒋沉笑了下："蒋意，好久不见。"他稍事解释，"我来 B 市谈生意，顺路过来看看你。对了，你已经把我的联系方式全部都拉黑，我只好往你的

邮箱里发一封电子邮件通知你。这样应该就不算我搞突然袭击吧？"

蒋意挑眉。

这个做法，听起来有点儿长进，不过他哪里来的地址？

"地址是爸给我的，"蒋沉说，"之前他让杜助理帮你处理搬家的事情，对吧？"

这人话里有话。

蒋意眼神里带点儿嘲讽，慢悠悠地飘在蒋沉的脸上，来回扫视。她丢出揶揄："怎么了？你见不得我爸的助理替我做事情？"她又笑着说，"蒋沉，不要对我有这么大的敌意嘛。没人打算跟你玩争抢家产的老套桥段。如果我爸乐意把钱都留给你，那么我一定不会有什么意见的。该是你的，就是你的。"

蒋意嘴上劝蒋沉不要对她抱有敌意，而心里想的却是：她应该在车上备一根棒球棍，或者高尔夫球杆也可以，以备不时之需。

比如现在，对着蒋沉这张脸，她是真的非常想抄起称手的工具，把他揍得鼻青脸肿。

蒋沉笑了两声："我当然不是这个意思。"他撇清自己，"爸常说，小意是家里唯一的女孩儿，要精细地养着。所以，我来B市，在公司的事情之外，最重要的就是来看看你。你缺什么，要什么，我帮你弄好，省得爸操心。"

蒋意一脸原来如此的表情："是我不识好人心。"

蒋沉笑着问："不请我上去坐坐吗？"

蒋意勾起唇，左等右等，终于等来了这句废话。

她摇头，脸上挂起玩味的笑，然后说："不太方便。"

蒋沉："哦？"他一副愿闻其详的表情。

"楼上有男人等着我呢，不太方便接待你。"

蒋沉没想到她会突然冒出这么一句，一时竟接不上话。

蒋意最喜欢看人出丑。尤其是蒋沉的笑话，她简直百看不厌。她笑眯眯地说："放心，我肯定没你玩得花。"

这句话又贬损了他，蒋沉的脸色微变。

蒋意走近他，上手替他整理西装领子，俨然兄友妹恭。可惜实情并非如此。她故意把他整条领边都翻起来，西装的面料挺括，因此能轻松地立着，使他看起来尤其可笑，像个丑角。

"蒋沉，看开点儿。我说过好几次了，你的智商跟我不在一个等级，你玩不过我。你别再来打扰我，除非你的爱好之一就是自取其辱。"

她拍了拍他的肩膀，故作亲密，然后头也不回地走掉，高跟鞋落在地上，声音听起来都是冰凉的。

转眼，蒋意已经刷卡坐电梯上楼，还冲着蒋沉动动手指，像是声音甜甜地在说"拜拜"。

蒋沉把西装领边抚平，脸色难看，接着又点了根烟。

电梯徐徐上行，蒋意的脸瞬间阴冷起来。几十秒钟的时间里，她的脑子里迅速飘过很多事情。

她很烦蒋沉，不想看到他。

现在蒋沉知道了她的住址，像今天这样不请自来的事情，他指不定还要做上好几次。

她没有心情一次次应付他，要不要搬家？

电梯到了十七楼。

门一开，谢源站在电梯口，拿着垃圾袋要下楼。

蒋意抬头看见谢源，顿时没了脾气——算了，她因为区区一个蒋沉而搬家，不值得。她费了好大的劲才能够和谢源成为邻居，不能因为蒋沉就选择前功尽弃，过好自己的日子，比什么都重要。

谢源："加班加完了？"

这话他说得多少带点儿不爽，像是等着让人去哄。可惜蒋意心思不够细腻，没听出来。

蒋意"嗯"了一声："谢源，我好累啊——"

眼看着她要开始撒娇，谢源头也不回地跨进电梯，按下关门按键，电梯门迅速关上。

蒋意盯着紧闭的电梯门，"呵"地笑了一声。

他怎么依然是一副对她唯恐避之不及的样子？

她还以为他们之间的关系已经向前迈进一步了呢。

谢源扔完垃圾，上楼，蒋意靠着墙壁站在他家门口，没回她自己家。

见他出现，她抬起眼睛看他："谢源，我能进去待会儿吗？"

谢源开门，蒋意跟了进去。

"只许待一会儿，已经很晚了。"他看了眼手机上的时间——十一点。

深更半夜，孤男寡女……她应该回她自己家。

蒋意弯腰脱掉高跟鞋，换上拖鞋。这双粉红色的女款拖鞋还是她前两天从她自己家里拿过来的，全新的。

高跟鞋被她歪歪斜斜地脱在旁边，谢源替她摆正。

蒋意不管他的强迫症，走进客厅，坐在单人沙发上环顾四周——

谢源的笔记本电脑搁在餐厅的饭桌上，屏幕开着，电脑旁边放着杯子，杯口冒着热气，空气里飘着咖啡的香气。

某人好像也在工作，蒋意的心里稍微平衡了一些。

蒋意问："你还在工作吗？"

谢源"嗯"了一声，坐在电脑前面。他没说自己为了给某人做晚饭，今天特意没有加班，而是把工作带回家做。结果她倒好，放他鸽子——他平时也没见她这么积极要留在公司里加班。谢源想到这里，脸顿时黑了。她该不会是故意的吧？她故意要看他做事落空？

蒋意要是能够听见谢源的心声，肯定直呼"冤枉"。这就是当代《狼来了》的故事。她向来喜欢捉弄他，所以有的时候真心实意做的事情反而会被他误解。

谢源喝了两口咖啡，继续写代码，没管蒋意。

蒋意打量着谢源家的厨房。不管什么时候，他家都是这样一尘不染到像样板间的程度，难为他工作之余还能有时间打扫卫生。

她越看越觉得这个男人贤惠又顾家，心里冒出温柔的泡泡。她很想知道，他今晚做了什么菜。

蒋意从沙发上爬起来，穿过客厅和餐厅，走进厨房，打开冰箱——有虾，有鱼，有牛肉，全部都是她爱吃的。

蒋意关上冰箱门，忽然觉得好委屈：她为什么要出来受这个罪？蒋沉那么无能，待在S市，背靠蒋家过得顺风顺水，还有时间纠缠女生。

她呢？她不肯靠家里，留在B市工作，进原视科技做算法工程师。加班到晚上十点多，她还得自己睁大眼睛开车回家。喜欢的人给自己做晚饭，她还因为加班吃不上。

她看向谢源的背影。

但是她待在B市所经历的事情，快乐永远比不快乐要多很多，这样想想，也是值得的。

谢源看着蒋意进了厨房，半天没听见她的动静。

蒋意静悄悄，必然在作妖。谢源没停下手上的活："在干吗呢？"

蒋意瞥到角落里的两盒红豆沙，是她那天和谢源一起逛街时买的。他说红豆沙煮糖水会很好喝。

蒋意从厨房里出来,搬开谢源旁边的凳子坐下。谢源正专注于电脑屏幕上的代码,没搭理她。

蒋意像一只黏人而赖皮的小猫咪,往谢源的身上扑腾,拉着他的袖子:"我要喝红豆沙。"

谢源腾出左手抵住她的额头,阻止她进一步凑近:"自己拿手机点外卖。"

他说的是人话吗?这都十一点了,哪里还有卖糖水的铺子开着?这个时间,外卖平台上只能搜到烧烤和炸鸡,以及二十四小时营业的知名快餐连锁品牌。

蒋意:"但是你不许我吃外卖。"

谢源扭头看她:他什么时候不允许她吃外卖了?

蒋意一副小可怜的模样,趴在桌上,用委屈巴巴的眼神瞪他。

好吧,他想起来了。今天下午她胃疼,而他当时确实说过这话,但原话只是建议她少吃外卖,没有不允许她吃外卖。再说,她什么时候这么听他的话了?

谢源揉了揉蒋意的头发:"自己待着玩,别烦我。"

蒋意拉着他的胳膊不松手:"你给我煮嘛——"

她对谢源撒娇,百试百灵。

谢源额头上的青筋"突突"地跳着,他问:"你今天就非得喝这碗红豆沙吗?"

蒋意点头,飞快地说:"要不,我帮你写代码,你给我煮红豆沙。这样很公平吧?"

谢源叹气,合上笔记本电脑。他哪里需要她帮忙写代码……

"没良心的家伙。"他走进厨房,打开橱柜门,拿出锅,"要吃甜的,还是淡的?"

"甜的!"

她吃这么多甜的,他也没看到她的性格变甜。

谢源在厨房里一阵忙碌。蒋意伸手摆弄餐桌上的抽纸:"我进了一个新的项目组。这个组里的技术老大特别不近人情,而且给的工作量特别大,我也得跟着加班,说不定以后这都是常态。"

她不时扭头看向厨房里的谢源。他背对她站在燃气灶前,肩宽腰窄腿长,赏心悦目。

"谢源,你加班,以后我也加班。我们俩还能在食堂一块儿吃晚饭呢。"

谁要跟她一块儿吃晚饭?

谢源把火关小,把她叫过去:"你过来。"

蒋意走到他旁边。谢源把汤勺塞到她手里,拉着她的手把勺柄拿稳。

一锅红豆沙加了几块黄冰糖,"咕嘟咕嘟"地煮着。

"顺时针,一圈一圈地慢慢搅,等到它慢慢冒泡泡,然后再等三分钟,你叫我,行吗?"他像家长教小朋友帮厨。

蒋意乖巧地点头。

谢源把看火的任务交给蒋意,回到电脑前,把快要写完的工作收尾。

时间一分一秒地过去。

"谢源,它开始冒泡泡了——

"谢源,三分钟了——

"谢源,你快点儿过来,它好像马上要溢出来了。谢源!"

她的语气变成了惊呼。

谢源及时出现在她身后。某一刻,他身上的气息将她裹住,如同淡淡的雨后兰草的味道,清冽微寒,莫名其妙地让她觉得可靠。

她往后退了半步,轻轻地撞在他的胸膛上。

谢源握住勺柄,稳住了她的身子。他声音微微低哑,落在她的上方:"蒋意——这是锅,不是炸弹,你没有必要这么惊慌失措。"

蒋意无辜地抬头看他——她是厨房小白嘛,可以被原谅的。

谢源从旁边拿来一根筷子,把筷子的一头浸在这锅糖水里,蘸了蘸,然后抽出来:"张嘴。"

蒋意听话地张嘴。

"然后闭上。"

她的贝齿轻轻咬住筷子。

"尝尝看,甜度正好吗?"

蒋意还咬着筷子,含混地"嗯"了一声。她品尝筷子上蘸到的糖水,眼睛骤然一亮——这就是她喜欢的甜度!

她把想法都写在脸上。谢源不动声色地笑了下,上手捏了捏她的脸颊:"松口。"

蒋意松开筷子,不吝称赞:"好喝——"

谢源关掉火,盛了两碗出来,嘴角的弧度微微上扬。

两个人各自占据餐桌的一边。

"谢源，你做的东西都超级好吃！"她眼睛很亮，不像在说假话哄他。

谢源谦虚了一下："是吗？我觉得这次的糖加多了。"

"但我觉得正好。肯定是因为你不喜欢吃甜食，所以吃不惯。"

谢源眼里染上了笑意："行。那这个配方只有你能吃，别人不行。"

蒋意对他的回答非常满意。她必须承认，谢源总是能够把她的小心思照顾得特别周到。

两碗红豆沙很快见底。谢源抽了两张纸巾，把手上的糖渍擦掉。他的手指很长，蒋意托着脸，坐在对面看着他手上的动作，渐渐发呆。

他擦完手，把纸巾放在一旁，在她面前打了一个响指。突然的声响让蒋意回过神，她眨了眨眼。

谢源清了清嗓子："现在你的心情变好一些了吗？"

蒋意的眼睛稍稍瞪大。他的意思是说，他刚才看出来她的心情不佳？

谢源摸了摸鼻子，没有直视蒋意："喝完甜的东西，心情应该会变好吧。"

蒋意照旧跟他抬杠："这是什么道理？"

她的唇角却抑制不住地翘了起来，就像心情的指向标。

他是想要哄她开心吗？

谢源："我从你这里学到的歪理。"

蒋意想了想：还真是，她经常把类似的话挂在嘴边。吃了甜食心情会变好，谢源总说这是歪理，今天却用了这个方法来哄她开心。可见，她对他的改造还是有成效的。

谢源没让她继续在他家赖下去。他把两个碗拿进厨房，再出来的时候说："行了，心情好了就回你自己家，我这儿还忙着呢。"

蒋意伸长脖子，瞥了眼亮着的电脑屏幕。谢源摁住她的脑袋，力道不重，但也不温柔，顺势就把她往外带，直到把她推出家门外，把她的电脑包和凯旋门包递过去，然后强势占住门把手，不给她任何可乘之机。

"行，你早点儿休息，晚安。"谢源说完这段词，像机器人在完成什么任务似的，迅速关了门。

蒋意穿过楼道，走到1702门口，开门，进门，关门。

她放下包包，身体靠着门板。

"笨蛋。"她轻声说。

蒋意洗完澡出来，随手把浴巾扔在沙发椅上。

手机上有两通未接来电，都是她爸蒋吉东打来的。微信上，闺密屠令宜给她发了信息，问她睡了没。

蒋意盘腿坐上飘窗，打开微信给屠令宜回了一条消息："没呢。"

然后，她给蒋吉东把电话回拨过去。

也就过了三四秒钟，蒋吉东便接起电话："小意，你在忙什么呢？"

蒋意开了免提，把手机放在旁边，慢悠悠地仰起头，拉伸酸痛的脖颈。

她答非所问，张嘴就撒娇，驾轻就熟："爸，您怎么这么晚还不休息啊？这都几点了？您又不是我们年轻人，年纪也不小了，作息要规律。您这样不听话，我明天得给张医生打电话，告诉他，他的病人不遵医嘱。"

蒋吉东"哈哈"大笑，显然很受用来自贴心小棉袄的撒娇和关心："还好，还好。今晚跟你余伯伯一块儿吃饭，难得见面，多喝了两杯茶，睡不着。爸爸保证，下不为例。"

可是，下不为例的事情又何止这一件呢？蒋意轻声笑起来，表示不再追究。

开场白结束，蒋吉东说正事："今天蒋沉跑到你那儿去了，是吧？"

蒋意敛起眼眸，冷淡地勾了勾嘴角——原来他也知道啊。

隔着手机，蒋吉东看不见小女儿的表情，义正词严："这事蒋沉做得不对，他怎么能招呼都不打一声就跑你那儿呢？我代他向你道歉。"

是吗？蒋意在心里默默地"啧"了一下。蒋吉东替蒋沉道歉啊……真是父子连心。

"杜应景做事情也没有考虑周到，不应该把你的住址告诉蒋沉。小意，你放心，我已经批评过他们了，下次肯定不会再有这种事情发生。"

蒋意垂下眼睛，脸上闪过不屑。类似的保证她听过好多遍，结果呢？

所以，她从来不把这些保证放在心上，随便吧。

蒋意笑了一声："我还好啦。爸，我也不是说不许哥哥来看我，毕竟您说过，哥哥这么做也是关心我，但是……"

她状似为难。

蒋吉东："你说。"

蒋意挑眉："但是，毕竟妈妈也有可能会过来看我。如果妈妈和哥哥遇上的话，那个场面——哑，我感觉我肯定应付不来，想想就冒冷汗呢。"

蒋吉东顺着蒋意的描述，想象了一下那种画面——确实，简直是世纪大战。

蒋意轻笑："所以，爸，您还是让哥哥离我这里远远的吧。"

蒋吉东："嗯，小意，你放心，绝对不会有下次了。"

蒋意："您让哥哥帮您多干点儿活呗。我看他就是不够累，闲得慌。"

蒋吉东"哈哈"一笑："行，我让他多干点儿脏活累活。"

"对了，你妈那儿，你要是见到她，记得跟她说一声，张医生建议她可以去瑞士那边的医疗机构疗养，可能对她的病会有效果。你也劝劝她，身体是自己的，犯不着跟我较劲。"

"嗯，爸，你放心，我会跟妈妈说的。您也替我安抚一下哥哥，不要让他不开心了，我不怪他呀！"多么善解人意的形象，蒋意都想给自己鼓鼓掌。

蒋吉东一口答应。

蒋意挂掉电话，刚好屠令宜发来微信消息："你爸也真行，他们成功人士都不睡觉的吗？这么大年纪了，他这么晚找你，什么事这么重要？"

蒋意："他替他的私生子向我赔礼道歉。"

屠令宜："蒋沉？"

蒋意："嗯。明天再聊吧，睡了。"

蒋意把消息发出去，呼出一口气，神色淡淡的。她没等屠令宜的回复，把手机搁在桌上，连上充电线。

她抬起头，望向窗外。明月高悬，满盈如盘。

蒋意和蒋沉同父异母。

在八岁之前，她也以为自己是父母独一无二的宝贝。

她出生在一个绝对富裕的家庭，父母感情美满，她是他们的掌上明珠，从小想要什么就有什么。长辈开玩笑说，蒋意是蒋家的小公主，哪怕她想要的是天上的星星，只要她向父母撒撒娇，他们也能给她摘下来。

八岁那年，父亲蒋吉东把他的私生子蒋沉带进家门。蒋沉比蒋意大五岁，那年十三岁。

然后，蒋意的父母就离婚了。

她多出一个同父异母的哥哥，意味着什么东西都需要通过争夺来占有。

蒋沉就没赢过她。只要蒋意撒撒娇，蒋吉东就会顺着她。从那时开始，她每次对蒋吉东撒娇，就是要针对蒋沉，就是要让蒋沉不好过。

她毫不避讳自己有公主病这件事情，要怪就怪她的父亲对她自幼宠溺娇惯。蒋沉怎么可能斗得过她呢？他还是趁早歇了这份心吧。

可惜母亲赵宁语有言在先，不许蒋意进蒋家的公司。蒋意也只好乖乖听话，跟蒋家的生意保持距离。

既然她没兴趣跟他争抢家产，他就该学着做一条狗，乖乖地趴下来摇尾巴，感谢她的高抬贵手。他何必招惹她呢？如果他真的让她不愉快的话，说不定她会有勇气违反母亲赵宁语定下的规矩，回到那个姓蒋的家里，然后让蒋沉什么都拿不到呢。

蒋意翻过这篇，把浴室里洗澡换下来的衣服连同浴巾一起扔进洗衣机里。她睡前做的最后一件事情，是翻出今晚她在谢源家里给两碗红豆沙糖水拍的照片，发了一条朋友圈。

蒋意："加班后的夜宵。"

她在文字后面跟了三个爱心符号。

屠令宜光速点了一个赞。

几分钟后，朋友圈冒出数字"1"——谢源点赞了这条动态。

第二天，蒋意和数据算法组里的人一块儿吃午饭。

蒋意喝着酸奶，时不时打哈欠，一连串哈欠打得满眼泪花。

老大朱伟星忍不住问："哦，蒋意，你昨天是通宵修仙去了吗？你这哈欠打的，我感觉我再看下去都得犯困。"

蒋意又是一个哈欠，没空回答。

张辛迪："蒋意昨天加班到好晚。我晚上十点多的时候，看见她 Teams 还在线呢。"

这么说，老大就可以理解了。

"我懂了，GraphLink 那边的活是吧？"

蒋意点头。她喝完酸奶，把空盒放在餐盘上面，逮着鲍诚问："鲍师傅，你说实话，你是不是因为 GraphLink 的活太多了，所以求着老大让他把你从 GraphLink 项目里调走？"

鲍诚"嘿嘿"笑了几声："嘘，待会儿请你喝咖啡。"

蒋意摇头："一杯咖啡没有诚意。鲍师傅，就因为你做了缩头逃兵，我现在天天加班，连爱心晚餐都吃不到了。"

老大朱伟星在旁边起哄："哎哎，鲍诚，你听听，你害得人家小姑娘都没有时间谈恋爱，这罪过不小啊。"

鲍诚讨饶："不能都怪我吧。再说，蒋意，我可看到你昨天的朋友圈了。错过爱心晚餐，但是你有爱心夜宵啊。"

蒋意笑了笑。

他又说："体谅体谅，大家都是打工人，我如果继续在 GraphLink 组里待下去，都得去看心理医生了。老大，这能算工伤吗？公司给报销吗？"

看来他是李燎受害者之一。

吃完午餐，一组人往办公室走。鲍诚手里拿着两杯美式咖啡，从后面追上蒋意，递给她一杯，讨好地笑了下："咖啡管够，行吗？"

蒋意也笑："前辈，我跟您开玩笑呢。"

鲍诚跟蒋意聊了两句。他说起自己待在 GraphLink 的那几周时间，一脸后怕："李燎是真狠，你多担待，实在不行的话，过段时间也让老大把你调走就行。老大也知道，GraphLink 组的强度太大了。他是觉得你的简历强，所以让你去。"

蒋意："前辈，你用不着安慰我。"

鲍诚摇摇头："不是安慰你，是真的。我跟你讲，GraphLink 这个项目公司很重视。要是干得好，分分钟就能升 senior。你想，你要是真有技术，这就是往上晋升的捷径呢。"

蒋意极度怀疑鲍诚在给她"画饼"。

"不信？不信你就去查下李燎的职级怎么升的。他就比你早进公司两年，现在已经是 staff（资深）级别了，这职级升得比坐火箭还快。"

下午，李燎出现在七楼，美其名曰监督组里人的工作进度。七楼数据算法组里，现在只有蒋意是他项目组里的员工。他索性坦诚点儿，直说他是来盯着她干活的。

张辛迪向蒋意投去同情的目光。与此同时，鲍诚已经第一时间抱着电脑躲进了旁边的会议室里，由此可见，李燎给他留下的心理阴影实在是很大。

李燎让蒋意把 1405 的代码界面调出来，看着她写代码。他站在她旁边，视线居高临下，偶尔指手画脚。

被人盯着电脑屏幕写代码……在蒋意的印象里，自从大一学年第一学期的程序设计语言课程结课之后，她就没再经历过类似的事情。

但凡是心理素质差一些的人，在这种场合里简直分分钟能冒起一手的汗。她好像能够理解为什么鲍诚会躲着李燎走了。

蒋意的写码基本功很扎实，李燎挑不出什么错。

许久，蒋意写完当前功能，在自己的本地环境里通过调试。

李燎笑了下："行，比之前那人靠谱。"他又一次拉踩鲍诚。

李燎示意蒋意给他让位。她往旁边挪开，李燎弯腰盯着她的显示器，手指在键盘上飞快地敲着。

蒋意没看他，拿起一旁的咖啡灌了两口下去。

张辛迪朝她猛眨眼睛，像极了学生时代在老师的眼皮子底下偷偷摸摸做小动作。蒋意撑着下巴，接收到张辛迪的眼神，但是没有领悟其中包含的意思。她刚要开口问张辛迪，李燎长臂一伸，把她的转椅霸道地拖了过去。

他摆正她的椅子，指着显示屏上面的其中一块代码："这里还能优化。"

哪里还能优化？蒋意扫了一眼——没有必要再优化了吧。这个小功能当前的性能已经充分满足需求了。

她摆明不想再改，说："不能牺牲代码的可读性。我觉得现在这样挺好。"

李燎轻哼一声，把她的椅子转过来，和他面对面："是吗？你再想想。"

他将手撑在她的椅子扶手上，身形投下一道阴影。

蒋意不怕他，据理力争："没什么好商量的，它现在完全满足性能指标。你有本事先去让PM（产品经理）改需求说明书啊。"

李燎忽然笑了下，看起来像是快要让步了。

"行，没问题，按你说的来。我去找PM，你留在这里。在我回来之前，你先想想，要怎么做这个优化。"他冲她挑眉，看得人毛骨悚然。

周围的同事大多静观其变，此时已经默默地在心里给蒋意点了一个赞以及一根小蜡烛。他们绝大多数人都亲眼见识过前几周李燎和鲍诚之间的"友好互动"，因此都对李燎的恐怖印象很深刻。李燎现在不祸害鲍诚了，转而欺负他们数据算法组里仅有的两个女生之一蒋意，欺人太甚！

可是，他们敢怒不敢言。李燎的威慑力太强，没人胆敢冲上去做"炮灰"。

李燎离开，应该是去找PM了。蒋意没感觉到危险，颇有一种初生牛犊不怕虎的气势。

李燎一走，她的视野一下子开阔不少。她抬头，视线晃了一圈，居然看见了谢源——谢源站在走廊上，手里拿着一杯咖啡，目光越过一排排办公桌椅和一颗颗属于程序员的脑袋，和她对上视线。

他什么时候在那儿的？

谢源盯了她两秒钟，转身就走。

蒋意没搞清楚状况：谢源为什么会在七楼？

张辛迪蹬着椅子滑过来，压低声音："我觉得他在看你。"看蒋意没反应过来,张辛迪补充,"八楼帅哥盯着你有一会儿了。你刚才在跟'李灭绝'吵架,太投入了吧,所以没注意到八楼的帅哥。"

这么过分的事情,居然是她干出来的?蒋意"噌"地站起来,合上面前的电脑追上去。

张辛迪一脸问号:"蒋意?你去哪儿?"

蒋意在七楼的电梯边上追上了谢源。他站在那儿等电梯,看都不看她,完全把她当陌生人。

"谢源——"

他终于正眼看她,态度不咸不淡,说:"什么事?"

蒋意忍不住生气。他一个在八楼上班的人,莫名其妙地跑到七楼来,她才应该问他有什么事吧?

"你到七楼来干吗?"

谢源冷冷地瞥她:"你这话说的,我不能来七楼吗?我跟你们组也有正在合作推进的项目。"

不知怎么,他今天跟她说话的态度有点儿端着,不近人情。

蒋意盯着他的脸,觉得眼前的这个男人跟昨晚给她煮红豆沙糖水的人判若两人。最近她明明感觉到谢源的脾气渐渐变得温和了,可是今天他又忽然变回了其他人眼里那个脾气差劲的谢源,动不动就会黑起脸跟她装凶。

她本来就因为李燎的苛刻而心情不好,现在谢源也给她摆脸色看。

他是想怎样,要跟她吵架吗?

电梯到了,谢源走进去。他要按电梯楼层,顺手把咖啡换到左手里拿着,右手伸出去按下八楼的按键。

蒋意的注意力落在谢源的手上。他手里的咖啡是满的,他一口都没喝。

蒋意跨进电梯。

谢源眼神锋利如刀:她跟进来做什么?

电梯里没人,蒋意拉住谢源左手的手腕,低头看清了塑料杯上贴的标签——冰拿铁。

她以前每天下午都会雷打不动地喝一杯拿铁,通常是要加冰块的。

她好像有点儿懂了,态度一下子一百八十度大转弯,眉眼弯弯,语气柔和了一些:"咖啡是买给我的?"

谢源扯了一下嘴角,依然嘴硬:"看不出来吗?"

蒋意轻哼:"看不出来。"

他到底在傲娇什么啊？

转眼间电梯升到八楼，门开了，门外站着一人，正是李燎。李燎看到电梯里的两个人，挑了挑眉。他认识蒋意，但不认识谢源。

蒋意还拉着谢源的手腕。

李燎轻轻抿了下嘴唇，直直地盯着蒋意，此刻莫名其妙地显得"白切黑"。他无视两个人碰在一块儿的手，无视谢源："这么着急上来找我，看来你是知道要怎么做优化了。"

目光在蒋意身上转了一圈，他似笑非笑："那就来吧，讲讲你打算怎么做这个优化。我下楼，还是你过来？"

李燎无视谢源。谢源也同样无视李燎，看了眼蒋意，然后右手落下来盖住蒋意的手指，把她的手从自己的左手手腕上拿开，顺手把咖啡塞进她的手里，其间有一刻，他的手指穿过她的指间，如同十指紧扣般亲密。

蒋意有一瞬间肌肤过电的感觉，已经不管李燎在说什么了。

谢源低头，对她的眼睛深深地一瞥，然后转身出了电梯径直往外走，一句多余的话都没说。

李燎轻笑了下，意味不明地说："还看啊？人都走远了。"

谢源已经走远了。李燎转过来，挡住光，把她拉进电梯里："走了，下楼做优化。"

蒋意看了看李燎，没说话。

李燎挑眉："不看他，改成看我了？"说完，李燎随即嗤笑一声，带着点儿不屑，也带着点儿揶揄，然后说，"行，我没意见。你想盯着我看一个下午都行，前提条件只有一个，你把优化做了。"

蒋意跟李燎就没话可说。

电梯折返七楼，蒋意率先往外走，也不管身后的李燎。

她把冰拿铁拿在手里，透明的塑料杯壁上结出好多水珠。蒋意握了一手心的冷凝水。她回到自己的办公桌前，首先扯了两张纸巾擦手。

李燎站定，长腿一搭，像个雕塑似的立在她的工位旁边。整个数据算法组的办公区域当属他最醒目，可他又不是数据算法组的员工。人来人往的办公区域，大家都忍不住瞥他，偏偏他自己不觉得别扭。

蒋意电脑上登着的 Teams 弹出一条消息。

鲍诚："蒋意，求你了，你就从了李燎吧。"

蒋意抬头张望，鲍诚没在他自己的座位上，估计这会儿还躲在会议室里呢。

· 68 ·

行吧——

蒋意问李燎："你找完PM了？"

李燎颔首。

蒋意登进GraphLink项目组的资料库，找到需求说明书，点开。果然，在李燎的督促下，PM已经修改好了1405这个代码需求的性能要求，还特意在备注一栏里@蒋意，提醒她记得查看最新的性能要求。

李燎笑了下，表情难得一见地温和："现在可以开始做优化了吗？"

蒋意回以微笑："当然可以。"

听着两个人互相阴阳怪气，张辛迪坐在一旁，突然感到一阵恶寒。

蒋意调出代码界面，开始上手干活。李燎没走，仍然站在旁边看她写代码。李燎思路跟着她修改的地方走，偶尔会提出一两条建议，能够一针见血。他毕竟比她多两年的工作经验，蒋意的代码风格有时还带点儿学生思维，他则会立刻让她纠正过来，让她用业务的逻辑和眼光改进，这样效率还挺高。

蒋意写了会儿，伸手拿桌上的冰拿铁。

李燎"啧"了一声："你桌上这杯美式不是还没喝完吗？"

他先她一步拿走了冰拿铁。

蒋意的眼神瞬间变得很凶，她看起来就像一只护食的小猫。

李燎不怵，慢悠悠地说："蒋意，从刚才开始，我就一直在给你提供建议和帮助吧？不说让你事半功倍，至少也实打实教给了你有用的经验。你倒好，也不体谅体谅我，不担心我口渴吗？"

这是实话。李燎确实是空着手来的，像个大爷。他没拿杯子，中间没喝过水，话还特别多。

"李组长想喝什么？我请客。"

李燎欣然接受："行，我要一杯冰拿铁，你去买吧。"

他这么说话，她很难忍住不翻白眼。他索性直说，就是要喝手里这杯冰拿铁呗。

蒋意找借口："我要写代码，没工夫去买咖啡。"

李燎哼笑："没事，我看你效率很高。买杯咖啡而已，不会耽误你工作的。而且，按照你现在的进度，你买完咖啡回来要是写得再快点儿，今天说不定都能准时下班。"

他居然用加班威胁她。而且，她今天突然发现，李燎莫名其妙地变得话多起来，简直不像她一开始在项目组的周会上见到的那个惜字如金的他。

蒋意："行了行了，那你就喝吧。"
李燎还反问她："我能喝吗？有人会生气吗？"
蒋意："我不生气，行了吧？"
李燎话里的"有人"其实不是指蒋意，而是指刚刚在电梯里把咖啡给蒋意的那个男人。他见蒋意误解了他的原意，并没有纠正她，只是轻笑两声，然后掀起杯口，喝了几口。

啧，冰拿铁，果然还是一如既往的难喝啊。

蒋意很争气，就像李燎预计的那样在下班前做完了优化的部分。她当着李燎的面收拾电脑和包包，然后准时下班。

李燎看着她心高气傲的模样，忍不住笑了。他跟在她后面，走到朱伟星的桌旁，用蒋意能够听到的音量，笑眯眯地向朱伟星道谢："伟星，我要感谢你，向 GraphLink 项目组推荐了蒋意。像她这样聪明又负责的算法工程师，正是我们项目急需的员工。"

朱伟星"呵呵"笑："不用客气。"

蒋意走在前面，没理睬李燎。他这算什么？打个巴掌再给颗糖吃？她不吃这套。

蒋意走远了。朱伟星"嘿"了一声，马上换了一副态度，冲李燎开玩笑："喂，李燎，你不许压榨我组里的员工。像你这样带团队，我跟你说，我们蒋意分分钟告辞不干了，我到时把她放别的项目组，不给你用了。我们组里总共就这么两个女孩儿，金贵得很呢——"

李燎欠欠地笑了下，说："我哪儿压榨她了？我觉得我挺爱护她的。"

蒋意到家，第一件事情就是给谢源发微信："你加班吗？我能有晚饭吃吗？"她在文字后面跟了三个可怜巴巴的表情符号。

谢源的回复很快就到了，他惜字如金："无，公司加班。"

蒋意垂头。

果然如此，她担心的情况还是发生了。谢源不加班的时候，她要加班。今天她不加班了，结果谢源又得加班。她到底什么时候才能吃到谢源亲手做的爱心晚餐？她总感觉这个期望会遥遥无期。

她打开外卖 App，正在浏览附近餐厅的时候，谢源的微信又到了。

"算了，你等会儿，我马上回去。"

他这是什么意思？他不加班啦？

谢源："你会煮米饭吗？"

他问的是废话。

蒋意："当然不会。"

公司里，谢源一边收拾东西，一边看蒋意回复的信息。当他看到消息界面上的"不会"两个大字，嘴角忍不住抽搐了一下。

她真的太理直气壮了。他简直不明白，缺乏基本生活技能的她是怎么活到这个年纪的。

太典型的公主病……对付她，他需要有点儿耐心，一样样慢慢教。

谢源到家，直接敲蒋意的家门。印象里，入住以来，通常都是蒋意敲他家的门，很少有反过来的情况。

蒋意开门："谢源——"

谢源扔下话："跟我过来。"

他径直带着她进1701室，先教她怎样用电饭锅。

这事根本就不难。蒋意在他的指示下洗好米，放好水，然后盖上电饭锅的盖子，按下开关。

"这就行了。"

剩下的菜都由谢源做。他没指望能只花一天时间就让蒋意的厨艺达到顺利毕业的水平。她今天能学会用电饭锅煮饭，就已经皆大欢喜了。

冰箱里食材齐全。米饭煮好，谢源也做好了几道菜，盛出来摆在桌上。

蒋意拿出手机先拍照。拍完照，她放下手机，说："我感觉，你不是在给我做饭，而是在教我做饭。"

谢源手里握着筷子，哼笑了下："脑子反应还挺快。"

蒋意："我不学。"

谢源："授人以鱼，不如授之以渔。你小时候没听过这个故事吗？"

蒋意："我爸没给我讲过这个故事。"

谢源："这是学校里教的。"

蒋意："噢。"

谢源循循善诱："你难道不想学做饭做菜吗？学会之后，你就可以给自己做饭，不觉得这样很有成就感吗？"

蒋意摇头："不要。"

她不是幼儿园的小朋友——她这个年纪已经不好骗了。

谢源："为什么不要？"

蒋意回答得理所当然："如果我学会做饭了，那你肯定不会做饭给我吃。我才不会这么笨呢！"

谢源没想到，她给的理由居然会是这样的。

蒋意冷哼一声，脸上写着：心思被我猜中了吧。

谢源："娇气。"

蒋意坐在对面观察他的表情。虽然他嘴上说着她娇气，但他的心情似乎还不错。她托起脸，试探道："你今天怎么想到给我买咖啡？太阳从西边出来了？"

谢源答非所问："我买的咖啡好喝吗？"

中午在食堂看到她连着打哈欠，他也不知道为什么，就一时冲动给她买了咖啡。他上赶着给她送过去，谁知道走到七楼，却看见她跟其他人正聊得热火朝天，也不知道她在聊什么，那么开心。

谢源的问题把蒋意难住了。她眨眨眼，不知道该怎么说——那杯冰拿铁，其实她一口都没喝到。

谢源抬眼："难喝？那下次我不买了——"

蒋意表情无辜："我没喝到，那杯咖啡被坏人抢走了。"

谢源随口问："你们组里还有强盗呢？"

谢源眼前闪过一张脸：下午等在八楼电梯外面的男人。如果他没有记错的话，这个男人同时还是下午待在蒋意的办公桌旁边的人。他直觉蒋意口中抢走咖啡的坏人，多半就是这个家伙。

他们进原视科技才多久？蒋意这就要和别人熟络起来了吗？

谢源莫名其妙地觉得有点儿不爽。他瞥了眼蒋意，脑子里忽然冒出一句不合时宜的话：蒋意在外面有别的"狗"了。

谢源顿时一阵头疼。不行，他不能这么想，否则有自我贬低的嫌疑。首先，他不是蒋意的"狗"；其次……其次，他不想给她当"狗"。

她还浑然不知他在想什么，一双狐狸眼往他这里扫来扫去。

谢源给自己倒了一杯冰水，灌了两口下去。别的他不知道，他只知道，蒋意的眼光很挑剔，她还真不一定能看上别人。

如果，她看上了其他人——他只有四个字给她：好走不送。

谢源想了一整晚，盯着黑漆漆的天花板，直到凌晨五点多的时候才睡着。

八点的闹钟准时把他叫醒。谢源在床上坐起来，掀开鹅绒被，浑身肌肉都在酸痛，而脑子里还盘旋着昨晚他琢磨出的结论：蒋意在外面有别的"狗"了。

忽然之间，所有的事情都能前后联系起来了——

毕业的时候，蒋意没让他帮忙搬家，说都已经搬完弄好了；

她跟其他人打电话的时候巧笑倩兮，看到他之后态度一百八十度大转弯，笑容立刻消失；

还有那个待在她旁边的家伙……

谢源走进洗手间，把电动牙刷塞进上下牙齿之间。牙刷靠声波震动着，他听着"嗡嗡"的声音，心情很难维持在良好的水平。他再次想起张鹏飞当时的预言——蒋意这种类型的女孩子不会缺少异性追求。

他吐掉牙膏泡沫，仰头漱口。

早晨头脑太过清醒也不是一件好事，容易让人厘清头绪，抽丝剥茧，从而得出一些残酷的真相。

他用冷水洗脸，手指穿过短发，试图把一些念头挥去。镜子里的他顶着淡淡的黑眼圈，发梢滴着水珠，面无表情，一副脾气不好的模样。

蒋意是他迄今为止遇到过的最麻烦的人。他处处忍让她，她却对他没有半句真话，至今还在耍着他玩。

他不能再这样下去了。

上午九点，谢源抵达公司。他停好车，刚从车上下来，没走几步，看见不远处有一辆红车斜着屁股戳在车道上，没停在车位上。谢源认得车牌，那是蒋意的车。

红车晃了两下大灯，蒋意从车里探出脑袋："谢源！"

她像小鸡崽见到母鸡，眼睛亮晶晶的。

谢源额头上的青筋"突突"地跳着——她又有什么事情？

他走向红车："说。"

蒋意趴在车窗边上，露出可怜兮兮的表情："谢源，我倒不进去。你帮我停一下车子，好不好呀？"

谢源把手搭上车门框，居高临下，表情像是在考虑。蒋意怕他转身就走，手指拉住他的袖子，轻轻拽了一下，装乖的意图很明而易见。

不知道为什么，谢源忽然变得很好商量。他示意她下车，坐上驾驶位。

蒋意的车上各种驾驶辅助功能齐全，她应该是把能配的功能都配上了。谢源看倒车影像和雷达都挺高级的——她怎么可能倒不进去呢？她还是在跟他装。

　　谢源暂且按下不表。他把车倒进车位，下车的时候，又顺手把她的包包和电脑包都从副驾驶座上拿下来。

　　蒋意笑嘻嘻地接过包："谢谢——我就知道，还是谢源你最好了。"

　　谢源淡淡勾了下唇，没说话，抬脚就走。蒋意追上去。

　　他们身后，隔着十几米的距离，李燎从车上下来。他望着蒋意和谢源离开的方向，表情若有所思。

　　蒋意跟着谢源进电梯，谢源按了电梯。

　　"蒋意——"他忽然叫她的名字。

　　"嗯？"

　　他瞥了她一眼，说："你刚才说什么了？我没听清楚，你再说一遍。"

　　蒋意欣然应允，把感谢的话重复了一遍："我说，谢源你最好了。"

　　谢源点了一下头，冲她挑眉："蒋意，感谢不是光嘴上说说就行的。"

　　蒋意没听懂。

　　谢源点她："你得拿出一点儿实际行动。"

　　蒋意瞪大眼睛：这是谢源能说出来的话吗？

　　她稳住心神，故意露出恍然大悟的表情："原来是这样啊！"接着，她佯装苦恼，"也不是不行。只不过我怕，如果我拿出实际行动会把你吓坏呢。"她朝他眨了眨眼睛。

　　"是吗？"谢源低头看她，明显不信，"你可以试试。"他俯身，视线在她的脸上来回扫了几下，"实践出真知，看我会不会被你吓坏。"

　　他忽然凑近她，又是低声说话。蒋意毫无防备，没忍住脸红，而谢源已经退回了安全距离。

　　蒋意默默地瞥了眼电梯里的镜子。还好还好，她的脸红得并不明显，谢源应该没有看出来。

　　她心里就像揣着一只小鹿，此刻它"咚咚"地撞着神经，她下意识地咬住嘴唇。为什么今天的谢源好像跟平常不太一样？

　　过了一会儿，谢源又说："蒋意，你要是真的觉得我人好，想要感谢我，你自己的事情就尽量自己做，不要总是麻烦我。"

　　原来他说的"实际行动"是这个意思……果然还是原装的谢源，不解风情的榆木脑袋。蒋意觉得自己刚才白激动了。

上午，蒋意正在写月报。

张辛迪忽然"啧"了一声，说："'李灭绝'又来了。"

张辛迪撑着脸，朝蒋意悄悄地发出声音："蒋意，你的桃花运是不是他啊？"没等蒋意说话，张辛迪又道，"感觉你好惨。像这样的桃花运，我宁可不要。"

蒋意莞尔。张辛迪说话总是很有意思，常常语出惊人。

李燎径直走过来，敲了敲蒋意的桌子。

蒋意头都没抬，专心写月报："请问，李组长有什么事情吗？"

李燎："你要不要考虑把工位搬上去，到八楼待着？楼上有位子。"

蒋意："我为什么要搬到八楼？我要跟我的同事们坐在一块儿。"

李燎："我也是你的同事。"

蒋意抬头，看见李燎笑得一脸理直气壮，也真亏他说得出口。

蒋意把自己的工牌从桌上拿起来，给李燎看："李燎，你看清楚，我是数据算法组的，我跟你是哪门子的同事？"

李燎接过工牌，拿着没看："我知道你是数据算法组的。"他俯身，朝她坏笑，"我怕你的嫡亲同事天天看到我压力太大，要去看心理医生呢。"

蒋意一下就听懂了他说的是谁，无奈地看了一眼坐在前面的鲍师傅——她觉得鲍师傅已经需要去看心理医生了。

李燎："蒋意，你在 GraphLink 项目组做得很好。我们的共事关系还会持续很长一段时间，我得经常来看你的工作进度。每天下楼到你这儿走一趟，我是没问题的，权当是工作之余的锻炼了。

"不过，鲍诚，还有你们组里的其他一些人，在我手里干活的时候就有点儿心理阴影了。我想，他们应该不想天天看见我这张脸吧？"

蒋意瞪他："我干吗要管他们？"

如果谢源此刻在这里，肯定会觉得她这个表情太眼熟了。

蒋意嘛，典型的公主病，极度以自我为中心，李燎实在不必把她想得有多么善良。她只顾自己，根本懒得管别人的死活呢。

李燎还有理由："你们老大批准了。"

老大朱伟星像是长了顺风耳，蒋意望过去，朱伟星刚好抬起头，冲她"嘿嘿"一笑，像是在说"不用谢"。

蒋意终于意识到，自己低估了李燎的脸皮厚度。

"我不要。"

"八楼很好玩的。"李燎像在哄孩子。

她才不相信呢，八楼能有什么好玩的？不过，谢源也在八楼办公。这才是真正让蒋意感兴趣的事情。而且，PUK 组和谢源所在的广告算法组挨着，两个组的办公区域中间只隔着一个茶水间和两部电梯。

但是，她想，或许她和谢源之间还是应该保持一点儿距离。俗话说得好，距离产生美。她觉得，本科加上研究生这几年，她之所以没能攻略谢源，主要原因可能就是他们之间没什么距离，成天抬头不见低头见的。而且她对自己的脾气有清晰的认知——公主病嘛，待久了，再多的优点都要被这一个缺点完全给掩盖住了。所以，她现在得充分吸取教训。

蒋意："我不想，我不要。"

见她不肯配合，李燎也没有强求，话锋一转，说："你不搬到八楼也行，但是今天你得在楼上待着。"

"为什么？"

"组里有一个排期要赶。你应该能看到，1402 号需求，本来这是许林杰的活，但我看他那副样子多半应付不了。你待会儿上去，替我看着他写。"

蒋意："为什么你不亲自看着？"

就跟他前两天在她旁边站一整个下午那样，她以为他挺喜欢干这监工的活。

李燎笑："你以为人人都能有你这待遇？"

蒋意无奈："谢谢你，这又不是什么好事，我送给许林杰好了。"

李燎终于正色："我下午会议排满了，没时间看他。你去，我看也就你能应付。"最后他稍微吹捧了一下她的技术，无非是想说他觉得组里也就她有能耐可以填补他的空缺，指点组里其他几个写不出代码的家伙。

"行吧，就今天一次，下不为例。"

"行，行。"李燎满口答应，一看就是没把蒋意的警告放在心上。

李燎带蒋意上楼，甚至替她拿着电脑，让蒋意坐他的位子。

"这是你的咖啡，冰美式。"他递给她一杯咖啡。

这待遇确实可以。

"许林杰就坐那儿，你隔一段时间就过去看看他写多少了。今天下班之前盯着他把基本框架写完，里面具体的模块，他能填多少填多少。"李燎把事情都交代好。

PUK 组里其他人看得一愣一愣的——漂亮的年轻女人，坐在李燎的位子上，李燎还对她笑眯眯的，这究竟是哪位高人啊？

许林杰一脸痛苦之余，还有工夫跟其他人说明情况："这是 GraphLink

项目新进来的算法工程师,蒋意,是数据算法组的。"他抓了抓头发,对手头的工作仍然一筹莫展,然后补充说,"她是T大的,强得离谱。所以,她现在已经是李燎的心腹大将了。"

颜值超高的小姐姐,毕业于T大计算机系,算法工程师,据说实力强得离谱,而且能够得到大魔王李燎的认可。

这个信息传播得飞快,八楼PUK组这边掀起了小小的轰动。算法工程师一个个都伸长脖子想要见到真人,还要按捺住内心的小激动,不敢表现得太夸张,免得吓到人家小姐姐。

甚至有人跟PUK组的老大抱怨,为什么当初各组在校招池子里捞人的时候,没把这位小姐姐捞进PUK组里,以致她被楼下的数据算法组抢去了。

这场小轰动很快波及隔壁的广告算法组。于是,谢源也听到了其中某个版本——以讹传讹,蒋意在这个版本里已经快要成为十全十美的女神仙。

谢源冷哼:他们都没见识过蒋意的真面目,可见有的舆论偏离真相的程度有多么离谱。

同事赵培棋问谢源:"谢源,我记得你就是T大计算机系的,你也今年毕业,你也是硕士,那你肯定认识这妹子啊。"

谢源没接话,往PUK组那儿瞥了眼,不动声色。隔着一段距离,他看到了那天站在蒋意旁边的男人。

"那人是谁?"

赵培棋抬头看了眼:"噢,那是李燎,PUK组的算法工程师,他们组里都管他叫大魔王。话说,大魔王李燎都认可蒋意的能力,谢源你也强得可怕,T大确实厉害啊——"

赵培棋后面说的话,谢源没在听。

李燎,谢源记住这个名字了。

午饭时间,赵培棋在和谢源去食堂的路上问了一路:"你到底认不认识PUK组新来的那个妹子?"

谢源逐渐失去耐心,寒着脸,反问:"你觉得我认识她吗?"

赵培棋被问得愣住,下意识地缩了缩脖子:哑,这人好凶,他怎么会知道答案?认识就是认识,不认识就是不认识,多简单一个问题。人人都说谢源脾气不好,果然如此。

赵培棋正准备闭嘴,心心念念的姑娘忽然出现在眼前——蒋意径直走过来,身量纤细,耳根莹润泛白,工牌规规矩矩地挂在胸前,乍一看倒是乖巧文静，很是招人喜欢。

她踮起脚，拍了下谢源的肩膀，俨然很亲昵。

赵培棋在旁边目睹这一动作，眼睛顿时瞪得老大。他就说嘛，这两个人果然是认识的，不仅认识，多半还很熟呢。

谢源莫名其妙地被人拍了一下，黑着脸回头。蒋意的脸出现在他的视野里，他看见是她，眉宇之间的愠色倒是散掉一些。

他打量着她。她还知道来吃饭呢。刚才他起身准备下楼的时候，留意过她，看她还坐在PUK组里，旁边围着好几个人，一副"团宠"的模样。他以为，得有人亲自把午饭买好送到她面前，铺好桌布，摆上餐具，这才符合她现在的待遇吧。

蒋意对着谢源乖乖地扬唇笑，要多甜有多甜。

谢源移开视线：哼，故意装乖。

他没跟她说话。

也许是赵培棋的目光过于强烈，蒋意终于注意到他。她看这人刚刚一直在跟谢源讲话，应该是谢源的同事吧。

蒋意露出友好的眼神，在赵培棋说话之前主动与他打招呼："你好呀，我是蒋意。"

她伸出右手，要和他握手。赵培棋顿时受宠若惊，紧张到语无伦次："你……你好。"

赵培棋：PUK组的美女这么平易近人的吗？

谢源面无表情地旁观，同时心里止不住冷笑：很好，她又在人前装淑女。

每到这时，他就会升腾起一种冲动，非常想要撕掉她伪善的面具。她就喜欢在他面前耍公主的脾气，这算怎么一回事？她觉得他特别好欺负？

赵培棋连忙把右手伸出去握手，生怕显得怠慢。然而，就在他马上能握到蒋意的手指的时候，谢源从旁边随手拿起一个绿色餐盘，"啪"一下塞在蒋意手里，占住了她的手。

赵培棋的手落空了。

谢源这家伙今天什么意思，故意让他在姑娘面前出洋相吗？

蒋意转眼笑得更欢了。见谢源淡淡地瞥过来，她便马上收敛住，然而眼眉含笑，藏不住心事。她手上抱着餐盘，往他身上一瞟一瞟的，眉眼藏钩，像人间妖精。

手是没握到，赵培棋连忙补上自我介绍："我叫赵培棋，是广告算法组的，就在你们组隔壁，嘿嘿——"

谢源横插一杠，冷冰冰地开口纠正赵培棋："她不是PUK组的。她在七楼，数据算法组。"

赵培棋人菜瘾大，此刻居然敢眼瞪谢源表示不满，还朝谢源挤眉弄眼：谢源你小子消息这么灵通，刚才为什么一言不发？现在当着人家妹子的面，你装什么熟人呢？

蒋意温温柔柔地出声解释："我在李燎组长的GraphLink项目组里，所以今天临时在八楼办公，平时都在七楼。"

赵培棋瞬间觉得蒋意好贴心，还替谢源解围呢。看看，她和谢源都是T大毕业生，或许在智商上难分胜负，但是情商不就立马高下分明吗？

赵培棋心想：要是当初校招进他们广告算法组的人是蒋意，不是谢源，该有多好。但也只能想想而已，他狠狠羡慕楼下的数据算法组。

谢源冷淡地催促："聊完了吗？聊完了就去买饭。"

他浑身上下散发着寒气。

赵培棋见状，终于看出了一点儿端倪：谢源该不会喜欢蒋意吧？

于是，他不敢再惹谢源，默默溜走——他还是一个人点外卖吧。

蒋意确实饿了。她抬头看食堂今日的餐牌，看了一圈，忍不住皱眉——她口味向来挑剔："感觉没什么好吃的。"

谢源走到窗口前面，径直拿起两份清炒西蓝花，一份摆在自己的餐盘里，另一份塞进蒋意的手里。

"拿稳了。"他回头盯着她说，眼看着她漂亮的五官立刻皱起来，但她没有拒绝。

谢源心里哼笑，莫名其妙地有些解气。

蒋意挑挑拣拣，可是谢源不惯着她，直接替她决定了午餐的菜式种类。

两个人找位子坐下。

蒋意："你同事呢？"她向四周张望，没看到赵培棋的人影。

"不用管他。"谢源递给她一张纸巾，然后反过来问她，"你的同事呢？你不用和他们一块儿吃饭吗？"

蒋意托着脸："我肯定优先陪你吃午饭啊。要是我走了，你一个人孤零零地吃饭，多可怜啊。"她把他形容得跟孤寡老人似的。

谢源闭嘴，吃饭。蒋意还不肯安生，拿起筷子盯着盘子里的菜，轻轻叹了一口气，真想点外卖呀。

她先把盘子里的木耳都夹给谢源，然后又把清炒西蓝花分给谢源一大半，最后把半碗米饭也拨进了他的碗里。

谢源都快被气笑了，耐着脾气看她忙活，而蒋意还一副浑然不知的模样："谢源，你又忘了，我不吃木耳。"

听她这意思，她是不是还觉得他做错事情，忘记了她的口味喜好？

谢源毫不怀疑，也许蒋意下一秒就能蹦出一句：你是不是不在乎我了，所以连我喜欢吃什么、不喜欢吃什么都不记得了？

这完全像她能说出的话，她一向口无遮拦。

蒋意夹了一筷子木耳："张嘴。"

她拿着筷子，把木耳送到他嘴边。

谢源盯着她看了两秒钟，张嘴吃掉，咽下去。

她满意地笑了下。

这样就差不多了，她消气了——虽然她根本就没有真的生气。

蒋意不再逗谢源玩，正要准备开始吃饭，谢源冷不丁开口："还有什么想要喂给我吃？"

蒋意握着筷子的手抖了一下，她没听错吧？这还是谢源吗？

轮到她心里冒起小九九，这该不会是暴风雨来临前的平静吧？

蒋意犹豫了一下，到底还是胆大，又夹起一条清蒸茄子——她记得谢源很不喜欢吃清蒸茄子，他总说这是黑暗料理。

谢源仍然一声不吭地吃掉茄子，眼睛牢牢地盯着她，仿佛在说：继续，你不是胆子大吗？

蒋意被他看得忽然就有点儿不敢了，感觉自己这么做和薅老虎脑袋上的毛没区别。

谢源居高临下地瞥她。果然，她也就这么点儿胆量，色厉内荏。他跟她相处久了，能够摸出她的习性——蒋意只有闹腾够了才肯收敛性子，乖乖听话。

"吃饭。"谢源从她手里抽走筷子，和她换了一副筷子。他的筷子没动过，是干净的。

蒋意眼神飘来飘去，耳朵微微泛红。她轻轻咬住筷子尖，忍不住想笑，但也怕谢源原地炸毛。

她想说，他换筷子其实也没用。她在夹起茄子之前，就已经喂过他一筷子木耳了，所以筷子还是碰过他之后又碰了她盘子里的清蒸茄子——他和她就避不了嫌。

周日，蒋意照例在谢源家吃晚饭。

谢源在盛饭，蒋意在餐桌旁边坐下，观察桌上摆着的几道菜。

之前没觉得，可是今天她仔细一看，终于发现，谢源每次在家里做饭，做的菜都是她喜欢吃的，并没有她讨厌吃的东西。那天在公司食堂，他却故意给她拿了她不喜欢吃的木耳和西蓝花。

蒋意轻轻地"啧"了一下，他似乎很喜欢管着她。

她目光灼热，肆无忌惮地看着厨房里谢源贤惠的身影。不得不说，这个男人好像是有点儿掌控欲的，但是她喜欢。

等谢源拿着米饭出来，蒋意翘起嘴唇，说："谢源，你明明知道我爱吃什么，那天为什么还要给我拿木耳和西蓝花？"

谢源僵了一下，但很快板起脸，说："我听懂了。那么下周的菜谱就定木耳炒西蓝花，很健康。"

蒋意皱起鼻子，拖长声音撒娇："不要——"

谢源弯了弯嘴角，俯身对她说："我烧菜，所以我有决定权，你反对无效。"

蒋意控诉："你就是在欺负我。"

谢源愉快地承认："对啊，就是欺负你。然后呢？你想怎么样？你能怎么样？"

蒋意忽然泄了气，漂亮的眼睛转了一圈："谢源，你就是一个控制狂。要是放在某些电影里，你就是那种非得让伴侣什么事情都服从你的斯文败类。如果人家不顺着你，你是不是还要给她惩罚——"

她说着说着又歪了。谢源拍了一下她的脑袋："正经一点儿。"

她脑子里成天都装着什么废料？

蒋意盯了他一会儿，觉得自己无意中道破了什么真相。

谢源被她看得有些许不自在。

说到电影，蒋意灵光一闪："谢源，待会儿吃完饭，我们去看电影吧。"

"不去，累。"谢源一口否决。明天是周一，他还要上班呢。

她什么事情都不用做，当然闲得发慌。他得伺候她吃饭，等她走了还得洗锅、洗碗。何况，要是他们现在出门去电影院看电影，肯定是他负责开车来回，他负责忙前忙后。

这种一想就知道赔本的买卖，他才不做。

"不去电影院看，我们就在家里看嘛。"蒋意拉住他的手指，拽着晃了两下，"我跟你讲，昨天我找人上门安装了全套家庭影院。你正好可以体验一下，然后帮我看看，还有什么地方可以改进一下。"

谢源把手往后撤，用眼神警告她：不许动手动脚。

她说话就说话，没事总想拉他的手干什么，像个女流氓。

虽然……谢源往她脸上瞥了一眼，然后嗓子就不太舒服，微微有些痒，毕竟长得像她这么漂亮的女流氓确实少见。

"行吧。"谢源勉勉强强答应下来。

蒋意用看电影这个理由把谢源拐回了家。

谢源无所谓看什么电影，让蒋意做决定。不过他有言在先，不许选恐怖片。

蒋意取笑他："怎么了，你害怕呀？"

谢源盯着她，皮笑肉不笑："我是怕你看了之后害怕得睡不着觉，大半夜哭哭啼啼地抱着枕头来敲我家的门。"

蒋意哼了一声。他至于把她说成胆小鬼吗？她开始看恐怖片的年纪，说不定他还在看《喜羊羊与灰太狼》呢。

行，她不看就不看。

蒋意在挑电影，谢源在研究她家的家庭影院设备。

整套设备都是原装进口的，配置都拉满了，确实不错。

蒋意看起来就像那种会为了享受生活而豪掷千金的家伙。

换句话说，她就是没有金钱观念。

蒋意抱着iPad（平板电脑）选了好久。

谢源催促她："选完了吗？"

"好了好了。"蒋意最后挑了一部今年贺岁档院线上映的爆笑喜剧片，"老少咸宜，合家欢大电影，没有任何限制级镜头，恐怖元素为零。你满意了吧？"

谢源表示："可以。"

电影开始，几家电影投资公司的logo（商标）陆陆续续出现在屏幕上。客厅里的顶灯很亮，影响家庭影院的效果，蒋意推推谢源："你快去把灯关掉。"

谢源起身，找了一圈没看到开关。蒋意娇声娇气地抱怨："哎呀，谢源，你真笨。"她给他指出方位，"在那边。"

谢源黑着脸——明明就是她家灯的开关藏得太隐蔽。

客厅灯全部关掉，只有屏幕发出光亮，顿时就有了电影院里黑漆漆的氛围，电影也终于开始了。

谢源看了十分钟，才发现原来这部电影他之前看过。

今年春节的时候，刚好是他和蒋意研究生三年级要准备毕业的时间点，一大堆的表格要申报。蒋意理所当然地使唤他，谢源累得够呛。等忙完所有的事情，他却发现距离蒋意离校回家过节还有一天。

为了躲蒋意，那天他待在T大旁边的电影院里，把手机调成静音模式，从早到晚，把贺岁档的几部电影全部都看了一遍。而他们此时此刻正在看的这部喜剧片，谢源早场加晚场，甚至看过两遍。

这件事情他肯定不能告诉蒋意。

谢源现在想想，也觉得离谱——从小到大，在认识蒋意之前，他哪里有过这么憋屈的经历？

谢源记性很好。他把一部电影整整看过两遍，现在是第三遍，结果就是他对其中的剧情、台词、包袱都记得无比清楚。

他这怎么还能看得下去？

谢源的注意力转移到别的地方，他时不时地移眼瞥她。

蒋意的怀里抱着抱枕，屏幕的光打在她的脸上，忽明忽暗。电影里男主角抖了一个破包袱，蒋意弯起眼睛，笑得很开心。而谢源注视着她的侧脸，于是不自觉地也跟着淡淡笑了下，自己还毫无察觉。

他收回视线，装得满脸高深莫测。原来这种烂梗都能逗笑她，她的笑点也未免有点儿太低了。

电影过半，笑点密集地出现，一个紧接着一个，呈现井喷的态势。蒋意被逗得眼泪汪汪，笑起来的模样生动而鲜活。谢源甚至觉得，蒋意这样子看起来比这部电影好玩多了。

他正要把目光移回屏幕上，房间里突然有手机铃声作响，是他的手机在响。蒋意闻声转过脑袋，然后把谢源抓个正着。谢源自知露馅儿，冷静地移开眼神，面不改色。

蒋意凑近逗他："你偷看我干吗？"

谢源丢下一句："自作多情。"

然后他就拿起手机，起身到阳台上去接电话。

"看就看了，你害羞什么呀？我长得漂亮，就是要给人看的。"

电话是谢源所在项目组的同事打来的，事关下周要发布的功能。负责做这个功能的那个小组今天还在公司加班，看样子多半还得通宵。他们的功能需要调用谢源写的接口，所以这位同事打电话过来跟谢源询问一些技术细节。

同事很客气，电话打通之后先是一阵道歉，表示周日深夜还打电话打扰谢源很不好意思，但是没有办法。

"没事。"谢源说着，视线穿过阳台的玻璃移门，落在蒋意的身上——她把电影暂停了，想要等他打完电话一起看。谢源长出一口气，神情淡淡的："不算打扰。"这话他说得有点儿言不由衷。

同事进入正题，跟谢源说明现在遇到的情况。

这电话估计一时半会儿结束不了。谢源一边听着，一边拉开移门告诉蒋意不用等他，她自己继续往下看吧。

同事那边也能听见谢源说话的内容，忍不住停顿了一下，再开口的时候声音听起来歉意满满："对不起啊，谢源，是不是打扰你和女朋友约会了？"

谢源沉默两秒钟，然后接上："没事。"

同事其实也是连轴加班了好多天，顺着这个状况抱怨了几句："唉，做我们这个工作，收入高，但休息实在是太少。女朋友要是能理解就还好，否则真的太容易吵架分手了。"

电话打了很久，等谢源打完电话回到客厅，电影还没结束，但某人已经歪在沙发上睡着了。屏幕持续地亮着，放出明暗交替的绮丽画面，却没打断蒋意的睡眠。

这部电影谢源看过两遍，他有资格说这部电影确实有点儿乏味，难怪蒋意能看得睡着。

他拍拍她的脑袋："起来了，回房间去睡觉。"

她一动不动，保持着歪倒在沙发上的姿势，枕着沙发的边缘，黑色的长发披散铺在她的手臂上和颈后，衬得肌肤如玉般白皙。呼吸有规律地一起一伏，她没有要醒过来的意思。

谢源蹲下来，微微眯起眼睛："蒋意，不要装睡。"

沙发上的姑娘仍然不声不响。

谢源认定她在装睡，而装睡的人无论如何是叫不醒的。

谢源轻笑了一声，把毯子从她怀里抽出来。毯子其中有一角压在她的腿下，谢源既然已经认定蒋意在装睡，也就不怕动作太大吵醒她。他毫不温柔，稍微用了点儿力气，直接把那一角扯出来。

蒋意还是不醒。

谢源把毯子盖在她身上："你有本事就在沙发上睡一晚。"他随手拨了拨她耳边的碎发，"在沙发上睡落枕了，可别怪我没提醒你。"

谢源关掉家庭影院，又替蒋意把客厅里的空调温度调高两摄氏度。

他做完这些，走向门口。

谢源停顿了一下，回头，眸色沉沉，眼中仿佛有暗涌的旋涡，深深地再看了一眼蒋意——睫毛盖着眼睑，她睡相恬静，毫无防备。

谢源走了。大门一关上，沙发上的女人就睁开了眼睛。蒋意双目清亮，哪里有刚睡醒的模样？

第二天，蒋意在公司楼下遇到谢源。他明明也看到她了，仍然不紧不慢地走在前面，像是故意等她主动追上去。

蒋意跟上谢源，开口就兴师问罪："谢源，你昨天晚上是不是拿毯子盖在我的脸上了？你是不是想把我闷坏？"

谢源还真的回忆了一下，确定自己没有——毯子只盖到她的脖子以下，连锁骨都露着。

蒋意有意胡搅蛮缠，一口咬定就是他干的坏事，伸手就掐他的胳膊和他的腰，用足了劲。

谢源长臂一揽，轻易制住她，把她推进电梯里："大早上的，你稍微乖一点儿。"

他教训归教训，语气却带着些许笑意。

他们后头，李燎冷眼看着这两个人。

电梯门已经关上。李燎赶不上凑这趟热闹，也没想凑进去。他最近在停车场里偶遇蒋意的频率真是高，几乎每天早上都能看见她和那天给她买咖啡的那个家伙打打闹闹。

李燎"啜"了一声，不爽之余也觉得新鲜。

好女孩儿的身边总是围绕着一众追求者，摩拳擦掌、争风吃醋、大打出手，这些都无可避免，他并不觉得自己会输给谁。

电梯里，谢源帮蒋意按了七楼的按钮。

电梯到七楼，门开了，蒋意却没动。谢源好心提醒她："你可以下去了。"

蒋意瞥他一眼，伸手按下了关门键："我去八楼。"

谢源将舌头抵住后槽牙，听到她这么说，莫名其妙地觉得有点儿烦躁——她又去八楼。

蒋意："今天是周一，GraphLink 项目组要开周会。"

每周一上午，GraphLink 的项目周会是雷打不动的固定日程。

谢源嘴上没说什么，心里却忍不住冷哼。反正他看到蒋意在八楼，心里就是不爽。

转眼电梯就到了八楼。蒋意和谢源一前一后出了电梯，一个往左，一个往右。

谢源走到工位，放下电脑包。

包括昨天晚上给谢源打电话的同事在内的几个人整晚没走，直接熬了通宵，现在一个个都正在猛灌咖啡提神。同事见到谢源，顾不上说别的，马上又是当面道歉："兄弟，昨天真的对不住。"

谢源说"没事"。

听到有人问怎么了，同事苦笑："昨天晚上我们不是留下来加班吗？临时遇到一点儿问题，想着打电话给谢源请教一下，结果撞上人家跟女朋友看电影呢，我们这可真是罪孽深重。我今天早上在厕所里刷牙的时候，还一直在想这件事情，太对不住谢源了。谢源，你女朋友真没生气吧？"

谢源沉默了一下。他不喜欢长篇大论地给人解释，如果要澄清昨晚他不是在跟女朋友看电影，势必又会引出其他人更多的好奇心。

比如，都那么晚了，他不是跟女朋友待在一起，还能是跟谁待在一起？

再比如，她不是女朋友，那是不是他正在追求的女生？

诸如此类的话题能够一直持续下去，没完没了。

他光是想想就觉得头大，那就只好顺着承认，然后迅速结束这个话题："还好……她是同行，能理解。"

谢源跟同事说话的时候，赵培棋就坐在旁边一边吃早饭，一边重启电脑。

当听到谢源昨晚和女朋友一块儿看电影，结果被几个通宵加班的家伙搞砸气氛的时候，赵培棋还乐呵呵地一阵傻笑——这条缺德新闻很下饭，能安慰安慰他们这些苦命的单身人士。

赵培棋听得津津有味，继续往下听。

等谢源说出"她是同行，能理解"的时候，赵培棋顿时瞪大眼睛——且慢！谢源说，他的女朋友是同行？

几乎是条件反射般地，赵培棋立马联想到一个姑娘，完全符合描述，而且和谢源也有很深的交集——那不就是蒋意嘛！

她本身是算法工程师，符合谢源所说的同行特征。她和谢源还是T大同学。而且那天在公司食堂，赵培棋旁观蒋意和谢源之间的相处模式，就觉得他们两个肯定很熟，感觉不像是普通同学。

难道说，谢源的女朋友就是蒋意？赵培棋突然觉得自己好像知道了什么不得了的惊天大秘密，手里的红豆面包也顿时不香了。

"喀喀——"他情绪太激动，嘴里一口红豆面包不慎噎在喉咙，他在桌上摸了半天没摸到水杯，脖子以上瞬间涨成类似于猪肝红的颜色。

即使如此艰难，他还积极地扒拉着谢源，急于求证自己的猜想。

蒋意究竟是不是谢源的女朋友？在线等，他挺急的。

谢源把赵培棋的手推下去，一脸嫌弃。

赵培棋差点儿被自己的早饭噎死，好不容易缓过劲来，随即接收到谢源警告的一瞥。

谢源像是能预知到赵培棋开口想说什么："别瞎想，不是你想的那样。"

谢源的眼神很有威慑力，行吧，他说不是就不是。

同事感兴趣地插嘴："什么'不是那样'？你们俩打什么哑谜呢？"

赵培棋默默地把手里剩下的红豆面包一口吞掉，不吭声了。他看谢源能死鸭子嘴硬否认到什么时候。

八楼，GraphLink项目组的会议室，蒋意推门进去，会议室里就坐着业务姐姐安妮一个人，其他人都还没到。

蒋意看了眼手机上的时间——是业务姐姐到得太早了。

安妮是典型的外向型人格，兴致勃勃地拉着蒋意聊天儿，问蒋意现在有没有男朋友。蒋意没正面给出答案，而是笑眯眯地问："安妮姐要给我介绍男生啊？"

安妮笑着说："也行啊！"

这时，李燎从外面进来。他耳朵好，这样都能听见她们之前的对话。

他放下电脑，眼里带笑地先是看了一眼蒋意，然后跟安妮说："红娘可不是这么容易就能当好的，做红娘这件事情其实跟做推荐算法差不多。"

安妮有点儿感兴趣："这话怎么说？"

李燎："你得先了解目标用户的需求，给他们做行为画像，这样做出来的推荐系统才能真的起作用。"

安妮想了想，好像还真是这么一个道理。

李燎在蒋意正对面落座。

他直直地盯着她："你喜欢什么样的？"

蒋意微微扯了下嘴角：这个话题怎么还没结束呢？

她淡定地回答："反正不是你这样的。"

安妮忍不住"扑哧"笑出声音来：蒋意这姑娘好敢说，胆子太大了。

李燎拖长语气"哦"了一声，抱臂懒洋洋地往后靠："原来你喜欢做排除法。"

他的表情看起来不像在生气。蒋意不紧不慢地露出笑脸，打上补丁："李组长，不要往心里去，我跟你开玩笑呢。"

打一巴掌，再给一颗糖，蒋意可太擅长这一套手段了。

"我怎么会计较呢？"李燎也笑，眼睛温和地望着她，"不然显得我的心眼儿太小，蒋意就更加不喜欢我了，是吧？"

蒋意"呵呵"轻笑了两声，在电脑上的代码界面里打下一行注释——李燎，神经病。

九点五十五分，GraphLink 项目组的人到齐，周会开始。

李燎在周会上着重表扬了蒋意上周的工作："蒋意是新入职的校招员工，但是她上周对 GraphLink 项目的贡献已经超过了在座好几位工作经验丰富的工程师。我建议你们去读读蒋意写的模块。"

李燎锐利的目光从一张张的人脸上扫过去。

"学习她的技术，也许对某些人来说难度太大。我也不为难你们，不妨先好好学习一下人家是怎么写技术文档的。写得狗屁不通的东西，也上传到云上，你们是把项目当成垃圾回收站了吗？"

李燎没有指名道姓，但胜似指名道姓。许林杰脸色泛白，就差把脑袋塞到桌子底下去了。

周会在众人反思的氛围中结束。

这次李燎没把蒋意单独留下来开小会。他有其他的折磨对象——他直接拎着许林杰进了走廊对过儿的小会议室，一对一。

安妮轻声叹道："估计许林杰要被踢出项目组了。"

蒋意抱着笔记本电脑，听到安妮说的话，也看向对面那间小会议室。李燎反手把小会议室的门关上，玻璃墙自动从透明变成白色，阻隔来自走廊上的视线。

"犯了错误，就会被踢出项目组吗？"

安妮回头，说："是啊，李燎不允许组里有拖慢进度的人。但是对于许

· 88 ·

林杰来说,从 GraphLink 项目里出去,也不是什么坏事。他不做 GraphLink 这个项目,公司还有很多别的项目组也正缺人呢,说不定就能遇到一个友善的领导,他也能发挥自己的能力。"

安妮看看蒋意,笑着补充说:"不过,蒋意你不需要担心这个问题。你肯定能够在这个项目里留很久。"

蒋意随意地笑了下,感觉这话听起来也没什么让人高兴的。

蒋意回到七楼刚坐下,张辛迪就蹬着椅子靠拢过来,递给她一把棒棒糖。

蒋意拉开抽屉,张辛迪把棒棒糖都放进去,手里留下一根。

张辛迪举着这根棒棒糖,对着蒋意,说:"坦白从宽,抗拒从严——"

蒋意从张辛迪手里拿走棒棒糖,撕开包装把棒棒糖放进嘴里。

葡萄口味的,好甜。

她问张辛迪:"怎么了?"

"我今天早上亲眼看到,你和八楼帅哥一块儿从停车场坐电梯上楼。光天化日之下,你竟然对八楼帅哥上下其手,该行径真是惨绝人寰。"

蒋意抬眸瞥她:"我怎么没看见你?你那时候藏哪儿了?"

"我没藏!我就坐在车里,非常光明正大。你猜,我后来还看到谁了?"

"谁啊?"

"李燎,就在你们后面,但没跟你们进同一部电梯。"

蒋意不管李燎,托起脸笑得明艳动人:"那么在你目睹这些事情之后,有什么想要问我的?"

张辛迪挽住蒋意的胳膊,声音压得低低的,很适合在办公室里偷偷讲八卦的语气:"你跟八楼帅哥什么时候发展起来的?你这进展也太神速了吧!"

尽管张辛迪的整个上半身压着蒋意的右手臂,但没妨碍蒋意用电脑键盘打字。

蒋意的表情有点儿意思,她慢悠悠地翘着唇角笑,却不开口说话,就是吊足张辛迪的胃口。

张辛迪开始漫天乱猜:"让我回忆一下。上次八楼帅哥跑下来,站那儿盯着你看了半天。那个时候你们应该已经有事了,所以肯定在那之前你们俩就好上了。"她一激灵,"我的天啊!蒋意,你真的好神速啊!"

蒋意写完邮件发出去,才有空回答张辛迪的问题:"我哪儿神速了?

我简直就是龟速。你口中的八楼帅哥，今年已经是我认识他的第八个年头了。"

张辛迪掰着手指头计算，认识八年的话——

"你们是大学同学？"

蒋意："本科同专业同班，研究生同导师，七年同窗，现在是第八年。"

张辛迪："你喜欢他？"

蒋意瞥她一眼："看不出来？"

蒋意这话说得有点儿傲娇。

张辛迪抱着抱枕傻笑起来，自言自语："你喜欢他……嘿嘿，你喜欢他。"

她整个人都荡漾起来，转椅原地慢腾腾地转了两圈，仿佛是她在喜欢谢源。

她高兴完，把椅子转回来，接着说："那你们俩确实够磨叽的。八年，这都够人家结婚再离婚，再结婚再离婚了，你们俩还在这儿慢悠悠地谈恋爱呢。"

蒋意被她这大胆的对比给呛到，连咳了好几声，纠正张辛迪："我和谢源还没谈上恋爱。"

轮到张辛迪一脸震惊："你你你——"她及时降低音量，"你现在都没有和谢源谈恋爱吗？足足七年啊！"

蒋意也没办法："现实就是这么离谱。"

她把电脑桌面切来切去，心情很烦躁。

张辛迪让蒋意少安毋躁，摸着下巴开始为蒋意分析眼前的情况——到底是哪儿出了问题呢？

"男人有的时候需要一点儿鼓励，才有勇气踏出表白的这一步。"张辛迪分析得有理有据，"你是不是没有给他暗示啊？你得鼓励他、诱导他——你得引导他。"

蒋意也懂这个理论，但是她很确信自己给谢源的都算明示了。难道非要她直接扑上去，压倒谢源，狠狠地亲他，把他亲到腿软，他才能知道她的企图吗？

张辛迪反应过来："对呀，就我今天早上看到的内容来说，你都这样那样谢源了——"

蒋意忍不住弯起嘴唇笑了：什么叫她这样那样谢源？说得好像她是一个女流氓似的。

张辛迪也犯难:"我感觉你给的暗示已经很明确了,按照道理来讲,八楼帅哥不应该无动于衷啊。"

她一脸痛苦,试图找到问题的答案。终于,她语出惊人:"你确定他喜欢女人吗?"

蒋意瞪她,眼神仿佛能够杀人。

张辛迪立刻赔笑:"我只是提出一个合理的怀疑而已。"

蒋意还要说什么,但是停了下来,因为李燎又来了。张辛迪也滑着椅子滚回自己的工位上,脸上那表情就跟逃难似的。

不得不说,李燎身上的压迫感确实拉满了,估计没什么人喜欢跟他共事。

蒋意装模作样在认真工作。

李燎把新的排期表打印出来拿给蒋意。

"你跟许林杰的会开完了?"

李燎颔首:"我是让他卷铺盖走人,两句话不就结束了吗?"

他这话说得还真是无情呢。

她皮笑肉不笑:"真是辛苦李燎组长,送排期表这种小事,您还亲自跑一趟,直接在 Teams 上 @ 我不就行了吗?我自己会下载的,我们七楼也有好几台打印机呢。"

李燎哼笑,放了一瓶叶黄素片在蒋意的办公桌上。

"对眼睛好。"他丢下这句话,然后扬长而去,今天倒是走得很快。

蒋意盯着李燎的背影——他这是在讽刺她的眼睛不好吗?

她把李燎拿来的排期表放在一旁,暂且不管。她现在满脑子依然是刚才自己和张辛迪说的话。

张辛迪觉得谢源没有道理无动于衷。她用排除法,一条条地排除可能的情况,甚至连谢源不喜欢女人这种可能性都枚举出来了。

蒋意这会儿有点儿失落,但没有把情绪表现在脸上。

蒋意知道,其实还有一种可能性,张辛迪并没有提及,那就是谢源压根儿就不喜欢她这一款。也许他对她完全不来电,所以无论她怎样做,都是无用功。

张辛迪不提,也许是没有想到,也许是怕说出来会惹蒋意不开心。而蒋意一想到这种可能性,就确实感到强烈的失落,空空的胃也忍不住缩起,一阵阵地痉挛。

她身上的优点很多,从小到大,无论在什么地方,她都是最容易获得异性青睐的那一个。所以，她已经习惯了每个人都会喜欢她，从而忽略了可能她喜欢的谢源偏偏就是一个例外。

如果他不会喜欢她，那么她要怎么办？蒋意抿唇。

她好像从来没有考虑过这个问题。如果谢源不会喜欢她，那么她要知难而退吗？

蒋意把纸巾捏成团，用力扔进垃圾桶里——才不要！她从小到大，人生里就没有出现过"退堂鼓"这个选项。

她才不要认输。至少现在，她还不想认输。

蒋意不相信自己撬不开谢源的铜墙铁壁——她一定能拿下他。

下午，蒋意坐电梯到八楼，拿着一张服务器资源申请表找李燎要签字拿批条。

李燎挑眉，很是意外——八百年都见不到她主动上来找他，这刮的是什么风？

李燎学她说过的话："你怎么还亲自跑一趟，直接在 Teams 上找我要一个电子签名不就解决问题了吗？"

蒋意漫不经心地笑了下，没解释，跟他说了也是白说。

李燎接过申请表，拿起签字笔，利落地签下名字，然后就这么直直地盯着蒋意。

蒋意伸手拿表格，李燎按住纸张一角，问她："真没其他事？"

蒋意微笑："真没其他事。"

李燎松开手，由她把表格收走，他才不信。

蒋意收走签过字的申请表，转身离开。

她还真是只找他签申请表。李燎看着她的背影，琢磨着，然后无奈地轻声笑了下——她还真是跟他公事公办。找他签申请表是借口，她其实是想上来见别人吧。

这样可是会让他很忌妒隔壁广告算法组那个叫谢源的家伙。李燎揉揉眉心，早上在停车场，蒋意和谢源打打闹闹的情形犹在眼前。

李燎把签字笔收起来。

天不遂人愿，他觉得心累。

蒋意把李燎签过字的申请表直接拿去交给云服务部门。云服务部门的位置在八楼的另一头，挨着广告算法组的办公区域。

她走过去的时候，谢源没在工位上，她交完表格出来，谢源依然不在。

这人整天都在忙些什么，怎么连人影都见不到？她觉得这趟上八楼，简直是白走一趟。

蒋意往电梯的方向走，这时候，一个熟面孔出现在远处，朝她这边走。她眯了下眼睛，看清了那张脸——谢源的同事，赵培棋，她之前在食堂见过他。

没等蒋意想做什么，她的手机响了。她垂眸看来电显示，是她之前买车的 4S 店打来的电话。

这样啊——蒋意微微勾起唇角，一个计划在她的脑子里初具雏形。

她接通电话。

4S 店工作人员打来电话，是想问她最近什么时候方便让他们过来取车。

这辆新车她买回来开了几周，她一直觉得车里甲醛味道太重，好几次闻着这股皮革晒够太阳的味道都感到昏头涨脑。

她之前跟 4S 店反映情况，4S 店提出的解决方案是，他们提供一次全车清洗服务，看看洗完情况会不会好一点儿。

蒋意一直没空处理这件事情，本来是想扔给谢源让他帮她处理的。

但是现在——眼看着赵培棋马上要走近，蒋意笑眯眯地问电话那边的工作人员："今天下午我有空，你们能来拿车吗？"

她给了原视科技的地址，4S 店表示可以。

蒋意跟他们约好时间，下午三点半，工作人员会到原视科技的楼下，她把车和钥匙给他们。他们这两天做好全车清洗，再把车给她送回来。

她的声音不大不小，应该刚好能让赵培棋听到。

她挂掉电话，然后主动和赵培棋打招呼："培棋，你好。"

赵培棋又是满脸受宠若惊的模样。

"你好，你好，蒋意。谢源他没在，在六楼开会。"赵培棋这话说的，像是在给同事家属报备同事的去向。

蒋意微笑："没事，我不是来找他的。我刚才去云服务部门交单子。"

赵培棋"哦"了一声，抬手挠挠头，然后问起刚刚不小心听到的内容："你的车怎么了？没事吧？"

"没什么大问题，就是送去 4S 店做一下保养。"

他们简单聊了两句，然后分开，各自去做事了。

谢源开完会回来，赵培棋贱兮兮地凑过去。

赵培棋心里已经认定蒋意和谢源关系匪浅，主动提供情报："蒋意今天没车，你要不要英雄救美，待会儿下班送她回家？"

谢源瞥他一眼，只觉得莫名其妙：蒋意为什么会没车？她今天早上不是好端端地把车开来公司了吗？再说，赵培棋又是从哪里听到的消息？

"她给4S店打电话，我听到的。"赵培棋说得信誓旦旦，"4S店待会儿就来拿车，开回去做保养。"

谢源皱眉：她那车才买多久？从他们毕业开始算，满打满算，也就一个多月，这车怎么就需要保养了？她就是有公主病，事多。

赵培棋看谢源无动于衷，反而心急："你怎么没反应啊？你给她发信息问哪！"

谢源没理睬赵培棋，打开笔记本电脑，连上电源线。

赵培棋哼道："你不送她，多的是人要送她。你等着，待会儿我准时下班，我去送她。"

谢源冷笑两声："随你。"

谢源不着急。他有什么好着急的？按照蒋意的性子，她过会儿就会发微信骚扰他，理直气壮地要求他开车把她载回去。他何必上赶着给自己找事情做，等她找他就行。

谢源等了一个下午，从两点等到五点，从心平气和一直等到心烦气躁，都没等来蒋意给他发骚扰消息。奇了怪了，放在平时，她肯定第一时间来找他，今天却半点儿动静都没有。谢源的脸色沉下来，他想到一种糟糕的可能性：她找了其他人。

隔壁工位的赵培棋已经不知去向，谢源扫了一眼桌面，赵培棋的电脑和充电器都没了，多半他是早就下班跑路了。谢源想起下午赵培棋信誓旦旦说的话——这傻子，不会真的跑去蒋意那儿献殷勤了吧？

赵培棋也就算了，但是——谢源抬起头，盯着PUK组的方向——隔壁PUK组的那个李燎却让谢源不得不在意。

越想越不对劲，谢源猛地站起，收拾电脑和其他东西。

对面的同事瞪大眼睛："哎哎，谢源，你下班了？"

谢源头都没抬，把数据线扔进包里："嗯。"

"但是晚上七点不是要开项目会吗？"

谢源酷酷地丢下一句："我线上参加。"

他拿起电脑包夹在胳膊底下，像一阵风似的大步走向电梯的位置。

蒋意拎着包，站在马路边的人行道上等出租车。暮色挂在天边，傍晚

· 94 ·

的风吹得很舒服,而她在等一辆压根儿就不存在的出租车。

　　一辆哑光黑色轿车从地下停车库缓缓驶上来,打转向灯,加速,开到蒋意的面前靠边停下。这车看着很眼熟,蒋意甚至能把车牌号码倒背如流。

　　她抿唇偷笑,等到谢源降下车窗,又及时把唇角压了下去。虽然计划得逞,值得庆祝,但是她不能当着谢源的面表现得太嚣张,某人会炸毛的。

　　谢源的手搭在方向盘上,敲了两下,他从车里抬起头看她,装模作样地问了句:"蒋意,你车呢?"

　　假正经……蒋意心里飘着甜丝丝的劲,他就装吧。

　　她答道:"送去4S店保养了。"

　　谢源演戏演足全套,随口吐槽:"你这车才刚买多久就做保养……"他从车里伸手给她开了副驾驶座的车门,"你先上车。"嗯,他说得很自然。

　　蒋意还傲娇地演着:"我叫出租车了,师傅马上就到,让我看看,还有九百米……"她在手机上像煞有介事地戳了几下,仿佛真的在用打车平台。

　　谢源要拿她的手机:"你把手机给我,我替你把订单取消。"为此,他还找了一个光明正大的理由,"这太不环保了,一趟路还坐两辆车。"

　　站在环保的立场上讲,他这话倒是很有说服力。

　　蒋意肯定不能把手机给他,要不然就露馅儿了。她把手机藏在怀里,不给他,还打了一下谢源的手心。他下意识地收拢手指,但没抓住她。

　　谢源"啧"了一声,她的胆子现在真是不小啊。

　　蒋意:"我自己会取消,你还真以为我什么都不会吗?"她把副驾驶座的车门完全拉开,弯腰坐进去。她防着谢源,迅速地在手机屏幕上点了点:"已经取消了。"她把手机牢牢地握在手里。

　　谢源才没她那么多的心眼儿,压根儿就没偷看她的手机。

　　蒋意见缝插针:"你嘴上说不环保,那我们平时就是开两辆车上下班的呀。你要环保,那就天天接送我上下班呗!"

　　谢源:当他没说。

　　谢源似笑非笑,盯着蒋意,反问:"你这不是挺会折腾我的吗?还让我接送你上下班——真把我当司机使唤呢。"他话锋一转,"那你为什么今天下午这么乖,车子没了,都没想到给我发信息,让我捎你回家?你脑子里在想什么呢?"

　　蒋意一本正经:"我是怕打扰你工作。"

　　谢源拖长语气"哦"了一声:"是吗?"

　　"是啊。"

他看着她，笑了，忍住想要揉乱她的头发的冲动："行，你把安全带系上，走了。"

谢源等蒋意系好安全带再上路。蒋意却一点儿也不着急，把电脑包放在腿边，又把链条包包扔在后座上，然后才慢悠悠地伸手往后摸安全带的卡扣。链条包包的拉链敞着，包里李憭给的那瓶叶黄素片就这么骨碌碌地滚出来，"啪"的一声掉到后排座椅底下。

谢源有强迫症，见不得车里乱糟糟的，伸手替她把东西捡起来。他拿起来看了一眼瓶身上贴的标签，才发现这是一瓶叶黄素片。

"你什么时候开始注重养生了？还吃保健品。"

她是那种能喝冰水就绝不喝热水的人，能有意识地主动对症下药吃保健品，太阳都得从西边出来。

蒋意随口一说："别人给我的。"这确实是别人给她的，她没骗人。

谢源蹙眉，眼里闪过不悦——又是别人，她最近生活里别人的存在感有点儿强啊。

蒋意又问他："你要吗？你要就给你吧，说是对眼睛好。"

谢源哼了一声："你留着自己吃吧。"

他眼睛好得很，连近视都没有。

蒋意扣上安全带后，谢源发动车子。

蒋意想起一件事情："对了，景孟瑶师姐回国了。我跟她约好时间一块儿吃饭，你去不去？"

景孟瑶是蒋意和谢源的同门师姐。蒋意和谢源读本科的时候，景孟瑶是李恽教授的研究生。她硕士毕业后去M国继续深造，读PhD（博士），最近毕业回国了。

谢源问蒋意约在什么时候。

"这周四中午，午休的时候。师姐刚好有空，我也有空，简单吃个午餐，一个小时应该也够了，隆重的接风宴往后放放。"

谢源想了想——他不行，周四中午没空。

"午休有个会。"

蒋意忍不住吐槽："你怎么这么多会议？"

谢源面无表情："因为我是工作狂。"

谁让她总是喜欢叫他"工作狂"，求仁得仁。

周四中午，蒋意没跟同事一起吃午饭，约了师姐景孟瑶吃饭。

十二点，蒋意收到景孟瑶发过来的微信消息。景孟瑶说自己已经到了，现在正在他们公司底楼的展厅里看海报。

蒋意坐电梯下楼。

原视科技大楼的一楼，正值饭点，外卖小哥来来往往，分秒必争，边打电话边放下外卖就走，都是为了多赶几单，能多赚点儿。

蒋意找到景孟瑶："师姐！"

景孟瑶站在展厅那边，笑眯眯地朝蒋意招手。

景孟瑶比蒋意高几届。景孟瑶硕士快毕业的时候，蒋意和谢源还在念本科。那时候他们两个已经在李恽教授的组里了，没课的时候就泡在实验室里干活。景孟瑶带过他们一段时间，出国以后，景孟瑶和蒋意也一直保持联系，所以很熟。

景孟瑶在 M 国读完 PhD，如今学成归来，在母校 T 大计算机系找到教职，还在李恽教授的科研团队里做 AP（副教授）。

蒋意和景孟瑶去了公司旁边商场的楼里一家很有名气的川菜馆坐下来。

景孟瑶："我听李老师说了，你跟谢源现在都在原视科技工作。"

蒋意点头："嗯。"

景孟瑶逗她："宝贝，你怎么还没跟谢源谈恋爱呀？"

显然，景孟瑶从李恽教授那里道听途说了很多事情。

"师姐，你怎么哪壶不开提哪壶啊？"

两个人点完菜，蒋意打开话匣子，跟景孟瑶抱怨谢源不解风情："我倒是想谈恋爱，可是谢源他简直就是粉红泡泡的绝缘体，真是气死我了。"她一脸泄气，把手里的酒水单翻来翻去，"我不知道谢源心里是怎么想的。师姐，你帮我参谋参谋呗。"

景孟瑶无奈地笑笑："我充其量也就是一个狗头军师，肯定帮不到你。"

她浑身上下散发着优雅知性的光辉，却亲口认证自己是狗头军师，这反差未免也太大了。

"我感觉谢源就不喜欢我这个类型的。"蒋意对景孟瑶道出自己的烦恼，"我觉得，谢源大概就喜欢跟他一样的。"她掰着手指，列举谢源身上的诸多特质——强迫症、洁癖、工作狂，上得厅堂，下得厨房，内务标兵。

"还有一点必须跟他不一样，脾气要好。"蒋意替谢源拟定的理想型，差不多应该就是这样的。

景孟瑶顺着蒋意的描述，尝试想象出这样的形象。然后她说："嗯，确实，这些描述好像没有一条跟你是吻合的。"

"师姐——"蒋意气鼓鼓地撒娇,"连你也欺负我。"

景孟瑶温柔地说:"开玩笑,开玩笑。"

她们点的菜陆陆续续端上来。

蒋意其实不太能吃辣。景孟瑶以前挺能吃辣,出国几年,吃辣能力也退步很多,不过人菜瘾大。

蒋意率先被辣得受不了,放下筷子不吃了,拿着玻璃杯猛喝碳酸饮料。

一顿饭的工夫,蒋意的手机放在桌上,消息提示音就没断过。

景孟瑶看着蒋意的手机,有感而发:"在企业工作看起来很忙碌,你的手机从刚才开始就一直有消息进来,但这是你的午休时间。"

蒋意:"我还算好,谢源现在还在开会呢。"

景孟瑶忍不住摇头笑了:"小意,你说他是工作狂,我也觉得他像。我也认识工作狂,跟谢源很像,无论多忙感觉都还能有精力做别的事情。"

"男朋友?"

景孟瑶笑着否认:"不是男朋友。"

蒋意很有分寸,没有继续这个话题。

快吃完的时候,李燎给蒋意打来语音电话。蒋意没挂,接了,边喝饮料边听李燎说话。

她从头到尾听完,李燎说当前测试环境里有线程崩溃,但他下午不在公司,让她下午到测试环境里查一下问题出在哪里,最好能改过来。

"好的,我知道了。还有——"蒋意答应下来,然后在电话里重申自己的原则,"李燎,现在是午休时间,我非必要不加班的。测试环境线程崩溃这种事情,不至于紧急到需要占用我的休息时间吧。下不为例。"

蒋意挂掉电话。她跟项目主管对上都不虚。

景孟瑶笑盈盈地看着蒋意,说:"李燎?我也认识一个李燎,木子李,星火燎原的燎,也是学CS(计算机科学)的。这么巧,是同一个人吗?"

蒋意把李燎的Teams头像点开,给景孟瑶看。

景孟瑶看了看照片,笑了:"就是他——李燎。我读PhD的时候,他在我们组里读master(硕士)。"

所以,李燎也得管景孟瑶叫师姐。他们这个圈子还真是说大不大,说小不小,在圈子里总能遇到熟人。

蒋意开玩笑:"既然李燎是师姐你的学弟,那我就不当着师姐的面说他的坏话了。"

景孟瑶被逗乐:"哈哈,李燎果然走到哪里都不招人喜欢。我认证,李燎确实有的时候很讨厌。他刚进组的时候，我也觉得这家伙很招人烦。"

言外之意，她现在对李燎的看法已经改观了。她给出客观的评价："李燎很强。他当时master毕业之前，教授极力挽留他继续读PhD，可惜李燎说对做学者不感兴趣，更愿意进工业界做研发。"

这话听着就像是李燎能说出来的。

景孟瑶盯着蒋意看了一会儿，忽然之间展颜一笑，眼里淌出温暖的柔光。

"李燎——"景孟瑶一副有话想说的样子，又摇摇头，"算了算了，我不给你添乱了。"

蒋意幽幽地说："师姐，我最讨厌别人说话只说一半了。我们两个是什么关系呀，你什么话都可以跟我讲的，不是吗？"

既然如此，景孟瑶就有话直说了，斟酌了一下措辞，然后缓缓地说："我感觉，你应该会是李燎的取向。"

蒋意表情平静。说实话，她毫不意外。就像她说的，她一直知道自己特别招人喜欢，很容易就能够获得别人的好感。她撑起脸，眉眼快快的，提不起兴趣："所以嘛，越是这样，我就越是不甘心。明明我这么招人喜欢，可是为什么偏偏我喜欢的人就不喜欢我呢？"

她真的是非常诚实，也非常敢说。

景孟瑶摸摸蒋意的脑袋："宝贝，不要泄气。"她捏捏蒋意的脸，"说不定谢源其实内心也爱死你了呢。谢源那个家伙，一直都是傲娇鬼，爱在心里口难开，这样最符合他们傲娇男的性格了，对吧？"

蒋意想了想，觉得有几分道理。不愧是师姐，比她多吃几年饭，说出来的话就是不一样。她甜甜地说："那我听师姐的。"

景孟瑶戳戳蒋意的脸颊："谢源是傲娇鬼，你是撒娇鬼。你们两个，绝配。"

吃完午饭，景孟瑶就回去了。

出租车等在路边，她向蒋意挥手道别："下次带上谢源，我们再聚。"

蒋意点头说"好"。

景孟瑶低笑一声："你们两个赶紧让我听到好消息。"

蒋意也笑，眼睛里亮闪闪的，虽然被师姐打趣，但一点儿也不害羞："这可得看谢源的表现。"

景孟瑶莞尔，再一次跟蒋意说"拜拜"，然后上了出租车。

蒋意慢悠悠地往公司大楼走去。

下午，蒋意仍然没车，所以还是坐谢源的车回家。

她和谢源坐同一部电梯下楼。电梯到五楼停了下，上来两个男人。他们认识谢源，跟他打招呼。谢源朝他们点点头。

随后，他们看见了站在谢源身后的蒋意。她低着头，在看手机。两个人眼睛一亮，其中一个人准确地说出蒋意的姓名："蒋意，GraphLink 项目组的，对吧！"

他们认识蒋意。

蒋意抬起头，眼神扫过两个人。她不记得自己认识他们，甚至都没印象见过这两张脸。她脸上微微露出迟疑的表情："你们是……？"

"我们是 PUK 组的，李燎的同事。"其中一个人说，"你不认识我们很正常，哈哈，但我们都认识你。你那天下午在八楼我们组里待着，帮许林杰写代码。"

另一个人马上补充："你超级厉害。"

蒋意眉眼弯弯，笑得很好看，开玩笑说："是吗？好巧，我也觉得自己超级厉害的。"

谢源站在旁边听到这段对话，忍不住扯起嘴角笑了下。

这种回答，也只有她才能无比自信地说出来。她好像一直都是这么明艳，一点儿也不乖，一点儿也不循规蹈矩。

谢源右手插兜，一副事不关己的样子，仿佛他根本不认识蒋意。

蒋意只要愿意，跟谁都能谈得来。她与那两个男人聊了几句，然后突然指了指谢源，一脸好奇，问道："你们也认识谢源吗？"

她有自己的小算盘。

其中一人笑着问出同样的问题："你也认识谢源？"

蒋意点头，一脸理所当然，眼睛里闪着狡黠的光芒，谢源瞥见顿时心生警惕。她笑眯眯地说："对啊，我当然认识谢源了。我跟他是住在——"

谢源径直打断她："我和蒋意以前是同学。"

一人回应："噢，原来如此。"

另一个人视线不着痕迹地掠过谢源左手拎着的两个电脑包——一个电脑包是深空灰色的，另一个是浅紫色的。显而易见，谢源拿着的电脑包里，有一个是蒋意的。

电梯到 B1 层，电梯里的人陆陆续续往外走。PUK 组的两位程序员彼此交换了一个眼神,心照不宣:真是看不出来,原来谢源这么会照顾人呢。这位蒋意真的只是女同学吗?不见得。

蒋意和谢源要坐同一辆车,所以出了电梯,往同一个方向走。谢源大步走在前面,蒋意慢悠悠地跟在后面。看他们俩的背影,他们完全不像每天同乘一辆车上下班的关系。

等到周围没有其他人的时候,蒋意快步追上去,轻轻一步跳上前,猛地挽住谢源的手臂。谢源被她整个人扑了一下,仍然走得很稳。他直接把她的手扒拉下去。蒋意不言弃地继续挽住他的手臂,无视他凶凶的眼神。

如是重复几回,谢源脸色渐渐变黑:"放开。"

"不要。"蒋意仰起脑袋,甚至故意挽得更紧,基本上就像是抱着谢源的整条胳膊,把他的右手锁在怀里。

谢源有健身的习惯,身体保持着恰到好处的肌肉量。他稍稍用力,蒋意明显能感觉到怀里挽着的这条手臂肌肉微微鼓起来。现在仍然是穿短袖的季节,男人的体温清晰地传递过来,存在感很强,她的脖颈微微泛红,但是她镇定自若。

蒋意逗他:"谢源,你不是说,在公司里要和我划清界限吗?可是你刚才为什么那么主动,跟他们讲我们是同学?"

谢源低头瞥她。

明知故问,她刚才想说什么,她自己心里没数吗?如果他没有及时打断,恐怕她就把他们住隔壁的事情直接昭告天下了,甚至可能还会故意地添油加醋,引人想入非非。他能由着她信口开河吗?

两个人走到谢源的车子旁边。他左手拎着他和蒋意的两个电脑包,右手被蒋意牢牢地挽着抱着,根本腾不出手来拿车钥匙。他看着蒋意,用商量的口吻,说:"现在可以松开了吧?"

蒋意微笑,终于放开他。

谢源拉开车门,右手在用力的时候感觉不对,一阵酸一阵疼。

他检查了一下,手臂上有一圈红印,是被蒋意弄出来的。

"你劲怎么这么大?这条胳膊都被你压麻了。"

还好,这红印应该一会儿就能消退。谢源没继续计较,坐进车里。

蒋意坐上副驾驶座。

谢源发动车子,设置好导航,然后眼皮抖了下,下意识地打了个哈欠。

蒋意扣好安全带,谢源又打了个哈欠。

蒋意低头把手机上的后台软件清理掉,谢源跟着还是打哈欠。

蒋意扭头看他:"你怎么连打这么多哈欠?"

谢源没理睬她。她怎么管得这么宽,还管他打哈欠次数多?

蒋意:"我感觉你看起来好疲惫。"

她的脸一下子凑到近处,谢源不动声色地往座椅上躲了下,喉结上下一滚,突然间莫名其妙地口干舌燥——她靠得太近了。

"可能是因为中午和下午都没喝咖啡吧。"他的声音听起来并无异样,但其实他在强装镇定。

蒋意好似没有察觉,伸手摆弄他的脸庞,看看他的眼睛,看看他的嘴唇,然后又把他的脸推向另一边,看看他的脖颈,像医生在检查病人:"那你为什么没喝咖啡?"

她的呼吸落在了他的颈间,谢源别开脸:"没时间。"

听他这么说,蒋意就想起来了。谢源今天午休的时间都在开会,所以没时间跟她一起去和师姐吃饭。她捏捏他的下巴:"嗯,你怎么这么可怜啊?"

谢源轻轻打掉她的手,把她推远:"是啊,我很可怜,现在要开车送某人回家,到家之后还得接着给某人做饭。"

蒋意哼了一声,抬起眼,说:"那我来开车。"

谢源看她不像在开玩笑。

她想了想,又说:"不过,晚饭还是得你来做,我不会。"她说得理直气壮,"或者,我们也可以点外卖。"

很难得听她主动提出要帮忙,谢源居然感到一丝欣慰。他说"都行",跟她换了位子。

蒋意坐到驾驶座上,不用谢源指点,很熟练地把座椅的高度和前后位置调整好:"走了。"

谢源给蒋意当了好多次司机,这是他第一次享受乘客待遇。但他没敢彻底放心,在蒋意变道和转弯的时候,都替她留意着右侧盲区里的情况。路边出现行人和非机动车的时候,他紧紧盯着他们,生怕他们突然间冲上马路。他就像一个操心的老父亲,陪着拿到驾照第一天开车上路的孩子。

前面路况拥堵。不远处的高架桥上,车流正在降速,但前车始终保持着较快的车速,没亮刹车灯。蒋意跟在它后面,车距不近不远,车速相当。

谢源忍不住提醒她:"小心,前面那辆车要踩刹车了——"

蒋意平稳地控制住车速,说:"谢源,闭嘴。"

现在,他成了在车上烦人的家伙。他意识到,蒋意开车很熟练,完全是一个经验老到的驾驶员,用不着他坐在副驾驶座上替她提心吊胆。

谢源眯起眼睛打量着她。蒋意专心开车,还浑然不觉。他渐渐琢磨过来:蒋意在路上开车这么老练,怎么可能倒车倒不进车位呢?那次在公司楼下,她百般撒娇,让他帮她倒车,其实是在跟他装模作样吧?

他就知道,她总是如此这般。他看穿了她的谎言,又一次。

蒋意是一个不怎么真诚的姑娘,不能让人放心地托付终身。

车道堵车,一动不动。一水儿的刹车灯红彤彤的,排成队亮在眼前。

蒋意接收到谢源的注视,于是把脸转过去,冲着他甜甜地笑了下。谢源回以冷笑:很好,她既然这么喜欢撒谎,就应该变成匹诺曹,有一根长长的木头鼻子,到时候他看她还能不能笑得这么好看。

还好,只有一小段路堵车,熬过这段路再往前,车道很快恢复畅通。

蒋意渐渐提速,开车又快又稳。

蒋意开车,谢源还算放心。他放松下来,困意涌来,眼皮越来越重。

谢源抬眸,车子不断向前,两旁高楼林立,灯火刺眼,映得天空呈妃色,迟迟不肯褪淡,此刻如同繁华大都市最为浪漫的模样。

他又看了一眼蒋意,她在他身边,下班后,开着车往家驶去。

他的想象力向来贫瘠,这大概就是他所能构想出的,生活最美好的模样。

谢源闭起眼睛,靠着座椅假寐。瞌睡由浅变沉,直到他彻底睡熟过去。

到家后,蒋意把车停到车位上。她一转头,看到谢源还没醒。

他靠着座椅,眼睫低垂,嘴唇紧闭,睡得很沉。

谢源醒着的时候,蒋意敢闹腾他,但是现在他睡着,眼下显出淡淡的青黑,她就舍不得闹腾他了。

他太辛苦,她不忍心叫醒他。

其实很多时候,她都舍不得他呀。她只是骄蛮地想要占据他所有的时间,想要以此获得他更多的在意,想要他的眼睛里只装着她一个人。

她喜欢他,但是方式有点儿野蛮,有点儿不讲道理。

蒋意温柔地注视了他一会儿,然后注意到他其实睡得并不舒服。

谢源个子太高,腿也太长。他没调副驾驶座的前后位置,所以一双长腿并没有太多空间可以放,整个人睡得束手束脚,而且腰的位置悬空,和座椅靠背本身的弧度并不十分贴合。毕竟这是车里的座椅,不是床垫。

蒋意把自己身上搭配吊带裙的外搭西装脱下来,盖在谢源身上——别

· 103 ·

吹着凉了。

等了一会儿,她看到手机屏幕忽然亮起,显示来电,下一秒就要响起铃声。她手疾眼快地按掉音量,铃声没响。她捂着胸口,感觉一阵心跳如雷,仿佛自己在分秒间拯救了世界——还好还好,没有吵醒谢源。

"咔嗒"一下微弱的声响,蒋意轻轻解掉自己的安全带。她再看一眼谢源,眼神温柔,满心欢喜。

蒋意下车到外面接电话。地下车库里的空气阴冷,温度要比室外低好几摄氏度。蒋意穿着吊带长裙,薄薄的面料,肩膀、胳膊、锁骨以及半个后背露在空气里,觉得有点儿冷。

她关上车门。

手机屏幕上显示来电者的姓名,杜应景——蒋吉东的助理。

蒋意接起电话。

"蒋小姐,今年中秋,请问您是回S市,陪董事长一起过节吗?"

被他提醒,蒋意想起来,原来马上要过中秋节了,时间过得可真快呀。去年中秋发生的家庭闹剧犹在眼前,她还没忘掉当时的名场面,而新的一年转眼又到了。

她该说什么?

蒋家远在S市,但是一直都在努力给她的生活增加戏剧性呢。不得不说,这真的是太有意思了。

蒋意轻笑,停车场里有一点儿回音,让她的声音听起来挺真诚的。她说:"对啊,我肯定要陪爸爸一起过中秋。"

杜应景说:"好,我会转达给董事长。"

蒋意先挂了电话。

她回想去年中秋的家庭闹剧。去年中秋,姑妈的小女儿带了一位当红男明星回蒋家赴家宴,号称是正在交往和了解中的对象。结果这顿家宴的菜还没上完,蒋意玩着手机就看到娱乐版热搜突然爆了词条,这位男明星被狗仔爆料与多名女性同时交往,女友名单包括圈内新晋女艺人、圈外富家女、金融行业白领……

姑妈家的小女儿当即就把圆桌上的热汤扣在了那位男明星的头上。

蒋意当即有感,果然这个家里养出来的女儿都比较心狠手辣。

这还没完,后来蒋意得知,这件事情的幕后推手原来是姑妈的大女儿。这位表姐斥巨资打点好娱乐圈里的关系,请某家娱乐周刊爆出这条新闻,而且特意嘱咐要在中秋当晚空降热搜,闹出腥风血雨。

所以，这条娱乐圈惊天丑闻的起因，其实是富豪家里的成年子女争宠，只不过顺带毁掉了某位并不洁身自好的男明星的前途。

这就是蒋意的家庭。

她时常觉得，自己简直是那个家里最善良的孩子。所以，谢源不可以觉得她做事情不乖——他还没有见到过真正的坏孩子。等见到了，他就会觉得还是她好。

谢源睡醒，发现自己独自留在车里，车子停在小区的地下车库里，驾驶座上空无一人，蒋意不知去向。

起床气和怨气叠加，他狠狠地咬牙切齿：她真是好样的，居然把他一个人扔在车里不管不顾，也不怕他一氧化碳中毒，就这么直接死在车里？

谢源带着满满的怒气环顾四周，然后看到了蒋意在车子外面，穿着森绿色吊带裙。绿色显白，她整个人白得像在发光。

她正在打电话，没有抛弃他，姑且算她还剩点儿良知。好吧，他错怪她了。谢源的起床气来得快，去得也快。

他打开车门，下车的时候双腿一阵发麻，脖颈和肩膀也传来酸痛感。他在车子里睡觉，睡醒以后的感觉实在不怎么舒服。

谢源关上车门。

蒋意刚刚挂掉和杜应景的电话，慢悠悠地走过去，在他面前站定，仰起脸，冲他露出笑脸：“睡得还好吗？我怕吵醒你，都没在车里接电话。”

谢源移开眼，答非所问：“你应该直接把我叫醒，在车里睡觉睡久了，会死人的。”他指的是一氧化碳中毒的事件。以前有一段时间，社会新闻版面经常有类似的报道。

蒋意反驳他：“我开着外循环呢，而且你那边的窗户我也帮你开了一点点。”

行，还算她有点儿生活常识。

"我怕开着窗你吹风着凉，还给你盖了衣服，我自己冷死了。你看，我对你多好呀。"

他愣住，后知后觉他手里这件西装原来是她的。一时间，他身体里心脏跳动的存在感有点儿强。

谢源沉默了。

她就站在离他咫尺的位置，仰着脸，笑得很甜很乖。他明明知道，她写在脸上的甜和乖都是假象，但还是会忍不住——有点儿喜欢她。

谢源错开视线，忽然间有点儿不想看见她这张脸。她太具有欺骗性，不能久看。他把她的脑袋轻轻地往下摁，然后把西装外套盖在她的脸上，还给她。

蒋意将脸庞从西装底下挣脱。谢源已经大步走向电梯间了，她锁好车门，追上去："谢源，你中秋节打算在哪里过？"

"B市，我去我爸妈家。"

蒋意意识到，自己好像问了一个愚蠢的问题。谢源是B市人，他爸妈在这儿，他当然留在B市过中秋，不像她。

"我要回S市。"

"知道了。"进了电梯，谢源又说，"挺好的，十七楼能稍微清静两天。"

他在讽刺她。

蒋意恼怒地瞪他。

谢源掏出手机。

"谢源，你在干吗？"

他瞥她一眼："给你订机票。"

蒋意轻哼，忍不住弯起嘴角——他倒是很有眼力见儿。

谢源订机票特别娴熟。电梯还没到十七楼，他已经给她买好了一张机票。

下周三是中秋，他给她订了周二晚上的机票，B市飞S市的头等舱。

说来也是好笑，谢源在B市读完本科和研究生，其实自己根本不需要经常买机票。偏偏因为蒋意，他在大学期间对购买机票这件事情积累了不少经验。他买过最多的航线就是B市和S市之间的往返航班，都是给蒋意买的。她的身份证号码，他能倒着背。

"什么时候回来？"

"周三晚上吧，周四还要上班呢。"

谢源把蒋意回程的机票也一并买好。

"行了。"他把航班信息发给她。

蒋意打开手机看了看。

谢源单手插兜，表情酷酷的，开口："不说'谢谢'吗？"

蒋意"嘻嘻"两声，转头朝他露出好看的笑脸："谢谢你，谢源最好了。"

谢源哼笑，不轻不重地拍了一下她的脑袋："不用谢。"

第三章
谢源连表白的时候都是傲娇鬼

中秋和国庆节将至,办公室里茶余饭后的话题基本都和假期相关,每个人都有自己的计划和安排。

张辛迪打算国庆节去海岛度假。她要什么都不管,不读邮件,不登Teams,不回微信,连笔记本电脑都不带,两手空空去度假,最后带着满满当当的好心情回来。

鲍师傅说要参加同学的婚礼。他这个年龄段的人似乎最近都在扎堆结婚,国庆七天假期,他居然得参加三场婚礼。

老大朱伟星哪儿都不去,留守B市:"我得在家'鸡娃'。钢琴班、围棋班、奥数班、舞蹈班……平时工作太忙,都没时间陪小朋友,休息在家时我正好可以亲自接送她上下兴趣班,让两边老人能好好休息。小朋友还说想去游乐园,估计我得有一整天泡在里面排队。"

鲍师傅表示非常同情老大的女儿:"你家小宝贝才多大呀?你应该给她创造一个快乐的童年。什么狗屁兴趣班,国庆节还要上课,这到底让不让小朋友们愉快玩耍啦?"

张辛迪戳戳蒋意,问她中秋和国庆有什么安排。

"我中秋要回S市。"

"可是中秋只休息周三一天。"

"嗯,我坐周二晚上的飞机,然后周三晚上回来。"

"听起来好累啊。所以我中秋哪儿都不去,就在家里睡懒觉,一觉睡到下午,然后直接起来就吃晚饭。"张辛迪说话很有意思。

她又问:"那国庆节呢?你有什么安排吗?"

蒋意摇头。她没想好,估计应该是拉着谢源一起干点儿有趣的事情吧。不着急,慢慢想,她有的是时间。

世上常有计划赶不上变化的事情。

中秋节的前一天,周二晚上,谢源一个人待在家里。

这个说法其实有问题。他本来就是一个人住,理所当然是一个人待在家。只不过,平时每天晚上都有一个家伙跑过来蹭饭,几乎什么忙都帮不上,还让他几乎失去私人空间。今晚是一个例外——蒋意坐飞机回S市过中秋去了,谢源不用给她做饭。

如他所想,十七楼很清静。

他自己吃晚饭,吃得就很简单,没那么讲究。他难得做了一顿健身餐,煮了一块鸡胸肉、半棵西蓝花,还有一些菠菜。他把这些东西吃掉,然后洗碗,看了一会儿书,九点多又换了运动裤下楼去跑步。

谢源戴着骨传导耳机,快速地跑步,心率维持在稳定的区间内,不过,步频和配速稍稍比他之前读研究生的时候要落后一些。这可能就是所谓的工作让人衰老。他平时工作太忙,花在蒋意身上的时间也很多,没什么机会能够出来跑步。今晚这种情况简直是重获自由,他想干什么就能干什么。

谢源完全没有意识到,他此刻的这种想法实在太像一个女朋友临时不在家的男人。

跑完步,谢源回家。电梯载着他缓缓停在十七楼,电梯轿厢的门还没打开,谢源忽然觉得有一阵像是听见了蒋意说话的声音。

他是幻听了吗?谢源顿时觉得自己有点儿不争气——莫不是真的被蒋意作出受虐倾向了吧?她才走多久?

电梯门打开,蒋意站在1701室门外。

"谢源,你在不在家?给我开门嘛,开门——"她就差跟小猫似的直接上手挠门。

谢源摘下耳机:"蒋意?"

还真是她。

蒋意回过头,也没想到谢源居然从电梯里走出来。

也就是说,他刚从外面回来。她看了眼手机上的时间——十点零八分。

这么晚了,他不在家里,在外面做什么?蒋意心里是生气的,嘴唇立马噘起来，一脸不高兴。但是她现在没有力气跟他闹腾，向谢源走近一步，脑袋轻轻撞上他的肩膀，整个人眼看着就要扑进他的怀里。

谢源刚要用手抵住她的脑袋，阻止她贴过来，就听见她说："谢源，我好累啊……"

她的语调听起来有点儿委屈。她既能逞强，也太会示弱，永远都让谢源对她狠不下心。谢源想要拒绝的手堪堪停住。

谢源站在原地，看着像铜墙铁壁似的，但是迟迟没有做出拒绝的反应。

一秒、两秒……他竟然没有阻止她的贴近，甚至他的手掌已经本能地落下，停留在她半人高的位置，等着在她抱上来的时候抚上她的细腰。

有些事情好像确实可以无师自通，谢源意识到，自己对蒋意可能并非全无企图心，这已经超过了好感的程度。

他静候着，等她主动抱住自己。

然后，他的等待落空了——他没有抱到她。

最后时刻，蒋意自觉地停下了。

她的发丝飘着，他看不清她脸上的表情。

此时他们之间只相隔几厘米的距离，他稍微动动手指就能让她跌进怀里。

谢源低头看着她。她看起来太可怜了，他应该给她一个安慰的抱抱，不是吗？

她抱过他很多次，不分场合，不知分寸。他其实已经非常习惯与她的这些亲密接触。所以，他刚才并没有阻拦她，她本可以整个人扑进他的怀抱里，然后顺势撒娇，就像以前发生过的很多次一样。

但是这次是她自己主动停下的。谢源的眼神稍稍变得阴沉，他说不清自己是失望还是什么别的情绪。

"抱歉啊……"她轻轻地说，脸上挂着歉意的笑，看起来好像真的在反省自己，"我差点儿忘了，你不喜欢我这样往你身上扑。我会尽量克制住的。"

谢源的脸色一阵古怪。

他没有不喜欢，但是这句话他说不出口，他不是会说这种话的人。

论起推拉的本事，蒋意是高手，而谢源只是小学生。他完全没有意识到，蒋意在玩欲擒故纵的手段。

谢源的脑子里此时此刻盘旋着一个声音：去抱她，你还在等什么？

这个声音太具蛊惑性了，谢源险些被骗进去。

数秒之后，他抵制住脑电波里传达出的渴望——这个过程稍微有点儿艰难。

谢源绷紧神经，转过身装作若无其事地开门，同时问她："你怎么回来了？你不是要回 S 市吗？这个时间，你应该在飞机上，航班延误了？"

亲手给她订的票，他当然清楚这班飞机几点起飞。按照正常的起落时间，这个时候飞机应该起飞至少一个小时了。

谢源回头扫了一眼——蒋意随身只带着电脑包和她常背的凯旋门包包，并没有大件行李。看她这副行头，她到底去没去机场啊？

谢源把大门打开。蒋意也不客气，径直走进他家。这个时候她又变回了大小姐，进出别人的家门从来都不提前征得许可。

她说："才不是呢，航班非但没有延误，还很准时呢。是我没有赶上飞机。"

她踢掉高跟鞋，两只高跟鞋歪歪地倒在地上。

谢源无声地叹气，但不是强迫症作祟——他还在想刚刚错过的那个拥抱，甚至觉得有点儿遗憾。谢源闭上眼，觉得自己有病。

蒋意走进客厅，把自己扔进沙发里。

"屋漏偏逢连夜雨。我们数据算法组的在线模型库昨天不坏，前天不坏，偏偏今天中秋放假的前一天坏掉了。好巧不巧，一个笨蛋选择在今天做他的杂事。结果上传代码的时候，他把别人的模型覆盖掉了，急匆匆补救的时候又失手删掉了别的文件，搞得我们留下来加班给他收拾烂摊子。就不应该给笨蛋开那么大的权限。"

她一口气吐槽完整件事情，谢源站在客厅里听她讲。

"当我在公司门口打车的时候，飞机就已经飞走了。所以，我今年只好留在 B 市过中秋了。"她看起来又累又困，整个人惨兮兮的。

"谢源——"她像只小猫咪似的叫唤起来，手捂上肚子，扭来扭去，小动作也像猫。她脸朝下趴在沙发上，脑袋抵在抱枕上，有气无力地问："我胃疼，你这儿有胃药吗？"

有时候，她在他面前挺不顾形象的。谢源看不过去，捡起薄毯扔过去盖在她的腿上："我这儿没有胃药，你回自己家吃药。"

"我家里也没有药。"蒋意声音闷闷的，脸还埋在沙发里，"我的胃药都在公司。"

那他就不知道该说什么才好了。

谢源进厨房倒了一杯热水,然后来到蒋意旁边。她有几缕头发乱蓬蓬地冒在锁骨旁边,看着就痒,他顺手替她拨开,终于顺眼了。

"我这里只有热水。"

蒋意手脚并用地爬起来,坐在沙发上接过玻璃杯。

她的要求还没完,她眼巴巴地看着他:"谢源,你去给我煮碗面。"

她又在使唤他,谢源觉得头疼:"你没吃晚饭吗?"

这都几点了?

"吃晚饭的时候,我满脑子都是赶紧修完 bug(错误)回家,哪里会有胃口嘛……"她朝他竖起一根手指,"要加一颗水波蛋。"

她总能这么理直气壮。

他能拒绝吗?

等把锅子找出来烧上水,谢源回头看客厅,蒋意已经端端正正地坐在沙发上了。她腿上盖着薄毯,双手捧着玻璃杯,小口小口地喝水,居然显得很乖。可见人的潜力是无穷的。哪怕是蒋意也可以收敛起脾气,装成一个讨人喜欢的姑娘。

抓到谢源正在看她,她仰起脸朝他笑了下,情绪很真诚,丝毫不敷衍,满满都是发自内心的模样。谢源心跳漏了一拍,猛地拉上厨房的玻璃移门,转身面向锅子,不再看她,耳朵红了。他简直无时无刻不在注意她。蒋意……她的存在感太强了。

谢源很快把面煮好端出来。他不仅按照她的要求加了一颗水波蛋,还放了两只虾、几片牛肉以及绿叶蔬菜,营养很均衡。

谢源没给她筷子,直接赶人:"把面端回你自己家吃。"

"为什么?"蒋意抽了两张纸巾,"你要背着我做什么见不得人的事情吗?"

这叫什么话?

"我要洗澡了。"这不是借口,他确实想马上洗澡。他有洁癖,平时跑完步习惯立刻洗澡,今天给她煮面已经耽误了很久。

蒋意一脸正气:"那你就去洗呗,我又不会影响你。"

那是她以为。她还在这儿,如果他就自顾自地去洗澡,他会觉得有点儿怪怪的。

蒋意又说:"谢源,你不要总是把我想得跟一个女流氓似的。"

谢源不给她筷子,她就自己走到厨房里找到筷子。看她一副对他家熟门熟路的样子，谢源就忍不住头疼。

"我又不会趁你洗澡的时候做什么过分的事情。这点儿人与人之间最基本的信任，我觉得我们之间应该还是有的吧。"蒋意从厨房里走出来，来到谢源的身后，勾住他的脖子，一副跟他关系最好的样子，"我已经很乖啦。你看，我刚刚在楼道里的时候都忍住了没有往你身上扑呢。"

他咬牙挤出一句："那我得谢谢你。"

蒋意微笑："谢谢就不必啦，你可以用别的方式感谢我，实际一点儿。"

谢源的脸黑下来，他听不懂她在说什么。

蒋意正话反话都说了，谢源也没有妥协。他坚持要等她离开之后再去洗澡。他坐在蒋意对面，盯着她把面吃完。

她这次吃得很干净，面条和配菜全部都吃完了，没有浪费食物，大概确实是饿了。

谢源："你胃不好，晚上睡觉前就不能吃太多的东西，所以我只给你煮了一点点面，稍微垫垫肚子就行了。听着，你回去之后也不许吃零食。"

蒋意满口答应，然后把碗往他面前一推，这个动作的意图很明显——她今天也没有觉悟要帮忙洗碗。非但如此，她还卖乖——

"谢源，你看，我是不是很好养活？"她捧着脸，笑眯眯地说，"所以，我才不是什么公主病呢。如果我真的有公主病，你看看，这碗面里什么山珍海味都没有，能这么容易就把我给打发了吗？"

听她的口吻，她好像还觉得挺骄傲的。

谢源端走碗筷，一边随口附和："嗯，是挺好养活的。"

蒋意笑得更灿烂："谢源，那你就养活养活我呗——"

谢源扭头盯着她。

蒋意歪着脑袋，跟他商量："既然我这么好养活，你明天就收留我一天嘛！"

原来她说的"养活她"是这个意思，他还以为……谢源收起那些乱七八糟的念头，打量蒋意，的确能够看出几分无家可归的可怜劲，她像一只跑丢的猫咪。

谢源想了想。倒不是不能收留她，但他明天要去他父母家过中秋。他这段时间忙于工作，而工作之余的时间差不多也被蒋意一个人霸占。所以，他真的有很长时间没有回去看望父母了。

谢源如实相告："我明天要去我爸妈那儿。"

蒋意以为这句话的意思是婉拒，表情有点儿失落。

谢源扬起嘴角，难以察觉地笑了下，轻描淡写地说："你看，要不明天让我爸我妈他们收留你一天？"

蒋意的眼睛瞬间亮了起来——这是她理解的意思吗？他要带她回他父母家？她要去见谢源的父母了？

她不给谢源反悔的机会，飞快地答应："好！"

谢源被她眼睛亮晶晶的模样逗笑了。

她至少也装作考虑一下嘛，哪有这么快就答应的？

他一边打开水龙头，把碗筷放进水槽，一边说："行，那明天你就跟我一起回去。"

谢源很快把碗筷连同锅子洗好。就在他擦干料理台的时候，蒋意站在厨房门口，探出脑袋晃啊晃。谢源都用不着回头，就能抬头从窗户里看见她的人影："鬼鬼祟祟地干吗呢？"

蒋意闷闷地笑，跳过去飞快地抱了一下他的腰："我就知道，谢源最好啦！"

谢源感受到自己的后脖子被她的脸颊贴了一下，那块皮肤瞬间像着火似的燎起来。刚才在楼道里错过的那个抱抱，那个让谢源有点儿懊悔没有完成的抱抱，现在在这里被蒋意轻而易举地补上了。

两个人其实也只短暂地接触了一秒钟，她抱完他，然后就迅速逃跑了。她逃跑的时候，声音还从玄关那里传过来，情绪里满是愉悦："谢源，我走啦，你现在可以去洗澡了。"

她怎么还惦记着他洗澡的事情？谢源在回过神来之前，脸上就已经挂上了无奈的笑：蒋意这家伙……还真是顽劣。

她这个样子，会让他也忍不住开始期待明天的到来。

蒋意和他父母待在同一屋檐下……谢源无法想象那个画面。

他好像已经对蒋意全盘妥协了，那爸妈呢？他们也会如此吗？

中秋节的早上，蒋意"砰砰砰"地敲开谢源家的门。

谢源边打哈欠边给她开门。好早，他平时都见不到她这么早出现。

谢源正在做早餐，于是逃不开要给蒋意再做一份一模一样的。

吃过早饭，两个人一起出门。谢源站在楼道里，正准备按电梯，右手刚抬起来就被蒋意拉下去。

"等一下，我还有东西要拿。"她指了指她自己家，"你过来帮我拎东西。"

等到蒋意把大门打开,谢源入目便是玄关的地上摆着的大大小小好几个礼物袋子。

这就是她要他拎的东西吗?谢源皱眉,问她:"这些是什么东西?"

她答:"礼物啊。"

废话,他当然知道这些是礼物。

"都要拎到我爸妈家去?"

蒋意点头:"没错。"

谢源替他爸妈做决定:"没必要,你用不着带礼物。"

这又不是儿媳妇第一次见公婆。

蒋意一口否决:"那怎么行?会显得我很没有礼貌啊!"原来她有觉悟要做一个懂礼貌的人呢,那为什么一直对他很没有礼貌?

蒋意根本不采纳谢源的意见:"东西我都买好了,必须带过去。"

行,她说了算。于是谢源两手拎满东西走到车子旁边,都腾不出手来拿车钥匙。她送给他爸妈的礼物,还要他作为搬运工来运送。她真行,简直就是天生的资本家。

谢源打开后备厢,把礼物一样一样摆好。蒋意抱起手臂站在旁边,什么忙都不帮,还要朝他指手画脚:"这个盒子里装的是葡萄,你小心一点儿,不要碰坏了……那个里面是茶具,你要轻拿轻放。"

谢源乖乖照做,插嘴问她:"这些东西你什么时候买的?我记得,昨天你回来的时候已经很晚了,现在时间也还太早,商场都没有开门吧。"

蒋意的表情里露出小骄矜,她说:"秘密。"

谢源忍不住冷哼:行,秘密就秘密,他也不稀罕知道。

他沉默地把东西装好。但并不是他不说话,蒋意就能放过他。她一边玩着他的车钥匙,一边问他:"你不说话在想什么呢?"

"我在想,你带着这么多礼物上门,我得做牛做马多少年才能回报你。"

蒋意听完想了想:"嗯……再签七年的卖身契吧。"

谢源关上后备厢,瞪她一眼——虚张声势。

蒋意满意地笑了起来。

谢源熟门熟路地把车开进他父母居住的小区,把车停好:"到了,下车吧。"

这时候蒋意开始变得不对劲。她把副驾驶座前的单面镜翻下来,然后对着镜子照了又照,捏起头发比画来比画去,怎么看都是一脸怏怏的表情。

谢源注意到她的小动作:"蒋意,你干吗呢?"他觉得她有点儿可爱。

蒋意正愁谢源不跟她说话,立刻问他:"谢源,我现在看起来还像有公主病的吗?待会儿上楼以后,我是不是应该表现得乖一点儿?我是不是不能明目张胆地使唤你?"

谢源忍笑,故作冷淡地扫了她一眼,不紧不慢地说:"原来你也有自知之明啊?"

蒋意没理会他的揶揄,垮下脸自言自语:"但是我都已经习惯成自然了,一时半会儿肯定改不掉。"她捂着脸庞,脑袋一下下轻轻地撞着车窗玻璃,一脸懊恼,"这下真的完蛋了。叔叔阿姨肯定觉得我是一个被宠坏的公主。要是他们知道我是你的邻居,一定特别心疼你,说不定就让你赶紧找别的房子,不要住在我隔壁。"

她眼泪汪汪地看着谢源,可怜兮兮地拉拉他的袖子:"我还想跟你做邻居。"她又在撒娇。而且,他什么时候说要找别的房子?她脑子里成天胡思乱想些什么东西呢?

谢源抽了两张纸巾,把刚刚被她的脑袋撞过的那块玻璃擦了擦。

"我租房的时候签了一整年的合同,"他盯着她的眼睛,"所以我不会搬走,你听明白了吗?"

蒋意听懂了:还有一年的时间,她一定要拿下他。

谢源带着蒋意和礼物上楼。

电梯到了楼层,他回头看了一眼蒋意。难得见她露怯,安安分分地跟着他,像一条小尾巴,他低头逗她:"还紧张吗?"

蒋意凶凶地瞪他。

见小狐狸要咬人了,谢源提醒她:"你看你,明明刚才在楼下的时候说得好好的,说要装成乖乖女,不欺负我的。"

蒋意哼了一声:"我还没见到叔叔阿姨呢,现在不算数。"

她跟着谢源走。

走到门口,谢源拿出钥匙准备开门,但是蒋意还没准备好。她想让他再等等,于是伸手掐住他的腰。

她不碰他还好——她一碰,谢源浑身一震,脸色欲黑不黑。他飞快地捉住她作乱的手指,然后掐了一下。他低下头,眼神幽幽,警告她:"在我爸妈面前可不能这样。"

轮到蒋意轻轻地错开了眼神,说:"这点儿分寸我还是有的。"

谢源:"我看未必。"他放开了她的手指。

蒋意又说:"谢源,待会儿如果我紧张了,你不许站在一旁看热闹,你要帮我。"

谢源没说答应,也没说不答应:"看你表现吧。"

他用钥匙打开门,跟她说:"来吧。"

谢源推门的时候,门里同样有一股往里拉的力道。

他的姨妈薛玉衡站在门后面迎人,门一开,她首先看见了谢源,笑眯眯地跟客厅里的人说:"谢源回来了,我就说他应该快到了。"

谢源蓦地愣住:为什么姨妈在这儿?他爸妈没有跟他说过中秋节姨妈一家会过来。

姨妈随后看到谢源身后的蒋意,脸上顿时闪过一丝惊喜,于是笑得越发和蔼:"今天还有一位漂亮妹妹。"

一大家子人对于谢源回来并不感兴趣,但是一听到谢源带了女孩子回家,一个个都来精神了,都走出来迎接客人。

谢源看着一张张熟面孔凑过来,额头都快冒黑线了——怎么今天家里来了这么多亲戚?他的姥姥姥爷、姨妈姨夫、舅舅舅妈都在。所以,今天其实是他妈妈家那边的大型家宴吧。

谢源趁着一众人把蒋意围起来嘘寒问暖的时候,把他爸谢兆慷拉到一旁:"爸,这是怎么回事?姥姥姥爷、姨妈和舅舅他们今天都来了。我上次说中秋要回来的时候,你们也没跟我提这件事情啊。"

他爸一眼就看穿了谢源这个臭小子的心思:"你姥姥姥爷、姨妈姨夫、舅舅舅妈,我们这一大家子关系这么亲密,他们到我们家里来吃中秋家宴不是很正常的事情吗?还需要提前跟你说?"

谢源无言以对。

他爸一笑:"哼哼,你是不是脑子里在想,如果早知道一家子人都在,你就不打算把姑娘领回家里来?"

道理确实是这么一个道理,但是原因肯定不是他爸以为的那样子。谢源很确信他爸误会了他和蒋意之间的关系,而且……

谢源往门口看了一眼,蒋意还被众星捧月般地围着呢。姥姥正笑眯眯地和蒋意说话,蒋意也乖乖地回答,一问一答,气氛很和谐。

他看这一家子人都误会了。

谢源正要跟他爸说清楚,忽然就接收到蒋意往他这里幽幽看过来的眼神。谢源瞬间心领神会——她这是在向他发出求救信号,肯定是紧张了。

谢源没顾上跟他爸解释，马上往蒋意那儿靠过去。他个子高，伸手拨开站在最外面的舅舅和姨夫，径直站到蒋意和他妈妈的中间。

他爸看得都乐了，他们以前哪里见过谢源这小子这么紧张在乎一个人？臭小子终于开窍，能谈恋爱了。他爸感到一阵欣慰。

那边，谢源护着蒋意："姨妈——"他挡下姨妈的问题，"我们先进去，到客厅坐着聊，行吗？"

当然行，于是一众人转移到客厅里。

谢源也终于找到机会澄清他和蒋意的关系："这位是蒋意，我们以前是大学同学，现在是同事。"

姨妈薛玉衡和舅舅薛玉悯默契地对视一眼，都看懂了对方在想什么——以前是同学，现在是同事，那么未来说不定就会是同一屋檐下的爱人。

谢源还在一本正经地说明情况："她没赶上飞机，所以我邀请蒋意过来过中秋。"

就是这么一个情况。

这个家里都是聪明人。大家脸上写着明白，实际上没有一个人相信谢源的说辞——小谢肯定是有好感啦，看看他把人都护成什么样子了。

蒋意适时露出乖乖的笑脸，开口叫人："外公外婆、叔叔阿姨、姨妈姨夫、舅舅舅妈……"

她一一打招呼问候，要多甜就有多甜。她按照 S 市的叫法，管谢源的姥姥姥爷叫外公外婆，把两个老人家哄得嘴巴都合不拢，两人感觉像是凭空多出来一个既聪明又懂事的宝贝外孙女。

舅舅端出来果盘摆在蒋意面前，舅妈递给蒋意纸巾，姨妈问蒋意想要喝什么："茶叶、果汁、咖啡，你玉汝阿姨家里都有。对了，你们年轻人是不是喝咖啡、奶茶比较多？喝手磨咖啡，好不好？如果你想喝奶茶——"姨妈笑着瞥了眼谢源，"如果你想喝奶茶，就让谢源下楼跑腿去买，楼下什么奶茶店都有。"

谢源：合着不管他走到哪儿，都只轮得上伺候蒋意的命，是吧？

蒋意这个时候完全没有平时在谢源面前的骄纵，温温柔柔地回答说："姨妈，我想喝咖啡。让我来弄吧，我多做几杯，我做的手磨咖啡很好喝的。"她边说边笑盈盈地朝谢源投去一个眼神。

谢源已经猜到她后半句要说什么了，默默地闭上眼睛——不听，不听就好，不听就不会生气。

蒋意补充:"谢源平时也很喜欢喝。"

果然如此……他就知道。

姨妈笑呵呵地说:"意意,你应该让谢源做给你喝,不能惯着他。"

他看蒋意现在半点儿紧张的样子都没有。她明明和人相处得非常游刃有余,而且颠倒黑白的本领也不小,哪里用得着他出手相救?

况且,她就笃定他不会拆穿她,所以有恃无恐地在这里装乖宝宝。

谢源的妈妈薛玉汝问蒋意:"意意,你喜欢吃什么菜?有什么忌口不吃的东西吗?你就当是在自己家,不用跟阿姨说客气话。"

谢源坐在旁边听,沉默了。现在连他的母亲都亲昵地称呼蒋意为"意意"。

要知道,他从小到大在家里从来就没有昵称,他爸他妈永远都连名带姓地叫他"谢源"。他一直以为他们家里只能存在冷静而且理智的家庭氛围,直到今天亲眼看见蒋意在这里的受宠程度。

谢源抚额:完蛋了,他们家好像全面失守了。

他现在甚至觉得自己在这儿有些多余。没人跟他讲话,只有老爹谢兆慊悠悠地喝着茶,偶尔向他丢过来一个眼神,好像在说:小子,你现在认清自己的家庭地位了吗?

谢源假装看不懂他爸眼神里的调侃。

他此时此刻确实没什么地位可言。他手里端着一杯凉掉的白开水,也不知道是进门以后谁随手塞给他的。他只轮得上坐在沙发的最边上,长腿都伸不开。谁的话题都没有把他包括在内,他就像一个局外人,没有人关心他,没有人在意他。

他们都在关心蒋意,但是这样也没什么不好。谢源的眼神不经意地从她脸上飘过去,把她的表情尽收眼底,然后他微微地扬了扬嘴角。

他才没有吃醋。蒋意在他家受到比他更多的欢迎,他其实觉得挺好的。她没能和她自己的家人待在一起过中秋,所以应该得到更多的关爱作为弥补。这就是他想要带她回他父母家过中秋节的原因。

哪怕会被长辈误会他们的关系,哪怕以后要费很大劲跟他们澄清,他也不想蒋意一个人孤零零地在 B 市过中秋。

他希望她能感受到来自家庭的温暖,但是——她是不是应该礼尚往来,也稍微照顾照顾他的感受呢?他家里人不看他也就算了,她为什么也只顾着聊天儿,看都不看他一眼?

谢源左等右等，目光若有似无地总围绕着蒋意打转，司马昭之心，路人皆知。

大人们都在偷笑：原来他们家谢源也会有今天啊，真是一物降一物。

最后是谢源的母亲薛玉汝成全了儿子。她使唤谢源做事："茉莉在宠物店洗澡，应该快洗好了，你去接它回来吧。"

茉莉是谢源父母家里养的狗，一条威风凛凛的中华田园犬。

薛玉汝又问蒋意想不想去："意意也可以和谢源一块儿去。意意，你怕狗吗？"

蒋意摇摇头。她不仅不怕狗，而且和茉莉还非常有缘分呢——其实茉莉就是蒋意和谢源几年前捡到的流浪小狗。那时候茉莉还是一只没有断奶的小狗，雨天躲在杂草丛里哼哼唧唧地叫唤着，身边没有妈妈，没有别的兄弟姐妹。

蒋意和谢源正好经过，她当即就走不动了。那时候蒋意很凶，在她的胁迫之下，谢源只好脱掉身上的衬衫，把湿漉漉的小狗整个裹住抱起来。两个人冒雨打车将它送去宠物医院。

小狗的名字茉莉，就是蒋意在宠物医院填就诊卡的时候现场取的。

后来谢源把茉莉带回他父母家，茉莉从此就有了家。

蒋意温温柔柔地说："阿姨，我不怕狗。我和谢源一起去吧。"

话说到这里没什么，但是蒋意继续往下说："而且我很早之前就认识茉莉啦，我和谢源——"

谢源"噌"地站起身，盖过她的后半句话："那我们现在就去。"

他知道她后面要说什么，但不能让她说，要不然自己之后真的就解释不清楚了。她到时候什么责任都不用承担，但这些人是他的家人，他还得在别的节假日里应付他们。

他拉着她的手臂，把她从人堆里捞出来。

见谢源急吼吼地把蒋意带走，长辈们都露出心照不宣的笑容。

"年轻人有年轻人的话题。"

"我看谢源刚才坐那儿都急死了。你们这群人蔫儿坏，故意拉着意意跟她说话，不让谢源和意意说上话。"

"让他们俩自己去玩吧。他们跟我们待在一起，肯定不自在。"

谢源和蒋意下楼，他提醒她："你可别被他们套话了。"

他家里的人一个个都跟人精似的。

"他们都是学医的，三句话就能套出你的生活习惯。"

蒋意觉得他在虚张声势，哪有这么夸张？医生又不是算命先生。

"你们全家都是学医的？"

"对，"他一一列举，"我姥姥退休前是妇产科医生，姥爷是骨科医生，我妈也是骨科的，我爸是普外科的，姨妈和舅舅都是神外的……"

总而言之，只有他是例外，学了计算机。

蒋意想了想，说："那你以后找老婆应该要找一个同样学计算机的。"

谢源随口问："为什么？"

"这样你在家庭聚会的时候就不会插不上话啦。"

他觉得她说的没道理，她就是学计算机的。他看她刚才也没主动跟他讲话。

蒋意继续补刀："我看你刚才就插不上话，坐在沙发上看起来笨笨的。"

他想拍她的脑袋，然后也确实这么做了，但是没拍到。

蒋意预判到，灵敏地躲开了，还要刺激他："谢源，你现在看起来更笨了。"

到了宠物店，谢源拉开玻璃门，蒋意先进去。

她一眼就认出了茉莉，茉莉跟谢源给她看过的照片一模一样。曾经在雨里淋成落汤鸡的小狗狗，现在是一条威风凛凛的漂亮大狗狗。

茉莉站在操作台上，宠物店的工作人员正在给它梳毛。

它的毛色是奶黄的，鼻头黑黑亮亮，眼睛像棕色玻璃弹珠，四只爪子像大大的山竹。

茉莉看到蒋意，歪着脑袋，像是在思考，鼻子嗅着空气里的味道。

蒋意跟它说话，语气简直能酥掉骨头："小茉莉，你还记得我吗？"

茉莉将尾巴尖轻轻地摇起来，然后幅度越来越大，最后激动得快要转成螺旋桨似的。谢源还没从蒋意的夹子音里回过神来，看着茉莉那副不争气的样子——它好像真的能认出她。

"走了，回家了。"他手里拿着牵引绳和背带，准备给它穿上。

但是茉莉有自己的主意，并还不想和蒋意分开。它伸出舌头舔舔她的脸颊，然后又急急忙忙地跑过去挤到谢源的身边。谢源没有蹲下来迁就它的身高，于是它就把两只前爪搭在谢源的手腕上，踮着后脚站起来，兴奋地用舌头舔他的脸，忙死了。

看着茉莉的舌头舔过蒋意的脸，又去舔他的脸，谢源不知道自己应该有何感想。

蒋意给茉莉穿好背带:"真可爱,好狗。谁是乖狗狗?茉莉是乖狗狗。"

谢源:这条笨狗,看不出哪里可爱,脑袋长得就跟自行车座子似的。

谢源扣好狗绳:"走了。"

从宠物店出来,谢源没走原来的路线,带着蒋意走了另外一条路。

没走多远,他们就看到路边站着一个卖冰糖葫芦的大爷。

蒋意多瞥了几眼,茉莉也多瞥了几眼。一人一狗的注意力都在冰糖葫芦上面。

谢源停下来,问蒋意:"想吃吗?"

蒋意犹豫。她想吃,但是他们待会儿回去就要吃午饭了。

谢源一下就猜到了她的脑子里在想什么,把狗绳给蒋意:"你牵好狗。"

就凭茉莉这会儿的兴奋劲,他如果牵着它过去,指不定它就直接扑上去把人大爷的摊位整个给掀翻了。这狗闯的祸简直千奇百怪。

蒋意从谢源手里接过狗绳。

谢源走过去,买了一串冰糖葫芦,然后往回朝她走过来:"拿着。"

他用冰糖葫芦换回狗绳。

蒋意把狗绳还给他,趁机捏捏他的手心,把他手心的皮肤微微揪起来一点儿。她怪他:"你买的糖葫芦太大了,我看大爷那儿有小串的。"

其实她根本就捏不疼他。谢源把冰糖葫芦塞到她手里,告诉她没得商量:"换不了。"

他怎么跟个无赖似的?

茉莉挤在他们俩中间,仰着狗头,咧着狗嘴,摇着狗尾巴,哈喇子淌了一地。它盯着主人的儿子和主人儿子的女同事,着急死了:你们到底吃不吃啊?不吃就给我吃!

蒋意咬了一口最上面的山楂球。

"甜吗?"

她点点头:"甜。"

谢源嘴角轻轻上扬。

她用餐巾纸垫着,掰下来一颗:"你吃不吃?"

谢源一口吃掉,咬开外面的一层糖壳,又咬透整颗山楂球,尝到了里面的山楂果肉,瞬间变了脸色——好酸!

蒋意恶作剧得逞,"哈哈"笑得停不下来。她刚刚咬的第一口就觉得好酸。她故意忍着，就是要憋坏逗谢源玩，没想到谢源这么配合她。

眼看着谢源要黑脸，蒋意决定哄哄他。她踮起脚，摸摸他的后脑勺儿："真乖。"

茉莉"汪汪"地大叫——它也要摸头！

蒋意蹲下来，也拍拍它的狗头："你也乖。"

谢源瞬间不想说话了：反正他就跟茉莉一个待遇呗。

他把嘴里的山楂咽下去，然后轻咳了一声，说："大爷挑选山楂的功力有所退步。"

蒋意听出了这句话的言外之意："噢，所以你不是第一次吃这个大爷卖的冰糖葫芦——你以前吃过。"

谢源："嗯。"

蒋意觉得不对劲，谢源才不是那种会买甜食给自己吃的家伙——他对甜的东西不怎么感兴趣，除非……除非也有别的姑娘像她这样，把甜的东西硬塞给他吃，而他也心甘情愿地配合吃了。

她忽然就觉得嘴里的酸劲更厉害了。

"你以前带别的姑娘来吃过呀？"她慈眉善目地问，乍一听好像没什么杀伤力。

谢源觉得她还挺能联想的。他什么话都没说，她就给他扣上这么严重的指控。

谢源淡淡地道："没有。"

蒋意不信，假意哄他："你实话实说不要紧的，我又不会生气。"

反正那是她没有参与的过去，谁让那时候他们俩还不认识呢？

谢源哼了一声，她说她不生气，这话也就骗骗小孩儿和小狗。

他摆出高冷脸："你说有就有。"

其实真没有，谢源以前读初中的时候，每天放学回家都会经过这条路。大爷从前还不是大爷，是中年人，那会儿就在这里摆摊子卖糖葫芦，下午出摊儿，主要就是卖给放学的学生。

家长大多管得严，初中生的零花钱就那么一点儿，也不能请喜欢的女同学吃点儿好的。男生就请女孩子吃冰糖葫芦，有时也会奢侈一把，全款买下冰糖草莓。

谢源是好学生，不谈恋爱。但谁都会有特别爱吃甜食的年纪，他也不例外。所以初中的时候，他偶尔也会买冰糖葫芦自己吃。

现在谢源早就已经过了只有零花钱的年纪。可和蒋意走到这里，看见了这个卖冰糖葫芦的大爷,他还是想要给蒋意买一根冰糖葫芦。

谢源清了清嗓子:"等到冬天的时候,大爷摆摊儿还会卖冰糖草莓,那个肯定就不会这么酸了。"

蒋意听懂了,把脸凑到他面前,笑眯眯地说:"那你今年冬天要不要带我来吃?"

谢源拍了下她的脑袋:"等你赶不上春节回家的航班再说。"

没等蒋意说话,他抖了抖狗绳:"茉莉,走了!"

谢源牵着狗就往前跑,留下蒋意站在后面生气。她冲他大喊:"谢源,你不许诅咒我!我以后再也不要错过航班了!"

两个人遛了一圈茉莉,把酸溜溜的冰糖葫芦也分着吃完了,才回到谢源父母家的楼下。

谢源掏出门禁卡。蒋意等在旁边,忽然说:"好吧,我相信你说的。"

这话没头没尾的,谢源没听明白:"什么?"

蒋意把话补充完整:"我相信,你没有跟别的姑娘一起吃过冰糖葫芦。"

谢源听完忍不住笑了下:她还在纠结这个问题呢。敢情刚才一路走回来她都静悄悄的,不说话,原来是一直在琢磨这件事情。

没等谢源说话,蒋意又说:"就你这副油盐不进的样子,我看也没什么姑娘能拿下你。"

她挺会贬低他,但谢源没什么生气的感觉,慢悠悠地说:"是吗?但你现在不就吃着我买的冰糖葫芦吗?"

说完,他单手插兜,牵着茉莉就往楼里走。

蒋意反应了一会儿:他的话,是她理解的意思吗?她吃了谢源买的冰糖葫芦,所以相当于她快要拿下他了?

而谢源已经进了电梯,正在等她:"上不上?"

明明是催促,可他偏偏语气不紧不慢的,听不出有多着急。

蒋意觉得他的表情看着欠欠的。谢源这男的,有的时候挺像狗。

蒋意跨进电梯,瞪他一眼,口是心非:"不上。"

蒋意和谢源在他父母家吃了午饭和晚饭,之后动身离开。

道别的时候,谢源的母亲薛玉汝伸手拥抱蒋意,蓬蓬的头发贴着蒋意的脸颊:"意意,以后常来家里玩。"

蒋意微笑说:"好。"

狗狗茉莉蹲在门边，尾巴在地上摇啊摇。它拱起鼻头，一下下撞着蒋意的手掌心——它也不想让她走。

"拜拜，茉莉，我以后会再陪你一起玩的。"她揉了揉它的脖子。

蒋意和谢源一起下楼，她问："谢源，你会想家吗？"

谢源看她："还好，为什么这么问？"

蒋意轻轻笑了下，摇摇头。她自己也不知道，或许只是有感而发吧。当离开谢源父母家的时候，她感到了一阵强烈的不舍。反而以前在离开S市的那个家时，她不会有这种感觉，只会觉得轻松。忽然间，她特别羡慕谢源，甚至可以说是有点儿忌妒。她好喜欢他的家，喜欢到想要占为己有。

回到十七楼，两个人各回各家。

蒋意进门刚放下包，她爸蒋吉东的电话就打过来了。她看到手机上的来电显示，终于想起来自己还得应付亲爹。

其实挺没劲的。蒋吉东和蒋沉远在S市，他们吃着中秋家宴，扮演着父慈子孝，享受着合家团圆，她去凑什么热闹？她唯一的用处就是给蒋沉添堵。

蒋意按了接听。

蒋吉东等了一晚上小女儿的电话，左等右等始终等不到。他实在坐不住，于是哪怕讨嫌也要主动给她打电话："小意，你在干吗呢？怎么一整天都不给老爸打电话？你是不是出门玩了一整天，早把老爸抛在脑后了吧？"

谁能想到蒋吉东一把年纪，在生意场上是出了名的铁腕人物，但是到了宝贝女儿蒋意的面前照样得说软话？

他还真猜中了实情。蒋意就拿撒娇来应付蒋吉东："哪有？我早就想给爸爸你打电话了，但是我怕打扰你吃晚饭呢。"

蒋吉东笑了。明知是借口，他也乐乐呵呵地接受："行，你能记着老爸就行。"蒋吉东说，"我给你买了礼物，已经让杜应景带去B市了。你在家等着吧，杜应景应该一会儿就给你送过去。"

"嗯。"

"还有，小意啊……"蒋吉东的语气忽然变得踌躇，像是有些难以启齿，他说，"你要是有时间，就给你妈那儿也打个电话，祝她中秋快乐，知道吗？"

"知道啦，我不仅要自己跟妈妈说中秋快乐，也会替爸爸你跟她说一声中秋快乐的。"

蒋吉东在电话那头无奈地笑了下。虽没阻拦女儿的一片好心，但他自己心里明白，无论她替自己说多少好话，他在前妻赵宁语那儿的待遇也不会有任何改变，是他活该。

蒋意挂掉电话，点开母亲赵宁语的微信。

一早上她出门前就给赵宁语发了一条微信语音。她点了点最底下那条绿色的语音条："妈妈，中秋快乐！"她在这条语音里的说话语气可比刚才在电话里祝蒋吉东中秋节快乐要真诚多了。

赵宁语到现在都没回复。虽然 C 国和国内有时差，但她也早该看到了。

算了，蒋意把手机扔在旁边，有的事情做了也不会有回应。她自己就经常这样对待别人，所以也不怪有人用同样的方法来对待她。只不过，这样就和她白天在谢源家里受到的温暖待遇一下子形成了鲜明的对比呢。

谢源可以大大方方地把他的家人介绍给她认识，但是蒋意觉得她应该没有什么信心让谢源认识她的家庭。她轻轻低下脑袋。好奇怪，原来她也会突然没有自信啊，真是让人好生气。

蒋意微微叹气。生气也没用，她现在已经很能消化这种情绪了，习惯就好。

对了，蒋吉东刚才在电话里说，杜应景要给她拿来礼物。蒋意不想放人上楼，所以就下楼去等。

她坐在楼下的长椅上。杜应景还没到，她看了一会儿手机。

今天娱乐版热搜很安静，没有搞出像去年那样的大新闻。这至少说明今年的中秋家宴，姑妈家的两个女儿没有与娱乐圈的男明星杠上——对于娱乐圈来说这是一条好消息。

手机响了，是李燎忽然给她打来电话。

这位又是怎么了，怎么挑中秋节给她请安？

蒋意想到最近李燎没摁着她加班，看在这个分儿上接了电话："喂，你有什么事？"

李燎那边的风声有点儿大，电话里时不时传出"呼呼"的杂音，他说："你家的地址在哪儿？发我。"

蒋意觉得离谱。他什么毛病啊？这人不交代前因后果，上来就问她要家庭住址？！他以为他是谁啊？不过她想了想，李燎还真就是这种自以为是的家伙，从来不按照常理出牌，让人头疼。

蒋意："你想干吗？上门寻仇啊？"她的声音显得警惕。

李燎居然被她的话问得卡壳了。

他说:"没什么事,就是想找人一块儿看月亮。"

看月亮?

"你有病。"她不搭理脑子有病的人,直接摁了结束通话。

一分钟后,李燎发来微信:"行,我说实话。我给你带了好吃的,你肯定喜欢。"

蒋意没理他,又坐着等了一会儿,终于看见一辆黑色的商务车缓缓驶进来。车子停稳,杜应景从车上下来,手里拎着好几个奢侈品牌的购物袋:"蒋小姐,这些是董事长让我给您带来的东西。"

包包、成衣、腕表、钻石手链……蒋吉东养女儿的方式就跟小孩子打扮芭比娃娃似的。

蒋意没看那些礼品袋,坐在长椅上仰起头盯着杜应景的脸,慢悠悠地笑着,让人心里寒丝丝的。

"行,东西我收到了。辛苦杜助中秋节还要特意飞一趟B市,我爸应该会付你加班费吧?"

杜应景低眉顺眼地说了句"不辛苦"。

蒋意的个子比杜应景稍微矮了几厘米,但她一下子站起来,给人的压迫感特别强烈。杜应景下意识地想后退,但是打得整整齐齐的领带突然被蒋意拽住,她手上力道逐渐收紧,扯得他几乎站不稳,也扯得他呼吸不畅。

"杜助,我没有得罪过你吧?"

没有……如果不算她现在扯他领带这件事情。

蒋意继续说:"既然我待你这么厚道,那你为什么要把我在这儿的地址泄露给蒋总呢?你收过他的钱啦?"

蒋总,指的是蒋沉。

她说得很轻松,但是此时此刻的气氛一点儿也不轻松。杜应景感觉到蒋意的身上有着强烈的攻击性。他第一次意识到,眼前的蒋大小姐,确实跟蒋吉东和赵宁语有着如出一辙的压迫感。

他们都是狠人,都是笑面虎,难怪是一家人。

杜应景:"蒋小姐,我保证不会再有下次——"

蒋意没有兴趣听废话。她打断他,然后轻飘飘地丢出她自己的猜测:"我妈指使你这样做的?"

杜应景的眼里闪过一丝惊讶——他以为她不会知道。

蒋意松开他,还替他整了整领带。

杜应景在蒋吉东身边做了将近二十年的助理,蒋吉东非常信任他。所以很多与蒋意相关的事情,蒋吉东都是授意杜应景亲自去办的,不让蒋沉有插手的机会。杜应景没那么容易被蒋沉收买。

但是蒋意知道杜应景的底细——杜应景曾经接受过她外祖父的助学基金会的资助,当年能够去 M 国读书深造,也是拿了她母亲赵宁语签名的推荐信。蒋沉不可能使唤得了杜应景,但是她的母亲赵宁语一定可以。

"我妈为什么要这么做?"

杜应景:"……"

看来他是打定主意不会开口了,蒋意也不想浪费时间,于是下逐客令:"不想说就算了,我不为难你,你走吧。"

她准备拿起礼品袋上楼。

杜应景突然开口:"赵总希望您能跟她一起去国外。"

蒋意一下子愣住了。

"她不希望您牵扯在蒋家的事情里。她所做的一切,都只是为了让您能尽快跟她走。蒋小姐,赵总她不是故意要让您不开心的。"

蒋意盯着他,看出来他说的都是真的。

杜应景最后对她说:"赵总很快就要回国了。蒋小姐,您最好还是尽快做完您在国内想做的事情。赵总这次是认真的,一定会带您走。"

杜应景说完就走了。蒋意还没从刚才他说的那些话里回过神来:她妈要回国了,还要带她走,为什么?既然赵宁语还是想要她这个女儿,那么为什么平时却对她不闻不问呢?

那次蒋沉追到这里,蒋意马上就给蒋吉东打电话告黑状。她在蒋吉东面前装好人,说她不让蒋沉来只是因为不想让蒋沉撞上她妈赵宁语,以免闹出不愉快。其实只有蒋意自己知道,蒋沉压根儿就不会遇到赵宁语——因为她妈从来都不会过来看她,从她读大学到现在工作,一次都没有。

蒋意搬到这里之后,主动把地址发给了赵宁语,而赵宁语只回复了一句"知道了",然后就再无其他回应。杜应景现在说什么赵宁语要带她走,全是骗人的吧……

蒋意还没有整理好情绪,一辆出租车驶进来,停在了她面前。她眯起眼睛。

李燎从出租车上下来,一副风尘仆仆的模样,也不知道是从哪儿过来的。

蒋意坐在长椅上看着他:"我记得,我刚才好像没有告诉你地址吧?"

李燎笑了下:"是的,不过我知道你住在这个小区。你以前偶然说起过,你自己都忘了。"

蒋意扯了扯嘴角。

"我本来只想碰碰运气,让司机师傅在小区里转一圈,说不定能找到你。没想到我的运气还真的这么好,你就坐在路边,所以一下就被我找到了。"他问她,"你一个人坐在这儿干吗呢?不会真的在看月亮吧?"

蒋意:"我看着这么闲吗?"

李燎看到长椅边上堆着的购物袋,说:"看来今晚我不是唯一一个向你献殷勤的人。"

他认识其中一些 logo,都是奢侈品牌。

"买这些东西,如果是我们公司的算法工程师,至少得花掉半年的工资吧。"李燎想起了广告算法组里的那个男人,他叫什么名字来着……谢源?

蒋意扫了一眼。她比他更了解奢侈品行情:"不止,这些都是限量款。"

蒋吉东非常有钱,也最舍得给女儿花钱——仿佛他只要掏出大笔大笔的金钱就能赎罪似的。

李燎不在意,展眉笑笑:"还好我走的是温馨路线。"他塞给她一个盒子,"打开看看。"

蒋意打开盒盖,看到里面装着的东西,愣了一下。这居然是一盒鲜肉月饼,一盒里装着八个,酥皮上面印着红戳。这是金阳食品的鲜肉月饼,只有 S 市才有得卖。她摸了摸纸盒的底,甚至还是热的。

她问他:"哪儿来的?"

"S 市,金阳食品,我买的。新鲜出炉,我一路坐着飞机带过来的。"他说,"千里送月饼,礼轻情意重。我希望你能感受到这份心。"

蒋意盯着他,仿佛第一天认识他。

李燎被她的反应逗笑了:"干吗?我也是 S 市人,鲜肉月饼哪家最正宗,家里爷爷奶奶、外公外婆还是教过的。"

确实,金阳食品的鲜肉月饼最好吃,所以每年中秋排队的人也最多。如果蒋意昨天没有错过飞机,回了 S 市,也肯定会吃这个牌子的鲜肉月饼。

蒋意忽然不知道该说什么好了。

李燎带来的这份礼物有点儿投她所好。她爸没有想到让杜应景给她送一盒月饼过来,但是别人就能想到。就像李燎说的,这份礼物走的是温馨路线,礼轻情意重。比起她爸买的那些奢侈品,她可能更喜欢手上的这盒鲜肉月饼。

李燎站了一会儿,说:"我听说你们昨天组里的模型库出问题,你们都留下加班了。我就猜到你肯定没有回S市,所以替你把最好吃的鲜肉月饼带来了。蒋意,中秋快乐。"

蒋意笑了一下:"谢谢你。"

李燎还演上了:"举手之劳,不足挂齿。"

"真的谢谢你。"蒋意重复了一遍。

李燎酷劲上来,说:"走了。"李燎拉开出租车的车门,正要坐进去,忽然又想起什么,回头直直地盯着她,强调说,"这盒鲜肉月饼,只有你能吃,吃不完就扔了,不许给别人吃,知道吗?"

她尤其不能给那个姓谢的家伙。

蒋意二话不说,直接赶他走。

"蒋意,我就这待遇啊?"

"对,你就这待遇。再说话,你就连现在的待遇也没了。"

李燎闻言,赶紧坐出租车走了。

蒋意把东西拿上楼。

电梯门一开,谢源就堵在电梯口。他手里提着一只垃圾袋,看起来准备下楼扔垃圾。他看到她手里拿着东西——左手端着一个四四方方的纸盒,右手拎着好几只购物纸袋。

什么东西?哪儿来的?

蒋意循着他的视线看去,举起右手的购物袋,说:"这是我爸给我的中秋礼物。"

谢源慢悠悠地"哦"了一声:"你爸爸坐出租车来的,是吧?你怎么不让叔叔上楼坐会儿?"

他刚刚站在阳台上打电话,正好看见有一辆出租车转弯驶进来。

谢源居然管她爸叫"叔叔"。他平时好像没有这么嘴甜吧?而且,坐出租车来的那是李燎,不是她爸,这也太让李燎占便宜了吧?

"那人不是我爸,是公司的同事,给我拿来一盒鲜肉月饼。"她给他看手里的月饼,没什么遮遮掩掩的。

谢源听完,顿时就没什么好心情了。他唇线紧绷,显得冷淡。

公司同事……他一下就知道是谁了——PUK组的李燎。

男人最了解男人,李燎肯定没安好心。

谢源的影子罩在蒋意的身上。他一脸高深莫测,不动声色地打量她的表情。她大大方方的,一副很坦然、很镇定的模样,看起来好像也不是很在意那位"公司同事"。谢源稍稍放心——这样他就不着急了。

他游刃有余地反问:"为什么月饼要吃肉馅儿的?"

他是B市人,从小到大就没见过肉馅儿的月饼。

"因为好吃。"

谢源心里毫不在意地哼了一声:能有多好吃?能比他买的冰糖葫芦还好吃吗?

蒋意看他一脸不信。事实胜于雄辩,给他吃一口就知道了,她一边打开盒子,一边说:"张嘴。"

她根本就不理会李燎三令五申强调的,这盒月饼只能她吃,不能给其他人吃。

谢源嘴唇紧抿。

幼稚……蒋意把盖子盖上,他不吃就算了。

她径直往1702室走,结果谢源又不肯放过她,跟了上来:"蒋意——"

她的右手忽然一空。谢源拿走她手里的几只购物袋,像煞有介事地说:"我怕你拎不动。"

距离1702室的门,总共也就只剩下几步路了,瞧他这副不值钱的德行。

蒋意越来越觉得,说不定师姐的分析就是对的——也许谢源心里恰好就爱死她了。

蒋意开了门,谢源静静地把购物袋放下。他不走,她也不着急关门。

谢源低下头:"给我吃一口。"

谢源这人就是别扭,蒋意还是尤其偏爱他。如果换作其他人,她刚刚请他吃的时候他不要吃,现在又像小狗似的跟上来,她肯定连正眼都不看他。但他是谢源,谢源在蒋意这里的待遇是独一份儿的,被偏爱的就是有恃无恐。

蒋意往他嘴里塞了一块鲜肉月饼。

谢源慢吞吞地咀嚼着,眼睛沉沉地盯着她。

"好吃吧?"蒋意问他,"现在冷掉一点儿了,还是刚出炉的时候最好吃。"

谢源把月饼咽下去。不管他自己愿不愿意承认,反正鲜肉月饼肯定比那串酸得要死的山楂好吃。此时此刻谢源的心里也酸得要死。

"也就一般般吧。"他死鸭子嘴硬,然后转身往自己家走。

蒋意一脸奇怪:"你不是要下楼扔垃圾吗?"

谢源把蒋意说话的声音关在门外。

扔什么垃圾？他不扔了。他把手里的垃圾袋放在鞋柜旁边的地上，然后走进洗手间洗手。

洗完手出来，谢源走进厨房，打开橱柜上下扫视。很快他就找出一袋低筋面粉，然后开始在手机上搜索"怎样在家制作鲜肉月饼"。

不就是鲜肉月饼吗？他自己就能做。

蒋意回到1702室。她没拆礼物，也不知道谢源当下立志要自己动手做鲜肉月饼。

蒋意吃掉一块月饼，然后去刷牙、洗澡。最后她躺在床上，脑子里开始回想杜应景今晚所说的话。

杜应景说，她的母亲赵宁语要回国了。按照杜应景的说法，赵宁语此行的目的是要让蒋意跟自己出国。

但是她不愿意跟随赵宁语出国——她喜欢的人都在这里，她不要走。

第二天早上，蒋意准备坐谢源的车去公司。

这段时间她一直和谢源同进同出。她的车其实早就可以提回来了，4S店里的工作人员打电话问过她好几次，但是她都不着急取车，心甘情愿地交着托管费。她能坐谢源的车，为什么还要自己开车？

谢源也不催她，任劳任怨地给她当司机。

蒋意觉得，这说明他们两个人对于现状都很满意，一个乐意做司机，一个乐意做乘客，相处得非常和谐。

那就不要改了，他们就这样，挺好的。

蒋意敲开1701室的门。

谢源把防盗门拉开一条门缝，站在门里，一脸睡眼惺忪的模样，揉着脖子打哈欠："我今天上午居家办公，不去公司。"他把车钥匙丢给她，"你自己开车去吧，路上慢点儿开，别把我的车蹭了。"

蒋意觉得很不可思议：什么鬼？上班到现在，她都没请过假呢，万年工作狂居然要请假？

蒋意把谢源从头到脚打量了一遍，觉得事情有古怪："你怎么啦？生病了？需要人照顾吗？"

"没生病，不需要人照顾，尤其是你。"

蒋意的脸颊微微鼓起，她抿着嘴唇，一脸不服气，非常不认同他最后一句话。什么叫尤其是她？他以为无论什么人都能得到她的自愿照顾啊？

蒋意正要跟他继续胡搅蛮缠，忽然闻到空气中有一阵烤箱里传出的食物的香味，很像烘焙店里的味道，应该是从谢源家里飘出来的。

她问他："你家里闻着好香啊！你在烤面包吗？"

谢源板着脸："没有。"

"你是不是在做早饭？"

谢源持续否认："不是。"为了阻止蒋意接着问更多的问题，他从家里走出来，径直替她把电梯键按好，然后催促她，"你快点儿吧，再不出门就要迟到了。"

蒋意还扒着他家的门框不松手。谢源欲上手掰开，但是看她娇娇软软的模样，还真的无从下手。

谢源勉强把她推进电梯里："再见。"

蒋意眼睁睁地看着谢源把防盗门关上，接着电梯门也徐徐合拢，那股香香甜甜像面包店的味道立马从空气中消失了。

所以，香味一定是从谢源家里飘出来的！他肯定在偷偷摸摸地做早餐，但是不给她吃。哪儿来的这么自私的家伙？她昨天还亲手喂他吃了一块鲜肉月饼呢，结果他今天就这样对待她，真是一条喂不熟的狗狗。

蒋意摁下 B1 的按键，电梯下行。

这会儿，她脑子里重新闪过刚才看到的画面。

谢源给她开门的时候，好像穿着睡衣睡裤呢。他的睡衣是白 T 恤，睡裤是浅灰色居家长裤，看着和运动裤没什么区别。

灰裤子……蒋意联想到一些网络上的段子，及时刹住脑子里一些少儿不宜的联想，不自在地摸了摸头发。

但是如果不联想这个，她就忍不住想生气：为什么谢源能悠闲地睡到自然醒，而她就要开车赶早高峰去上班啊？他们两个到底谁是公主，谁是工作狂？她怎么觉得现在全部反过来了呢？

蒋意越想越觉得心里不平衡，气死了！

谢源关上防盗门，站在原地默默数了六十秒，然后打开门。看见电梯已经到达 B1 层，他终于长长地松了一口气——蒋意去上班了。

谢源走进客厅，完全不想往餐厅和厨房的方向看一眼。餐厅和厨房一团糟，简直就是大战过后的狼藉——低筋面粉和中筋面粉都敞着口暴露在空气里；砧板上既有完整的五花肉，也有剁碎的猪肉馅儿；两把菜刀甚至都没洗，直接被扔在水槽里；灶台旁边是一大盆猪油渣以及凝固的猪油；

油酥、黑芝麻、白糖、蚝油、生抽酱油、老抽酱油、料酒、葱花、榨菜碎末这些原材料出现在各种奇奇怪怪的地方；各个批次的鲜肉月饼失败品随处可见：垃圾桶里、料理台上、餐桌上、水槽里、烤箱里……

这哪里像他谢源的家？他觉得猪圈可能都会更加整洁一点儿。

只能说幸好刚才蒋意没有闯进门，否则，谢源觉得自己可能会被她嘲笑一整年。他刚刚守住的不仅仅是一扇防盗门，还包括他的尊严。

谢源现在开始收拾。

他昨晚一整夜熬着没睡，都在做鲜肉月饼。他觉得自己可能疯了。

第一遍做的时候，他按照网上的教程一步步做，甚至还觉得挺简单，没什么挑战性。

他轻敌了。事实证明，做鲜肉月饼绝对不像食谱 App 上写的那么简单。

茶几上放着好几张 A4 纸，第一次失败之后，接下去的每一次尝试，他都会详细地记录下相应的参数和变量。每一次失败，他都会总结复盘，然后调整过程中的变量。他感觉自己像是回到了在学校里写论文、做实验的日子。果然，科学的研究方法会让人一辈子受益，总会在意想不到的地方发挥作用。

昨晚，在经历了数次失败之后，谢源得出最终结论：家里的烤箱太差劲了，无法保证烤箱里各处的温度均匀，也无法精准地进行控温。

工欲善其事，必先利其器，所以，谢源凌晨下单购买了一台昂贵的新烤箱。这台烤箱的价格，可能都够蒋意这辈子每年中秋买两盒鲜肉月饼吃了。看来，人不能够在熬夜神志不清的情况下做决定。

今天上午新烤箱就能送到，安装师傅也会同时上门进行安装，届时谢源就有希望烤出一盘成功的鲜肉月饼——这是他今天上午申请居家办公的真正原因。

上午十点半，新烤箱送达，安装师傅总共用了不到二十分钟时间完成安装。

谢源预热了新烤箱。烤箱没到的时候，他已经把鲜肉月饼的最新一批生坯做好了，就等着放进新烤箱里用一百八十摄氏度烤三十分钟。

厨房窗明几净，等待着一场胜仗。等烤箱预热的时候，谢源收到了蒋意的微信消息。

蒋意："谢源，你下午会来公司的，对吧？"

谢源："嗯。"

蒋意:"你现在去我家,我放在客厅茶几上的笔记本电脑,你下午带来公司给我呗。"

蒋意:"还有还有,你到我的衣帽间,里面有一件墨绿色的长袖真丝衬衫,你看清楚,是飘带领的那件,不是荷叶领的那件,你也记得带给我。办公室的空调冷死了。"

什么叫飘带领?什么叫荷叶领?谢源觉得自己正在踏进知识盲区,给她回复了三个问号。

谢源:"你上班不带电脑?"

蒋意:"那是我自己私人的笔记本电脑,不是工作电脑啦。我怎么会犯这种低级错误呢?"

谢源:"什么是荷叶领?"

蒋意:"……"

谢源:"拿错别怪我。"

蒋意:"你自己动动手去网上搜一下嘛!这都要我教你,你笨死了。"

谢源频频黑脸:她还好意思让他动动手指去搜索?她自己首先怎么就不能自力更生呢?

谢源还真的上网搜了荷叶领和飘带领的图片——行吧,他知道了。

烤箱预热完成,谢源把生坯放进烤盘里,将烤盘推进烤箱里,接下来只需要等待三十分钟。

谢源先去蒋意家里拿她的笔记本电脑和长袖衬衫。他推开防盗门走到楼道里,忽然想起来,蒋意没告诉他她家防盗门的密码。

谢源拿起手机:"家门密码麻烦发过来。"

蒋意没回复,这条消息犹如石沉大海。

谢源站在1702室门外等了五分钟,蒋意就跟断网了似的。

她上班这么认真的吗?她连看手机的工夫都没有?

谢源想了想,说不定蒋意正在开会。他收起手机,盯着蒋意家的电子门锁看了一会儿。

要么他猜猜她家的密码?说不定他直接就猜对了,这样也就用不着等蒋意回他。反正是她让他进去取东西的,不算他非法入侵他人住宅。

密码是常规的六位数字。谢源先试了蒋意的生日,不对;他接着试了她手机的锁屏密码,也不对;他又试了蒋意的银行卡密码,还是不对。

电子门锁上的 LED 提示灯始终是红色的。

谢源的第一反应是:原来他知道蒋意这么多的密码。

他甚至知道她的银行卡密码，主要原因就是蒋意在读本科和研究生的时候，什么事都扔给他做。

谢源想着待会儿要记得提醒她去修改密码，要不然这也太不安全了。

电子门锁"嘀嘀"响了两声，发出提示，如果他再输错两次密码，门锁就会自动进入安防状态，那样的话五分钟内不能再输入密码，他需要等待五分钟之后重新尝试。

现在还剩余两次机会，谢源掏出手机看了一眼，蒋意仍然没有回复他。她家的防盗门密码究竟是什么？

鬼使神差地，谢源的脑子里忽然冒出一个离谱的想法。他一边觉得不可能，一边身体却很诚实，默默地在密码键盘上摁了六个数字，屏息等待。

一秒钟、两秒钟……LED提示灯转绿，门开了。

谢源一脸见鬼的表情——他刚刚摁的是他自己的生日。他只是随手当玩笑似的瞎蒙了一个，结果居然就对了。该死，蒋意家的防盗门密码，是他的生日……为什么？

对于谢源来说，眼前的门把手突然间变得尤其烫手。

他机械地推开门，意识都有些恍惚，没缓过神来。

他走进蒋意家，像是一个机器人在按照指令做事。他拿走客厅茶几上的笔记本电脑，把它塞进电脑包里，然后穿过走廊找到蒋意的衣帽间，打开柜门拿到墨绿色的长袖衬衫——他留心分辨过，手里的这件衬衫确实是飘带领的，不是荷叶领的。

谢源拿着这两样东西走出蒋意的公寓，关门，这时才稍微找回一点儿意识，像是在梦游。

他顿住脚步，回过头盯着紧闭的防盗门。

他不信邪，又试了一遍他的生日，六个数字——门又开了。

谢源重重地闭上了眼睛。

有几个瞬间他觉得心脏的位置胀胀的，说不上来是什么感觉，但是确实有一股情绪在身体里涌动。

谢源忍下这股情绪，回到自己家。

鲜肉月饼一个个趴在烤箱里烘烤着。他的注意力本来都放在这盘鲜肉月饼上面，毕竟他非常希望这次能做成功，但是此时此刻，他的脑子里只有隔壁1702室的防盗门密码。

蒋意在用他的生日做她家的大门密码……她这么做的动机是什么？她会喜欢他吗？谢源并不知道这些问题的答案。

喜欢一个人和喜欢捉弄一个人,这两者太难以界定,尤其是对于蒋意而言。

他一旦猜错,后果也很严重。被一个得了公主病的人发现他在自作多情,是一件很危险的事情。

谢源马上能想象出她那副得意的表情,一边嘲笑他,一边使唤他。

他暂时还不想冒险试探答案,只能说服自己:不管怎样,从安全性的角度来看,蒋意这么做也是对的,用他的生日作为密码,总比用她自己的生日作为密码要更加安全。毕竟,不要用自己的生日作为银行卡密码,这已经是一个老生常谈的话题了。

原视科技,七楼,数据算法组。

张辛迪问蒋意什么时候去吃午饭,蒋意说"马上"。

她点开谢源的微信头像,他们之间的最后一条消息是谢源发过来的。

"家门密码麻烦发过来。"

她其实第一时间就看到了这条消息,但是故意没回他。

谢源那么聪明,肯定能试出来她家的大门密码。就是不知道当他发现密码是他的生日时,脸上会是怎样的表情呢?一定会很有趣吧。

蒋意顿时觉得有点儿遗憾,不能亲眼看到谢源的反应。她就是喜欢谢源像猫咪似的奓毛又傲娇的样子。

张辛迪又催了她一遍:"蒋意,快点儿,我要饿死啦!"

蒋意拿起桌上的工牌,起身走向张辛迪:"走吧。"

她等着谢源下午来给她送电脑和衬衫。

三十分钟很快过去,鲜肉月饼出炉了。谢源戴着隔热手套把烤盘拿出来。

一块块鲜肉月饼整整齐齐地排列成行,看起来饱满精致,很像那么一回事。他吃了一个,味道还不错:外面的酥皮有好几层,很脆,一口咬下去"咔嚓咔嚓"脆响,里面的肉馅儿咸淡正好,鲜香的肉汁裹在酥壳里,很烫口。

月饼应该能算成功了,果然是烤箱的问题,他换了新烤箱就好了。

就是不知道蒋意会不会觉得好吃,她的口味向来刁钻。

谢源回忆了一下昨天蒋意那盒鲜肉月饼的口感,觉得自己做的跟那盒月饼还是稍微有点儿区别的,没有能够一比一完美复刻。就当是还有进步的空间吧，也许他之后再多做几次能够有所提升。

谢源把烤好的鲜肉月饼装进玻璃保鲜盒里，然后叫了一辆出租车，带着蒋意吩咐他要带的东西，拿上玻璃保鲜盒，出发去公司。

出门的时候，谢源忍不住又看了一眼1702室的防盗门。

他有点儿想把那门给拆了。

午休时间，蒋意收到了谢源发过来的微信消息。

"来拿东西，我在七楼东边的电梯。"他言简意赅，没有半句废话。

蒋意托着脸，视线慢悠悠地扫过这上面写的地点——七楼东边的电梯，她走过去要好远。

该说不说，谢源挑的地方真是挺掩人耳目的，搞得就像特务接头似的。七楼靠东边坐的是另一个大组，跟他们这些算法工程师完全没有业务上的直接往来，肯定不会有人认识他们俩。

哎，谢源明明可以直接走到数据算法组这儿，面对面把东西拿给她。但是他不——在公司里，他还真的是特意和她避嫌呢。

蒋意不情愿。她觉得，有时候谢源就应该学学李燎那张加厚的脸皮。李燎每次来七楼找她，那可真是单刀直入，一点儿都不拐弯抹角，果然是"旱的旱死，涝的涝死"。

蒋意拿上工牌，走过去。

她到的时候，谢源已经等在那儿了。远远地，她就看到他手里拎着一个大号的纸袋，辛苦他了。

也不知道谢源在她家门口试过多少个密码之后，才想到用他自己的生日，一想到这里，蒋意就忍不住想笑。可惜了，当时她没在现场。

她走近，脸上挂着漂亮的笑容。

谢源没吭声，把袋子递给了她。

蒋意接过，并没有检查纸袋里的东西。

谢源直视她，轻咳了一声，掩饰住不自然的微表情："你不打开看看吗？说不定我拿错东西了。"

不用啊，蒋意觉得才没有必要浪费这个工夫呢。反正，笔记本电脑和长袖衬衫只是她随便找的理由而已。她根本就用不着这两样东西，上班上得好好的，她干吗要使用自己的私人电脑？办公室的空调温度虽然低，但是她工位上有一条羊绒围巾，能当毯子盖。再说，真丝衬衫也没什么保暖的能力吧？

她使唤他，只是为了让他发现她家大门密码的事，仅此而已。她也没有丝毫的负罪感，谁让她有公主病呢？

不过，其中内情不能被谢源知道，否则他肯定会怄气。

于是，蒋意一下子就转移了话题，脸上露出真诚的表情，带着一点点歉意："谢源，不好意思啊，我刚刚没看到你之前发给我的微信。"

谢源居高临下看着她，半信半疑。

她指的哪条微信？他问她电子门锁密码的那条？

蒋意又说："不过，你很聪明嘛，一下就猜到我家的大门密码了。"

谢源："……"

其实，他也并没有一下就猜到，但这都不是重点。

"蒋意，你可真行，拿我的生日做你家的密码。"

蒋意一脸无所谓："这有什么关系？你要是觉得你亏了，大不了也把你家的密码锁换成我的生日呗，我肯定是不介意的。"

她这个提议也是离谱。

谢源不接话茬儿，伸手按电梯键。电梯马上就到了。

"走了。"他说。

蒋意看着他走进电梯，然后电梯门缓缓关上。

说不过她就逃跑，别扭的家伙。

蒋意拎着纸袋回到办公室。

张辛迪冲她眨眼睛，笑得暧昧："家属送来的？"

蒋意扬起眉眼，没否认。

午休时间差不多结束了，她把纸袋随手放到旁边，然后打开电脑开始处理工作邮件。

她工作了一会儿，见手机上微信弹出消息。

谢源："你把袋子打开了吗？"

蒋意觉得奇怪，这人今天是跟这个纸袋子杠上了吗？平时也没见他话这么多呀。

蒋意："没呢，怎么了？"

谢源回复得很快："没什么。就是我刚刚想了想发现，我出门的时候比较着急，好像不小心把衣服拿错了，可能拿成荷叶领的那件了。"

谢源："你最好马上检查一下，袋子里是不是你要的那件衬衫。"

他今天真的好奇怪。

八楼，谢源难得撒谎一次，心跳如雷——在线等，他挺急的。

七楼，蒋意把纸袋拎过来。既然谢源三番五次要求她检查，那么她就勉为其难地检查一下吧。

她把袋子里的东西一样一样拿出来。

电脑包最沉，里面装着她个人的笔记本电脑，她把电脑包抽出来，放在办公桌上。然后是真丝衬衫，蒋意翻了翻领子，确定这是飘带领，不是荷叶领，谢源没有拿错。算他办事得力，蒋意把衬衫也拿了出来。

然后，她就看到纸袋最底下还有一样东西，这东西本来被真丝衬衫盖住了，所以她之前没发现。

这是什么东西？她再仔细一看，是一个玻璃保鲜盒。她没让谢源给她拿玻璃盒啊。

蒋意懵懵懂懂地有点儿反应过来，为什么谢源今天这么反常了——是因为这个玻璃盒吗？

蒋意把玻璃保鲜盒取出来，旁边的一圈玻璃摸起来是烫的。

她打开盖子，看到里面装着一块块酥皮月饼，总共有十块，五块五块地放了两排，单从表面看不出里面是什么馅儿的。

蒋意的脑子里闪过一道灵光：这该不会是鲜肉月饼吧？

蒋意顿时就明白过来：这是谢源藏在纸袋里的惊喜吗？难怪他刚才表现得那么奇怪，一直问她要不要检查袋子里的东西是不是拿对了。

他想让她看到袋子最底下的这盒月饼！

啊——蒋意一下子不知道该说什么好，低头盯着盒子里的月饼。

外面买的鲜肉月饼，都会在酥皮壳上盖一个可食用的红印章，这几乎已经是习惯了，但是这盒月饼没有。

所以，这是谢源买的，还是他自己做的？

等等，如果是谢源自己亲手做的，那么所有的事情就都能解释得通了——

今天早上他家里飘出的烘焙香味，是他在用烤箱做鲜肉月饼？

他今天上午居家办公，该不会就是为了要做鲜肉月饼吧……他是为了给她做鲜肉月饼？

她两腮微微鼓起来，嘴唇抿了又抿。

她觉得自己都快要变得眼泪汪汪了。她发现自己好容易就能被打动，这只不过是一盒手工现做的月饼嘛！好讨厌，她为什么会有点儿想哭？

桌上的手机响了一下。

谢源："看见了吗？"

感觉像是轻描淡写的语气，他好傲娇……这个男的怎么这么傲娇啊？可是她好喜欢，这就是她喜欢的谢源啊——蒋意喜欢的谢源，是心肠最好也是最愿意付出的家伙。

蒋意的唇角抑制不住地上扬，她发了三个抱抱的表情，回复他："是鲜肉月饼！"

谢源："嗯。我随便做的，也许很难吃。难吃的话就扔了，如果不难吃的话，你就勉为其难地替我吃完吧。"

谢源："分给同事也行。"

老大朱伟星走过来找张辛迪。他眼尖，一眼注意到蒋意桌上的玻璃饭盒："哟，这是好东西呀。"老大朝她挤眉弄眼，"男朋友送来的爱心加餐吗？"

蒋意既没说是，也没说不是："某人亲手做的哟！"如果她有尾巴，这个时候肯定欢快地翘起来疯狂地摇着。她完全是一副与有荣焉的模样。

张辛迪立马猜出了"美厨娘"的身份，朝蒋意无声地做了口型："八楼帅哥？"

蒋意点头，满脸开心。

老大还沉浸在这盒月饼是蒋意的男朋友亲手制作的事情里。他捂着胸口，面露痛苦，开玩笑说："天哪，现在谈恋爱也太卷了吧？还好我已经早早上岸。要不然就我这种只会闷头写代码的，肯定找不到女朋友。"

不远处，鲍诚坐在另一排，看着这边的动静欲言又止。他应不应该说，他刚刚其实看到蒋意的疑似男友了？

就在东边的电梯那边，他目击了一个男的把纸袋递给蒋意。他记得那人是楼上广告算法组的，好像姓谢，长得贼高、贼帅、贼有型。

原来帅哥谈恋爱也是需要这么辛苦的吗？这样想想，鲍诚觉得心理平衡了许多，美滋滋地继续埋头工作。

谢源回到办公室后，赵培棋滑着椅子靠过来，神神秘秘地问谢源："喂，上午偷偷居家办公，在家里干吗呢？"

谢源懒得理他。

赵培棋又鬼鬼祟祟地说："我猜肯定跟蒋意有关吧。"

谢源扔过去一句"滚蛋"，赵培棋"嘿嘿"笑着滑远了。

过了一会儿，赵培棋说要去买咖啡，旁边几个人纷纷举手附和。

赵培棋伸着懒腰站起来，问谢源："你去不去？"

谢源昨晚醉心于烘焙，一整晚没怎么睡，确实需要灌一杯咖啡提神，就一起去了。

几个人移步楼下咖啡店，咖啡店里摆着几张桌子。几个人买完咖啡并不着急走，坐下来边喝咖啡边摸鱼。

赵培棋清了清嗓子，主动提供话题。他说："我有个朋友，他最近很苦恼。他喜欢上一个姑娘，然后为了这个姑娘连上班都提不起精神。"

同事起哄——

"赵培棋，你是不是'无中生友'了？"

"是啊，赵培棋，你说的那个朋友是不是你自己？"

只有谢源觉察到了真相，给了赵培棋一个警告的眼神。

赵培棋胆子大得很，无视谢源的威慑，继续说："别管我是不是'无中生友'，你们给出主意就是了。你们说他应该怎么办？"

赵培棋嘴里的"朋友"指的是谢源。

几个人嘲笑归嘲笑，还是很认真地给出了建议。

"喜欢就表白呗，多么简单的事情。"

赵培棋："问题就是，我朋友他不知道那姑娘喜不喜欢他。"

"对啊，直接冲上去贸然表白，且不说很容易做'炮灰'，而且还会吓到人家姑娘吧？那样就真的没机会了。"

"我觉得，表白的事情可以先缓一缓，但是该主动还是得主动。比如说，请人家女孩子喝喝咖啡啦，看看电影啦，逛逛公园啦……"

"但是要掌握分寸，男人没有眼力见儿的话，肯定招女孩子讨厌。"

几个男程序员七嘴八舌地讨论着感情话题，每个人还都觉得自己说的话最有道理。

还真是应了那句俗话——倒数第二名给倒数第一名讲题，一个敢讲，一个敢听。

赵培棋功成身退，不着痕迹地瞥了一眼谢源，快要忍不住笑了。

而谢源坐在旁边不参与讨论，表情若有所思。

谢源想了想自己的情况：咖啡喝过了，电影也看过了，所以，他是不是应该拉着蒋意去逛公园？

下班了，谢源下楼。

在地下停车库里，隔了很远，他就看到蒋意站在他的车子旁边——她在等他。

谢源走近,看见她扬着灿烂的笑脸,带着点儿颐指气使的娇媚。

他稍稍错开视线,觉得有些别扭。他感觉自己在直视蒋意的眼睛时,脖子迅速涨红,然后是脸。

好烦,早知道就不做那盒鲜肉月饼了,现在他都有点儿不知道该怎么跟她说话。

谢源其实隐隐约约有所察觉,自己和蒋意之间的关系正在发生着微妙的变化。也许是他送出鲜肉月饼的时候,也许是他主动问她要不要跟他回家过中秋节的时候,也许是更早,当她住进他家隔壁而他没有想要搬家的念头的时候。

他能够感觉到,他和蒋意正在变得更加亲近,比过去七年中的任何一个时刻都更加亲近。这种变化不坏,他觉得自己只是还没有适应而已。

谢源问她:"为什么不坐进车里等?车钥匙就在你那儿。"

说完,他摸了摸鼻子,明明不自在,还要装出一副凶凶的表情。

蒋意看到他这副模样,马上联想到猫咪在生气的时候也会主动夅起毛毛,让自己看起来凶凶的,虚张声势而已。

她没回答他的问题,还反问他:"你就这么不想让别人看见我跟你走在一块儿呀?"她故意曲解他的意思,想要看他的反应。

谢源:"不是……"

他的意思是,她不用站在车外面等他,站久了会累,而且车里有空调。但谢源不是会为自己解释的人——他觉得解释一件事情很麻烦,倒不如索性让别人误解,反正自己也不在乎别人的看法。

唯独蒋意是例外,他不想让她误会,尤其是今天。

谢源组织措辞,正当他想要开口的时候,蒋意抛过来什么东西。

谢源接住,是他的车钥匙。

今天早上他把车钥匙给她,让她自己开车来上班,现在她把车钥匙还给了他。车钥匙上面多了一个挂件——一只橘红色的小狐狸。在谢源的印象里,蒋意平时都把这个挂件挂在她其中的一个包包上面,现在为什么挂在他的车钥匙上?

"礼尚往来呀,"蒋意说,"一盒鲜肉月饼换一只小狐狸。"

小狐狸……她不就是小狐狸吗?

谢源拉开车门,坐上驾驶座。

在车里,他装作不经意地随口问她:"月饼好吃吗?"

蒋意眼睛特别亮："好吃。"

谢源勾起嘴唇。

"你真的超级厉害！你以前做过吗？"

"没有，这是第一次做。"谢源自动忽略昨晚那一次次的失败经历——有些细节就不必告诉她了。

蒋意："但你第一次就做得很好啊，特别好吃。"

谢源轻咳一声："可以了，再夸下去就显得不真诚了。"

蒋意忍不住露出笑脸——他害羞了。

等红绿灯的间隙，谢源把空调的风速调小，边弄边问她："你国庆节有什么安排吗？"

蒋意想了想，也没什么安排。不过，谢源为什么突然这么关心她的事情？

谢源又问："你回S市吗？你中秋就没回去，这次国庆回吗？回的话，我就给你订票，你把日期告诉我。"

蒋意其实也不想回去。一来，她不想见她爸；二来，她还记着杜应景说的，她妈近期要回国。如果她国庆节回S市的话，应该大概率会见到她妈吧。她心里很矛盾，小幅度地摇了摇头："我没想好，可能不回去了吧。"

谢源沉吟：这样啊……这是不是意味着，他可以尝试推进一下"逛公园"的计划？

谢源不自然地扯了扯领子，心脏可耻地加快了跳动的速度，喉咙也微微发干发紧。他尽量显得没那么在意，轻飘飘地递出邀请："国庆节要不要去爬山？"

这句话钻进蒋意的耳朵里，她反应了两秒钟，然后眼睛猛地一亮："你是在约我出去玩吗？"

可以这么说，但是谢源心里想的和嘴上说的不一致——

他嘴上说的是："我是带你去锻炼身体，亲近大自然。"他说得很冠冕堂皇，表情风轻云淡，实际上正在紧张地等待蒋意的答复。

"去！"蒋意果断答应，"但是事先说好，你到时候不能嫌弃我娇气。"

谢源翘起嘴角："娇气还不让人说啊？"

"不让！"

谢源安排的爬山地点是燕泗山，开车过去需要大约两个小时，算是B市附近比较有名的登山景区。

他们当天去，当天回，不过夜。

蒋意看到这个行程安排，马上说像军训，路上来回就要花费整整四个小时。

其实他们可以在当地过夜的，不过，反正是谢源开车。既然司机都不嫌累，那么蒋意当然也就没有意见了。她告诉谢源："你记得出发之前先喝一杯咖啡，回来的时候再喝一杯咖啡，这样应该就没问题了。"

谢源气笑了，问她："那你呢？"

蒋意回答得理所当然："我肯定是在车上补觉啊，谁让你定那么早的时间出门？"

谢源："开车走长途的话，副驾驶座上的人要负责跟驾驶员聊天儿，保证驾驶员不犯困。你在副驾驶座上睡觉，万一车子里到处都飘着你的瞌睡虫，把我影响到怎么办？"

蒋意："那你就多喝几杯咖啡，我会提前给你准备好手磨咖啡的。"

谢源："……"

如此公主病的姑娘，怎么偏偏就被他遇见了？

最终蒋意和谢源选在国庆节的前一天请了年假，出发去燕泗山，这样做是为了避开国庆黄金周的出游高峰，错峰出行，不会堵车。

他们公司里大部分人也都是这样，使用年假提前过节。

九月二十九号，办公室里弥漫着一股过节的气氛。明明第二天还不是法定节假日，但是大家已经开始互道"国庆快乐"。很多人明天都不来办公室，直接开始国庆长假。

张辛迪下班前跟蒋意说："拜拜，国庆节后再见啦。"

张辛迪也提前请假了，坐今晚的飞机出国玩。

"祝你和八楼帅哥约会快乐。"张辛迪朝蒋意眨眼睛，"祝你一举拿下他。"

蒋意可不会觉得不好意思，笑眯眯地祝回去："也希望辛迪你在国外帅哥多多。"

张辛迪大笑："你懂我。"

蒋意收拾桌上的电脑和充电器。做他们这行其实也不容易，不论到哪儿都得带着电脑，以备不时之需。

李燎这时候在七楼露面。

他该不会找她加班吧？蒋意瞪着他，一脸防备。

李燎摊开双手，表情略有一些无奈："我不是来找你的，更不是来找你加班的。"

蒋意："我都快对你这张脸有 PTSD（创伤后应激障碍）了。"

GraphLink 项目组加班太狠了，蒋意每周有超过百分之七十的时间都花在 GraphLink 项目上面，远远超过了她的工作安排里百分之五十的比例。当然，GraphLink 项目组可怕的工作量是老生常谈。项目本身的体量太大，项目经理的排期也只能往紧凑的方向走，一时半会儿改变不了这个局面。

而李燎作为项目的技术主管，其实比较无辜，但是谁让他负责与项目组里这些算法工程师做直线沟通呢？这就导致蒋意一看到他的脸，就把他跟"加班"两个字画上等号，这必然会产生 PTSD。

李燎说："我找你们老大。"

数据算法组的老大朱伟星还在会议室里，李燎等他开完会出来。

蒋意还在收拾桌上的东西。她其实也在等人，等谢源。

李燎跟蒋意聊了几句，然后话题绕回到中秋节的那盒鲜肉月饼上面。

李燎笑："我听你们组里的同事说，你上周四那天又收了一盒鲜肉月饼。"

蒋意点头，是谢源的那盒，他们组里不少人都看见了她的那个玻璃保鲜盒，老大不是还调侃她了吗？

李燎："他们说，是蒋意你男朋友准备的爱心小点心。"

蒋意轻轻笑了笑。

李燎挑眉："真谈恋爱了？"

蒋意没打算跟他深入讨论这个问题，所以没回答。

李燎："那就是还没有谈。"他倒是很擅长做一些推理。

他又说："说明我还有机会。"

蒋意停住，勾唇笑了下："李燎，你不会是认真的吧？"

她将眼眸扬起来，瞬间眼神里显示出几分即将要挥下屠刀般的残忍。

蒋意掰着手指算数："我和你认识才多久啊。"

李燎反问："那你觉得，得认识多久之后才能谈论喜欢？"他一下子把主题点明了，意有所指，"两年？三年？国内研究生读几年来着？"

蒋意的脸色瞬间沉下来，她现在知道他在说什么了。他在说，她和谢源的进展太慢了。

李燎笑："你和你那个送咖啡的男同学——他叫谢源，是吧？原来你喜欢玩这种欲擒故纵的套路？"

蒋意："现在我有点儿讨厌你了。"

李燎安静下来,表情温和,没有半点儿要生气的迹象,等着听她后面的话。

这时候,蒋意放在桌上的手机响了一下,她不用看手机屏幕就知道是谢源发给她的消息。谢源肯定是跟她说他下班了,让她下楼。

蒋意拎起电脑包,拿走手机,与李燎擦肩而过。

"我和送我咖啡的谢源,我们不止认识两三年——我们认识七年了。"蒋意声音非常轻柔,蕴含在其中的情绪却不明显,"李燎,你不用自以为很聪明,也不需要用什么激将法,这样并不能够吸引我。

"我喜欢谢源,我愿意等他慢慢来。"

这其实就是拒绝,蒋意明确地给出了自己的态度,并不在乎李燎的反应。

李燎看起来没有受到太大的打击,缓和了表情,说:"好吧。"

他确实太自信了,自信到在这种时候都是骄傲而从容的。

蒋意微微仰起脸,朝他点了下头:"谢谢理解。"

她扬长而去。

李燎靠在办公桌旁边,看似毫不在意。直到蒋意的身影彻底消失在走廊上之后,他才敢轻轻地"啧"了一声——表白被拒绝的感觉,还真是不好受呢。他抵着胸口,无奈地叹气。他有点儿忌妒那个叫谢源的家伙。

九月三十号,国庆假期的前一天,蒋意和谢源一早出发,驱车自驾前往燕泗山。

谢源通知蒋意早上八点出发,但是她果然误时了。

八点零五分的时候,蒋意刚换好衣服从衣帽间冲出来,没有忘记把餐桌上的两个咖啡杯抱在怀里,然后急匆匆地往大门口走去。

她在玄关处换鞋,不小心膝盖撞到了墙壁,疼——

这时候手机响了,她接通电话,想当然地以为这是谢源打来电话催促她快点儿出门。

"你别催啦。我马上下来,三分钟。"

电话那边却没有如她预期响起谢源的声音,蒋吉东的声音从手机里传了出来——

"喂,小意,是爸爸。"

蒋意换鞋子的动作下意识地放慢了。

她爸?他是问她国庆回不回家?

她肯定不回去，但是理由还没有编好。

果不其然，蒋吉东问她："小意，今年国庆你什么时候回来？"

"爸，我工作忙，不回去了。"

她给的理由其实很站不住脚。不过，这条理由倒是很顺利地就过了蒋吉东这关。他说"好"，表示既然她工作忙，那她就不用回S市了，又叮嘱她要注意劳逸结合，不要太辛苦了。

蒋吉东向来很惯着她，蒋意没觉得有什么奇怪的。

蒋吉东跟她聊了几句就要挂电话，最后轻描淡写地跟她说："身体最重要。你那个慢性胃炎，也得抓紧看看怎么治。我让杜应景给你安排了一次全身体检，在美渡枫林国际医院。这家医院在B市和S市都有院区，你定下来在哪儿做，我让杜应景给你预约时间。"

蒋意说她上半年刚做过入职体检，没必要再做一次。

蒋吉东这次却不依她，语气有点儿严肃："入职体检就是小打小闹，能查出来什么？而且你本身有慢性胃炎，像胃镜检查这种要定期做，定期随访。小意，不许任性。"

行吧，体检就体检，蒋意答应下来，反正她爸安排的医院，服务肯定特别好。美渡枫林国际医院……她记得家里好像在这家医院有投资。

蒋意挂掉电话后，杜应景将短信很快地发到了她的手机上，询问她哪天有空。

蒋意没顾上回复，看了眼时间——八点十五分，她再不下楼，谢源就该冲上楼了。

她出门坐电梯下去，等到了楼下才发现，原来今天的出游不是只有她和谢源两个人。

谢源的车停在楼下，副驾驶座的窗户大开，座位已经被一个厚脸皮的家伙提前占上了——

狗狗茉莉张着嘴巴吐着舌头，满脸兴奋地摇着尾巴，一见到蒋意就激动得全身颤抖，脑袋直往窗户外面钻，恨不得立马跳窗扑倒蒋意。

怎么会有这么可爱的大狗狗！

谢源正把它往后座赶，一边推它的屁股，一边还跟它讲道理："我跟你说过好几次了，副驾驶座是蒋意姐姐的。你把蒋意姐姐的座位抢走，看她待会儿会不会咬你。"

蒋意走近，把谢源的话完完整整地听进耳朵里，装作不高兴的模样："谢源——你不要把我说得像咬人的小狗，茉莉这么可爱，我才不会咬茉莉呢。"

她要咬也是咬他。

谢源见她走过来,立马换了一副脸色,满脸冷静。他瞥她,不紧不慢地揶揄道:"行啊。那你去坐后排吧,把副驾驶座留给茉莉。"

口是心非的男人。

蒋意灿烂一笑:"不要!"

茉莉最终被谢源强制抱下车,关在后排。

蒋意坐上副驾驶座。

谢源绕过来上车,戴上墨镜,系好安全带,然后酷酷地看她一眼:"走了。"

路上,蒋意还记着副驾驶座的职责所在,主动和谢源聊天儿:"你今天怎么带着茉莉?"

"我爸妈出国去玩了,没人养它。"

谢源侧头看了一眼她的表情,逗她:"不喜欢?"

哪有?

"你少诬蔑我,我最喜欢茉莉了。"蒋意又转头对茉莉一本正经地说:"茉莉,你不要听谢源哥哥胡说八道,这个人是大坏蛋。"

谢源哥哥……谢源握着方向盘的手指紧了紧,他默默地"灭火"。这个称谓的杀伤力还是太强大了。

茉莉趴在后座上乖乖地吐舌头,一脸天真。单纯的小狗狗不知道人类情侣的奇怪情趣。

谢源使唤蒋意:"后排地上有个蓝色的旅行包,你打开,里面有茉莉的水杯。你可以给它喝点水,我怕它热。"

车里阳光很好。虽然开着空调,但是阳光直射下来,体感还是有点儿热。

蒋意转头给茉莉喂了一点儿水。

谢源又说:"后排椅子上有个灰色的包,你打开,里面有你的水杯。"

水杯里是他出门前弄的鲜榨果蔬汁。蒋意按照指示找到玻璃杯,拧开盖子喝了一小口。他也把她当成小狗狗了吗?

蒋意表面有些骄矜,仿佛觉得谢源照顾她完全是理所当然的事情,但是内心止不住冒出一丝丝的甜。她望向窗外,微微地扬起唇角。

车子途经高速公路服务区。

"我去把油箱加满,这样回程就不用加油了。"

"好。"

"你带着茉莉转一圈吧,买点儿吃的也行。"

"嗯。"

谢源把车停在服务区,蒋意下车,然后他把车往前开去加油。

蒋意带着茉莉兜了一圈,买了好吃的东西。等她牵着狗回来的时候,谢源已经加完汽油,边等她边站着车旁边转腰捶肩。腰肌劳损、肩周炎、颈椎病,这都属于程序员的老毛病了,他长时间开车身体吃不消,得休息一下。

蒋意迎着阳光,眯起眼睛,嘲笑他:"你行不行啊?"

茉莉也跟着瞎起哄,"汪汪"叫了两声,嘴脸谄媚。

谢源黑着脸。他很行,谢谢。

他们继续出发。蒋意嫌阳光刺眼,把副驾驶座前面的遮阳板翻下来,但太阳照下来的角度刁钻,遮阳板也挡不住。她抬起手挡了一会儿,又嫌手酸。

谢源看她动来动去,便把自己的墨镜递过去:"你戴我的墨镜呗。"

蒋意看着他:"你不戴呀?"

谢源瞥她,表情像在看傻瓜:"你看我晒得到太阳吗?"

蒋意"咦"了一声,发现还真的是。谢源的脸上根本就照不到太阳,阳光最高只能照到他的嘴唇那儿。他的薄唇稍稍抿起,显得整个人的气质非常冷漠,非常锐利。

蒋意脑子没转过弯来:"这是为什么呢?"

谢源扬起嘴角,把心里早就酝酿好的答案送出去:"因为你个子矮呗。"

蒋意立马抗议:"我哪里矮了?你怎么不说是你的上半身太长,腿短?"

她的思维倒挺敏捷,论起拌嘴的功夫,他好像确实赢不了蒋意。谢源凶巴巴地说:"把墨镜还我。"

"你好记仇啊——"蒋意慢悠悠地把谢源的墨镜戴上,然后翻开遮阳板上面的单面镜,照了又照,"我发觉我戴你的这副墨镜很好看呢。"

谢源瞄了她一眼。

人长得好看戴什么都是漂亮的,他把这句话忍在心里没说。

蒋意把她在服务区买的东西从袋子里拿出来,手里忙着,随口问谢源:"对了,上次中秋去你家,怎么没看到猫猫?"

她在大学里总共捡过一只小狗、两只小猫,全部都被谢源抱回去养了。

谢源看后视镜:"在我姥姥姥爷家里。他们这几年彻底退下来了,太清闲,不适应,所以把两只小猫抱回去养,有猫陪着能解解闷。他们本来还想把茉莉也要过去,我妈怕他们年纪大遛狗牵不住,所以没给。"他又补了一句,"我姥姥姥爷家在郊区,有花园,有菜圃,住着很舒服。下次带你去玩。"

蒋意毫不犹豫地说"好"。

谢源笑着说了句:"贪玩。"

蒋意也忙完了,对他说:"张嘴。"然后她把手里的东西递了过去。

谢源的注意力都放在前面的路上,冷不丁嘴巴旁边突然出现了个东西,他没来得及反应,便下意识地听话张嘴咬了一口。

"什么东西——"他嘴里有东西,说话的声音含糊不清。

"茶叶蛋,我刚刚在服务区买的。"蒋意继续剥着蛋壳。谢源刚刚一口咬得挺大,把她辛苦剥开的部分都咬走了,她现在得把剩下的蛋壳都剥完:"好吃吗?"

"还行。"

什么叫还行?她亲手给他剥鸡蛋呢!对于她这种有公主病的人而言,这简直是最高的礼遇了,他居然只说"还行"。

她剥完,又把茶叶蛋递过去:"你还记得棋园食堂的茶叶蛋吗?"

"记得。"谢源稍稍低下头,把剩下的半个茶叶蛋一口咬走,"你有一段时间特别爱吃,我天天早上得给你买。"

蒋意眉眼弯弯。没有什么不好意思承认的,她理所当然地说:"对啊。你看,你以前对我好,所以我现在也对你好,这叫风水轮流转。"

谢源险些被她的语文水平呛到,连连咳嗽。"风水轮流转"这个词语是这样用的吗?

蒋意不紧不慢地把杯子拧开,然后把吸管插进去,递过去。

她喂他喂得很熟练,他吃她喂过来的东西也很熟练。

谢源喝了两口,脑子才慢吞吞地反应过来味道不对劲:"你给我喝的是什么东西?"

蒋意看了一眼杯子。她拿得太顺手了,递过去的是谢源给她准备的果蔬汁,而不是他一路在喝的咖啡——他喝了她喝过的东西。

"不好意思,拿错了。"她的道歉显得毫无诚意。

茉莉在后座上眼巴巴地看看,又开始淌哈喇子。狗狗不会讨厌一些没有分寸的人类情侣,只会摇着尾巴等待投喂——蒋意姐姐什么时候才能想

· 150 ·

起后座上的它？

上午十点半，蒋意和谢源抵达燕泗山景区。

景区规定，所有外来车辆都必须停放在山脚下的停车场，不可以上山。谢源停好车，把所有必需的东西都装在一个双肩背包里。和蒋意一起出门，必需品的定义范围就变得非常广泛，他把能想到的东西都带上了，有备无患。

"走吧。"

从山脚下可以乘坐景区的观光游览车抵达半山腰，然后从半山腰的位置开始徒步往上爬山。大多数游客都是走这条路线，这比起爬一整座山要省力很多。蒋意一开始信心满满，说他们可以直接从山脚开始徒步登山，不坐观光游览车。

谢源把她从头到脚打量了一遍，然后摇头："你走不了这么远。"

蒋意：总感觉好像被他轻视了呢。

谢源看出她有点儿不服气，于是给出一个合理的建议："不如这样，我们上山的时候先坐观光车到半山腰，等到下山的时候，如果你觉得体力绰绰有余，那么我们就从半山腰徒步走下来，你看行吗？"

蒋意勉为其难地同意了。

他们带着茉莉坐观光游览车抵达半山腰。

燕泗山的半山腰商业化程度相对高一些，一条街上有酒店、饭店、旅游纪念品商店……不过，这些店还不算很成规模，基本是当地人自己经营的小本生意。酒店大多没有标星级，严格意义上其实只能算旅馆，饭店里的菜色也多是以山间农家菜为主。但可能正是因为这种尚未成规模的旅游业，才能保留燕泗山最原始的自然风光。这里没有得到过多的商业开发，于是也没有遭受与之而来的破坏和毁害。

这时候已经十一点多了，他们先在附近找了一家饭店吃了午饭。

谢源特地给茉莉点了白水煮的鸡胸肉块，戴着一次性手套把肉撕开，放在茉莉的天蓝色小食盆里。桌上还有一小份南瓜块，同样是茉莉的午饭，谢源特意嘱咐店家不用放任何调味料，直接隔水蒸熟就行。

谢源正耐心地等着南瓜放凉，蒋意夹走一块南瓜，吃掉，被他看到了。

"你多大了，还跟茉莉抢吃的？"

茉莉端端正正地坐在地上，一脸天真烂漫的乖狗狗模样，完全不知道有一个坏女人抢走了它的口粮。

蒋意答非所问:"我感觉你以后肯定会是一个好爸爸。"

就看他照顾茉莉的样子,足以表明他很细心,也很耐心。这么好的男人,为什么平时总要摆出一副凶巴巴的模样?

谢源拿起桌上的南瓜,往茉莉的小食盆里拨了一些。他没吭声,也没反驳蒋意,好爸爸就好爸爸吧。

吃完午饭,两个人正式开始爬山。

蒋意望着一级级向上延伸的台阶:"茉莉真的能走吗?"

狗狗不能长时间爬台阶,对关节不好。

谢源蹲着在给茉莉喂水喝:"能,但是得走那边。"

他指着另一个方向,蒋意循着他手指的方向看过去,忍不住怀疑自己的眼睛——谢源指给她看的路,那好像就是一条被压平的土路吧。坡度确实非常平缓,对狗狗来说很有趣,也很安全,像山野漫步似的。但是他们人类走起来会不会太原生态了?

谢源把景区的宣传册塞到她手里:"这条路线是推荐的徒步登山路线,宣传点之一就是可以带着狗狗一起走,在徒步圈非常有名。"

蒋意看了一眼宣传册上印的照片——好吧,他说的好像是对的,但她依然觉得这条路线太原始了。

她摸摸茉莉的脑袋:"茉莉宝贝,姐姐是为了你才肯走这条路的哟。"茉莉舔舔她的手掌心。

谢源把茉莉的水杯收起来:"走吧。"

蒋意叹了一口气,仿佛下定决心,像是要去挑战什么了不起的任务。

谢源逗她:"要给你买一根登山杖吗?"

不远处,一对看起来五六十岁的老夫妇健步如飞,"噌噌"地走上那条蒋意眼中的土路,很快消失在林子里。

蒋意:"……"

他瞧不起谁呢?

"茉莉,我们走。"蒋意拉着茉莉首先走上徒步登山道。

谢源失笑,她还真是半点儿都受不得激将法。他背着双肩包跟在后面,感觉她肯定得用上登山杖。

事实证明,谢源的预感是正确的。蒋意撑过了前面两段路,当他们走到第三个小卖部跟前的时候,她的视线在出售的登山杖上停留了很久,她有些心动。

谢源明明看到蒋意的小腿肚都在打战，但是她忍住了没有开口。他看她还能嘴硬多久。

继续往上，来到第四个小卖部的时候，蒋意拖住谢源的手，说什么都不肯再走："歇……歇会儿。"她连撒娇都懒得做了。

谢源憋笑憋得辛苦，主动掏钱买了一根登山杖，给她："拿着吧。"

蒋意觉得自己都没力气拿登山杖："你带着茉莉上去吧。"她坐在长椅上，"我在这里等你们。"

谢源："就差五百米，马上到山顶了。"

蒋意还是摇头："除非你背我上去。"

她这话其实是开玩笑的。她觉得谢源走到这里，肯定也没有体力了。而且她记得清清楚楚，在来的路上谢源在服务区转腰捶肩，像个老大爷似的。所以男人光长得帅也没用。

没想到谢源站在那儿想了想，然后还真的把双肩包换到前面，对她说："行，你上来。"

蒋意："……"

她真的是开玩笑的。她怕他走两步不小心把她摔了。她还是比较惜命的，如果在这地方摔一跤，想要活命估计就够呛了。

蒋意认命地从谢源手里接过那根登山杖，勉强站起来，也不要谢源背她："走吧。"她觉得自己休息得差不多了，也不想在这里放弃，还是想要努力爬到山顶。

谢源挑眉："真不用我背你？"

她怎么觉得，谢源好像还挺期待的模样？

没等蒋意回答，茉莉忽然挤到两个人中间，把两只前爪搭在谢源的胳膊上，一个劲地往他身上跳，这个动作分明是在撒娇求抱抱。

蒋意和谢源都忍不住笑了：这是哪里冒出来的狗狗妖精啊？

谢源拍拍茉莉的大脑袋："是你要抱抱啊？"

茉莉摇晃尾巴，尾巴就像一朵蓬松的大花。茉莉其实体形挺大的，在中华田园犬当中绝对算得上是大家伙，个头儿基本跟成年萨摩耶差不多。

谢源捏了捏它的耳朵："你这是跟谁学的公主病？"

蒋意轻哼一声——他少在这里指桑骂槐了。

谢源嘴角的弧度又弯了一点儿。

"行吧。"他一把将茉莉抱起来，"便宜你了。"

谢源还真的抱着茉莉走完了最后这段五百米的路程，也不知道是不是为了向蒋意证明自己"很行"。

一路上游客都纷纷投来好奇的眼神,其中还不乏一些同情的表情:这年头,帅哥的家庭地位也不怎么样啊。瞧瞧这帅哥,怀里抱着狗狗,肩上背着包包,俨然是一副二十四孝好老公、好爸爸的模样。旁边的大美女则是什么东西都不用拿,拄着一根登山杖,轻轻松松地来爬山。

两个人终于登上山顶,总共用时一个半小时。

山顶的风光独好。

谢源放下茉莉:"茉莉,现在你得自己走了。"

谢源随身带着微单相机。蒋意这个时候稍微善良了一些,接过茉莉的牵引绳,放谢源去拍山景、拍飞鸟,自己牵着茉莉找了个地方坐下。

好累……她现在需要好好休息,他们待会儿还得下山呢。

谢源拍了一会儿照片,然后回到她身边,在她旁边坐下。

"看什么呢?"他问她。

蒋意微微叹气,神色疲惫:"我在放空。"

谢源忍不住笑了:"你就是缺乏锻炼。"

蒋意快快地说:"你不要取笑我。你又不是第一天认识我。"

谢源让她看旁边:"人家小朋友都能靠自己走上来。"

一个五六岁的小女孩儿兴奋地牵着爸爸的手,要他给自己买吹泡泡的水,蹦蹦跳跳,有说有笑,看着确实很有活力。

"所以我不是小朋友啊。"蒋意用手扇了扇风,"你知道的,我有公主病,很难伺候的。"

她现在已经破罐子破摔,根本不再纠结"公主病"这个称谓,甚至还要主动自己代入。

谢源给她递了一张纸巾,她不要:"防晒霜会被擦掉的。"

虽然现在已经快要到十月份,但是太阳仍然很毒辣,她可不想被晒黑、晒爆皮。

谢源仿佛早就预料到她会这么说,有条不紊地从双肩包里往外掏东西:"给,防晒霜。"

蒋意接过防晒霜,一脸不可思议:"我的防晒霜好像扔在车上没拿下来呀?"它怎么在他这里呀?

"我就知道你会忘记拿,这是给你准备的备用品。"他知道她用惯的牌子。

蒋意摇了摇瓶子,还真是全新的。

然后，谢源考虑到她涂防晒霜的时候需要用到镜子，所以把她的气垫盒也拿出来给她。根据平时观察蒋意在他车上化妆所积累的知识，他知道气垫盒里配有一块小镜子。

这又是哪里来的？

她的气垫好像扔在她的小羊皮包包里，她这次出门都没拎那个包包。

谢源："你有一次放在我车上忘记拿了。"

蒋意的气垫粉饼盒太多，她自己都记不清每个放在哪儿。听他这么一说，她好像有点儿印象，可能是哪次上班路上化妆，用完随手往副驾驶座旁边的车门上一塞，就这么留在他车上了。

等她补完防晒霜，谢源再递给她一个便携小风扇。

蒋意终于忍不住了："谢源，你是哆啦Ａ梦吗？"

谢源："我不是哆啦Ａ梦，但我感觉可能快要进化成哆啦Ａ梦了。"

都是形势逼迫人成长，和蒋意待在一起久了，人是会长出一些哆啦Ａ梦的属性的。

蒋意没接小风扇，让谢源也涂一点儿防晒霜。

"我不用。"

"你这个人怎么这么粗糙啊？"蒋意往自己的手上挤了一点儿防晒霜，然后要直接上手给谢源涂。

谢源躲了几下没躲开，还被蒋意打了一下。

"不许躲！"

她怎么这么凶呢？那他就只好不躲，拿着茉莉的牵引绳，乖乖地坐在那儿任由蒋意摆布。

她用手指蘸了防晒霜，在他的脸上轻轻地抹开。

她的脸近在咫尺，存在感太强了。谢源下意识地屏住呼吸，有点儿紧张，偏偏还不能躲。

谢源的睫毛连着抖了几下，然后他还是老老实实地闭上了眼。

可是他闭眼也不对，眼睛一旦闭上，触觉就会变得特别灵敏。她的指腹柔软微凉，若有似无地碰在他的脸上——让人心猿意马。

谢源觉得自己的神经正在"突突"地跳着，如同钝刀子割肉，简直太折磨人了。

"蒋意——"谢源蓦地开口，声音有些低哑，"你能痛快点儿吗？"

这可是他自己要求的，蒋意二话没说，把手背上剩的那点儿防晒霜都蹭到他脸上，然后大力地揉开，简直把他的脸当成面团似的蹂躏。

"好啦。"蒋意把防晒霜还给谢源。

谢源把东西放回包里,脸色依然黑沉沉的。

三点,他们准备下山。

按照谢源的计划,他们徒步回到半山腰,然后再乘坐观光游览车下到山脚,差不多五点多就能回到车上。他们可以在山脚吃晚饭,随后驱车走高速返回 B 市,晚上八九点钟能到家——这算是相当充实的一天。

下山的这段路上没什么人,谢源把牵引绳放得长了一些,茉莉开心地跑来跑去,忙得要死。它时而爬到大石头上面,时而蹲在树根旁边兴奋地刨坑,把自己的牵引绳缠在树干上。为此,它还险些脚一滑冲进溪流里去,幸好被谢源手疾眼快地拉回来,要不然他回 B 市还得马上找宠物店洗狗。

蒋意也觉得下山的路挺轻松的,没什么"上山容易下山难"的感觉,大概是因为她这次有登山杖作为辅助,走起来稍微轻松一些。

下山的路,他们走得比上山时快。四点十五分,他们抵达了半山腰的游客服务中心。

谢源夸蒋意:"不错,有进步。"

他们准备坐观光游览车到山脚。谢源还替蒋意记着她上山之前的豪言壮语,问她:"你想接着徒步走下去吗?"

蒋意果断摇头——不要了,还是直接坐景区的观光车比较舒服。

谢源笑了下——他就知道。

他去买票。蒋意懒得再动,牵着茉莉坐在长椅上,看了一会儿手机,等谢源回来。等了一会儿,谢源还没回来,她抬起头,忽然发现半山腰的游客服务中心门前已经聚起好多人——这是怎么了?

人群里的焦虑情绪传递给了小动物。茉莉的情绪有点儿紧张,它把尾巴夹起来,一直往蒋意的身边靠,不安地发出"呜呜"的声音,想要把脑袋埋进蒋意的怀里,寻求安慰。

蒋意下意识地把牵引绳收紧。她抚着茉莉的脖颈,安抚它的情绪:"茉莉乖,没事的。"

她也想知道这究竟是怎么了。

谢源沉着脸回来。

"我们走不了了。"他说,"进燕泗山的高速路上刚刚突发一起车祸,有一辆重型载重卡车的轮胎掉落失控,撞断了高速路的中间护栏。现在双向四条车道都被堵死了,道路阻塞,不通车。"

蒋意抬起头，游客服务中心外面的屏幕上此时正在滚动播放着新闻和游客引导提示。新闻里说，燕泗山高速路上预计堵车会超过十个小时。

他们得留在这里过夜了。

谢源说："先找酒店。"

别的事情都可以先放一放，但是总得确保今天晚上他们有地方住。

订酒店这事看着简单，实际操作起来却没有这么容易。

燕泗山景区的旅游业配套设施并不完善，山上的酒店条件都比较简陋，当地星级最高的酒店也就是四星级。

谢源和蒋意首先去了这家位于半山腰的四星级酒店。

他们进到大堂，很轻易地就看出来，这家所谓的四星级酒店其实有点儿名不副实，放在城市里顶多也就是一个商务快捷型酒店。

好消息是，酒店里还有很多空余的房间；坏消息是，他们不接纳宠物住店。

茉莉默默地耷拉着脑袋，尾巴也不摇了，低声呜咽着，如同一个犯了错误的小朋友。它像是能听懂酒店前台服务员说的话。

谢源询问蒋意："要不然你住这儿，我带着茉莉再去找别的酒店？"

他觉得这个方案最可行。

蒋意蹲下来，委委屈屈的大狗狗凑过来要抱抱，她揽住茉莉的脑袋，温柔地抚摸几下："我们一起再找别的酒店吧。"

谢源提醒她："别的酒店条件只会更差。"

他非常怀疑，蒋意长这么大很可能就没有住过低于五星级的酒店。让她住在这家四星级酒店都有点儿委屈她了，更别提其他那些星级更低的酒店。

蒋意摇头说没关系，再找其他酒店。

半山腰的一家三星级酒店表示可以接纳茉莉。这家酒店说是有三星级，其实看装修也就是一家稍微整洁些的旅馆。

谢源拿回来两把钥匙——这家小酒店甚至用的都不是电子房卡，而是实打实的合金钥匙。

"走吧，上楼去看看房间的环境。"

谢源的本意是让蒋意住其中条件好一点儿的那间，他住另一间。但是他们一开门进去，他就忍不住皱起眉——两间房间没什么区别，都差得很，门锁甚至是插销的。这房间他不大放心让蒋意一个人住，房门一碰就"吱呀吱呀"地响，而插销门锁简直是形同虚设，谢源感觉他一脚都能直接把门踹开，很不安全。

蒋意也有点儿犹豫："要不……我们直接在车里凑合一晚吧。"

她的提议被谢源一口否决。

"别犯傻，"他说，"车里过夜不安全，而且天气预报说夜里会降温。"

蒋意想想也是。

谢源瞥了她一眼，这时候他的脾气倒好了，还能轻笑一声，跟她说："你要是反悔了，我们现在就折返回去，给你订那家四星级的酒店。"

蒋意说"不要"，难道在他眼里，她就是这种半点儿苦都不能吃的大小姐吗？她可没有他想象的那么娇贵。公主病归公主病，该靠谱的时候，她还是挺能扛事的。

蒋意的态度很坚决：如果他和茉莉住这儿，那么她就住这儿，哪儿也不去。

谢源对她有点儿刮目相看："行。"

他在房间里检查了一圈，没什么不对劲的地方，在陌生的地方，警惕性强一些总归是好的。他终究还是觉得，这房间的门锁不大安全。

蒋意看出了他的担心，扬起眉眼，想让他放轻松，便开玩笑说："要不你就让茉莉陪我睡。万一有什么事情，茉莉肯定会保护我的，对吧？"

谢源叹气。他养茉莉比较久，知道这就是一条贼精贼精的小冢狗，体格比绝大多数狗狗都大，胆子却不见得比泰迪大——根本就没有继承到中华田园犬的优良基因，有什么事情它还真不一定能靠得住。

他想了想，说："没事，你放心，晚上我和茉莉一块儿给你守门——"

他这话是什么意思？是她理解的那样吗？他晚上也住在这个房间？跟她一个房间？

她往后瞥了一眼，虽然这里有两张单人床，他们完全可以睡得井水不犯河水，不过，这不像谢源的作风，她以为他会很注意避嫌呢。

谢源及时补上一句："如果你不介意的话。"

"我不介意。"她回答得不假思索。

谢源：她好歹也假装考虑一下啊……

谢源继续补充："我指的是，我搬一把凳子坐在门旁边，这样给你守门。"而不是指他想要睡在另一张单人床上面。

蒋意："我当然也是这样理解的——"才怪。

两个人大眼瞪小眼，多少都有点儿此地无银三百两的意思。

晚上住宿的问题解决了,他们出去吃晚饭。

吃饭的时候,蒋意在手机上看到了更多有关燕泗山高速路上这起车祸的细节。司机人没事,后面的车子没事,对向车道上的车子也没事,甚至就连撞断高速路隔离栏的这辆重型载重卡车本身也没有太大的损坏,就是把路给撞坏了。因为这辆载重卡车太大了,必须用特种设备才能清走,而相应的道路清障车还被堵在后面,一时半会儿到不了事故地点,所以别的车都走不了。

燕泗山高速路十个小时能恢复通车,已经是非常乐观的情况了。

这叫什么事啊?

不过,蒋意的心情还挺好。她反正不着急,没有什么要紧的事情。而且她喜欢跟谢源一起玩,就是不知道谢源此时此刻是什么心情。

她放下筷子,两手捧着脸,非常直白地观察对面谢源的表情。她看下来,感觉谢源的情绪也很好。他这次都没黑脸呢,这是不是表明,其实谢源也很喜欢跟她一起玩?

谢源何止没黑脸,都快被她盯得脸红了。他忍无可忍:"蒋意——"

"嗯?"

"我脸上是有什么东西吗?"

"没有啊。"

"那你一直盯着我看个什么劲?"

蒋意歪了下脑袋,笑得很灿烂:"就不能是因为你长得好看吗?"

纯属他嘴贱。他就不该多嘴问她。明知蒋意这个不真诚的姑娘嘴上说的都是花言巧语,但他依然被她吸引,再一次心动。谢源承认自己很不争气。

他们吃完晚饭,回到酒店。

谢源清点了一下房间里的物品。他们没有预料到今天会被迫过夜,所以什么过夜的行李都没有带,很多东西估计得现买。

然后谢源就发现床上的被子有潮气,没法儿睡。

他能凑合,但是蒋意呢?她这娇生惯养的大小姐,如果盖着这床被子睡一晚,估计明天通路之后他得直接开车送她去医院挂皮肤科。

谢源很快想起来车上有毛毯,她可以直接裹着毛毯睡觉。但是车子停在山脚的游客停车场里,他得下去拿。

蒋意说什么都不肯一个人留在这里:"我跟你一起去。"

谢源提醒她:"车子停在山下,我们得走下去,拿了东西再走上来,挺远的,而且这个时间点景区已经没有观光游览车了。"

他指了指地上趴着的茉莉:"让茉莉陪着你,我很快就回来。"虽然茉莉胆子小,但是光看长相勉强能撑起"看门恶犬"的职责,也够用了。

蒋意坚决不要。

她不是在害怕自己一个人待着。

"谢源,我担心你。"她声音柔软但是坚定,她的眼睛里映出他的身形,漆黑的瞳仁里微微摇晃着灯光的亮点,"你一个人走夜路下山,我会不放心。"

谢源的心骤然塌陷了一个小小的角落。他抿唇,意识到她在关心他。

难得一见,原来公主也会关心人……这种感觉还不赖。

蒋意重复了一遍:"我要和你一起去。"她抬起眼睛,语气坚定不移。

谢源敛着眉眼。

"好。"他缓缓地说出这简单的一个字,心随之变得尤为柔软。

蒋意和谢源出了酒店,带着茉莉往山脚下走。

大部分滞留的游客都聚集在半山腰的商业街这边,着急订酒店,着急吃晚饭,着急买生活用品。等谢源和蒋意走过这段,路上的人就渐渐变少,没人跟他们似的要现在下山。

他们走出很远一段距离之后,路上就彻底没有其他人了。

谢源索性解开茉莉脖颈上的项圈,随它自由自在,跑前跑后。

蒋意走在谢源的身后。

谢源沉默着,于是蒋意的注意力就落在周围的环境上。

每隔一段距离有两盏路灯柱子,分别列于道路两边。她观察这些路灯柱子,每一对路灯柱子的位置并不是对齐的。有的时候左侧的路灯比右侧的路灯先来,有的时候则正好反过来,难得能见到一对柱子一左一右刚好列在差不多的位置上。

所以在她的视野里,谢源的影子也忽长忽短,一会儿往左偏,一会儿往右偏——她就是忽然会被这种幼稚的事情吸引注意力。

他们再往前走,连路灯之间的间隔也变远,周围暗了下来。茉莉不知道跑到哪里去了。

还没等蒋意适应昏暗的环境,她的手腕忽然被握住了。不知道什么时候,谢源与她走得这么近,然后他的手往下移了移,牵住了她的手。

蒋意一怔——他这是在……牵她的手。

"小心点儿。"谢源说,掩藏住声音里的不自然,"这路有点儿高低不平。"

这是他牵她的手的理由吗?怕她摔跤,怕她绊倒,所以他牵住她的手,带着她慢慢走。好吧……蒋意也不是不能接受这种毫无浪漫的理由。相反,她觉得这恰恰就是谢源会做出来的事情。他不解风情,一举一动并非出自浪漫的本意,更多的是实用主义,却莫名其妙地让她疯狂心动。

蒋意关节都不敢用力,任由谢源牵着她。

他们认识七年,这是第一次真正意义上的牵手。即便如此,在蒋意的视角里,她以为这个牵手也不一定掺杂多少浪漫的情愫。至少她感觉谢源不带任何的杂念,于是也只好默默地摒弃内心的绮念。

李燎说她和谢源的进度太慢了。他们真的太慢了吗?其实也还好。

蒋意回想起从前的事情。

她和谢源认识七年,但是最初他们的交集太少了。本科第一年的时候,他们没怎么说过话,跟陌生人没什么两样。后来他们之间的来往才终于变多,还进了同一个实验室。蒋意很快显露出公主病的一面,开始使唤谢源,然后他们变得越来越熟。

至今为止,她依然珍惜着她和他之间那些温暖的回忆——虽然可能只有她觉得这些回忆是温暖的,对于谢源而言,这些回忆可能更像是他的"受难史"。

以前,她得到的温暖太少。在大学校园里遇见谢源后,她开始拥有一些温暖的回忆,这些回忆都与谢源有关。她想要创造更多温暖的记忆,和谢源一起,越多越好。所以,她愿意和谢源慢慢来。

蒋意回握住谢源的手,轻轻地晃了晃手臂,有点儿小雀跃。

谢源感觉到她的小动作,弯了弯嘴角,没说什么。

当他们两个走到山下的停车场时,茉莉已经趴在入口旁边的大石头上面等候多时。它觉得他们的动作好慢。人类走路只用两条腿,磨磨叽叽要走半天,不像它们狗狗能用四条腿,"唰"的一下就到了。

停车场里静悄悄的,没有其他人。谢源找到自己的车,把后备厢里放的毛毯拿出来。

他在做事的时候,蒋意半靠在车子的引擎盖上,目光正跟随着他。她在看人的时候,神情很认真。

谢源拿着毛毯走过去,两个人四目相对。

她今天好乖,乖得反常。

谢源心思微动,把手里的毯子展开,随手披在她的肩上,将她整个人严严实实地裹住。她的长发被压在毯子下面。他屈起手指耐心地捧着她的头发,轻轻地把它们从毯子下面都钩出来。他的指腹微凉,每次不经意地碰到她的颈后和耳边,都衬得她的肌肤微烫。

她乖乖地由他安排,耐心地藏起坏心思,现在这样就顺眼很多。她仰起脸朝他笑了下,谢源也弯了弯嘴角,问她:"现在暖和了吗?"

她点点头——非常暖和。

见她事事回应,谢源总能产生一点儿满足感。他把车子重新锁了:"走了。"

蒋意盯着谢源,没有跟上去,而是等着——回去的这段路,他还会牵她的手吗?

蒋意把毛毯往上拉了一下,装作漫不经心。

谢源将长臂伸过来,重新捞起她的手指,自然地牵住她。

"前面那段路还是黑,"他说,又给自己牵她的手找了一个理由,"慢点儿。"

蒋意暗暗露出笑意,说了声"哦"。

他们往回走。这段路是上山,走着走着,谢源听见蒋意的呼吸声渐渐变得沉重,她喘得厉害。

他想了想,觉得她今天一天确实走了太多的路,已经远远超过了她平时那点儿少得可怜的运动量。

"要我背你吗?"

蒋意摇头。

谢源又说:"走不动别硬撑。"

蒋意:"你不累吗?"

谢源愣了下,发觉她今天似乎尤其体贴人。

蒋意将两只手都牵上去:"你不用背我,我还能走。你也要节省体力。你忘了你刚才答应过我什么吗?"

她身上的毯子快要掉了,谢源替她重新拉好。他今天答应她什么不平等条款了?

蒋意:"你说你要和茉莉一起给我守门的。"

他是守门员吗?

不过，这话确实是他亲口说的，他抵赖不得。

谢源把她的手牵得更紧："那就走慢点儿，"他说，"谁让你的腿比我的短。"

煞风景！蒋意狠狠地拧他的手背。

谢源没觉得疼，感觉有点儿轻飘飘的。

他们越靠近半山的商业街，路上的灯光越亮。

他们走到今晚要住的三星级酒店门口，谢源慢慢地放开蒋意的手。谁都有点儿舍不得，但是谁都没提。

谢源蹲下身用湿纸巾给茉莉擦四只脚。蒋意抱着毯子先走进去。

酒店大堂里，有很多游客还在为晚上住宿的事情而发愁。他们没有蒋意和谢源反应这么快，下午的时候还抱有幻想，觉得燕泗山高速路能在短时间之内抢修恢复通车。现在夜幕已彻底降临，而高速路恢复通车的事情还遥遥无期，他们必须找地方落脚。

可是半山腰的这几家酒店全部都已经住满，没有空的房间了。

燕泗山景区本来就是以一日游为主。景区这些酒店的容纳能力加起来，并不足以接待今天困在这里的所有人。

谢源牵着茉莉走进来，走向蒋意："你要去超市买点儿东西吗？毛巾、牙刷、拖鞋之类的全部都买新的吧，不要用酒店的。"

蒋意说"好"。

这时候他们看到了旁边的一家三口。小女孩儿和爸爸就是蒋意和谢源白天在山顶上遇到的人。那时候小女孩儿还蹦蹦跳跳地跑来跑去，精力很充足，要她爸爸带她去买泡泡水。现在她趴在她爸爸的怀里，圆圆的小脸蛋被风吹得通红，一双大眼睛眨巴着，看起来快要睡着了。她看到茉莉，稍微不那么困了："妈妈，你看，是白天的那条大狗狗——"

她的爸爸妈妈还在为今晚找不到酒店入住而犯难，并没有心情回应女儿的话，只是随口敷衍了两句。

小朋友执着地盯着茉莉，脑袋转来转去。不管她爸爸走到哪里，她都保持和茉莉对视。茉莉则摇摇尾巴，一脸友好。

小女孩儿的爸爸说："要不再去之前的那些酒店碰碰运气问问看？说不定有人临时决定不住了。"

小女孩儿的妈妈没有回答——这个时候哪里会有人退房间不住呢？

谢源看了看蒋意，蒋意也看着他。两个人对视一眼，都看出对方的想法跟自己的一样。

蒋意轻声说:"我们让一间房间给他们吧。"反正他都要给她守门了。

谢源说"好"。

谢源走过去,把他那间房间的钥匙让给那一家三口。对方喜出望外,没想到还能有这样的幸运,连声说"谢谢",然后掏出手机要把房费转账给谢源。谢源没要,反正住一晚也没多少钱,举手之劳而已。

他给完钥匙,回到蒋意身边:"走吧。"

两个人买完东西,回到房间。

酒店的住宿条件很一般,蒋意没用浴室。谢源简单地冲了个澡。他拿着毛巾进浴室的时候也没多想,等热水一开,水流"哗哗"地落在瓷砖地面上,他才意识到有些不妥——蒋意还在外面呢。

他捏了捏眉骨,心累。在家里的时候,他明明挺严防死守的,可是出来玩的时候,怎么就把这些规矩都抛到脑后去了?

他从浴室里出来,身上仍然穿着白天的那身衣服,哪儿都没露。

蒋意趴在床上正在逗茉莉玩。一抬头,她对上谢源的眼睛。

房间里的气氛有点儿意思,蒋意挑了挑眉毛。

谢源错开眼神。

"你洗了好久。"她哪壶不开提哪壶。

谢源随口"嗯"了一声,拿着毛巾随手擦了擦头发。

房间不大,两张单人床之间只隔着一个床头柜的距离,避无可避。

谢源还记得自己说过的话,不睡另一张单人床,而是搬一个凳子坐在门口,给她守门。自己说出口的话,就得照办,但是他环顾四周,这凳子跑哪儿去了?那么大一个凳子,刚刚他们回来的时候还好端端地摆在桌子前面的,现在怎么不见了?

蒋意莞尔:"刚才老板娘来敲门借凳子,说楼下还有很多游客没找到住宿的地方,所以酒店想多搬一些凳子到底楼,哪怕没有地方睡,也能给这些人提供坐着休息的位置。"

谢源默默地闭上眼睛——所以他今晚睡的地方就没了呗?

"我忘了你要坐那个凳子守门来着,就让老板娘拿走了。"蒋意一脸无辜,理由如此冠冕堂皇,占领道德高地。

蒋意眨了眨眼:"恭喜你,你能睡床了。"

为什么她说得好像他蓄谋已久似的?谢源觉得自己被冤枉了,他真没那么想。

不过，这件事情怎么看都是他理亏。

本来他们是一人一间房，现在变成两个人一间房。本来说好他睡凳子她睡床，现在变成她睡床他也睡床——虽然是各自睡一张单人床。他们的物理距离越来越近，到今晚睡觉的时候，他们中间将只隔着一个床头柜。

谢源无话可说。无论怎么说，好像都是他在得寸进尺。

谢源瞥了一眼那张空着的单人床——这张床应该不会再有什么意外了吧？

茉莉天真地摇了摇尾巴。谢源的神色一凛，他怎么忘了还有这条狗？

这个房间里目前最大的变数就是茉莉。但凡这条狗今晚不作妖拆家，谢源就还能保住这张单人床。

茉莉像是有所感应，抬起脑袋看着谢源：主人的儿子这是希望它拆家呢，还是不希望它拆家？

谢源把茉莉的脑袋往下摁了一下。

他在这个房间里待着总觉得不大自在。

"喝水吗？我下楼去买几瓶矿泉水。"他说。

蒋意没说好，也没说不好。她趴在床上，撑起脸，头发落在肩头和颈侧，像黑棕色的雾似的。她似笑非笑地看他，眼神直勾勾的，瞳仁分明，仿佛能把他的思绪看穿。

谢源丢下一句"我去去就回来"，推门就往外走。

他一直走到走廊尽头，在楼梯边上停下来——为什么又是他落荒而逃？

谢源买完矿泉水回来。

蒋意已经趴在床上睡着了。她身上盖着薄毯，呼吸起伏均匀，侧脸很安静，床边微弱的光给她的身影镀上了一层温柔的光。

其实时间还早，她可能一整天爬山太累了。

谢源轻手轻脚地放下一袋子矿泉水，然后走到床边。

他在他那张单人床的床沿上坐下来，过道太窄，他的长腿得收着。

蒋意的脸颊侧边有一缕碎发，随着她浅浅的呼吸飘起又落下，偶尔会垂搭在她的眉眼前面，蹭得她的眼皮时不时地微动。

谢源有一个念头——他很想替她把那缕头发别在耳后。

床边有个身影忽然冒出来。茉莉的狗狗眼在黑暗里很亮，它立起耳朵，盯着谢源。一人一狗对视上，谢源顿时有一种被抓包的感觉。

茉莉趴在软垫子上，把脑袋往下低了一点儿，然后动了动耳朵。谢源很熟悉它的小动作，知道这是它要"呜呜"声叫的前兆，冲它做了一个嘘声的动作。

茉莉重新把脑袋枕在爪子上。

被茉莉搅乱了节奏，谢源也冷静下来。他刚才想要做什么？现在不是给蒋意别头发的时候。孤男寡女独处一室，他得照顾她，而不是乘人之危。

谢源替蒋意把毛毯拉上去盖好。

"晚安。"他无声地说。

蒋意睡到半夜三更，迷迷糊糊地疼醒——她的小腿抽筋了，肌肉下面的筋一阵阵地抽着疼。她稍微想要用上劲动一动，缓解一下，抽筋的位置就会疼得很厉害。

她忍不住"啊"了一声，将脸埋在枕头里。

黑暗里，再微小的声音都像是被放大数倍不止。谢源睡得浅，蒋意的这点儿动静让他转醒了，他的声音从旁边的那张单人床上传出。

"怎么了？"他刚醒，声音听起来显得沙哑。

"我好像……小腿抽筋了。"

谢源安静了一下，然后坐起身，伸手开了夜灯。

蒋意慢吞吞地眨着眼睛，想要适应枕头旁边突然亮起的夜灯。

谢源站起来，来到她的床前。

蒋意面对谢源时，肌肉记忆就是撒娇："疼——"

谢源让她躺着别动，打算给她揉一揉小腿。像她这种长时间没有锻炼习惯的人，偶尔突然做爬山这种运动，强度太大，肌肉确实可能会不习惯，会出现抽筋的情况。

他正准备把蒋意身上盖的薄毯掀起来，手都快要碰到那条毯子了，然后猛地理智回归，动作停顿了一下。

他这么直接掀她的毯子，是不是不太好？但是像这种事情，他如果先开口征询她的同意，反而会显得更奇怪吧？谢源觉得有点儿棘手。

蒋意还在眼巴巴地看着他。

谢源说软话："抽筋还没好吗？"

她看着像个小可怜，摇摇头："还在抽筋呢。"

谢源头大，试图隔着薄毯找到她小腿抽筋的地方，给她按一按："左腿抽筋还是右腿抽筋？"

"右腿。"

他把手按在毯子上，依稀能看出底下盖着的是一截纤细修长的小腿。

"不是那里——"蒋意纠正他。

谢源的手往下移了一点儿。

"这里也不疼。"

但是他再往下就要给她按摩脚踝了，她到底哪儿疼？

蒋意的眼睛水汪汪的，她小声说："你可以把毯子掀起来。"

虽然过程曲折了一些，但是谢源总算得到了蒋意的许可，把毯子往上卷了卷。

她的皮肤很白，在夜灯下更是显出瓷器一样的白。

他按上她的小腿。蒋意整个人抖了一下，耳朵瞬间红了。谢源的脸也红，他觉得浑身的血液都在涌动着，额头上沁出薄薄的一层汗。

"谢源，我是右腿在抽筋。"蒋意委委屈屈地说。

"抱歉……"谢源尴尬地放开她左腿的小腿肚。这是低级错误，但足以显出他此刻的心猿意马。

他找到了她的右小腿，但是抽筋的位置还没找对。

"不要，很痒！而且这里也不疼。"蒋意的小腿往上一躲，光滑瓷白的肌肤从他的掌心里滑过。

谢源一直在深呼吸——她真的很能折腾人。

反复几次，谢源终于找对了蒋意小腿抽筋的具体位置。问题是蒋意怕痒，而且不是一般的怕痒。

谢源的薄唇抿得很紧，如果有人认真观察他的表情，能看出来他正在忍耐着什么。

"蒋意——"

"嗯？"

"别发出奇怪的声音。"

"哦。"蒋意知道他的意思，把毯子往上扯了扯，盖住下半张脸。

她软绵绵的声音犹如他的催命符，她都能看见他额头上的青筋。

她知道他吃不消，她的反应，大概一半是故意，一半是下意识吧。她就是心肠蔫儿坏，对于谢源这种特别能装正经、特别能忍耐的家伙，她如果规规矩矩的，那么要等到什么时候才能看到他主动来越雷池啊？

她就是需要耍点儿小心机。反正她没觉得谢源不喜欢，说不定他超爱呢？

她跟他争辩:"但是我真的很怕痒嘛,而且你真的按得很舒服——"

她又怕痒想躲,又很舒服。

她又在说奇怪的话了……

他边给她揉腿,边复盘前后整件事情。他觉得,他一开始就应该跟她分开住两个房间,井水不犯河水。像现在这样,他们睡在一个房间的两张单人床上,实在是太暧昧也太狼狈了。

谢源又想了想:不对,来爬山就是一个错误的决定。他就应该完全按照那个谁讲的恋爱攻略行事,爬什么山啊,在 B 市郊区找个森林公园逛逛不就行了?

不过,那样就肯定不会像现在这样——进展飞速,他心脏狂跳。

谢源给蒋意揉腿的工夫,床头亮着的夜灯把茉莉给弄醒了。

茉莉从垫子上骨碌爬起来,抬起脑袋盯着两个人看了一会儿——他们凑得好近,它看不懂他们在干吗。

它转头看到了一张空着的单人床,把鼻子伸过去拱了拱上面铺着的被子,感觉软软的、暖暖的、香香的。

于是,茉莉跳上那张空着的单人床,慢悠悠地转了一圈,屁股占住枕头的位置趴下来,然后不动了——鸠占鹊巢。

谢源拍拍它的屁股:"下去。"

茉莉岿然不动。

蒋意的腿已经不抽筋了。她眉眼弯弯,也唤茉莉:"茉莉,茉莉,过来——"

茉莉将两只毛茸茸的耳朵耷拉下来,紧紧地贴住脑袋,装作听不见。这张床好舒服,它才不要下去睡垫子。

蒋意推推谢源,笑着说:"看来你明天得给老板娘额外付清洁费了。"

谢源叹了一声。这不是清洁费的问题,她难道没有意识到,茉莉霸占了他的床,他现在没地方睡了?

"你去跟茉莉挤一挤呗。"她说得理所当然。

他才不要跟狗一起睡觉。

蒋意轻笑:"难不成你想跟我挤一挤?"

他敢想吗?

"那我去跟茉莉睡,你睡这里。"她撑着床垫爬起来,薄毯从肩上滑落。

谢源移开了视线。

她抱着毯子和枕头,真的去跟茉莉睡。她用白皙的胳膊搂住茉莉的身体,还要拉踩他:"谢源,你还说我有公主病呢,我觉得你身上的毛病一点儿也不比我的少。"

谢源在她睡过的床上躺下,一声不吭。

床上残存着她的体温,以及她身上留下的淡淡的香水味道,这他跟与她同床共枕没什么区别。谢源盯着黑漆漆的天花板——这还怎么睡得着?

第二天早晨,谢源先醒了。

蒋意睡得很熟。她的头发微微凌乱,薄毯下面隐约可见她的颈项和锁骨,长腿绊着一半的毯子,睡姿并不安分。她的面孔在清晨依然很秾丽,整个人的精力像是全部耗尽了。

茉莉已经醒了,但是正懒洋洋地趴在蒋意身边,大眼睛就跟黑葡萄似的,两边眉毛跟随着谢源起身的动作,一挑一挑的,贼精。

谢源居高临下,打量着床上的蒋意。

她睡得毫无防备。

他蹲下来,眼神长久地停留在她的唇上,眼眸深沉,眼神幽暗。

谢源是一个男人,而且是一个非常聪明的男人。聪明的男人大多都很危险,他只是道德底线比较高而已。

她对他的全然不设防,只会让他心里依靠道德感压制住的怪兽被饲喂得越来越壮大,或许总有一天怪兽会踏碎道德底线,然后为所欲为。

她看起来暂时还不会醒。谢源伸手,想钩起她的一缕头发。茉莉把脸伸过来,他的手指精准地钩住了茉莉的耳朵。

谢源:"……"

这狗挺会让人血压升高的。

这时候,蒋意醒了。她睁开眼睛,眼神很清澈很明亮,不像迷迷糊糊刚睡醒的模样。

谢源近在咫尺,和她四目相对,这下真的被抓包了。

谢源强装镇定。他要解释一下吗?他什么都没干,也什么都没准备干。

但是蒋意貌似已经有了自己的判断。她默默地往薄毯下面躲了一下,用毯子的边缘遮住她的嘴唇和鼻子。这让他越发显得像是一个想要乘人之危,偷亲她的变态。

谢源觉得自己可能解释不清了。

蒋意开口了:"谢源——"

"嗯?"

她的目光落在他的脸上,她仿佛能够看穿他的心思。

"你是不是喜欢我?"她咬字清晰,情绪平稳,一字一顿地把这话说了出来。

她是什么时候发现的?她怎么看出来的?一瞬间,谢源心跳如擂鼓,心脏几乎要跳到嗓子眼儿,喉咙发紧。

蒋意还在等他的回答。她看起来很冷静,没什么特别的反应,好像并没有因此而产生什么情绪波动。也是,像蒋意这样的女孩子,从小到大应该接受过无数次表白吧,这种事情对她来说可能确实没什么值得在意的。

谢源的精神一凝。

见蒋意的反应很平淡,他倒是也没那么紧张了。他反问她:"难道不可以喜欢吗?"

傲娇的男人,这个时候还要逞强用反问句。蒋意盯着他看了一会儿。

这个时候谢源又觉得她的脑袋可能没有那么清醒,因为她给出反应的速度真的很慢。

"可以。"她说完这两个字之后,就没别的话要说了。

然后,她闭起眼睛,拉了拉身上的薄毯,翻了个身睡向另一侧,又不动了,像是还想睡一个回笼觉。

谢源僵在原地——她这就说完了?她没有其他反应了吗?她是什么意思?这让他怎么办?

过了很久,蒋意的声音在房间里再次响起:"谢源,你可以喜欢我。"她说,"但是,我很难追的哟,你不一定能追得到。"

谢源把她说的这两句话消化了一会儿。

按照他的理解,她这话的意思是,他可以追她?这应该算是一个好的回答吧?

谢源不知道的是,毯子底下,蒋意趴在床上,整个人强忍住激动的情绪,抑制住已经到了嘴边的胜利的欢呼。

谢源果然是喜欢她的!他终于承认了!如果谢源不在这里,她甚至都想要兴奋地尖叫。

她对自己说:冷静,这才只赢了一半呢,他承认他喜欢我,接下来我要看他好好地追我。

她绝对不要轻而易举地答应和他在一起。谢源必须拿出比之前更多的努力,她才愿意考虑考虑。没错,就是这样!

第四章
蒋意暂时不想让谢源知道她家里的一团乱麻

说完喜欢,谢源顿时觉得这个房间他待不下去了。

他坐在床边,眼神落在隔壁的单人床上。

蒋意看似安安静静地趴在床上继续睡回笼觉。可是她表现得越乖,谢源越觉得有古怪。他总觉得她……太平静了。

她为什么会是这个反应呢?谢源没有想明白。

她是对此早有预料?可是他什么时候露了马脚?他觉得自己平时表现得挺克制的,也没做什么过分亲近的举动以至于被她发现端倪。

还是说向她表白的人太多,她早就已经习以为常了?

后一种猜测让他莫名其妙地不爽。

谢源起身走进洗手间,关上门,打开水龙头,把冷水泼在脸上。

蒋意的那一句"可以"始终在他的脑子里不停地来回打转。她说他可以喜欢她。他越想越觉得她霸道——他喜欢她难道还得征求她的同意吗?

谢源觉得自己大意了,有一种过早交出底牌的感觉。

而且她说她很难追,说他不一定能追得到。他什么时候说要追她了?他明明只是承认了自己有点儿喜欢她,仅此而已。他还没打算采取什么行动。她倒好,三言两语快进到追求这个步骤,直接给他安排得明明白白。

谢源总算是反应过来,自己明显是被绕进蒋意的逻辑陷阱里去了。他真的是拿她一点儿办法都没有。

谢源开着冷水洗了好几遍脸,可是大脑还是无法彻底冷静下来。

他一想到打开门，蒋意就在外面睡得像个没事人一样，心里的火苗就灭不了。这都算什么事啊？他觉得燕泗山此地可能跟他八字犯冲，要不然他怎么会错误百出，像个傻小子？

谢源深深地呼出一口长气。没办法，事已至此，话说出口就收不回来了。蒋意已经知道他喜欢她，接下来肯定会变本加厉地折腾他，用这件事情拿捏他。而他只能兵来将挡，水来土掩，走一步看一步吧。他在镜子面前站了一会儿，然后居然产生了一丁点儿期待。他这种症状，没救了吧？

谢源简单洗漱完毕，穿上外套，带茉莉下楼，把房间留给蒋意。

临出门的时候，他回头看了一眼床上的蒋意——她倒是依然睡得很安稳，一点儿没受到影响。被表白的家伙就是有恃无恐，谢源越想越生气。

酒店一楼供应早餐。

谢源坐在那儿吃好早餐，然后边喝咖啡边等蒋意下来。他等了很久，等到手边的咖啡都喝完见底，蒋意才终于姗姗来迟。

她今天把长发扎成鱼骨辫，看起来既精致又英气，脸上化了淡妆，浑身上下散发着一种由内而外的优越感，压根儿不像昨晚那个因小腿抽筋而缩在毯子下面哼哼唧唧的小可怜。谢源莫名其妙地觉得，她看起来像一只开屏的孔雀——虽然开屏的孔雀都是公的。

蒋意朝谢源走过来。

"早饭有什么好吃的吗？"她神情自然，仿佛已经忘记了早上问他喜不喜欢她的事情。

谢源的心如同悬在半空中，不上不下。

"一般般吧。"他故作冷淡，酷酷地说，"你起得太晚了，有的食物可能已经凉了。"

蒋意哼了一声："是你起得太早了。"

昨晚那一家三口也在。小女孩儿的父母走过来，又跟谢源和蒋意说了几遍感谢。

谢源在应付他们，蒋意拿着餐盘走向自助区。

一家三口中的小女孩儿正站在一排食物前面犹豫不决，看到了蒋意，仰起小脑袋，甜甜地叫了一声"姐姐"——真可爱。

蒋意蹲下来，温柔地拨了拨小朋友头上扎的两根麻花辫，爱心泛滥："你想吃什么？告诉姐姐，姐姐给你拿。"

蒋意对待小朋友尤其有耐心。

小女孩儿声音软软的:"我想要吃土豆饼,但是我太矮了,够不到。"

她将小手放在蒋意的膝盖上面,表情显得有点儿失落。

"那你把盘子给姐姐,姐姐给你夹。"蒋意伸手。

小女孩儿有点儿犹豫,手指紧紧抓着餐盘的边缘,不愿意把盘子递给蒋意:"可是老师说,这个国庆节期间,我们要尽量自己的事情自己做。这是家庭作业,如果我们做得好,老师会奖励五角星的。"

"是这样子呀——"蒋意听明白了,"所以你没有找爸爸妈妈来帮你拿吃的,想靠自己拿,对不对?"

小朋友重重地点点头。这个姐姐好聪明,一下就能知道她在想什么。

蒋意给她想了一个办法:"那么这样,你看行不行?姐姐把你抱起来,然后你自己往盘子里夹土豆饼。我们这样也算是自己的事情自己做了,你说对吗?"

小朋友认认真真地想了想,觉得蒋意说得很有道理,乖乖地说"好"。

于是蒋意把小女孩儿抱起来,看着她小心翼翼地拿夹子夹了一小块土豆饼,放在餐盘里,动作很稳。

小朋友的脸上绽开大大的笑容——小孩子就是会因为一些琐碎的小事情而欢欣一整天。

蒋意把小女孩儿放下,然后跟她击掌:"嗯,宝贝真棒。"

小朋友脸蛋红扑扑的,现在有点儿知道害羞了,小声说:"谢谢姐姐。"

谢源站在后面,完整地听到这一大一小的对话,觉得挺新奇的。平时他们很少遇到小孩子,所以他不知道蒋意在面对小朋友的时候居然会这么有耐心,还会主动照顾别人。凭什么他在她这儿就没有这种待遇?谢源冒出这个念头,随即觉得荒谬——他是在吃一个小朋友的醋吗?

不过,原来蒋意也知道自己的事情要自己做。他还以为她不知道呢。

蒋意的余光瞥见谢源,她微微勾唇笑了下。她走到哪里,他就乖乖地跟到哪里,她很吃这一套。

蒋意把自己的餐盘递给谢源,理所当然地使唤他:"我要吃蔬菜沙拉,还要一杯热牛奶。"

谢源扫了一圈——哪儿来的蔬菜沙拉?她真的不是在故意刁难他吗?

小女孩儿拉了拉蒋意的手指:"姐姐,你为什么要让这个哥哥给你拿东西呀?"小朋友童言无忌,想到什么就说什么。

谢源扯了扯嘴角——他终于听到了一句公道话。小朋友都知道自己的事情自己做,蒋意这么大的一个人,还整天做甩手掌柜,什么事情都扔给

· 173 ·

他，也应该稍微反省一下吧？他等着看蒋意会不会因此羞愧、脸红。

但是蒋意必然不会按常理出牌。她弯腰，笑眯眯地说："原因很简单啊，因为这个哥哥喜欢我，正在追我。我们女孩子要给男孩子表现的机会。我现在就在考查他呢。"

小朋友似懂非懂，表情很可爱。

谢源瞬间黑脸：她真是好样的，说什么乱七八糟的话？

谢源觉得自己就是活该。他把蒋意拉走，咬牙切齿地说："你别带坏人家小朋友。"

蒋意轻轻地笑起来："我哪里带坏小朋友啦？你少诬蔑我，否则我会给你扣分的哟！"

她扣什么分？难道她还会给每一个追求她的男人积分吗？如果真是这样，他这几年任劳任怨地伺候她这位公主病小姐，分数早就应该积满了，可以转正了吧。

蒋意拍拍他的脸，安抚他说："乖，我要吃早饭，你快点儿。"

这才刚过了一个早晨，谢源觉得她越来越有恃无恐了。

蒋意两手空空地回到桌边，等谢源给她弄早饭。

谢源过了一会儿走过来，给她东拼西凑了一盘蔬菜沙拉，把餐盘放在她面前："将就着吃吧。"

早餐里的牛奶是冷的，他又去给她加热牛奶的地方。蒋意没动盘子里的东西，撑着脸望着谢源忙碌的身影，神情不自觉地柔和下来。

他总觉得她对待他很恶劣，但其实哪有呀？她明明最喜欢他了。他没见过她真正恶劣的模样，也不懂她对他尤其偏爱。只不过，她喜欢一个人的方式有点儿特别而已。

吃完早饭，蒋意和谢源退房离开。

燕泗山高速路昨晚已经连夜抢修恢复通车，滞留景区的大批游客今早已陆续离开燕泗山。

蒋意和谢源带着茉莉坐景区的观光车到山脚的停车场。

蒋意径直坐上副驾驶座，谢源走到后备厢放毛毯。

谢源上车的时候递给她一个纸袋，她打开一看，里面居然是热气腾腾的蒸糕——哪儿来的？

茉莉闻到香香的味道，便把脑袋凑过来。

谢源："随手买的。"

那她刚刚怎么没看见？他藏哪儿了？

"我看你早饭没吃什么。离吃午饭还早着呢，你趁热吃吧。"谢源总是这副酷酷的德行，做好事都是漫不经心的模样。他怎么这么傲娇啊？

"谢源，你真好。"这话她是发自内心的。

"不是你说的吗？"谢源装作若无其事的样子，发动车子，"你说你很难追，那我肯定得认真一点儿。"

他说完扭头看了她一眼："所以，这能加分吗？"

蒋意的心轻飘飘地浮起来。他早就已经是满分了，他自己不知道吗？

"看情况吧，继续保持。"她不肯松口。

谢源移开眼睛，隐隐笑了下。

她嘴硬，他明明都看见她疯狂上扬的嘴角了。这至少说明她不讨厌他追她，是吧？

车子发动，缓缓驶离燕泗山。

蒋意回头往后看，觉得这里真是一块福地，这个地方以后应该常来。

回程一路畅通。

蒋意坐在副驾驶座上玩了一会儿手机。在微信上看到之前杜应景发过来的消息，她终于想起来还有体检这件事情。

杜应景问她国庆假期哪天有空，要给她预约时间。

这个体检的项目还挺多，密密麻麻列了整整两页，中英文双语，蒋意扫了一眼，看到里面有无痛胃镜这个项目。她知道做无痛胃镜需要打麻药，得有人陪同——她肯定找谢源陪她。

她问谢源："谢源，你国庆哪天有空？陪我去做体检呗。"

"体检？为什么又要做体检？上半年不是刚做过入职体检吗？你哪儿不舒服？"谢源分神瞥她，自然地往下接话，"要不我们去三院找我爸妈？"

对呀，她差点儿忘了，谢源全家都是医生，真方便。

蒋意摇头："我爸给我找了医院——美渡枫林国际医院。"去私立的国际医院做体检，听起来确实也比较符合她大小姐的身份。

谢源："行。我七号没空，别的几天都可以。"

蒋意记下来。

"那就四号吧。"她一边在手机上打字给杜应景回复，一边跟谢源说，"你得提醒我前一天晚上禁食禁水。"

"知道了。"

体检当天，谢源提前下楼，坐在车里等蒋意。

蒋意习惯卡着时间到，说好八点出发，实际上八点的时候她刚刚出门进电梯——但是这对她来说已经算非常准时了。

谢源本来以为她会更晚出门，所以八点的时候还坐在车子里不紧不慢地喝咖啡，然后余光就从后视镜里看见了蒋意的身影。

她今天怎么这么早？谢源收回视线，然后垂下眼睛盯着手里的咖啡。

蒋意从前一天晚上开始禁食禁水，他现在可不敢当着她的面喝水、吃东西。他顾不上一杯子的冰块，直接打开盖子，也不用吸管了，仰头一口气喝完手里这杯冰美式。

他冻得一激灵，很提神醒脑。

谢源开门下车，不着痕迹地把空杯子扔进旁边的垃圾桶里，然后绕到副驾驶座那一侧，一脸镇定地迎上去，顺手替蒋意把副驾驶座的车门拉开。

蒋意多看了他两眼，笑眯眯地说："你今天好主动啊。"

男人的主动多半是出于心虚。谢源此时深刻地体会到了这句话的含义。

八点四十分，他们抵达医院。

国际医院提供的服务待遇与高昂的收费标准相匹配。体检全程都会有专门的护士陪同引导，并有语言翻译服务。负责陪同蒋意的护士是一位年轻漂亮的女性，脸上挂着温柔亲和的微笑，直接领着蒋意进了 VIP 室填写预检表格。

谢源拎着蒋意的包包等在 VIP 室门口。

蒋意填完表格就跟着护士开始去做每一项体检。

护士非常尽职尽责。在前往下一个检测地点的过程中，她用温柔而不失专业的口吻向蒋意介绍下一项体检内容、检查过程中的注意事项，还会插入一些轻松的话题来舒缓蒋意的心情，让蒋意不会太过紧张。

蒋意一直在跟护士交流，都顾不上回头看谢源。

谢源觉得自己有点儿多余。他只需要做一件事情：替蒋意拎包。

胃镜检查的顺序排在前面。

谢源还在想蒋意会不会紧张，毕竟这是一项需要全麻的检查。而她一紧张就喜欢闹腾他，让他也不能安生。但是他发现，此时蒋意的脸上完全看不出紧张的表情。她跟护士简单地沟通了几句，然后就很自然地跟着另一位医师走进房间，从头到尾都没想过要跟谢源交代什么内容。

谢源感觉自己似乎被无视了。

胃镜检查的时间比较久，谢源和护士在休息室里等着。他们之间没什么话好讲，休息室里一阵沉默。谢源把蒋意的包包换了一只手拿。

护士温和的视线落在谢源的手上，然后她轻柔地提示道："谢先生，其实您可以把蒋小姐的包包寄存在我们底楼的服务处，我们会妥善保管的。"

谢源觉得自己听懂了护士的言外之意——意思就是说，他拎包的功能都被剥夺了呗。

谢源高冷地表示没关系。他就乐意亲自拎着，不行吗？

等了许久，另一位护士走过来："谢先生，蒋小姐的胃镜检查已经完成了，您现在可以进来陪同。"

谢源被带进旁边的房间里。

麻醉效力还在，蒋意沉沉地睡着，侧躺在病床上面，平时骄纵蛮横的姑娘现在仿佛一只乖乖的小猫。

护士："您可以轻声呼唤蒋小姐的名字，这样会有助于蒋小姐尽快醒过来。"

谢源俯身，连名带姓地叫她："蒋意。"

这么称呼显得生分。陪护的护士忍不住抬头看他——现在的年轻情侣私底下都是这么一本正经的吗？

谢源接收到护士的眼神。

他平时就是这么直接叫蒋意的全名，从来没有试过别的称谓。不然他应该怎么叫她？意意？宝宝？

谢源瞬间打消了这个念头——他要起鸡皮疙瘩了。

他继续叫她："蒋意。"

他并不习惯用特别温柔的语调和她说话，他们之间的相处模式本来就不是那种非常温馨、甜蜜的。他现在有意用温和的口吻说话，反而听起来还怪怪的，有点儿生硬。

谢源伸手拨了拨她耳边的头发。他说话不够温柔，但是动作足够温柔，藏着喜欢的心意。旁边的护士终于忍不住抿起唇笑了一下——确认了，是真情侣。

谢源叫了好多遍蒋意的名字，始终带着耐心。

蒋意睁开眼睛，醒了。

谢源的心终于落下去——她醒了就好。

据说很多人在麻醉效力逐渐退去的过程里都会胡言乱语，谢源已经做好了迎接蒋意胡言乱语的准备，哪怕她开口叫他"老公"，他估计都能保持面不改色。但是出乎他的意料,蒋意非常安静。

她侧躺在床上,一言不发,跟她平时活泼闹腾的性格截然不同。她偶尔会眨一眨眼睛,眼睛里什么情绪都没有,甚至有点儿冷。她正在用一种审视的眼神对待周遭的一切,仿佛时刻防备着要对抗什么东西。

蒋意这样就像彻底换了一个人。

谢源顿时头大——总不能是麻药不小心打多了,把脑子弄坏了吧?

几分钟之后,蒋意终于开口说话了:"谢源?"

她这是终于认出他了吗?

她朝他伸手。谢源把手给她牵,但她不要:"把我的手机给我。"

谢源反应过来,是他自作多情了,她根本就没想过要来牵他的手。

谢源此刻很想挂起黑脸,但是没舍得。他把她的手机递过去:"你好好躺着休息一会儿,别玩手机。"

但蒋意也只是看了一眼时间,然后就又把手机递给谢源,漂亮白皙的手指在他的眼前晃。

谢源从她手中把手机抽走的时候,她轻轻地钩住他的食指,不让他离开。

这才像蒋意。谢源的脸色稍微缓和了些,他由着她牵着。

她把他的手指挨个儿摸了一遍。

"好玩吗?"他问她。

她摇摇头:"不好玩。"她只是觉得,他的手指很长,指节分明,戴戒指应该会很好看,不需要多么复杂的款式,只在无名指上戴最简单的铂金戒指就好。

谢源冷哼,作势要把手抽走。蒋意不肯,把他的手掌拉过来,压着垫在她的脸颊下面。她的话变得越来越多,她说:"谢源——"

"嗯。"

"我口渴。"她又开始使唤他了,这说明她的麻药药效应该退得差不多了。

"要过至少两个小时你才能喝水。"谢源很清楚医嘱。

护士贴心地拿过来一杯温水和一盒棉签:"如果真的很不舒服的话,可以用棉签蘸水稍微润一下嘴唇,这样会舒服一点儿。"

谢源接过棉签,拆了一根出来。

蒋意与护士对视了一眼。

其实这活可以由护士代劳的。不过,既然谢源这么主动就接过这活,蒋意根本不会拦着他。

谢源握着棉签的尾端,小心翼翼地在蒋意的嘴唇上擦过。

他做得很好,一时间他的视野里只关注着蒋意的嘴唇。

蒋意反而有点儿紧张,他这么专注地盯着她,她觉得自己的嘴唇都快要僵硬了。而且她越来越口干舌燥,这很折磨她,让她不能享受到乐趣。

蒋意嘴唇轻轻动了动:"谢源——"

"嗯?"

"你再擦下去,我的嘴唇就要犯唇炎了。"

他停下手里的活,不自然地低咳两声。

麻药的效果终于彻底退去,蒋意可以去做下一项检查了。跟着护士进了下一个检查室后,她问护士:"我刚刚麻醉醒过来的时候,有说什么奇怪的话吗?"

护士笑着说:"没有。您放心,您那段时间很安静呢,什么话都不说。谢先生当时非常担心您。"

蒋意愣了愣:她什么话都没有说吗?她努力地回忆了一下,好像确实是这么一个情况。那时候她确实什么话都不想说,脑袋里很空、很安静。

"但其实有些人麻醉醒来都会表达欲爆棚,说很多平时藏在心里不敢说的话。"护士示意蒋意在椅子上稍坐一下。

蒋意坐下,用右手的手指轻轻刮着左手掌心里的纹路。

护士又说:"有一种解释好像是,大脑里负责控制情绪的那部分因为麻醉剂的效果而暂时放松下来,所以平时被压抑的情绪会一下子释放出来。有的人在麻药消退的时候甚至会大哭到停不下来,可能就是因为平时压力太大、情绪太紧张了。不过,我也不知道这种解释对不对,您随便听听就好。"

蒋意陷入思考中。

如果说,从麻醉中醒过来后大哭一场是因为内心的压力过大,那么像她这种从麻醉中醒来之后安静到一声不吭的,又会是什么原因呢?说明她性情冷淡吗?但是蒋意觉得自己挺活泼开朗的,谢源才像是那种从麻醉中醒过来之后一言不发的家伙。下次如果谢源要做无痛胃镜,她一定要陪同。

最后一个体检项目是抽血。

蒋意不单单要做血常规检查。她扫了一眼护士手里的表格,发现这次通过血液采集进行检测的项目竟然有数十项。护士提前告诉她，待会儿要抽好几管血，可能会有点儿疼。

蒋意对此没什么反应，疼就疼吧。

她其实不怕疼。如果谢源待在这里，她可能会在他面前撒撒娇。但是谢源不能进来，家属只能等在外面的休息室里，所以蒋意当下很平静地接受了"抽血会疼"这个情况，一脸从容，嘴上说了句"没事"。

蒋意注意到表格中有一项是 BRCA 基因检测。她很熟悉这个名词，知道这是干什么用的——遗传性乳腺癌基因筛查。

这一项检查对她来说好像还挺有必要的，因为她的母亲赵宁语就是乳腺癌患者。所幸赵宁语在非常早期的时候就及时发现癌症，并且接受了最好的治疗，如今已经基本痊愈了。这么想想，蒋意相当于具有乳腺癌家族史，定期做一个全面而且深度的体检确实很有必要。

想起母亲赵宁语，蒋意心情复杂。她还记得那次杜应景说母亲要回国见她，不知道母亲什么时候会到。

虽然这么形容不太合适，但是蒋意觉得母亲的到来可能会是一颗定时炸弹。她不会跟母亲走的，所以她们母女之间必然会出现分歧。

检验医师坐下，戴着口罩对蒋意露出笑容："蒋小姐，请把左手放在这里，我们要准备抽血喽。"

"嗯，好。"蒋意把胳膊抬起来。

抽完血，这次的体检就全部做完了。

蒋意按着手臂上的出血点。谢源走过来在她旁边坐下。他在医生家庭里长大，因此一眼就看出蒋意止血的按法不对，上手纠正她："要往上面按一点儿。"他捏着她的胳膊，替她按着正确的止血位置，"你按这里，保持按五分钟。"

但是蒋意完全不在意。她从小到大一直都是这么随随便便按的。反正只是抽个血而已，再说她又没有什么凝血功能障碍，不管怎么样最后总能止住血。谢源给她按着止血棉球，觉得她真是让人操心："像你那么按，你待会儿回去就发现半条胳膊都变青了，都是皮下瘀血。"

他好唠叨。蒋意委屈巴巴的："疼——"

她稍微动了下手臂。

就这她还疼？他明明按得一点儿都不重。

谢源凶巴巴地说："忍着。"

他嘴上这么说，但是手上的力道又松了一些。

蒋意："你好凶。"

谢源不理睬她。按了一会儿，估摸着差不多了，他松开她的胳膊，仔细看了看，确实已经不出血了。

"行了。"他把止血棉球扔进医疗垃圾桶里，然后回头看蒋意。

蒋意还坐在那儿，扒着自己的胳膊看刚刚抽血扎针的地方，有点儿可爱。这只小狐狸今天看着笨笨的，好像没有平时那么聪明。谢源想了想，觉得可能是她打过全麻的缘故，所以这会儿人蒙蒙的。

他走过去。蒋意慢吞吞地仰起头看他，她的脸被他的影子整个盖住。

谢源心一软，将手里的围巾围在她的脖子上。围巾很长，他绕了两圈，再系上。靛蓝色的围巾色彩明度很高，将她精致的脸颊衬得很白皙、很漂亮。明明是他自己的围巾，怎么感觉好像更适合她戴？

谢源用食指捏了下她的耳朵："走了，回家了。"

蒋意的眼睛像声控灯似的，瞬间亮起来。

她好喜欢他说的这句话——嗯，回家了。

她站起来，挽住谢源的胳膊，马上开始点菜："我要喝鸡肉松茸粥！"

谢源毫不留情地打破她的幻想："你晚上只能吃清淡的流食，明天也是。白粥或者小米粥，你自己选一个吧。"

蒋意的表情肉眼可见地黯淡下去，方才的活泼和明亮转瞬即逝。她很不开心——鸡肉松茸粥就是流食！而且它哪里不清淡了啊？

谢源越看越觉得她像一个小朋友。他替她把帽子拉上戴好："我也陪你喝白粥，行了吧？"

这样还差不多，多一个人陪她受苦也是好的。蒋意勉为其难地"嗯"了一声，而谢源的嘴角始终就没有放下来。

蒋意乖乖喝了两天的清淡流食，谢源也陪她连喝了两天的白粥和小米粥。

转眼到了七号，国庆长假的最后一天。蒋意蒙头睡了一整天，完全不想去上班。

下午五点，她在一片昏暗中醒过来。窗帘拉着，房间里黑漆漆的，一点儿光亮都没有。她从床上爬起来，走进洗手间洗了脸，然后迷迷糊糊地出门，开门右转，去敲谢源家的门。

她一边敲门一边觉得不公平。凭什么谢源知道她家的大门密码，可是她还不知道他家的密码？他应该也要把他家的大门密码给她，这样才对嘛！

谢源迟迟没有过来给她开门。

蒋意等了一会儿，其间双眼盯着谢源家的密码锁——她家的大门密码设置的是谢源的生日，那么谢源家的密码呢？会是她的生日吗？

蒋意想了想，觉得可能性好像不大，他才不像是那么机灵的人呢。

但是她敢想就敢试，把自己的生日输进去——密码错误。

然后她接着试谢源的生日，仍然密码错误。

十几公里外的某家粤菜餐厅外，谢源正在停车。

他的高中同学付志清等在餐厅门口。隔着老远的距离，付志清一眼就认出了谢源，于是冲着他直招手，一副热情过剩的模样，跟高中的时候几乎一模一样。

谢源和付志清是高中同班同学，都是理科重点班的。他们当时一块儿搞编程社团，参加 NOI 竞赛（全国青少年信息学奥林匹克竞赛）。谢源在社团里只负责埋头搞代码，懒得管事，所以社团的行政事务全部都由付志清一肩挑。两个人还算是朋友。

谢源开门下车。他没来得及跟付志清打声招呼，他的手机上就收到了几条智能门锁的通知，上面显示他家的大门刚才连续两次密码尝试错误。

智能门锁自动给谢源发消息，询问是否需要进入安防模式。

谢源猜都猜得到，肯定不是一个笨贼在企图通过枚举法试出他家的大门密码，多半是他的好邻居蒋意在乱试密码。

他给蒋意发消息："我不在家。"

付志清走过来，看到谢源低头发微信，挑了下眉："谢源，你该不会是在给女朋友报备行程吧？"

谢源没有澄清，女朋友就女朋友吧。不过，付志清倒是提醒了他——他还没告诉蒋意自己去哪儿了。他很自觉地就给蒋意又发了一条微信："我在跟以前的一个男同学吃饭。"重点是男同学。

蒋意收到谢源的微信，也看到了这行字里的"男"字，抿唇笑了。很好，他的自觉性很强，她喜欢。

蒋意跟着想起来，谢源之前好像是跟她提过一句，说他七号有事情，原来是要跟以前的同学叙旧啊。

蒋意："谁啊？哪个同学？我认识吗？"

谢源："高中同学，你不认识。"

好吧，蒋意瞬间没了兴趣。

付志清和谢源进了餐厅，往一早预订好的包间走去。

谢源走到包间门口，停下脚步。他还是有点儿不放心蒋意，她一个人在家，也不知道她打算晚饭吃什么。他示意让付志清先进去，自己要打个电话，很快就来。

付志清一脸不可思议："真看不出来啊，原来谢神你谈恋爱也会心甘情愿做这种卑躬屈膝的事情。"

谢源直接把付志清踢进包间里，然后站在走廊上给蒋意打电话。

电话很快接通了，谢源清了清嗓子："你有什么事情找我？"

蒋意没想到他会打电话过来。她往自己家的门口走："也没什么事情，我刚刚睡醒，想要找你吃晚饭。"

她声音听起来透着慵懒，很像一只眯着眼睛打盹儿的小猫。

她只有在肚子饿的时候才能想起他，是吧？

谢源回答说："我不在家吃晚饭。"

"我知道了。"蒋意"哦"了一声，又小声说，"你把我丢下了，我会记仇的哟。"

她这都要记仇？谢源无奈："不许记仇。"

蒋意也知道自己不占理，哼哼两声，没再跟他算账。

于是谢源觉得自己找回了公道，心情颇好，慢悠悠地说："冰箱里有我下午刚煮的皮蛋瘦肉粥，如果你想吃，就自己拿锅子煮到粥滚。你知道锅子放在哪儿，对吧？"

蒋意知道他家的煮锅在哪儿，但不知道他家的密码。

"我家的密码是063713。"

蒋意想不出这串数字有什么特别的含义，既不像日期，也不像什么编码。谢源仿佛能够隔着电话读到她的脑袋瓜里在想什么："别瞎想。这串数字是我用代码掷骰随机生成的。"

谢源认为，越是无意义的数字排列越是安全。所以，他所有的密码都是随机生成的，他的手机密码、电脑开机密码、银行卡密码、家门密码等，用的都是不同的数字排列，还会定期更换。

这也亏他记性好，要是换成一般人，估计早就无数次忘记密码了。

谢源最后叮嘱她："我八点多钟也就回来了。"

"知道啦。"蒋意先挂了电话。

谢源收起手机，进了包间。付志清正坐在那儿翻着菜单，见到谢源进来，笑嘻嘻地打趣道："你跟女朋友打完电话啦？你其实可以把女朋友一起带过来的嘛，大家都是朋友，可以互相认识认识。"

谢源懒得理他。

付志清把菜单递给谢源："看看还要加什么菜。"

谢源坐下，说："只有我们两个人吃饭，就没必要订包间了吧。"

付志清笑："我这两年赚了不少钱呢。衣锦还乡，你总得给我个机会摆摆场面吧？而且我今天可是陪谢神你吃饭，这待遇和规格必须得跟上，不能马虎。"

谢源把菜单丢回去，也开玩笑："在塔克山谷写代码真就这么赚钱？"

付志清点头肯定："真就这么赚钱。"

付志清高中毕业之后直接申请了 M 国的本科，出国念书，毕业之后留在塔克山谷的互联网巨头做了几年算法工程师。

"要我说，谢神你当初高三也应该直接申请出国。你写代码能力这么强，语言也没问题，再说那点儿学费对你家来说就更不算什么问题了。你要是在塔克山谷干几年，现在薪资肯定比我拿的要高。"

谢源听着付志清的假设，脑子里的第一反应居然是：如果自己出国念本科，应该就不会认识蒋意了，这么想想还挺遗憾的。

谢源抬眼："说正事吧，这次回国你找我有什么事？"他怎么会不了解付志清的德行？这家伙找他，肯定不仅仅是老同学叙旧这么简单。

付志清"嘿嘿"一笑："我就知道，什么事情都瞒不过谢神。你稍微等等，我今天还请了一位朋友，等她到了，我一块儿说。"

谢源微微皱眉："我记得你说今天只是老同学叙旧而已，你还找了谁？"

付志清打马虎眼："哎呀，都是朋友，都是朋友。"

等了十分钟，付志清口中的另一位朋友到了——景孟瑶一边摘围巾一边推门走进来，看见谢源先是愣了一下，紧接着便笑了："谢源？原来志清提到的高中同学就是你呀！"

付志清挑眉："Rachel，你跟谢神也认识？"

Rachel 是景孟瑶的英文名。

景孟瑶："我在 T 大读研的时候，谢源是我的同门师弟。"

景孟瑶和付志清是在塔克山谷认识的，当时景孟瑶读 PhD，在塔克山谷的公司实习，认识了付志清。所以说这个圈子真的不大。

人到齐，菜也上齐，付志清讲正事："我从 Tanami 辞职了，打算回国创业。"他把准备好的项目计划书拿给了谢源和景孟瑶，计划书厚厚一本，做得还挺像模像样的。

"我准备做智能视觉辅助决策系统这块。"付志清详细地讲了他的想法，以及目前手头具有的资源、技术和发展构想。

谢源没动筷子，随手翻了翻付志清的项目书。而景孟瑶全程面带微笑，令人看不出她心里究竟是怎么想的。

付志清讲完他的想法，然后停下来，问在场另外两个人的意见："我想找你们入伙，我们一块儿干吧。"

坦诚来说，付志清的想法已经初具雏形，而且各方面的准备也比较成熟，原型机已经做出来了，即将进入寻找风投基金的阶段。这么高的效率，可能得益于他在塔克山谷的工作经历，那个地方遍地都是高科技企业，创业氛围也非常浓郁。肥沃的土壤能够滋养出繁盛的茂林。他带着充分的准备回国，想要创建一番属于自己的事业。

"Rachel，我知道你有过创业成功的经验。别人可能不清楚，但我当年可是非常关注鲸智科技的 IPO（首次公开募股）过程。我知道你是鲸智科技的联合创始人之———如今鲸智科技的 CEO 凌聿，当年是和你共同创业的。"

景孟瑶笑笑："是的。在鲸智科技的初创阶段，我在那个团队里待过一段时间。"她措辞很谦虚，但是对于这次付志清递过来的邀请并不热衷。

她婉拒："我现在已经在高校里任职 AP 了，我的教师身份可能会有一些限制。另外，现阶段我暂时也没有要再次创业的想法。"

她说的不全算真，毕竟产学研融合是如今高校的一个发展趋势。大学教师将科研成果转化为市场化产品并开办公司，这不算新鲜事。

付志清很会讲故事，脸皮也够厚，试图打动景孟瑶。

景孟瑶收下桌上的项目书，松口了："好吧，我回去考虑一下，会尽快给你答复。"

付志清又问谢源："谢神，你怎么想？"

谢源合上手里的项目书，眼神非常清明。他问付志清："为什么想到找我？"他认为，现阶段付志清哪怕不找他入伙，光凭目前做出来的东西，其实应该已经能找到风投基金进场了。

付志清："我需要你的技术和研发能力。如果我现在已经创业成功了，那么你就是我最理想的首席技术官人选。现在的原型机还有很多技术难题未攻克,我想要你入伙,作为公司的联合创始人,一起做智能视觉辅助决策方案,让它快速落地商用。这片市场非常广阔,有大把的应用场景,很赚钱。而且,我觉得你不是一个甘心替公司打工的人。你想做自己的东西,不是吗?"付志清以为自己很了解谢源,也以为谢源一定会产生兴趣,但是谢源没有被说动。

付志清让谢源再考虑考虑:"我不需要你马上给我答复。我接下来都会留在国内,你随时都可以找我。就像我说的,当我日后创业成功,我会邀请你以首席技术官的身份加入团队,但那时你就只能是高级打工人了。"

饭局结束,景孟瑶叫住谢源:"谢源,你是开车来的吗?你方便送我到T大吗?"

谢源说"好"。大家都是聪明人,他看出景孟瑶有话想要私下里跟他说,不想当着付志清的面。

车上,景孟瑶继续跟谢源聊了一会儿创业的事情。付志清不在,所以这次景孟瑶说得更为直白。她说自己看好这个方向的发展前景,但是没有兴趣亲自下水。

"一些个人原因,我暂时不会考虑再次创业,所以我会拒绝付志清的邀请。不过,你如果感兴趣的话,倒是可以考虑一下。

"付志清有一句话说得很对,我也不认为你是那种会愿意给别人打工的人。谢源,凭你的能力,你总有一天会跳出来单干的,也许不一定就是现在,但是或早或晚,这是必然的。

"把握正确的时机,进入正确的赛道,和正确的人一起做事业,这三点缺一不可。如果你想好了,欢迎随时找我,我可以帮你们,李老师也可以帮你们。李老师很支持创业项目,而且在这方面既有经验又有人脉。"

景孟瑶口中的"李老师",指的是她和谢源、蒋意的研究生导师——李恽教授。

谢源点头说"好"。

景孟瑶盯着他的表情琢磨了一下,然后莞尔道:"你好像对于创业的事情完全不感兴趣。"

谢源顿了顿,然后扯了扯嘴角,无奈道:"看起来这么明显吗?"

景孟瑶说:"没错,你感兴趣和不感兴趣都写在脸上。就像以前在学校里的时候,我一眼就能看出来你对蒋意很感兴趣。"

谢源下意识地点了一下刹车,表情大窘。师姐还真是……有什么就说什么。

他嘴硬："还好吧。"他看了眼反光镜，往右边车道打灯变道。

景孟瑶一听有戏，趁热打铁地马上说："什么叫'还好吧'？喜欢就是喜欢，不喜欢就是不喜欢，没有'还好吧'这种讲法。我问你，谢源，你喜欢蒋意吗？"

话题就这么自然地跑偏了，而且相比创业话题，景孟瑶明显更喜欢现在这个话题。她甚至都替蒋意和谢源着急：这两个人怎么就这么能磨蹭呢？

谢源掂量着自己肯定是喜欢蒋意的，这一点毋庸置疑。不过，他还是有些别的顾虑。

见他没吭声，景孟瑶误以为他不开窍，顿时有种恨铁不成钢的情绪涌上心头，恨不得亲自撸起袖子，由她替谢源去捅破这层窗户纸："我不相信你没有动心过。蒋意很可爱的，你不喜欢，别人抢着要呢。"

"师姐，你就别跟我玩激将法了。"他握着方向盘，看着前面的道路。

算了，师姐也不是外人。谢源说出了那天在燕泗山发生的事情："其实我跟蒋意说了，她已经知道我喜欢她了。"

景孟瑶眼睛瞬间亮了："真的？那蒋意怎么说？"

谢源后来复盘过。他总觉得那次在燕泗山，自己是不慎被蒋意诈出来的。她当时那么一问他是不是喜欢她，他心一横，也就干脆地承认了。他本来以为她还会继续说些什么，也许他们之间的关系会就此进一步，没想到蒋意丝毫没有反应，只说允许他追她。

所以他也不清楚了，蒋意对他究竟是什么想法。

谢源告诉景孟瑶："蒋意说，我可以追她。"

景孟瑶"扑哧"乐了。她努力控制住表情，不让自己笑得太夸张。可以，这个回答就很像蒋意会说的——师妹实在是太可爱了呀！

景孟瑶一下子就猜到了蒋意的意图——蒋意明明也喜欢谢源，可是偏偏不说，只说同意谢源追她，就是要让谢源多多付出，并且确立两个人在这段关系里的地位高下。

景孟瑶在心里为蒋意鼓掌的同时，也有点儿怜爱谢源：这个傻孩子就这么踩进蒋意的圈套里了，而且看他的模样他好像还浑然不知呢。

她不打算提醒谢源，只是笑眯眯地说："那你加油追哟，不要让蒋意被其他人追走了。"

她这样都不忘给谢源制造焦虑，但也由衷地为蒋意和谢源感到高兴：

"多美好啊,你们之间可以只谈爱情,没有任何其他的阻力。"

谢源开车把景孟瑶送到学院楼下。
"谢谢,麻烦你啦。"
"没关系。"
景孟瑶下车,目送谢源的车子驶离。这时候天空渐渐下起小雨,她上楼进办公室拿了一把长柄伞。当她再次下楼的时候,一辆黑色宾利静静地停在学院楼的侧门旁边,车身几乎要与夜色彻底融为一体。
景孟瑶撑着伞走过去,开门上车。
凌聿坐在驾驶座上,见她上车,抽了两张纸巾递给她,无名指上的铂金婚戒很显眼:"擦擦吧,你的头发都淋湿了。"
景孟瑶接过纸巾,温柔地说了声"谢谢"。
凌聿的视线在景孟瑶的脸上短暂地停留了片刻,他说:"放假还总往学校里跑。你的学生在假期里见到老师,应该不会高兴吧。"
景孟瑶把长柄伞收在腿边,温和地说:"我不是来找学生的。下午我在办公室写了一份基金申请书,晚上跟朋友一起吃饭,顺便帮人解决情感问题。"
凌聿抬起眼,眉眼间的疏离转瞬即逝,像是稍微来了兴致:"是吗?想象不出你还有这种闲情逸致。"
景孟瑶拿出手机,一边给蒋意发微信,一边说:"蒋意和谢源——我的小师妹小师弟,不知道你还有没有印象了。"景孟瑶提起熟悉的人,语气很亲昵。凌聿不自觉地转头看她,有些出神。
景孟瑶开玩笑:"小师弟的情商捉襟见肘,要是没人助攻一下,说不定他们俩还真的能再拉扯十年。"
凌聿没多说什么,手腕搭在方向盘上,表情高深莫测。

另一边,蒋意挂了谢源的电话,走到 1701 室门口按下密码——063713。这密码好难记,她早晚要逼着谢源把他家大门的密码改成她的生日。
她走进谢源家。谢源家里很安静,窗帘拉开,落日的余晖照在客厅的墙壁上,茉莉也不在——它昨天已经被谢源送回他父母家了。
蒋意走进厨房,打开冰箱门,然后看见了谢源在电话里提到的那一锅皮蛋瘦肉粥。她把锅子拿出来,搁在料理台上。
其实这锅粥很明显就是谢源特意给她熬的,他考虑到了她今晚的晚饭问题。要不然他这个今晚有饭局的人,为什么要在下午的时候多此一举熬粥呢,这不是白费工夫吗?

蒋意收到了谢源的心意,但是实在没什么胃口——毕竟已经喝了整整两天的白粥和小米粥了,她想换换口味。她只能把谢源的心意再次放回冰箱里,关上冰箱门,准备出门去找点儿东西吃。

不过,她的车子至今还扔在 4S 店里呢。没有私家车,她确实不太方便。

打车吧,蒋意正准备打开手机上的打车软件,这个时候蒋吉东的电话打到了她的手机上。

蒋意觉得奇怪:她爸给她打电话干什么?

她按下接听键,蒋吉东的声音从手机里传了出来,他说:"小意,你待会儿有空吗?爸爸飞机刚落地 B 市,想过来看看你。如果你有时间的话,我们见一面吧,一块儿吃顿饭。"

蒋吉东亲自跑到 B 市来看她了。

蒋意想了想,自己确实也有很长一段时间没有回 S 市看望蒋吉东了。

她说"好"。

蒋意算了算时间,觉得蒋吉东差不多快要到的时候换好衣服拿着手机下楼——她不想让蒋吉东上来。

她坐电梯到底楼,推开大门往外走,然后一下子愣住了。一辆黑色保姆车停在楼前面,车窗玻璃缓缓地降下——赵宁语坐在车里等她,神情淡淡的。

蒋意顿住:为什么妈妈会在这里?

她当然记得杜应景之前说的话,赵宁语近期会回国,而且想要带她走。但是当赵宁语真的出现在她面前的时候,蒋意的心里却没有一块大石头落地的感觉,反而觉得自己的心脏像是忽然悬空了。

没有真实感,也没有安全感,一切都充满着不确定性,让她很不喜欢。

而且,刚才提前打电话说要过来看她的难道不是她爸吗?为什么来的人却是她妈呢?难道是蒋吉东和赵宁语说好的?

蒋意想想都觉得这不可能,蒋吉东和赵宁语绝对做不到和谐共处。

赵宁语坐在车里没动。保姆车的副驾驶座上下来一人,走过来请蒋意过去:"蒋小姐,赵总在等您。"

蒋意往保姆车走过去。

如果待会儿母亲提出要带她出国,她应该怎么回答?

她走出去几步,余光里看到一辆黑色迈巴赫打着方向灯缓缓地拐弯驶进来。她一眼认出，那是蒋吉东的车——她爸和她妈选在了同一天来看望女儿。

蒋意感觉到不太妙。

赵宁语似乎也留意到了后面的来车，上半身微微前倾，透过玻璃窗往后看了一眼，随后眉头微皱，眼神中显出几分不耐烦。她开口问蒋意："那是你爸吗？"

显然是的。

赵宁语对蒋吉东没什么好说的。她很强势地直接告诉蒋意："你今天跟我走，让你爸改天再来。"她让蒋意去赶人。

迈巴赫停在保姆车的后面，蒋吉东的助理杜应景先下车，然后给坐在后排的蒋吉东开门。

蒋吉东也看到了前面的保姆车，但没看见车上坐着他的前妻赵宁语。

蒋意走向父亲，几乎是复述了一遍赵宁语的话："爸——"蒋意开口，"我妈来了，在前面的车上。她要带我去吃晚饭，让您改天来。"

蒋吉东一愣，也很意外，这说明他并不知道赵宁语会来。

"你妈妈什么时候回国的？我都不知道。"

其实他不知道是正常的。毕竟两个人已经离婚多年，没有必要得知对方的近况。如今他们之所以还会这样突兀地碰面，无非是因为他们有一个共同的女儿蒋意。除此之外，他们就没有别的关联了。

蒋意说她也不知道。她说的是实话——她确实不知道赵宁语今天会过来。

蒋吉东听完，神色复杂地答应下来："好的，那你今天就陪着你妈妈吧，她也很久没有看到你了。"

蒋意一点儿也不惊讶，蒋吉东一定会让着赵宁语的。他面对赵宁语提出的要求，好像一直都很顺从，蒋意觉得这可能是因为蒋吉东是离婚的过错方——一个把私生子带回家里的男人，有什么资格在前妻的面前再提要求呢？

蒋吉东沉默了一会儿，然后又问："你妈这次在国内会待多久？"

蒋意还是不知道答案，赵宁语什么都没有跟她透露，她并没有比蒋吉东掌握更多的信息。

"好吧，"蒋吉东说，"那你多陪陪她。趁她待在国内的时候，你可以陪她去见见你的外公外婆。你应该也有很久没有去看望他们了吧？"

蒋意说"好"，但这些事用不着他教她。

蒋吉东都意识到自己有点儿啰唆："行，那我走了，你坐你妈的车走吧。我直接回 S 市了，接下来我们再约时间吧，找个你有空的周末，我再飞过来看你。"

蒋吉东弯腰低头坐进车里。

有一个瞬间，蒋意觉得好像蒋吉东的白头发要比她上次见他的时候多出很多。是因为她太久没有见到他了，所以他仿佛一下子变老了很多吗？

蒋吉东降下车窗，又看了看蒋意："小意，你看着好像比上半年的时候瘦了。"

蒋意捏了捏自己的脸颊："有吗？可能是因为这两天我一直在喝粥吧。都是因为老爸你让我去做体检，做完胃镜检查，害得我连着好几天都必须吃清淡的流食，难吃死了。"

她这样终于显得可爱了一些，说话也是撒娇的语气了。

蒋吉东被她捏脸的小动作逗笑了，心情轻松不少，仿佛她还是小时候古灵精怪的模样。

他问她："体检做完几天了？今天可以正常吃东西了吗？"

蒋意想了想，好像可以了，否则谢源今天也不会在粥里加瘦肉。

但是蒋吉东随即想起来："你妈一直吃荤腥少。你今天多半得跟着她吃素，明天再去吃自己爱吃的吧。"

蒋意仰起脸，俏皮地笑了下："那下次爸爸你再来看我的时候，要带我去吃好的。"

蒋吉东一脸宠溺地满口答应："行，你快去你妈那儿吧，别让她等久了。"

蒋意目送蒋吉东的车子驶离。等到那辆迈巴赫彻底不见了，她才走到赵宁语的保姆车旁边。

赵宁语语气淡淡地直接戳穿她："在他面前装成乖女儿，你倒是也不觉得累。"

蒋意没说什么。

赵宁语移开眼神："上车吧。"

赵宁语带着蒋意去吃饭。

点的菜全部摆上桌，赵宁语先动筷子。蒋意留意到母亲并不是只吃素的，也吃荤腥。蒋意都看在眼里，她想：这说明蒋吉东现在确实不了解赵宁语，又或者说，蒋吉东也许从来就没有真正了解过赵宁语。

赵宁语抬眼："你爸刚刚跟你说什么了？"

蒋意微笑："我爸说，您平时吃素比较多。"

她有意只挑了这种无关痛痒的话讲。

赵宁语冷哼："他是觉得你跟我吃晚饭只能吃素，委屈你了，是吗？"

她一猜就准。

蒋意抿了下嘴唇，脸上的笑意不变："爸爸肯定不敢这么想。"

赵宁语没接话，吃了几筷子东西就不吃了。她放下筷子，拿起手帕擦了擦手指，接着进入正题："我想带你回C国，你自己现在是怎么想的？"

"我不想离开这里。"蒋意接住赵宁语扫过来的眼刀，勾唇笑笑，岿然不动。

赵宁语盯着蒋意这张漂亮的脸。都说女儿肖父，但是赵宁语很轻易地就从女儿的脸上找到了与自己相似的痕迹。一时间，母女俩谁都没有退让。两个人僵持了一会儿。

"蒋吉东把你惯坏了。"赵宁语下结论，"你小时候脾气还没有这么大，这样不好，得改。"她总是对蒋意有很多挑剔的话。不是自己亲手养大的孩子，由前夫一手养大，赵宁语无论怎么看，都觉得蒋意身上有许许多多让她不顺眼的地方。

蒋意漫不经心地笑了下，仿佛完全不在意。

赵宁语抬眸，眼睛直勾勾看进蒋意的心里，换了一种问法："你是不想离开B市吗？"

其实赵宁语也没说什么，但是蒋意马上想起了谢源。谢源在这里，这是她不愿意跟母亲出国的主要原因。她下意识地防卫："这有什么区别吗？"

"当然。"赵宁语毫不犹豫地说，"你是因为谁而不肯走，这个问题很重要。"

蒋意的态度瞬间变得锐利，她反问赵宁语："妈妈，您这话是什么意思？"

赵宁语并不在乎，挑起眉，红唇一张一闭："你只要不是因为想陪着你爸所以不肯走，别的理由我都能接受。为了工作，为了理想，为了男人——我都无所谓。"

蒋意一怔——她当然不是为了蒋吉东而不肯走。

赵宁语也看出了蒋意的情绪变化，声音一瞬间柔和下来："真不是因为你爸？"

"不是。"

赵宁语点点头，表情竟然看着有几分缓和："那就好。"她移开眼神，看着餐桌旁边陈列的一整块玉石屏风，"蒋意，别对你爸太好。我希望你还记得，他是一个浑蛋。"

回S市的飞机上，蒋吉东把手机里以前的照片翻出来，但看着看着就不看了，把手机收起来。杜应景走过来向蒋吉东汇报："董事长，蒋意小姐的体检报告已经出来了。"

医院那边第一时间把电子版的体检结果发给了杜应景。蒋吉东接过iPad滑着屏幕看。体检报告是中英文双语的，里面很多的专业术语和指标其实蒋吉东根本看不懂，但他依然看得很认真，一行一行地看过去。

杜应景："医生说，蒋意小姐的各项指标都在正常范围内，而且跟癌症遗传相关的那几项基因检测结果也都是好的。董事长，您可以放宽心。"

蒋吉东记着蒋意的毛病："我记得小意一直有慢性胃炎。这病现在要紧吗？治得怎么样？"

杜应景回答："医生说，可能是因为蒋意小姐的饮食习惯在改善，她平时吃东西比较规律，也比较健康，再加上之前服用药物进行治疗，所以这次检查的结果挺好的，基本上没什么问题了。"

蒋吉东点头："那就好。"他又嘱咐杜应景，"以后每年都记得要让蒋意做体检，这很重要，不能忘记。"

杜应景说"好"。

"她妈妈之前得过乳腺癌，我现在又——"蒋吉东顿了顿，陷入了短暂的沉默。

杜应景低头不语。

蒋吉东叹气，把话说完："我这次又查出胰腺癌。虽然好像两个大家族里别人身上都没有这种毛病，应该不是家族遗传，但蒋意还是要特别注意身体。"

杜应景劝说："董事长，您现在只是疑似，张医生说要等第二次复检的结果。"

蒋吉东摆摆手："我已经做好最坏的准备。"他看向飞机舷窗外的夜幕，"如果真的复查出来是误诊就好了，我不放心就这么走了。

"蒋意的妈妈其实是爱蒋意的。但是她可能太恨我了，所以对离婚的时候一定要跟着我、不肯跟妈妈的女儿也不想表示出喜欢。但是女儿是无辜的，小意那时候还那么小，懂什么呢？"

吃完饭，赵宁语直接坐上另一辆车走了，那辆保姆车则把蒋意送回去。外面在下雨，蒋意却让司机在小区门口把她放下。

"蒋小姐，您稍等，我给您拿一把伞。"

蒋意摇头说"没关系"——她看到后面谢源的车停在红灯那儿。

"反正雨也不大，我想一个人走走，你们在前面靠边把我放下来就好。"

蒋意下车。细细密密的雨丝飘在她的脸上，有点儿凉，但是很舒服。她不撑伞也不会把衣服打湿。

她往前走了一段，然后等在地下停车场的下坡入口旁边。

她真的是很喜欢谢源吧，所以哪怕在度过了一个不怎么愉快的夜晚之后，看到他的时候依然能够冒出好心情。

谢源驶进小区，看到的就是眼前的一幕——蒋意站在蒙蒙的雨里，扬着明媚的笑脸朝着车里的他挥手。

她看起来很开心，心情也很好。谢源却很不高兴。

他在她面前停车，让她上车。

"你站在这儿淋雨干什么？"他教训她，"下雨没拿伞就去买一把，淋雨了如果感冒怎么办？"

蒋意不生气，由着谢源数落她。

谢源把车驶进地下车库，停好车，然后他们两个人一起上楼。

到了十七楼，蒋意看到谢源家的密码锁，跟谢源说这样不公平："我家的密码是你的生日，你家的密码应该也要设置成和我有关的数字。"

谢源不同意，说这样很不安全。

蒋意不开心了。

谢源盯着她看了一会儿，然后笑了："不过也有另一种解决办法，说不定你会满意。"他拉着蒋意的手，把她的指纹录进智能门锁。

他录的是她的右手大拇指的指纹，蒋意不知足地仰起脸："食指也要——"

谢源惯着她，由着她把左右手的十根手指的指纹全部都录进去。他怀疑家里这款智能门锁之所以最多能够录入一百枚指纹，就是考虑到了会有蒋意这种用户——有谁会想到用左手的无名指来解锁开门？

他问她："这样行了吧？"

蒋意心满意足了——差不多吧。

国庆假期结束，大家艰难地从度假模式切换回工作模式。

蒋意坐谢源这位工作狂的车上班，所以绝无迟到的可能性。但是她很困。谢源在公司楼下的咖啡店里买好了两杯冰美式咖啡打包，蒋意全程站在旁边猛打哈欠，眼睛里都是泪花，完全没有听他跟咖啡店店员的对话。

电梯到七楼，谢源往蒋意的手里塞了一杯冰美式，然后面无表情地把她推出去："再见。"

"拜拜。"

蒋意飘到自己的办公桌旁边，放下包，坐下。

她的耳边，其他人"哎哟哎哟"的抱怨声此起彼伏，整个办公室里的人仿佛都患上了假期综合征。

蒋意坐在位子上，拿出电脑，边喝咖啡边检查工作邮箱。这时候张辛迪背着单肩包低着头急匆匆地跑进来。

"呼——"张辛迪一屁股坐下来，第一件事就是抬头看表，然后立刻夸张地松了一口气，"还好还好，没有迟到。"

蒋意咬着吸管，不紧不慢地瞥她，优越感尽显。

张辛迪叉腰瞪回去："某个人每天都有司机接送上下班，肯定不会迟到喽。你不许嘲笑我们这种凭本事挤地铁的单身人士。"

蒋意笑眯眯："我也是单身人士。"

张辛迪愤愤不平："闭嘴。"

蒋意算哪门子的单身人士？明摆着她距离脱单就只差临门一脚，而且想不想踢出这一脚，完全就是看她自己的心情。

张辛迪把笔记本电脑从包里拿出来，连上充电线，然后原地愣了两秒钟："我的开机密码是多少来着？"她这个状态实在太离谱了。

蒋意电脑上的 Teams 弹出来一条新消息。项目经理 Paul 发出通知，GraphLink 项目组今天下午要临时增加一次周会，所有人务必准时参加。

张辛迪把脑袋凑过去，幸灾乐祸："GraphLink 真不愧是公司的核心项目。蒋意，好好干，我们就全靠你们赚钱了。"

蒋意把她推远了。

下午，GraphLink 项目组周会。

项目经理 Paul 在会上公布了新一轮迭代的排期。蒋意把排期表下载到本地，点开排期表，把文件内容从上到下扫了一遍——是她的错觉吗？她觉得自己的工作量好像变多了。

蒋意下意识地皱眉。李燎开会就坐在蒋意的正对面，朝她那边看了一眼，递给她一个眼神。

一分钟后，蒋意收到李燎的 Teams 消息。

"会后留一下，有事。"

半个小时之后，会议结束，项目经理 Paul 和李燎都没走。

蒋意看到这个架势，扬了扬眉："你们这是要找我谈话吗？"

但她的表情一点儿也看不出紧张，她非常清楚自己在项目组里的表现，因此有恃无恐。

果然，Paul 闻言温和地笑了笑，主动释放出善意的态度："蒋意，你很幽默。"所以很明显，接下来他们并不是要进行一次批评的谈话，会议室的氛围很轻松。

Paul 问她："这周我们会做一个面向公司内部的技术分享会。蒋意，你有兴趣做主讲人吗？"

蒋意以为，这种事情应该由李燎这位技术主管来负责。

Paul 说："我们向来崇尚工程师文化。公司鼓励优秀的工程师多多参与技术分析和交流类型的活动，这样有助于我们的团队随时都保持与最新的科技前沿同步，这是一个难得的机会，而且正是李燎向我推荐了你。所以，蒋意，你要不要试试看？"

蒋意不是一个性格扭捏的人，很快地答应了。

Paul 满意地点头："细节让李燎跟你说吧，他比较了解这一块，还有另外一件事情……"Paul 看向李燎："李燎，剩下的事情，你来跟蒋意说吧？我五分钟后还有个会，得赶快下去。"

李燎说"好"。

Paul 给了蒋意一个鼓励的眼神："好好干。"

Paul 拿着电脑离开了会议室，这间会议室里只剩下蒋意和李燎。

"你去买咖啡吗？"李燎问她，"边走边说吧。"

"好。"

去买咖啡的路上，两个人聊了几句。李燎这次也没有之前那么直接了，可能是因为他不久前刚刚被蒋意非常明确地浇了一盆冷水，但是气氛也不尴尬，他的表情很自然。

他先跟她讲 Paul 刚刚没说完的事情："你可以暂时先不管技术分享会的

事情，这个不着急。有另外一件事情——"李燎说，"我们上午的时候临时接到通知，明天有一场面向 VP 级别的项目报告会。我打算让你做主讲人。"

面向 VP 级别的项目报告会，蒋意非常明白这意味着什么——一次非常好的向上管理的机会。那些能够迅速拿到晋升名额的人，往往就是能够通过抓住向上管理的机会，让自己被看见。

"为什么让我做主讲人？"

"GraphLink 这个项目一直是以技术报告为主，所以 Paul 不会亲自做主讲人。至于我——"李燎停顿了一下，"我讲的次数太多了，VP 们对我应该已经没有什么新鲜感了。是时候推出一个新的技术骨干，让他们意识到 GraphLink 人才辈出，他们得多给我们拨预算。"

蒋意听得出来，后面这些都是玩笑话。李燎是想要给她一个向上管理的机会，让她在 VP 们面前露脸，为她提供晋升的机会。

蒋意："你确定你没有在假公济私哟。"

她借这句话，很大方地点出李燎对她存在特别的好感，也表明了态度，不希望是因为这个原因而得到了作为主讲人的机会。

李燎笑了。他就是很喜欢她身上这种自信的劲——她总是有什么就说什么，反应特别快，而且从来都不会觉得不好意思。

李燎说："咱们俩的关系，也轮不上我假公济私吧？"

这是实话，蒋意上次已经很直接地拒绝了他。

"你得正视你自己的能力。放眼 GraphLink 项目组里所有的算法工程师，你就是其中实力最强的。资历这都不是事，在 GraphLink 项目组里，谁能力强，谁就有话语权。"

蒋意评价："这听起来很像丛林法则。"

李燎没管这像不像丛林法则，把时间和地点发给她。

"报告会在明天下午三点，留给你准备的时间不多，你今天不行就加个班吧。VP 们最喜欢看 PPT，你好好做一个。我待会儿把上一个版本的汇报材料发给你作为参考。你做完之后发我邮箱，我帮你看一遍。"

李燎在工作的时候，还是一个挺靠谱的人。

蒋意："谢啦。"

李燎挑眉："所以，你看到我这人身上的优点了吗？"

蒋意摇摇头："没有，但我看到你身上的缺点了，你这人就是不禁夸。"

为了第二天这场面向 VP 级别的报告会，蒋意还真的主动留下来加班了。快下班的时候,她给谢源发微信,跟他说自己要加班。谢源很快回复,说他也要加班。

八楼,赵培棋正在催谢源一块儿下班。

"剩下那个功能明天上班再来搞呗。我跟你讲,质量管理那边也积压了一堆的测试都还没做呢。现在把代码弄完扔给他们,他们也来不及测。"

谢源把合上的电脑屏幕又打开了:"我留下来加班,你下班吧。"

赵培棋:我这是见到活的工作狂了?

"行,你清高,你加班,我走了。"

谢源"嗯"了一声。

赵培棋不懂谢源。谢源的脑子里始终记着蒋意在燕泗山说的那句话——她很难追。所以,他得重视这件事情,要好好追她。

谢源继续给蒋意发微信:"你什么时候吃晚饭?"

蒋意忙起来,直接把手机调了静音扔在抽屉里,谁都不能打扰她,所以一直没看到谢源的这条微信。快八点的时候,一道影子居高临下投在她的办公桌上,存在感有点儿强。

蒋意头也没抬:"麻烦让让,别挡我的光。"

她语气不好,态度也不客气。

那道影子还真的听话地往旁边挪开了。蒋意觉得哪儿不对劲,一抬头,对上了谢源的眼神。

是谢源!蒋意的眼睛立马亮起来。

谢源的视线在蒋意的桌上一扫而过,他看到她桌上根本没有手机,猜到她把手机扔在了抽屉里。她在大学里的时候也总这样,而且这事只许她这么做,如果他忙起来来不及看她的微信,就会被她拉着一顿数落。

谁让她有万恶的公主病呢?得公主病的人是不肯讲道理的。

谢源的眼睛里闪过一丝无奈,他没脾气地问:"吃晚饭了吗?"

蒋意适时地肚子"咕咕"叫了两声作为回应,一点儿也不优雅。

蒋意跟谢源说话,不自觉地撒娇:"没呢,但我不想吃公司食堂。食堂的晚饭好难吃,没有你做得好吃。"

谢源:这时候我是不是应该回一句"谢谢"?

"那么点外卖?你想吃什么?"

蒋意由下往上看:"可是我还有好多活呢,没时间吃外卖。"

她看着可怜兮兮的。

七楼茶水间的储物柜里放着很多杯面,加班的员工有时候会吃这个垫肚子。蒋意拉着谢源吃杯面，弯腰从柜子里拿了一个赤豚骨浓汤口味的，然后给谢源挑选了咖喱牛肉口味的。

谢源看她这熟门熟路的样子，可想而知她平时有多爱吃这些垃圾食品。他把两碗杯面接过来，示意蒋意继续干活，自己来泡面。

他把两碗面都拆开，然后往里面倒热水。手边没有东西可以盖住泡面盖子，蒋意想要把手机压在上面，被他瞪回去。

蒋意："没事的，我以前经常这样干。"

谢源："所以你的手机经常坏掉。"

蒋意："我的手机哪里有经常坏掉？"

谢源："你不是三天两头总换手机吗？还总是让我帮你导数据。"

蒋意："那是因为他们出新款、新颜色了，才不是因为手机坏掉啦！"

谢源直接用手指按住了泡面的盖子边缘。他的手很大，而且手指修长，所以他只用左手就能搞定两碗泡面。他一手盖着泡面，一手玩着手机，看着从容不迫。

蒋意的视线时不时地从电脑屏幕上移到谢源的脸上。

他不是也在加班吗？为什么他加班加得这么气定神闲，还有时间玩手机呢？蒋意愤愤地咬唇，然后还是得继续做PPT——她最讨厌做PPT了！

泡面很快泡好。蒋意拉过谢源的左手，看了看："都烫红了。"

她轻轻摩挲了几下他手上被烫红的地方。还不如听她的，拿手机压泡面呢，反正等出新款了，她又要换手机，没什么好心疼的。

谢源把手抽回来，顺便屈起食指弹了下她的脸："你不觉得这话说得太晚了吗？"

要是真的心疼他，她就应该一开始就不让他徒手盖泡面。

蒋意仰起脸笑了下："但是那样的话，就没有人来盖泡面了呀！"

他还能指望她说出什么好听的话呢？

蒋意双手捧住杯面，心情很好。好奇怪，她明明一点儿也不喜欢加班，但是无论什么事情，如果她跟谢源一起做，好像都会变得有意思。

她用叉子把面条拨开，慢悠悠地喝了一口汤。

谢源看到了，忍不住"唉"了一声。他用手指戳了下她的额头："你这一口汤喝进去，有多不健康你知道吗？"

蒋意皱了皱漂亮的鼻子。

"吃得健康点儿，对身体好。"谢源说，"少吃这些没有营养的东西。"

蒋意看着他面前已经吃完的杯面。

没有营养的东西，她看他也吃得挺多的。

吃完东西，蒋意要继续回去做PPT。

谢源跟着她走到数据算法组的办公区域。他站在她的办公桌旁边，一边打量她桌上的布置，一边问她："你准备加班到几点？"

蒋意看了一眼手机，现在是八点一刻。

"十点吧，我应该差不多能把演示PPT弄完。"

她撑着脸庞，把笔记本和显示器连上，把笔记本的屏幕和显示器屏幕做了一个分屏，显示器上放明天展示内容的大纲，笔记本电脑的屏幕上开着PPT的界面。这样她就不用来回切换窗口了，效率比较高。

她又抬头看了一眼谢源："你忙完了吗？你忙完就先回去吧，不用等我了。"

蒋意趴着稍微拉伸了一下肩和腰，然后跟谢源撒娇："你如果有良心的话，就把车子留给我呗。大半夜我一个女孩子打车回家不安全，我开你的车回去，你自己打车回去吧。"

谢源无奈，原来她也知道女孩子晚上一个人打车不安全。那她有没有想过，疲劳驾驶同样很不安全呢？

谢源："我也还有活，还没干完呢。"

蒋意"哦"了一声，然后赶人："那你快去干活吧。要是我弄完了你还没走，我就跟你一起回去。"

谢源看着她的脑袋，忍不住想伸手把她的头发揉乱。

她到底有没有意识到，他很不放心她？而且，他其实根本就不用加班，只是不想让她一个人深夜回家而已。

蒋意盯着电脑屏幕继续做PPT。

过了一会儿，她觉得口渴，想拿起桌上的杯子喝水。手指刚刚伸出去，就有人主动把马克杯推进她的手里。温温热热的陶瓷杯壁贴上她的指腹，恰好是贴心的温度。

蒋意抬起眼睛——谢源还没走。他站在她的办公桌旁边，把手收回去，抄手抱臂。

蒋意俏皮地开玩笑："怎么啦，不舍得离开我？"

谢源扯了扯嘴角想要反驳，但最终没说话。

蒋意把谢源的默认当成他跟她没话讲。她觉得自己好像经常能够把谢源弄得无语……可是她就喜欢欺负他。而且，不管怎么说，反正她挺想跟他一块儿加班的,不是分在两个楼层各管各地加班,而是坐在一起,他做他的工作,她做她的工作,两个人互相不打扰,但是一抬头又能看到对方。

数据算法组这边还有别的同事也在加班,跟蒋意隔了好几排工位,两边互相不打扰。但是谢源这个生面孔出现在这里,那边的同事频频抬头往这边看,脑袋顶上只差亮起八卦的信号。

蒋意看了一眼谢源。她是无所谓。但是她记得,谢源说在公司里要划清界限。她问谢源:"你们楼上这会儿还有人在加班吗?"

广告算法组的人都下班了。

蒋意轻轻地说:"我想去你那儿加班。"

谢源没拒绝,拿起蒋意的笔记本电脑,带她到八楼。他让蒋意坐他的位子,自己坐在旁边赵培棋的工位上。

蒋意连上谢源的显示器,然后发现谢源没在干活——他的电脑明明都放进电脑包里了。她生气地问:"你们广告算法组这么清闲吗?"

总不能真的是靠 GraphLink 组养公司吧?他们广告算法组最擅长挣钱了,一整组的人专门负责设计各种方法来研究怎么投放广告。平时他们这里总是灯火通明的,今天居然没有其他人在加班。

谢源把电脑拿出来,慢腾腾地打开屏幕。

当然有活干了,他打开 IDE(集成开发环境),开始写代码——无关紧要的代码。

…………

晚上十点四十分,蒋意终于把 PPT 做完。她深深地呼出一口气,然后把 PPT 发给李燎。

"谢源,我好啦。你弄完了吗?"她一转头对上谢源的眼神。

刚刚谢源其实根本没在写代码,而是在看她做 PPT,只不过她没发现。他装模作样地把电脑上的 IDE 界面关掉:"我也差不多了。走吧,回家了。"

两个人下楼,开车回家。

路上,蒋意睡着了。等谢源把车停到车位上,她都没醒。

"蒋意。"谢源轻声叫她。

"嗯——"她发出一声无意识的呓语,还是没醒。

谢源托起她的脑袋——不重,但他知道这小脑袋里装着真才实学。

谢源把她轻轻抱起来——回家了。

蒋意这一觉睡得很舒服,浑身上下的疲惫感全部消失不见了。

她的脑袋蹭在枕头上,她慢悠悠地想要把脸转向另一侧。

啊,等等——枕头的触感不对。她猛地睁开眼睛,发现自己根本没有睡在卧室的床上,而是脸朝下趴在客厅的沙发上面。她脑袋下垫着的她以为是枕头的东西,其实是她家里沙发上的抱枕。

她为什么会睡在这里?她抬头环顾周围,好黑,感觉天都没亮,只有洗手间那边透出灯光。墙面上的时钟显示是深夜十一点五十分。

蒋意依稀分辨出,洗手台那边弯着腰的人似乎是谢源——他为什么在她家?

"谢源,你在干吗?"

谢源在给她弄卸妆油。他完全搞不懂卸妆油这种东西应该怎么用,两手的掌心里现在都是她的卸妆油。他在水龙头下面反反复复冲洗了好几遍,用洗手液也搓着洗了,但还是觉得洗不掉满手滑腻腻的触感。

这件事情还得从他把蒋意从楼下的车子里抱上楼开始说起。

谢源抱着蒋意上楼,她睡得很熟,没有半点儿要醒的趋势。幸好他知道她家的大门密码,顺利进门。

谢源本来想直接把她放到卧室床上,然后就不管她了。但是他忽然间想起来,蒋意曾经跟他科普过,如果睡觉之前不卸妆的话会很伤皮肤。

本着帮人帮到底的原则,谢源在脑子里挣扎了几秒钟,之后决定亲自上阵给蒋意卸妆。反正她的化妆品都摆在衣帽间的桌上,他挽起袖子,很轻松地就找到一瓶卸妆油,然后就搞得满手卸妆油,怎么洗都洗不掉。

谢源不自然地低咳两声,抽了纸巾擦手。

既然她已经醒了,那她就自己卸妆吧。谢源准备走掉。

蒋意觉得谢源好可爱,他这种大直男,怎么还能做到惦记着要给她卸妆、保护皮肤啊?

她撑着身体爬起来:"我平时不用卸妆油的,太油了。"

谢源无法理解,既然她不用,那么为什么要买,而且就放在架子上非常醒目的位置?

蒋意找出来一罐卸妆膏:"我用这个。"她教他怎么用,"你不需要先把我的脸打湿,直接用手指弄一点儿卸妆膏,在我的脸上温柔地打转——"

谢源却不想再管她了——她干吗试图教会他怎么用卸妆膏?

谢源企图离开,但是蒋意拉着他不肯放人。一个不小心,她把手里的卸妆膏扎扎实实地抹在了他的脸上。

谢源感觉到有泡沫落在他的眼睛旁边了。他皱着眉头,本能地觉得如果泡沫进了眼睛肯定会很难受,但是闭着眼睛就找不到水龙头。

他尝试着睁开眼睛。蒋意一边给他找纸巾擦脸,一边笑眯眯地说:"怎么样,是不是一点儿都不刺激眼睛?所以我很喜欢用卸妆膏,用它来卸眼影、眼线就很舒服,眼睛不会有刺痛的感觉。"

谢源被她搞得满脸都是水,连额头前的头发梢都在往下滴水。

蒋意笑得特别开心:"哈,你好狼狈啊!"

谢源觉得,蒋意或多或少带点儿故意的成分。

作为回击,谢源一手揽住蒋意的脖颈不让她躲,另一只手捏住蒋意的下巴,慢条斯理地把指腹上的卸妆油都蹭在她的脸颊上、鼻尖上、额头上。

蒋意笑着边求饶边躲,还是没能躲开。

谢源"哼哼"笑起来,看他的表情很满意。

…………

最后谢源离开1702室的时候,脖子以上就像刚洗过似的。

蒋意忍笑给了他一条干毛巾:"你稍微擦擦吧——"

谢源一边往外走,一边想:他和蒋意做邻居也挺好的,至少他现在这样马上就能回去洗个澡,用不着顶着湿漉漉的头发和脸再下楼开车回家。

第二天,蒋意参加VP级别的项目报告会。

李燎没在,GraphLink的项目经理Paul在场。

会议开始前,Paul跟蒋意单独聊了几句:"李燎把你的PPT发给我看过,你做得很好,待会儿慢慢讲,不用紧张。"

蒋意不觉得紧张。

会议开始,很快轮到GraphLink项目组的汇报时间。蒋意站起身,从容地走到主讲的位置,把笔记本电脑连接到会议室的大屏幕:"各位下午好,我是GraphLink项目组的蒋意,下面我会给出GraphLink项目14.1至14.5版本迭代的说明。"

…………

报告结束,Paul向她投来赞许的目光。蒋意回到自己的位子落座。

晚上,蒋意接到李燎的电话。

他说他刚刚跟VP们开完会:"听说下午你讲得很不错。"

蒋意轻轻扬起唇角。这是必然的呀,从小到大,她在诸如演讲、展示、报告之类的活动中就从来没有输过。本科和硕士阶段的毕业答辩,答辩组里的老师都给她打了很高的分数。

李燎告诉她，VP 们对她的印象非常好："我感觉 Paul 这个季度就可以把你放进升 senior 的候选人名单里。"

蒋意拉开阳台的玻璃移门，走到外面。

天朗气清，就是秋天的晚风有点儿凉。

她忽然问："李燎，你是不是要有什么工作变动了？"

李燎在电话那边停顿了一下，然后问她："你怎么看出来的？"

蒋意莞尔。她要是连这点儿眼力见儿都没有，那也就不用混了。

"我感觉，我好像在做以前你的活。"她说，"1421 和 1431，这些功能原本都是你亲自在做的东西，结果这次排期全部都放在我的名字下面了。"

在这次的排期表里，蒋意看出来，自己的工作量明显多了，而李燎的工作量少了。

李燎笑着说："放心，考评和绩效奖励都不会亏待你的。而且，Paul 提前跟朱伟星打过招呼，数据算法组那边会相应减少你的工作量，保证你每周总的工作量不会增加太多。"这么说来，他确实要发生工作变动——他是要被调离 GraphLink 项目组吗？

李燎没瞒她："我正在考虑申请 PhD，可能打算去 M 国再读几年书，也有可能直接投简历去塔克山谷那边的公司。"

总而言之，他没打算继续在原视科技待下去。

这么大的事情，他就这么随随便便告诉她了？蒋意马上想起来之前师姐景孟瑶跟她提到的关于李燎的事情。师姐说，李燎之前拒绝了他的硕士导师邀请他留在组里继续深造读 PhD 的机会。可是现在，他为什么改变了想法？蒋意虽然有点儿好奇，但没深究这个问题，毕竟她对李燎的事情不感兴趣。

李燎在电话那边继续说："我跟 Paul 提过，我建议他可以考虑让你负责盯着项目技术这一块。"这意思是说——他想要让她坐他现在的位子？

"资历不是问题。原视科技在这一点上确实做得很好，给有实力的人很多机会，不讲究论资排辈的那一套。我应届毕业进了公司，第二年就做了 GraphLink 的技术主管。你们 T 大计算机系的牌子肯定比我这个美本美硕的留学生响亮吧？蒋意，你可以的。"

蒋意站在风口里听了一会儿，忽然觉得有点儿冷，忍不住打了个喷嚏。她一边往客厅走，一边开玩笑："李燎，李组长，你可别给我画饼。"

"是不是画饼，你很快就能知道了。"他又笑着说，"还有，我的工作变动,你在公司里得给我瞒着,听见了吗?"

"行,没问题。"

蒋意前一天只在阳台上待了那么几分钟,打电话的工夫,吹了一会儿风,结果第二天就爬不起来了,直接蒙头睡过闹钟。

迷迷糊糊醒过来的时候,她看见有一个人影在她的床边晃。没等她反应过来,人影说话了——

谢源没好气地说:"是我,谢源,不是小偷儿。"

对了,谢源知道她家的密码,真方便。

蒋意慢吞吞地把脸往被子里藏。她的头好疼,像是要从里面整个裂开似的。

谢源还没有意识到她不对劲,以为她只是睡过头了,所以催她:"快点儿,该起床了,去上班,你可以在车上再睡会儿。"

蒋意动了动嘴唇想说话,却发不出声音——她的嗓子好像哑了。

听到她猛地打了个喷嚏,谢源好像有点儿理解了眼前的状况,把手掌放在她的额头上——很烫,她在发烧。

谢源把手收回来,淡淡地说了句:"知道了。"

蒋意的脑袋这个时候转得慢,她想:什么知道了?他知道什么了?

谢源俯身拿走床头柜上蒋意的手机,不忘把手机屏幕对着她的脸试图解锁,但是没成功。算了,他知道她的手机密码,又何必多此一举?

谢源输了密码把手机解锁,一边用她的手机打字,一边问她:"你的请假邮件要发给谁?你的直线主管是谁?"

谢源提醒了蒋意——她现在是打工人,如果请假不去上班,得写请假邮件。她挣扎着想要爬起来自己写请假邮件,结果被谢源摁了回去。

谢源瞥她一眼。平时她不是挺爱使唤他的吗,这个时候怎么这么独立自强?他很快写好了邮件,然后把手机还给蒋意,让她选收件人。

蒋意从联系人列表里选出自己组的老大朱伟星,然后抄送了 HRBP 以及 GraphLink 项目组的 Paul 和李燎。

给这些人请假应该就够了,她冲谢源比画了一个"OK"的手势。

谢源收走手机,按下发送键,然后低头看见收件人列表里李燎的名字,忍不住冷哼了一声。

谢源给蒋意请好病假。

蒋意的眼神灼灼地盯着他，存在感非常强烈，谢源根本忽视不了。

谢源蹲下来，直视她的眼睛："你想说什么？"

她想问他，今天能不能不去上班，留在家里照顾她。但她喉咙很疼，说不出话。于是，她想拿床头柜上的手机打字给他看。谢源轻易看穿了她的意图，故意把她的手机放得更远，让她伸手够不着。

蒋意的眼睛里一闪而过气恼的情绪，谢源看到了，反而露出淡淡的笑意。蒋意哼了一声。谢源没有良心，她都生病了，这么可怜，他竟然还笑得出来。

谢源戳了戳她的额头："生病了就好好休息，不许玩手机。"

蒋意侧过去趴着，不理他，越看越像一只蛮不讲理的小狐狸。

谢源觉得自己能猜到她想说什么："我今天就居家办公吧。把你一个人扔在家里，我还真怕等我上完班回来，你的脑袋就要烧成糊涂蛋了。"

什么叫糊涂蛋啊！蒋意扭头瞪他——她才没有他说得这么无能呢。

谢源伸手又摸了摸她的额头。蒋意还在生气呢，所以不满地晃了晃脑袋，企图挣开他的手掌。虽然他的手掌心凉凉的很舒服，可是他的手又不是体温计，肯定量不出她现在体温到底有多少摄氏度。他总摸她的脑袋干吗呀？他以为她看不出他的小心思吗？她柔顺的长发原本都压在脑袋下面，此时随着她摇头的动作而变得凌乱。

谢源摁住她的脑袋："发着烧就别折腾出这么大的动静了，小心头晕。"

他把她的手放回被子里，然后替她盖好被子，裹得严严实实的，只露出一颗漂亮的脑袋。

他问她："家里有体温计吗，放在哪儿了？"

蒋意觉得家里应该没有这种东西，和他大眼瞪小眼。

谢源无奈。他果然不应该对她抱有什么期待的，她的家里如果有体温计，那才是太阳从西边升起来。

"你先躺着吧，我去我那儿给你找支体温计。"

谢源离开，然后很快又回来，不仅带着一支体温计，还给她带来了早饭，是一碗热腾腾的红豆粥。

"先量体温。"

蒋意把体温计咬在嘴里。

谢源皱眉："蒋意，别咬体温计，小心咬破了，有毒。"

但是蒋意就是有这种坏习惯。她喜欢咬东西，平时喝咖啡的时候咬吸管就咬得很欢，像小狗似的。

谢源捏住体温计的末端，示意她松口。蒋意慢吞吞地抬起眼睛，不肯。

谢源额头上的青筋"突突"直跳。

"蒋意，你是叛逆期的小朋友吗？"

当然不是，蒋意微微张开嘴，给他看自己有乖乖地把体温计放在舌头下面。只是她实在很久没有用这种测量口腔温度的体温计了，所以很不习惯，稍微用牙齿轻轻咬着固定了一下——她怕体温计会往下滑。她会控制力道，不会咬破的。

谢源第一眼看到的却是她的舌尖——是红色的，正在轻轻颤着，看着很柔软，可能很好亲。谢源沉着脸，觉得自己尤其像个变态。他表情冷峻地移开目光："咬着吧。"

谢源替她看着时间，三分钟之后让她松口。

38.5℃——她确实在发烧。

谢源把床头柜上的红豆粥递给她，同时问："你想去医院吗？"

蒋意摇头。她既不想去医院，也不想吃早饭，只想睡觉。

"不去医院的话，那就先吃一粒退烧药看看效果……"

蒋意正要点头表示同意，想吃完退烧药就继续睡觉，但是谢源的话还没有说完，他端着红豆粥，拿起调羹舀了舀。

"退烧药不能空腹吃，所以你必须先吃一点儿东西。"他舀起一勺粥，"张嘴——"

蒋意瞪他。

两个人像是在打拉锯战。他主动投喂她似乎也没有用，这招失灵了。

谢源没脾气了，声音软下来："乖——"他像在哄女朋友。

他做到这种程度，蒋意才勉勉强强吃了几口。

谢源自己都没有想到，有生之年他居然能用这种软得发腻的语气跟人说话——他在蒋意的面前好像就没有什么原则。

谢源递给她一粒退烧药，蒋意乖乖吃了。还好她吃药用不着他哄，要不然谢源实在想不到还能用什么办法了。

谢源把东西收拾了一下："行了，你休息吧。我在隔壁，你有事就给我打电话。"

蒋意却不肯，从被子底下伸出手指，轻轻钩住谢源的手。她的眼睛因为发烧而蒙起一层薄薄的水雾，她抬起眼睛看了他一眼，明明什么话都没有说，谢源却瞬间领悟了她想表达的意思，这算是心有灵犀吗——她不想让他走。

·207·

谢源蹲下来，跟她讲道理："我上午有好几个会，会打扰你休息。"

蒋意执着地摇头，伸手捏住他的脸颊，轻轻把他往自己的方向拉了一下——她想跟他说话。谢源低下头，靠近她。

她的嗓音依然很轻、很哑，听着让人心疼。她在他的耳边说话，呼吸带着滚烫的温度，有点儿发颤，全部都扑在他的耳朵和脖子上，让谢源有种错觉，仿佛他也在发烧。

蒋意："你可以待在客厅里，不会吵到我。"

谢源的喉结上下一滚。

"好。"

蒋意睡了一上午，再次醒过来的时候已经是中午了。她撑着身子坐起来，感觉好像恢复了一点儿精神，但是脸颊还是烫得厉害，估计还没有退烧。

她伸手去拿床头柜上的手机，结果发现手机没电了，已经自动关机。

唉……

至少她的嗓子比早上舒服很多，没那么疼了，现在还能发出声音。

她试着叫谢源进来："谢源——"

她叫了两声，房门外都是安安静静的，难道谢源把她一个人扔在家里了吗？不会的，谢源不会这样的。

蒋意伸手把毛毯拖过来披在身上，下床。她推开房门往外看了一眼，可是客厅里真的没有人。她当即有点儿闷闷不乐，心里像是突然空缺了一块。谢源从来都没有丢下过她。所以，她好像一直都把他的陪伴和照顾当作是理所当然的事情，有恃无恐。

可是这个世界上哪里会有理所当然的事情呢？连父母都不一定能够爱孩子，更不要说没有血缘关系的人了，人还是得自己学着照顾自己。

蒋意默默地克服心里的难受。没什么的，她自己也能行。

她走出卧室，把手机连上电源线。等充进去一点儿电之后，手机能开机了，她凑合着随便点了一份外卖。

十几分钟之后，外卖小哥按了楼下的门铃。蒋意慢吞吞地挪到可视门铃旁边，给外卖小哥开了楼下的大门。她又等了一会儿，但始终没有等到外卖小哥来敲门，反而是谢源径直开门走了进来。

他看见她站在可视门铃旁边："你干什么呢？"

蒋意没好意思说是等外卖。

·208·

谢源盯着她看:"你的眼睛怎么红了?是很难受吗?要不下午还是去一趟医院吧。"

蒋意一怔——她的眼睛红了吗?是因为刚刚她以为谢源把她丢下了,所以难过到连眼睛都泛红了吗?

谢源还没意识到蒋意的情绪因为他而产生了非常大的起伏。

他把桌上的体温计递给她:"再量一次体温给我看看。"

蒋意接过体温计,在沙发上找了一个位置,半倚半靠着,把体温计咬在嘴里。

谢源就站着看她量体温,突然开口:"你是不是等外卖呢?"

蒋意嘴里含着体温计,呛了一下。

她抬起水汪汪的眼睛看他。

谢源想了想,气笑了:"该不该说,你还挺会照顾自己,知道自己生病了,所以给自己点的是艇仔粥、菠萝包套餐——还挺清淡的。"

他把她点的外卖准确地报出来,这说明那份外卖已经落在他的手里了。

蒋意咬着体温计,忽然间生了反骨,口齿不清地说:"你管我吃什么。"

他明明答应会留在这里陪她的,可是一声不响地就走了。她醒过来找不到他,已经很难过了,给自己点吃的东西难道还有错吗?

她觉得很委屈,脾气也越来越大。

谢源看着时间。三分钟一到,他伸手拿走体温计。结果他的视线落在蒋意的脸上,他愣住了——她这怎么还掉上眼泪了?他刚才好像也没说什么很过分的话吧……

谢源的喉结无意识地滚动了一下,他顿时有点儿手足无措。

在他的记忆里,蒋意虽然有公主病,但是在他面前掉眼泪的次数屈指可数。所以,如果蒋意哭了,这一定是大事情。

蒋意咬唇,对上谢源的眼神,他那副不知所措的模样看起来笨笨的。

谢源斟酌着字句,想安慰,但又怕不小心说错话,惹她哭得更厉害:"蒋意——"

蒋意这个时候最听不得安慰的话,就像走路摔倒的小朋友,如果大人没有去哄就还好,一旦哄了,他的眼泪就会像开闸的水似的,止也止不住。

在眼泪刹不住车的一瞬间,蒋意猛地扑进谢源的怀里。

然后谢源就感觉到,自己的领口被她的眼泪打湿了。

谢源一只手手悬在空中,犹豫了一下,最终轻轻地落在她的脑袋上面。

"我又没有凶你,"他无奈地说,"也没有逼你去医院。如果你不想去医院的话,那我们就不去了。

"而且,谁让你大半夜不睡觉站在阳台那儿跟人打电话?"

所以,他昨天是听到了她在跟李燎打电话吗?

谢源又说:"别理李燎。下班之后就是你自己的时间,不用管工作上的事情。"

蒋意哭得更凶了——她又不是因为讨厌去医院才哭的。

"你刚刚去哪里了?不是说好了会留在这里陪我吗?"

"我回去做饭了。"谢源回答,眼眸里很快闪过一丝无奈,反应过来,"蒋意,你该不会就是因为这件事情所以掉眼泪吧?"

原来是这样,那她错怪他了。可是她们有公主病的人就是很容易会因为这种小事情而不开心啊,她偶尔掉一次眼泪怎么啦?

蒋意变脸比什么都快。既然搞清楚谢源不在她家的原因,她很快也就不哭了。谢源无言地给她递纸巾。

她缓了一会儿。

谢源在茶几上找到那支体温计。被她这么一哭一闹,体温计刚才测量的读数早就不准了。他拿酒精棉球再次消毒好,把体温计又给她:"含着。"

蒋意张嘴咬住。谢源已经不想纠正她了。

"一会儿量好体温就去我那里吃午饭。"

蒋意抬起眼睛,一脸不情愿——她不想动弹。他为什么不能把饭菜做好拿过来?

谢源看出她持有异议,便问:"什么意思?"

蒋意咬着体温计不方便说话,于是伸手指了指自己家里的餐桌。

谢源:"你想在这边吃午饭?"

蒋意点头。

谢源哼笑一声:"蒋意,你真把我当成保姆了是吗?我不光得给你做饭,还要伺候到把饭菜都给你端过来的程度,你怎么不说让我直接把饭喂到你嘴边呢。"

他话音未落,蒋意的脸上首先流露出一点点小小的骄矜,她朝他扬了扬眉毛,眼睛里都是戏谑。而谢源沉默了——刚才的早饭好像就是他端过来一口一口喂给她吃的。

三分钟时间一到,蒋意把体温计还给谢源,恢复了说话的自由,马上说:"谢源,你就把饭菜拿过来呗。这样吃完以后,你还能用我的洗碗机直接把盘子和碗筷都洗了,多给你省事呀。"

别看她现在发着烧,还是一如既往地"有理有据"。谢源没脾气了。

"等着。"他丢下这么一句。

谢源做了一顿很丰盛的午饭,在1701室和1702室之间往返好几趟才把所有的菜都转移到蒋意的家里。

他最后一次过来的时候,手里还提着蒋意点的外卖的袋子:"给,你的艇仔粥和菠萝包。"

蒋意不相信他居然允许她吃外卖。

"也不是所有的外卖都不健康。"谢源给她把外卖的保温袋拆开,"这两样东西你现在还是能吃的。"

蒋意分给他半个菠萝包和四分之三碗的艇仔粥,她的胃口不大,吃不下那么多。

谢源:"早知道你只吃这么一点儿,我看我根本用不着做午饭。"

谢源给她炖了一小碗鸡蛋羹,蒋意拿着勺子慢腾腾地吃。等她把碗里的鸡蛋羹都吃完,他又把桌上那盘清炒菠菜往她面前推了推:"多吃蔬菜。"

蒋意夹了一根菠菜,细嚼慢咽地吃掉,然后就有点儿饱了。

她撑着脸盯着谢源,他正在喝粥。他可能不太喜欢艇仔粥里的鱼片,所以吃着吃着偶尔会皱起眉头,手里的调羹有意避开碗里的鱼片。

果然是人都会挑食。

他还说她有公主病呢。要她说,大家身上或多或少都会有那么一点儿公主病,只不过表现的方式有轻有重,各不相同而已。

蒋意感觉自己早上吃了一粒退烧药,又睡了一上午,现在的思路清晰很多,脑袋里没有了早上那种昏昏沉沉、像是被一大团白雾罩着的感觉。

她逐渐记起早上发生的一些细节——谢源给她请假的时候提到了李燎,还让她别理睬李燎。她之前有跟谢源说起过关于李燎的事情吗?

"你好像不喜欢李燎。"蒋意很直接也很突兀地说。

谢源手里的调羹停顿了一下,他说:"别瞎想。"

她瞎想什么了?蒋意向来随心所欲,这个时候才不会轻易放过谢源。她继续说:"李燎好像有点儿喜欢我。"

谢源的脸色僵硬了一下。

他不意外。李燎的目的性很强,他好几次都从李燎的脸上解读出来李燎对自己的挑衅。他们两个男人其实彼此心知肚明,对方的意图和自己是相同的。

谢源不在意其他人,他在意的是蒋意的态度。蒋意现在已经知道李燎喜欢她了，那么对此是什么反应？她喜欢李燎吗？

谢源的嘴唇抿成一条直线，他不知道答案。

他一直都是一个很骄傲的人，很少会面临没有信心的情况。但是在蒋意是否喜欢他这件事情上，谢源觉得自己可能始终没有笃定的底气。

原因无他，仅仅是蒋意太任性了。她不是普通的女孩子——她有公主病。陪伴和时间，在她这里一文不值，她的喜欢和不喜欢往往连理由都没有。在谢源看来，蒋意并不会因为认识他的时间更长，就自然而然地喜欢他更多一些。

而且，现在蒋意和李燎在同一个项目组里。谢源好几次看见他们一起出现在八楼。

谢源还知道，昨天蒋意站在阳台那边和李燎打电话，聊了很久。隔着一段距离，他听不清楚他们对话的内容，只能听出当时她的声音是愉快的。

谢源不由自主地握紧手里调羹的握柄。如果蒋意更偏爱李燎，那么他恐怕就要气死了。他多希望这是一件先来后到的事情，可惜不是。

蒋意始终关注着谢源的反应，可是他伪装得太好了，所以她只能从他的脸上看到平静，而看不到他内心一触即发的情绪。

蒋意："谢源，你也喜欢我。"

谢源："嗯。"她想说什么？

谢源沉着脸，抬起眼睛看她，牢牢地盯着她，像是试图让她回忆起这几年来他和她相处的点点滴滴——他一直很认真地照顾她，所以，她不可以不讲道理，把后来的李燎放在他前面。

蒋意："我不喜欢李燎。我拒绝他了。"

她的眼瞳黑白分明，看着有点儿真诚，她不像在说假话。

谢源觉得自己如同溺水之人抓住了救命稻草。他获救了，在即将窒息的边缘再一次冲出水面，重新呼吸到新鲜的空气。

她不喜欢李燎，那么……她喜欢他吗？

蒋意像是预见了谢源放在嘴边马上要问出来的问题，不让他问，抬起手指轻轻摁在谢源的嘴唇上。

"我说过，你得追我。"蒋意眼睛里洋溢着浅浅的笑意，"如果你能做到让我疯狂心动，那我可能就答应你了。"

谢源顿住。

之后几天，谢源一直在思考蒋意提出的要求。

她说，他得追求她，做到让她疯狂心动。

对于"追求"这个动词，谢源觉得，他和蒋意也许在词语本身的定义上就存在分歧。他现在天天接送她上下班，给她做早饭、做晚饭，在她生病的时候亲力亲为地照顾她……这些难道不能算是他在追求她吗？

当然，谢源承认，这些事情可能太生活化、太琐碎了，而且他坚持做了很久，久到在他喜欢她之前就已经是这么对待她的了。所以，蒋意很可能对此已经习以为常，这些事情很难让她产生疯狂心动的感觉。

他还能做些什么？让蒋意疯狂心动，他想想都觉得难度太大。

这段时间不仅仅蒋意的事情让他发愁，他的高中同学付志清也一直在烦他——付志清想要创业，而且非常想把谢源拉进创始人团队里。

"谢源，我不相信你没有创业的念头！"

谢源确实不排斥创业这条道路，只是嫌弃付志清不靠谱，所以不想跟付志清一起合伙创业。他认识付志清很久，在他看来，付志清就是那种精力尤其旺盛而且没有定力的家伙——他怀疑付志清能否有毅力长期投入在事业上。就像不能跟付志清这种人组建家庭一样，从理智出发，他也不能跟这种人共同创业。

谢源面无表情："你去找别人吧。"

付志清愤愤地抗议："谢源！"

不过，付志清很有眼力见儿。他这几次找谢源，终于看出来，谢源最近似乎正在因为感情的事情而感到烦恼。

付志清来了兴趣——如果他能帮助谢源搞定感情上的事情，那么说不定谢源心情一好，就会松口同意跟他一起创业。他大大咧咧地问："你喜欢的姑娘是什么样子的？你喜欢人家，那人家喜不喜欢你？"

毫不意外地，他接收到谢源的一记白眼。

付志清的座右铭之一是"只要功夫深，铁杵磨成针"，所以他不放弃，继续烦谢源。

这天，付志清又来找谢源。谢源没跟他说两句，就接到了蒋意的电话。

蒋意让谢源给她订这个周末往返 S 市的机票："我爸要过生日了，我要回去看他。"

原来是蒋意的父亲过生日，谢源说"好"。

蒋意又在电话里笑嘻嘻地问他："你不打算做点儿什么吗？这么好的机会呢。而且，我已经见过你的家里人了，你要不要跟我回家见我的家长啊？"

谢源还真的考虑了一下这事的可行性。不过不凑巧，他这个周末要留在公司搞 AI（人工智能）日的准备工作，抽不出空跟她一起去 S 市。

"好吧，那你错过一次好机会咯。"蒋意挂掉电话。

谢源把手机放回桌上。付志清就像一条萨摩耶似的，撑着脸凑在旁边，眼睛炯炯有神地盯着谢源。

"都见过家长啦？"付志清八卦的眼神晃来晃去，他说，"你这个进展可以呀。"

谢源：现在手机的通话隔音是不是太差劲了？

付志清欠兮兮地说："我知道很多适合告白的地点哟。谢源，你需不需要我给你推荐推荐？"

谢源越来越确信，他不能和付志清一起创业。

谢源一口回绝付志清："不必。"

付志清冲他喊："都好商量——就算你不跟我创业，我也帮你追姑娘，成吗？！"

谢源脸色铁青。他追蒋意不需要任何帮手。

谢源给蒋意订好机票。

蒋意说要周五下午请半天假回去，周日下午回来。谢源给她买好两张头等舱的机票，问她："周五需要我送你去机场吗？"

蒋意眼睛明亮："可以吗？"

不可以。谢源没好气儿地说："你自己打车。"

蒋意的表情看着失望，她不高兴地说："既然不行，那你就不要问我。"

谢源哼笑一声，没接话。但他心里想的是，如果蒋意真的蛮不讲理，硬要他开车送她去机场，那么他肯定也会乖乖照办的。

"路上小心一点儿。"

"知道啦。"

下午五点，蒋意的航班落地 S 市，蒋吉东亲自到机场接她。

蒋意伸手把墨镜从脸上摘下来，表情立刻就变成了几分乖巧几分任性的模样。

"爸爸！"她一见到蒋吉东就开始撒娇，"你今天怎么有空来接我呀？"

"女儿难得回来一趟，那我肯定把所有的事情都推掉，第一时间来见我们家的宝贝。"蒋吉东带着蒋意上车，随口问起前妻赵宁语的事情，"你妈现在还在国内吗？"

"没有，她回 C 国了。"

"是吗？"蒋吉东一副若有所思的表情。

蒋意坐在后排玩手机，停顿了一下，目光在蒋吉东的脸上一掠而过，然后又自然而然地低垂下去，重新落在手机屏幕上面。

她知道，蒋吉东一定非常好奇，赵宁语那次跟她聊了些什么。但是他没有合适的理由来提问，所以只好不问。

没意思。

蒋吉东不问，蒋意也不主动提起这茬儿。她自顾自地摆弄手机，把整个朋友圈从上到下翻了一遍，终于觉得有点儿无聊了。

她撑着脑袋，抬头看向车窗外面——司机走的不是回蒋家的方向。

"爸，我们现在去哪儿？"

"我们先去一趟公司，我有几份文件马上要签。"蒋吉东说着，看了一眼手表上的时间，"对了，晚上我有个饭局，你要跟我一起去吗？一块儿吃饭的都是看着你长大的几个叔叔阿姨，你应该都认识他们。"

蒋意对于商务应酬完全不感兴趣，刚要开口拒绝，就听见蒋吉东往下说："他们也很久没有见你了，你去见见他们，打个招呼吧。就当认个脸熟，以后你有事需要帮忙就去找他们。"

车子开到蒋氏楼下，蒋吉东带着蒋意上楼。

蒋意已经很久没有踏进蒋氏的这栋大楼了。她小时候经常来，喜欢在董事长办公室那一层跑来跑去，蒋吉东会专门派一个助理看顾她，不让她坐电梯跑到其他的楼层去打扰其他员工。那时候她还很喜欢坐在她爸的老板椅上，用桌上那台笨重的台式电脑玩游戏。

时间已经过去很久了。

这个时代的电脑早就没有以前那么笨重了。

不仅仅是电脑变了，很多事情都发生了翻天覆地的变化，让人始料未及。

蒋吉东进了董事长办公室签文件、见下属。蒋意坐在办公室的沙发上边玩手机边等他。高管进进出出，其中有人居然能认出她："是大小姐吗？"

蒋意抬起头，冲他们点头笑笑。

她其实很久都没有把自己放进"蒋家大小姐"这个了不起的身份里了。她在 B 市过的是打工人的生活，每天工作加班。除了名下有花不完的巨额财产，她觉得自己跟其他人没有什么不同。

现在忽然听见别人恭恭敬敬地叫她大小姐，蒋意还真的觉得有点儿奇怪。

蒋吉东开口回答："对，这是我的女儿——蒋意。"

他在介绍女儿的时候，总是很自豪、很骄傲。

这么十几分钟的工夫，蒋意见到了公司的好几位高管。蒋吉东会跟她提一句对方的职位和姓名，她没有刻意去记，任由这些名字和职位从她一边的耳朵进来，再从另一边的耳朵出去。她要记这些东西做什么呢？完全是浪费脑细胞。

她唯独没有见到蒋吉东的儿子蒋沉。

蒋吉东签完所有的文件，然后拿起外套准备走了。坐电梯下楼的时候，他笑眯眯地问蒋意："小意，你现在有没有兴趣进家里的公司？"

蒋意摇头："不要。"

蒋吉东仍然笑着问她为什么不要。

"我妈不让。"

这是真话。赵宁语在蒋意读大学之前给蒋意定了一条规矩：毕业后不许进蒋家的公司。蒋吉东明明也知道这件事情。

他看着蒋意，温和地说："但是你已经长大了。"

言外之意，她可以选择不听赵宁语的话。

蒋意平静地笑了下，轻声说："我怕如果我不听我妈的话，我妈就连我也不见了。"

蒋吉东一怔，但是随即又恢复正常："你是她的孩子，她不会不要你的。"

是吗？蒋意并不能确定。

蒋吉东带蒋意去赴饭局。

他们到了地方，包间里坐的都是蒋吉东在生意场上的朋友。今天，这些人不约而同地都各自带着家里的孩子。蒋意一眼看穿了他们的目的——也不是说刻意要安排哪家和哪家联姻，但如果年轻人之间碰巧互相看对眼了，那不如谈着试试，兴许还能凑个儿女亲家，从此两家公司的关系更近。

她对此没有兴趣，坐在蒋吉东的身边吃了两口菜，喝了半杯红酒，然后就放下筷子，一脸意兴阑珊。

有人提蒋意，向自家孩子训话："你们以后要多多关照蒋家的妹妹。"

蒋意敷衍地笑笑。她不会碰蒋家的生意，又哪里用得着桌上的这些人关照她呢？

这个时候谢源给她发来微信，是几张照片，照片里是蒋意和谢源在上大学时救助的两只猫。她记得谢源提到过，这两只猫现在养在他姥姥姥爷的家里。

蒋意："你去姥姥姥爷家里了？"

谢源："嗯。"

谢源："今天难得不用给某人做晚饭，所以就去看望姥姥姥爷了。"

上面这句话肯定是在揶揄她。

蒋意："我要看视频。"

谢源很听话，很快就给她发来了两只猫的视频。

蒋意点开视频。

视频全程对着两只猫拍，时不时能看到有一只手入镜——修长的手指慢悠悠地抚过猫的脖颈和背毛。猫顺势躺下，翻出雪白的、毛茸茸的肚子，想要让人主动去哄它。等人的手掌真的移过去给它们顺毛时，它又顽皮地团起下肢，把人类的手掌牢牢锁在怀里，然后低下脑袋又舔又咬，很漂亮。

蒋意一眼认出，视频里入镜的是谢源的左手。

蒋意："咬得疼吗？"

谢源："有点儿。"

谢源："但没你咬得疼。"

她什么时候咬他了？这人又在冤枉她。

蒋意正准备在手机上打字回击，忽然听见蒋吉东叫她。

蒋吉东给她介绍了一个人："这是顾凤麟，是顾晋西的儿子。"

蒋意知道顾晋西阿姨，是她妈妈的好朋友。她顺着方向看过去，和那个公子哥儿四目相对。

那是一个皮囊出众的男生，蒋意觉得他这个长相比较适合去闯荡娱乐圈，毕竟现在的演艺圈很喜欢富家少爷、小姐这种富贵人设。眼前这位顾家大少爷可是正儿八经的有钱人家的公子哥儿，都用不着担心人设翻车。

不过，她爸为什么要特意指出这个公子哥儿的名字，是想要撮合他们？

果不其然，回去的路上，蒋吉东再次向蒋意提起顾晋西阿姨的儿子："明天中午你们一起吃顿饭？年轻人之间的共同话题可能会多一些。"

他也不是态度很强硬，没有非要蒋意答应的意思，但是蒋意态度非常强硬:"我不见。我有喜欢的人了。"

蒋吉东有点儿惊讶,又有点儿高兴,说:"哦?是吗?你怎么不把人领回来让我瞧瞧?"

蒋意轻描淡写:"还没追到手呢。"

蒋吉东立马吹胡子瞪眼:"什么臭小子,需要我的女儿主动去追?"

他当然不会想到,蒋意嘴上说的"还没追到手"指的是臭小子还没有把她追到手。蒋意也没有澄清这个误会,而是做出总结:"所以,爸爸您就别操心我的事情了。您还是多操心操心您儿子蒋沉的事情吧,蒋沉也没结婚呢。下次这样的饭局,您带儿子来就可以了。"

蒋意虽然前一天晚上拒绝了蒋吉东,但是第二天吃早饭的时候又改了主意。她跟蒋吉东说:"那我就去见见那人吧,仅仅是看在爸爸今天过生日的面子上。"

她连找个理由都能哄蒋吉东高兴。

蒋意真的出门去见了那个公子哥儿。她有意提前抵达餐厅,坐下来不紧不慢地点了菜,挑了红酒。公子哥儿按照约定的时间露面,发现自己居然让蒋家大小姐先到等他,顿时背后开始冒冷汗。

这还不算完。蒋意和他面对面坐着,中间隔着一枝玫瑰。他觉得,她看起来很像养在温室里的花朵,一副乖巧无害的模样,不自然地别开目光,心跳频频加速。

但他不知道,伪装乖巧是蒋意最擅长做的事情。

她亲眼看他拿起高脚杯,嘴角渐渐扬起。她主动开口,嗓音温柔:"如果我们结婚,你会在外面生私生子吗?"

公子哥儿刚刚喝进去的红酒差点儿喷出来,他的表情一阵古怪。

蒋意慢悠悠地笑了笑,把桌上的方巾递给他:"不用紧张,我就是随便问问。"

这种问题,怎么可能只是随便问问啊?

蒋意做恍然大悟状:"看你的表情,难道说你在外面已经有私生子——"

公子哥儿:"当然不是!请放心。"如果他真有私生子的话,按照他妈的行事风格,这会儿肯定已经把他的腿打断了。

几句话切磋下来,公子哥儿如临大敌。

眼前这位蒋家大小姐好恐怖,他越看越觉得她跟他妈有点儿像。

蒋意托着脸,目光柔和。她望着坐在对面的公子哥儿,心平气和地说:"其实我会这样想也很正常吧。毕竟,我爸有私生子,你爸也有私生子。这种肮脏的事情,放在我们这种家庭里,好像已经是非常司空见惯的事情,完全不会受到什么道德上的指责。"

公子哥儿咽下嘴里的食物,稍稍正色:"我不会有这种问题。"

"这是保证吗?"蒋意歪了歪脑袋,"保证最没有用了。大部分人结婚的时候也都发誓说这辈子不会变心,但是多少人能把这句话当一回事情呢?"

公子哥儿愣住,下意识地问:"所以,你不相信这个世界上会有对爱情完全忠诚的人吗?"

蒋意弯了弯眉眼,语调轻松:"我当然相信了。"她自己就决心要做一个对爱情完全忠诚的人。所以,她也希望她喜欢的人能够做到同样的事情。

蒋意吃得差不多了,对公子哥儿说:"我已经买过单了,你慢慢吃吧。我还有事先走了。对了,还有一件事情——"她皱了皱眉头,试图想起眼前这位公子哥儿的名字——她只知道他姓顾。

"哦,我叫顾凤麟。"

"顾凤麟——"这会儿蒋意脸上的笑容非常真诚,她说,"请帮我跟顾晋西阿姨问好。"

公子哥儿一脸苦笑:"好,你路上小心。"

蒋意从餐厅出来,径直坐电梯到楼下的商场给蒋吉东买生日礼物。

说是给蒋吉东挑礼物,蒋意逛着逛着就先刷卡给自己买了两条成衣裙子和一双高跟鞋,然后才走到男装区域给蒋吉东买礼物。

她不想动脑子,于是决定买一条领带。

架子上陈列的颜色都中规中矩,蒋意摸了摸领带的面料,问旁边的销售顾问:"这个有荧光绿色的吗?"

销售顾问:"……"

哪位商务人士会把荧光绿色的领带系在脖子上?

好在做奢侈品销售这行的基本见多识广。她很快稳住表情,露出标准化的微笑,给了相当专业的答复:"这款我们现在有松石绿的颜色。"

"行,给我拿一条。再帮我写一张卡片——'祝全世界最好的爸爸生日快乐。'"

蒋意抽出蒋吉东的信用卡副卡,递了出去。

蒋意拎着现买的礼物回到别墅，随手把礼物袋放在底楼的茶几上。

蒋吉东没在家里，几位保姆阿姨正在动手布置客厅和餐厅，把一个个英文字母形状的气球挂到墙上，最后肯定要摆出一句"Happy Birthday（生日快乐）"。

蒋意窝在沙发里旁观了一会儿，越看越想笑——蒋吉东这个中年男人过生日，家里为什么要搞得像是给小朋友过生日似的，甚至还要挂气球？她爸还没老呢，怎么忽然开始走"老小孩儿"的路线？

管家走过来，温和地询问蒋意："小姐，蒋先生的生日蛋糕下午四点钟可以取，您待会儿想去蛋糕店帮忙取吗？我给您安排司机。"

蒋意摇头："不要，你安排其他人去取吧。我下午想睡一会儿，不用叫我。"

管家说"好"。

蒋意上楼回房间，然后真的睡了一整个下午，睡完神清气爽。

晚上六点半，她下楼。

底楼已经完全布置好了，气球、蛋糕、鲜花、彩带、彩球，看起来很有过生日的氛围。

客厅的落地窗旁，蒋意的姑妈蒋安南一身白色香奈儿套装，坐着；蒋安南对面的蒋沉站着，两人正在聊集团里的事情。

看到蒋意下楼，蒋安南停住原本的话题，她的目光在蒋意的身上停留良久。

蒋意率先挂上笑容："姑妈，好久不见。"

她们确实很久没见了。

蒋安南微微点头："小意，过来姑妈这边坐。"她示意蒋意坐在她旁边。

蒋沉走开了。蒋意没看蒋沉，在蒋安南的身边坐下。蒋安南拉住她的手，问她中午和顾家的儿子吃饭的事情："你和顾家的孩子聊得怎么样？"

"一般般吧，我感觉我和他不是很有共同话题。"

"我听说顾家那孩子是学商科的。"蒋安南握了握蒋意的手背，作为家中的女性长辈，表现得非常通情达理，"没关系，慢慢挑。我们小意未来的丈夫肯定要万事顺你的心意才行。"

蒋吉东的生日会规模不大，拢共到场四个人：蒋吉东、蒋安南、蒋意，还有蒋沉。这样看起来这其实更像是一次小范围的家宴，出席的人都是姓蒋的。

切完蛋糕，每个人依次送上礼物。

蒋意把她买的那条绿领带从盒子里拿出来。

蒋安南坐在对面。她的品位向来很好，她看见这条领带，眼皮忍不住跳了跳——实在是太丑了，她都不想做出任何评价。

蒋意把领带递给蒋吉东："希望爸爸能够健健康康、开开心心，就像常青树一样，一年四季都是郁郁葱葱、生机勃勃的样子。爸爸以后也要一直做一棵为我遮风挡雨的大树。"

一条难看的绿色领带，看着就跟软塌塌的黄瓜皮似的，也就在蒋意的嘴里能被夸出花来。收礼物的寿星倒是非常高兴——蒋吉东笑呵呵地接过领带，脸上完全没有不满意。

"爸爸你一定要戴哟！"蒋意叮嘱，"如果哪天戴了这条领带，你要拍照片给我看。"

蒋吉东一口答应。

生日宴结束，蒋安南没有久留，很快坐车离开。

蒋意坐在别墅三楼的露台上，腿上盖着毯子。她手边放着一杯牛奶，静静地目送蒋安南的那辆劳斯莱斯在夜色里驶远。

这时候蒋沉登上露台。

晚风穿过蒋意的头发，也向她送来身后的脚步声。

蒋沉的目光落在蒋意的身上，他神色复杂。对于这个有着一半血缘关系的妹妹，他一直都不知道应该怎样与她相处。

她对他有很深的敌意，而且尤其擅长玩弄心眼儿。她总能只用三言两语就把父亲哄得喜笑颜开，就像刚才生日宴席上送礼物的环节那样。

蒋沉经常吃亏，带着防备心。

蒋意没有回头，慢悠悠地转着手里的玻璃杯："蒋沉，你鬼鬼祟祟的，想做什么？"

蒋沉的脸色并不好看。他在吃晚饭前听蒋安南提起才知道，蒋意今天中午去见了顾家的顾凤麟。顾家和蒋家算是世交，门当户对。他们这是要准备商业联姻吗？蒋沉觉得自己窥见了蒋意正在滋长起来的野心。

她一直说对蒋家的公司没有兴趣，蒋沉始终对此抱有怀疑。

而今天蒋意去见顾凤麟，这明摆着是一场相亲宴。蒋意完全可以拒绝，但是并没有。所以，这让蒋沉越发确信他自己的怀疑确有其事——有谁会面对着偌大的家产而毫不动心呢？

蒋沉："你昨天去公司了。"

蒋意莞尔:"我不能去吗?蒋氏难道是什么神秘的禁地吗?"

她喝了一口牛奶。牛奶看着太乖巧,不符合她身上百分百的恶女特质。

蒋沉眼底有很深的戒备,嗓音绷得很紧,带着几分咬牙挤出来的态度:"你说过,你不会碰蒋家的生意。"

这话让蒋意想笑。她回头直视蒋沉,挑眉:"我碰了吗?"

她坐在沙发上,蒋沉站着。按理说蒋意的位置比蒋沉低,但是她的气场毫不逊色,她甚至还故意压迫着蒋沉,毫无顾忌地攻击他。

她换了一种语气,不再是假意温和,而是彻彻底底的嚣张:"再说,就算我碰了又怎样?我是我爸爸的女儿——我想做什么都是理所当然的。"

蒋沉的脸色瞬间铁青。这种谈话没有任何继续下去的必要性。

蒋意打量蒋沉,揶揄道:"你怎么不坐姑妈的车子一块儿离开?你们不需要共同商讨一下针对我的手段吗?"

蒋沉冷笑一声:"我今晚住在这边。"

蒋意沉下眼眸,说:"我们之间曾经达成过共识吧?如果我在这边留宿,那么你就不能住在这里。"

这确实是他们之间存在过的不成文的规矩。

蒋沉倨傲地说:"只有你可以为所欲为吗?我也姓蒋。"

蒋意轻轻地"呵"了一声——私生子而已。

她把腿上的毯子拿开:"没关系。既然你这么想要住在这里,那就留下吧,我走。"

她起身往室内走去。就在她与蒋沉擦肩而过的时候,她的脚步顿了顿。

"如果我现在寒着脸离开这里,立马坐飞机回B市的话——"她勾起嘴唇,戏谑地笑了笑,"你会不会被爸爸痛骂一顿呢?"

蒋沉的瞳孔猛地一缩。

蒋意把话说完:"如果连'好好照顾妹妹'这一条都做不到的话,那么你在爸爸心目中的形象可就更加无能了。"

蒋意潇洒地走掉了。

没多久,楼下响起跑车引擎的轰鸣声,蒋意开走了车库里那辆最新款的阿斯顿马丁跑车——这是蒋吉东买给她的新年礼物。

蒋意离开的时候,蒋吉东正待在二楼的书房里和助理杜应景通话。

杜应景提起医院那边已经安排好专家会诊,随时都可以见面。蒋吉东却说:"不必着急,你先替我去办另一件事情。"

蒋吉东交代了一半，忽然听见窗外传来跑车引擎的声响。他拉开窗帘往下张望，但是连跑车的尾灯都没看着。

等他匆匆走出书房，管家上来汇报："小姐从楼上下来，看着不太高兴，然后一个人开车走了，说是直接回B市。"

蒋吉东又急又气："她晚上喝酒了吗？"

管家连忙回答说"没有"。

蒋沉这时候从楼梯上走下来，迎面撞上了正在气头上的蒋吉东。蒋吉东斥骂蒋沉："肯定又是你惹你妹妹生气了！晚餐的时候还好好的，你惹她干什么？小意难得回家一次。"

事情的发展就跟蒋意预料的一模一样。

蒋沉忍不住说："爸，您不用一口一个'妹妹'。蒋意她从来没有把她自己当成我的妹妹，没觉得我是她哥哥。我甚至觉得她痛恨这个家，所以一年到头也不肯回来几次。您难道没有这种感觉吗？"

蒋吉东指着蒋沉的鼻子："你闭嘴！"

蒋意直接开车到机场，把车子扔在机场的停车场里，然后坐直梯上楼到出发层，走到距离最近的航空公司的柜台："我要一张飞B市的机票，越快起飞越好，头等舱。"

当她坐在VIP候机室里等待登机时，她的手机上收到了蒋吉东发来的微信消息。

蒋吉东发的是语音信息："小意，你在哪儿？需不需要我派司机去接你？再待一天吧，你答应过爸爸，要陪爸爸完完整整地过完这个生日的。"

蒋吉东："你不要怪蒋沉。蒋沉小时候过得不容易，他的妈妈——"

蒋意把手机锁屏。

她虽然可能有让蒋沉非常不痛快，但是自己并没能从中获得多少相应的乐趣，这事挺无聊的。

所以她不爱回S市。

飞机把蒋意从S市带往B市。

当飞机在B市机场的跑道上降落滑行的时候，蒋意产生了一种奇妙的感觉，仿佛B市这座城市才是她出生、长大的地方，也是她最为熟悉的地方。

蒋意坐出租车离开机场，半夜三更，穿过大半个城市，最终出租车停在公寓楼下。

她仰起脑袋，从下往上数着楼层——十七楼好像没有亮灯。这个时候，谢源可能已经睡了。

她到十七楼，没回自己家，而是用指纹打开了1701室的门。

蒋意从来不理会上门拜访的时机是否合适，只凭自己的心意做事情。

她走进客厅，客厅里一片漆黑，窗帘拉得严严实实，只有卧室的方向透出微弱的灯光。

她听见浴室有动静。

谢源洗完澡出来，赤裸着上半身，和蒋意四目相对。

蒋意下意识地往他身上瞟，瞟完上半身，又自然而然地往下看。

谢源甚至第一时间都没有反应过来要遮住自己，理智短暂离线，之后才用毛巾挡着身体。

"你怎么回来了？"他镇定地说。

"我跟我爸吵架了。"蒋意平静地回答。

她拿起沙发上的T恤，递给谢源。谢源套上T恤，表情终于自在了一点儿。

"为什么吵架？你不是去给你爸过生日了吗？"

蒋意想了想。

这事解释起来很麻烦，她也不太想介绍那些糟糕的前因后果，更不想告诉谢源她还有一个同父异母的哥哥，那人是她爸的私生子。

"我家里很复杂的。"她长话短说，"总之，我家的氛围跟你家里完全不一样。"

确实很不一样，她喜欢谢源的家人。

"你知道吗？我很羡慕你家，想要你的爸爸妈妈做我的爸爸妈妈。"

谢源开玩笑："你想跟我做兄妹？"

蒋意狠狠地拧了他一下。她是这个意思吗？他总是故意歪曲她的本意。

蒋意："我最讨厌我哥了。你确定要做我哥吗？"

谢源扬了扬嘴角："那还是不要了。"

谢源看出蒋意还是有点儿不高兴，他刚开的玩笑没能让她彻底开心起来。他陪她坐在沙发上，然后摸了摸她的脑袋。

蒋意枕着他的手臂："谢源——"

"嗯？"

"你居然有腹肌呀，我以前从来没有看到过你有腹肌。"

谢源的脸色霎时黑下来——她刚刚难过的时候，也没忘记偷看他的腹肌是吧？

他的腹肌一直都在，只是他以前也没遇到过洗完澡出来，没来得及穿上 T 恤就撞见她的情况。

他今天就是以为她还远在 S 市，所以洗澡忘拿 T 恤进浴室也没觉得有什么问题。谁知道偏偏就是这么不凑巧。

蒋意："我可以摸一下吗？"

她难道不觉得她的要求有点儿冒昧吗？

谢源："不可以。"

蒋意靠过去，然后手指碰到谢源的腹肌。

谢源闭上眼睛。合着他说不可以就没有用呗，那她干吗还要象征性地问一句可不可以呢？

蒋意的手指很凉，很软，但是让谢源很烦躁：很紧绷。

谢源的喉结上下滚动，她真是要命……

蒋意忽然发现，现在他们这样，就很像那天谢源发给她的视频里，他给两只猫揉肚子的情形。

她把这个发现告诉谢源。

谢源从容不迫："你是在暗示让我咬你吗？"

那天他给两只猫揉肚子的时候，两只猫就开始慢悠悠地露出牙齿舔咬他的手掌。

蒋意简直不敢相信自己的耳朵——谢源都学了些什么啊？他以前好像不是这样的。他曾经明明很纯情，被她随便一撩就会黑脸，会生气。可是他现在好像反过来在跟她调情呢。

他想咬就咬好了。反正被人咬一口，她也用不着打狂犬病疫苗。

蒋意毫不在乎，甚至主动把手指塞到他的手里，一副随便他咬的模样。

谢源慢条斯理地推开蒋意的手，他的视线在她的唇上一掠而过。他又不是猫，不想咬她的手掌——明明还有很多别的地方可以慢慢咬。

他不着急，来日方长。

第五章
谢源等不及 B 市的初雪了

谢源不动声色地把蒋意的手指推了回去,然后稍微整理了一下 T 恤的下摆,看起来就是一副非常禁欲的模样。

蒋意喜欢折腾。她脱掉拖鞋,将小腿移到沙发上,整个人半跪半坐。她的仪态特别好,漂亮的脊背又薄又直,所以她这会儿坐着的高度一下子超过了谢源。她垂眼看他:"你真不咬?"

谢源淡定地"嗯"了一声,目不斜视,甚至想要伸手去拿茶几上的手机,打算翻过这篇。

蒋意瞥他。反正她感觉,谢源此刻脸上的淡定都像装出来的。

他不咬,她咬。趁谢源不备,她拉起他的左手"啊呜"一口咬了下去。

周一,牙印没消,谢源带着左手手背上的牙印去上班。

赵培棋的眼睛毒辣,他一到办公室就眼尖地注意到了谢源手上的那一圈牙印,号叫起来:"啊啊啊,你这——"他卡壳了好久。

谢源面无表情地坐在工位上写代码,像个没事人。

赵培棋小声问:"蒋意咬的?"

谢源瞥了他一眼——废话,不然还能是谁?

赵培棋捂住心口,如同遭到一记重创,咬牙切齿道:"你们小情侣别太过分了。"他盯着谢源严严实实的领口,目光如炬。凭他对蒋意的印象,他总感觉谢源身上别的地方一定还藏着牙印。

下午，公司的 AI 日展示活动，谢源要上台做演讲。他上台之前在左手手背上贴了一个创可贴，刚好能够把蒋意那天咬的一圈牙印遮住。

他感觉她像小狗似的，张嘴就咬人。

那天她咬完后，脸上还一副没事人的样子。但是还好，他给她咬了一口，她就乖了，也开心了，又变回原来那只傲娇、狡猾的小狐狸了。

如果哄蒋意高兴这么容易的话，谢源也不是不能每天都给她咬一口。

谢源并不知道那天蒋意为什么突然改变行程提前回到 B 市，她只笼统地告诉他，是因为她和她爸吵架了。她没有给出更加详细的理由，所以哪怕谢源想要帮她分析，想要开解她，也找不到问题的根源。

谢源隐隐约约能够察觉到，蒋意很多时候闷闷不乐的缘由，都跟她远在 S 市的家人有关。她说跟她爸爸吵架，她说最讨厌她哥哥，她几乎不提起她的妈妈……这是谢源不曾踏入的领域。

哪怕他和蒋意已经相识很久，他们之间的关系比普通的同学、同事、邻居、朋友都要更加亲密，她也从来没有向他开放这片领域。

谢源尊重蒋意的隐私，也不是想要探知什么事情，只是不想看到她这么难受，自己却什么都做不了。这种无能为力的感觉，他非常讨厌。

他挺后悔这次没陪蒋意去 S 市——他应该跟着她的。

台上的主持人在报谢源的名字。谢源拿着电脑走上去，把电脑桌面投到大屏幕上。伸手调整桌上麦克风的高度时，他看见了台下坐着的蒋意。

蒋意今天穿着一条灰绿色的针织裙，颈间上挂着工牌，头发全部都扎起来，看着又温柔又利落，很符合外界对于就职于科技公司的女性员工的常规认知。她待会儿也要展示组里的项目，所以才会规规矩矩地戴上工牌，打扮成这副温文尔雅的模样。

谢源的目光在她的脸上短暂停留片刻。

只有他知道她咬人有多疼，她只对他作威作福。谢源小幅度地弯了弯嘴角——这勉强也能算她给他的特别待遇吧，其他人没有。

演讲结束，谢源在场边整理设备，手机上弹出蒋意发过来的微信消息："你为什么要贴创可贴？"

谢源低头看了一眼手背上的创可贴——她坐那么远也能看见？

蒋意："我那天明明咬得很轻呢，又没有把你咬出血。"

她的牙齿确实不能把他咬出血，但这并不意味着她就咬得很轻。谢源仍然记得她重重咬下的那一口，她那么用力，搞得像是她跟他有多大的仇恨似的。谢源收起手机，不想理她。他拿着电脑往回走，但是没等走出通道，想了想，还是拿出手机给蒋意回复，省得她又折腾出别的什么花样。

谢源："下次再咬人，后果自负。"

蒋意看到手机上的这条消息，忍不住弯了弯嘴角。

会有什么后果，她很期待呢。

AI日圆满结束。HRBP拿着厚厚一沓报名表出现在七楼，同时带来消息，公司整个算法大团队这个月要搞一次大型团建："VP说今年组织大家去宜山度假区，三天两夜。"

组里一阵欢呼。

数据算法组的老大朱伟星兴致勃勃地问："今年还有趣味运动会吗？"

他一副摩拳擦掌的模样，显然是跃跃欲试。

HRBP维持脸上的笑容不变："俞总说，吸取去年的教训，今年就不办趣味运动会了，但是常规的几个团体运动项目还是保留，篮球、足球、乒乓球以及台球，希望大家踊跃找我报名。"

老大听说趣味运动会今年不办了，立马流露出失望的表情："哎呀，趣味运动会多有意思——"

蒋意是新来的，没参加过去年的团建，所以没听懂："为什么说'吸取去年的教训'？"

张辛迪给她科普："去年的趣味运动会，项目确实都挺有意思的。但是算法团队的这群工程师，平时压根儿没有运动的习惯，团建当天硬是逞强上场。而且这帮男的一个比一个胜负心重，上了比赛场地就不肯认输，结果掰手腕骨折的、跳山羊骨折的，都不是个例。最离谱的是，还有人玩滚铁圈的时候不小心摔了一跤，把手指头给弄骨折了。"

算法工程师平时少不了要敲键盘，手受伤基本相当于短期内无法干活了。

"光是我们组里，就有三个人骨折。你可想而知，整个算法大团队所有这些组里，那整整一个月都有伤病员绑着石膏板坐在工位上啥也干不成，只能睁着眼睛吃干饭。"

蒋意"哈哈"笑起来，这样听完，好像确实应该取消趣味运动会这个项目。

张辛迪又说："老大那次掰手腕连赢十场，别的组里那些小年轻都没人能赢他。老大因此心态非常膨胀，回来上班的那几天都仰着脑袋用鼻孔看人。"

难怪老大今年这么期待趣味运动会。

张辛迪问蒋意:"你想参加什么项目吗?"

蒋意摇头。她会打台球,但是没兴趣上场比赛。

鲍师傅在办公室那头张罗组织男子足球队。

张辛迪:"我们组赢面很大的。"

蒋意:"你是说足球吗?"

张辛迪点头:"我们组里踢足球的男的最多,别的组里想凑满参赛人数都难。"她补充说明,他们踢的是五人制足球,理论上不带替补,一个组里凑出五个人就行。

"每次踢比赛,我们组基本上都稳赢。我甚至怀疑,每年招聘的时候,老大是不是背地里偷偷给那些在兴趣爱好一栏填足球的人加分了。"

蒋意忍笑。

张辛迪:"看我们组的这群男的单方面屠杀别的组,一点儿都不好玩。而且我们组里的人自信心膨胀得太快了。依我看,他们就应该去跟保卫科的人比一场,看他们还能不能这么自信满满。"

蒋意在电脑上把开发日志存档,然后翘起嘴角:"今年可不一定哟。"

张辛迪:"嗯?什么意思?"

蒋意瞥她一眼,眼神里带着小小的骄傲:"谢源踢足球很厉害的。"

张辛迪:谢谢,这口"狗粮"吃得很突然。

这天晚上,谢源在厨房里做饭,蒋意在旁边一边吃葡萄一边跟他说起团建的事情。谢源"哦"了一声,说他们组里HRBP下午也发了通知。

"你参加足球比赛吗?"

谢源回答得很干脆:"不参加。"

蒋意捏他的胳膊:"为什么不去啊?你明明踢得超级好,你以前可是校队的呀!"

谢源转头看她:"我为什么不去,你猜不到理由吗?"他戳了戳她的脑袋,"你平时不是总说自己很聪明吗?猜不出?"

蒋意摇摇脑袋,猜不出。

谢源熟练地把鱼下锅煎:"足球的对抗性那么激烈,容易受伤。而且谁知道公司里这些人踢的是什么路数,万一他们不按业余比赛的规则来,随意铲球,我的腿被人铲骨折了,谁开车送你上下班?如果我的手臂骨折了,谁每天给你做早晚饭?"

蒋意不满地抗议:"你不要把我说得好像完全没有自理能力一样。我会开车呀，而且也会煮泡面呢，凑合凑合也能过日子。"

这时候锅里的鱼突然溅起热油。

蒋意下意识地惊呼一声，第一时间拎着谢源的卫衣帽子，往他身后藏。而谢源压根儿就没躲，仍然淡定地拿着鱼尾巴，把鱼在锅里煎定型。

谢源眼里溢出笑意，像是在嘲笑她这个胆小鬼。

蒋意小声说："再不济我们还能请阿姨呢。"她用手心擦了擦谢源的手掌，"油没溅疼你吧？"

谢源皮笑肉不笑："没你那天咬得疼。"

"我就说你小心眼儿。"蒋意一脸不高兴地扯他的卫衣帽子，手指拽着卫衣帽边的带子，绕起又松开，"我让你咬回来，你又不肯。"

他这样和无理取闹有什么区别？

谢源低下脑袋看她，盯着她玩他的卫衣抽绳。她的手指太漂亮了，也太具有诱惑性。他的脑袋像是忽然抽了一下，嘴里不受控制地冒出离谱的言论："那……给我咬一口？"

他这话一说出口，两个人都愣住了，可这时候也不可能再反悔了。

他慢腾腾地拉起她的手指。她的手里还捏着一颗葡萄——他用盐水认认真真洗的。谢源低头咬走她手里的葡萄，同时轻轻地咬了一下她的指尖，浅尝辄止，漆黑的眼眸始终耐心地紧盯着她。

不疼，但是很痒——先是嘴唇，然后是牙齿，最后是舌尖，依次缓慢地扫过蒋意指尖上敏感的皮肤。蒋意的脸瞬间爆红。

她觉得自己快要出汗了，整个人变得很烫、很乱。他明明只是简简单单地咬了她一下而已，其余什么都没有做，但她已经超级喜欢他了。

蒋意立马抬手挡住红通通的脸颊，虚张声势地撒娇道："好啦，你咬也咬过了。我不管，你报名嘛，我想看你踢足球。"他踢足球的样子非常帅。

谢源对上蒋意那双写满期待的眼睛。他还能拒绝吗？

谢源连皮带籽地吃掉那颗葡萄，想了想，然后说："行吧。"

谢源真的报名参加了团建的足球比赛，结果 HRBP 告诉他，他们广告算法组目前为止没能凑够五个人。

"我们组里算上你，现在总共只有两个人报名。我们打算和 PUK 组一起搞联队，这样应该勉强能凑出一支队伍。"

PUK 组，这不就是李燎所在的组吗？想到李燎，谢源隐隐有些不爽。

他还记得那次蒋意站在阳台上和李燎打了很久的电话，打完电话第二

· 230 ·

天她就因为着凉而生病了。这让谢源对李燎抱有成见。

周五下班前，广告算法和 PUK 联队的五人制足球队名单终于出炉，谢源和李燎的名字都赫然在列。

谢源盯着这张名单。他无所谓，反正论踢足球他没在怕的。

八楼的员工纷纷过来看这份名单，想知道是哪五位勇士即将在下周的团建活动上迎战强敌。

谢源的视线穿过人群，落在后面一人的身上。李燎露出洁白的牙，冲他笑了下。他们彼此都心知肚明对方的企图。

这时候，站在谢源前面的某人爆发出一声巨大的悲鸣，此人正是赵培棋。他今天中午不幸抽签落败，被推出来凑数当联队的守门员。

"我这副瘦弱的身板，根本就不是踢守门员位置的料啊。"赵培棋捶胸顿足，然后试图跟 HRBP 撒娇蒙混过关，"Vivian 姐姐，你能不能找人跟我换一下呀？我们让大伟来做守门员，好不好？他一身腱子肉，往球门前面一站，多有安全感——"

HRBP 笑眯眯地摇头拒绝："不行哟。"

算法大团队的团建活动从周三开始持续到周五，三天两夜。

周三上午，一班人浩浩荡荡地坐大巴出发。

早上出门的时候还好，天气很舒适，有太阳，风吹在脸上凉凉的，不冷，有一种秋高气爽的感觉。在车上大家都开玩笑说今天他们像是小朋友去秋游。结果半路突然下了一场雨，等到中途在服务区下车休息的时候，他们就觉得迎面吹来的风越吹越冷了。

蒋意挂着颈枕，站在服务区的矮楼前面，臂弯里挎着张辛迪的单肩包——张辛迪去洗手间了，蒋意站在这儿等她。

谢源隔着很远就看见蒋意满脸蒙蒙的模样，朝她走过去："你刚刚在车上睡觉？"

他们俩没在一辆大巴上，数据算法组和广告算法组的员工刚好分开在两辆车上。

蒋意点头。车上太无聊了，她戴着耳机一会儿就睡着了。

谢源自然而然地伸手要问她拿包，但觉得蒋意手里挎的这个包看着眼生——她今天早上出门的时候，扔给他的是这个包吗？

蒋意不肯给他，说："这是我们辛迪的包包。我答应过她，会寸步不离地替她看管的。"

谢源哼笑：她要是对她自己的包也能有这个觉悟就好了。

他看她身上的衣着很单薄，她只穿着驼色 V 字领羊毛连衣裙，根本就不挡风，整片的锁骨都露在风里，还露着小腿，很漂亮，但也很冻人。

他问她："冷吗？"

蒋意点头。当然冷啊，她感觉自己的脸颊都快冻僵了。她把他拉到面前，用他来挡风。

谢源一眼看穿她的不良企图，但由着她把自己当成人形的挡风板。他伸手把蒋意脖子上的颈枕摆正，说话凶得很："活该，谁让你穿这么少？出门前我是不是特意跟你说过，这两天都会降温，提醒你穿得暖和点儿——"

蒋意打断他："谢源，你知道你为什么没有女朋友吗？"

谢源：为什么？还有，她为什么突然打岔说起这个话题？

蒋意凶凶地瞪他一眼，然后转过身彻底背对他，不想理他了。

当一个女孩子快要冻僵的时候，他如果伸手把她抱在怀里，那么就会有女朋友。但是谢源不会做这么浪漫的事情，所以没有女朋友。

上午十一点，一行人抵达度假区。

一众衣服穿少了的人乌泱乌泱地拥入酒店的百货商店，想要购买暖宝宝火速贴上，然后很快又纷纷被离谱的价格劝退——五十元一张。

这个标价是让人想要打电话给物价局举报的程度。

算法工程师这一职业虽然赚得多，但是这群大老爷们儿还都挺会精打细算过日子的。他们宁愿把钱大把大把地扔给昂贵的显卡和外设，也不肯从奸商那里花五十元买一张暖宝宝。

"吃完午饭去酒店外面的商店里买吧，反正吃饭这会儿都开着空调呢，再说我们皮糙肉厚也无所谓。"一群人迅速达成了共识。

午饭吃了一半，每个组的 HRBP 开始分发房卡。蒋意和张辛迪住一间。

蒋意收到了谢源发来的微信："房间号发给我。"

蒋意把她的房间号发过去，然后谢源那边没再发来消息。蒋意觉得他说话没头没尾的，也不说问她要房间号干什么。

吃过午饭，蒋意和张辛迪一块儿上楼放东西。

电梯到了楼层，蒋意慢悠悠地走在后面给谢源发微信，想问他下午足球比赛的事情。张辛迪走在前面，所以率先看到她们的房间门把手上挂了一袋暖宝宝。

张辛迪惊讶道："天哪，这是哪个冤大头买了酒店的暖宝宝？"

蒋意还不知道酒店的天价暖宝宝。她刚刚一下大巴就被张辛迪拉进吃饭的地方去了，压根儿都没进酒店一楼的商店。

"为什么说是冤大头？"

张辛迪"嘿嘿"一笑，答非所问："你们家谢源真是好男人啊，我都快要眼红了。"

这件事情很快在算法工程师当中传播开来，其中的隐私细节被贴心地省略掉，只留下了最为财大气粗的部分。没一会儿，人人都听说了，算法大团队里有一个大怨种掏钱包购入了贵到离谱的暖宝宝，而且不是买了一两片，而是买了整整一大袋。

消息传到广告算法组后，谢源的脸黑得很。赵培棋站在谢源旁边狂笑——他可是亲眼看见某人眼睛眨都不眨一下，在酒店里付钱买了二十张暖宝宝。二十张，五十元一张，共计一千元——这绝对是冤大头啊。

下午举行五人制足球比赛。

整个算法大团队总共凑出四支球队参与比赛，考虑到参赛员工的技术和体能都很一般，所以比赛规则被简化了很多。

四支球队抽签分成两场比赛。两场比赛各自的赢家根据净胜球个数分出冠亚军。两场比赛的输家则根据进球个数分出季军和殿军。这样每支球队都只需要踢一场比赛，不至于让参赛员工的体能消耗太大。

数据算法组的老大朱伟星摩拳擦掌，亲自上阵抽签，然后就抽到了广告算法和PUK联队。也就是说，谢源他们队的对手，就是蒋意所在的数据算法组。

数据算法组这边一片欢呼，广告算法组和PUK组那边则是一片愁云惨雾。毕竟数据算法组可是蝉联了这个项目的冠军，实力太过强悍，跟他们对上的队，基本就没什么胜算了。

张辛迪戳戳蒋意："你要给哪一边加油呢？"

蒋意毫不犹豫："我当然是给谢源加油啦。"

张辛迪还没来得及说话，蹲在旁边积极热身的鲍师傅听完，气得脑袋都快要冒烟了："蒋意，你是哪头的？你要记住，你是我们数据算法组的员工，你得给我们自己的球队加油，不可以胳膊肘往外拐。"

蒋意偏要胳膊肘往外拐。再说，她跟谢源向来都是一边的，她如果不给谢源加油，那才是真正的胳膊肘往外拐呢。

蒋意信誓旦旦："谢源踢球很厉害的，你们肯定都踢不过他。"

她对谢源相当有信心，他一定会赢的。

比赛开始，数据算法组拿到球权，往联队的禁区快速移动。联队这边试图组织回防，谢源完成抢断，带球突破。他在场上速度很快，直入数据算法组的禁区，抓住机会果断射门。

开场不到三分钟，联队先拿一分。

场边观众席上，数据算法组的老大朱伟星拍拍蒋意，问道："射门那小子，你认识？"

当然——蒋意骄傲地仰起下巴："对啊，我们是同学。"

老大朝她挤眉弄眼，脸上故意装出一副凶神恶煞的样子，说："同学哪有同事来得亲？不许给同学加油。"

蒋意转头不听。老大"哎哎"两声，又狡猾地说："但如果那小子是家属的话，我可以破例一次，允许你给他加油。"

蒋意这才高兴地笑了。

老大忍不住八卦兮兮地"哟"着："真是女大不中留啊——"

场上比赛继续。李燎踢后卫的位置好像并不是很在行，球在他脚下，但他没盯住，鲍师傅从旁边过来，轻松地把球截走了。

鲍师傅往前快速突进，还不忘回头瞥李燎。

场边，张辛迪跟蒋意咬耳朵："我感觉呀，鲍师傅是不是要在球场上把他之前在GraphLink项目组里受的气全部都还给李燎啊？"

蒋意莞尔，觉得张辛迪说得很有道理。

数据算法组的人在禁区外抬脚射门。这球其实球速不快，位置也是在赵培棋的活动半径之内，按理说赵培棋应该伸手能扑住的。可惜赵培棋在开小差，球擦过他的小腿滚进球门，被对方轻松追平比分。

蒋意在场边面露惋惜。

谢源皱眉头，回头冲赵培棋说："你注意力集中一点儿，把门守好了。"

赵培棋："……"

他这小差也不是白开的。他这会儿可算是看明白了，谢源之所以会报名参加足球比赛，完全是因为蒋意想看吧。他把护腕戴牢，默默地抱怨：谢源你清高！你追女朋友，害我被球踢！

这场比赛踢满四十分钟，裁判吹哨，比赛结束。广告算法和PUK联队比数据算法组，总比分为9∶5——谢源他们队赢了。

234

蒋意站在场边。人群里,她眼睛亮晶晶地等着谢源,只等着他一个人。

谢源心里一软,走向她。

张辛迪早已识趣地开溜,跑到前面去安慰比赛落败的鲍师傅几个人。

谢源走到蒋意的跟前。

蒋意递出手里的矿泉水。谢源接过,拧开瓶盖,仰头喝了两口,但是没马上咽下去——剧烈运动完不能立刻喝凉水,因为对身体不好。他们两个之间存在着一种亲密的氛围,和周围的人之间仿佛立着一道结界。

蒋意笑嘻嘻地跟他说话:"谢源,你现在不跟我撇清关系啦?"

她可是记得非常清楚呢,上班第一天谢源给她提出的要求,就是两个人在公司里要划清界限。他不乐意跟她走得太近。但是现在,他就这么光明正大地走下球场,径直来到她的身边,弯腰拿走她手里的水,所有人都能看到,这要怎么算?

谢源低头看她,慢吞吞地把水咽下去,然后说:"如果撇清关系,那我要怎么追你?"他的话既直白又含蓄。

蒋意的嘴角忍不住扬起来,她就是很吃这一套。

谢源把她戴的围巾往上拉了拉:"身上贴暖宝宝了吗?"

蒋意摇摇头。

谢源皱眉:"为什么不贴?"

蒋意一脸正经:"没地方贴。暖宝宝不能直接贴在皮肤上面,但是我现在身上只穿着这条裙子——"

她没必要跟他交代得这么详细……

他眼神沉了沉,忍住没打量她。她还真是一点儿没把他当外人。

"等着。"他说。

谢源往他们足球队放衣服的地方走过去。再回来的时候,他手里拎着他自己的防风外套,递给蒋意:"穿上。"他说,"把暖宝宝贴在腰后面。"

蒋意不情不愿地把他的衣服穿上。他的衣服对她来说太大了,而且她这条裙子这么漂亮,外面再穿他的防风外套,完全显示不出这条裙子的好看。

谢源替她把袖子挽起来:"暖宝宝呢?"

"在酒店。"

"那就先回酒店把暖宝宝贴上。"

谢源跟球队的人打了声招呼,然后准备带着蒋意回酒店。

李燎站在旁边,笑眯眯地跟蒋意挥了挥手,气定神闲地开口:"蒋意,刚刚我有听到你的加油声哟,谢谢你的鼓励。"

· 235 ·

蒋意一眼就看出来，李燎故意当着谢源的面这么说，还朝她眨了眨眼睛，给她使眼色。她感觉李燎已经放下了，现在他这是在逗谢源玩呢。

果不其然，谢源黑着脸把蒋意拉走了，没给她机会和李燎说上话。

回到酒店，蒋意径直刷卡开门进了房间，弯腰找暖宝宝。

谢源站在走廊里，没进房间。他在某些方面就跟老古董似的，始终严格地恪守着他给自己设定的道德准绳。

蒋意找到暖宝宝，一回头，看到谢源还站在走廊里："你干吗不进来？"

谢源摸了摸鼻子："不太合适。"

蒋意："房间里又没有什么奇怪的东西。"

谢源依然拒绝："毕竟这是你和你同事共用的房间。"他进去不太礼貌。

蒋意听懂了，意味深长地"哦"了一声："也就是说，如果这个房间是我一个人用的话，你就进来了。"

他不是这个意思……这话被她这么一说，怎么越听越不对劲呢？她总是故意歪曲他的意思。

蒋意把手里的暖宝宝递给谢源："你帮我贴。"

说完，她转过身背对他。羊毛裙很贴身，她的腰很细。

谢源手里的动作略微带点儿紧张。他草草地把暖宝宝往她的腰后一贴，也没再替她摁平，然后直接就把手里的包装纸握紧成团，揣进口袋里。他低咳一声："好了。"

蒋意把他的外套继续穿在身上，问他："接下来我们去干吗？"

谢源看了一眼手机。赵培棋刚刚发过来好几条微信，很吵闹。

谢源："赵培棋说晚上要在露营场地搞露营，问我们去不去。"

她当然去啊。于是，她和谢源再从酒店出发去和赵培棋他们会合。

赵培棋几个人在租户外露营的设备。等蒋意和谢源到的时候，那几个人正在犯愁要怎样把一大堆东西运到露营地。

店主说可以借一辆三轮车给他们，但是这三轮车又重又难骑，车头还不好控制，几个人试了都败下阵来。一群人大眼瞪小眼——这要怎么办？露营计划总不能这么直接泡汤了吧？

蒋意："谢源会骑三轮车！"

谢源：他可谢谢她。

蒋意继续说："以前在大学里的时候，谢源骑三轮车骑得可好了。"

谢源想捂住她的嘴。

这时候旁边几个人看谢源的眼神已经是满怀期待和崇拜了。赵培棋给谢源竖起大拇指："不愧是谢神。所以你大学的时候是骑三轮车去上课的吗？好有个性啊——"

谢源忍住不揍他。蒋意眨了眨眼睛，还想说什么。谢源手疾眼快地捂住了她的嘴，不给她说话的机会。

谢源读大学的时候没有骑三轮车去上课的怪癖。他之所以三轮车骑得很好，是因为他那时候每天要给蒋意取快递，由此锻炼出来的。她的快递那么多，经常一次就是好几个盒子，大大小小，谢源骑自己的山地自行车拿几趟都拿不完。于是每次他只好向快递驿站的大叔借一辆搬货三轮车，把快递给蒋意一股脑儿运到宿舍楼下。读书期间，快递驿站的三轮车更新换代了好几次，而谢源把那几辆三轮车的骑法都掌握了。这看似是他技多不压身，实则是他落在蒋意这个公主病患者手里的多年受难史。

谢源骑上三轮车，三轮车顺利地往前驶动了几米。

众人投来崇拜的目光——果然还得是谢神出马！

赵培棋摸着下巴，观摩了一下情况，看出谢源确实能够轻松地驾驭这辆三轮车，然后就果断地拉着周围其他几个人跑掉了。

"谢源，我们先去露营地打扫打扫啊。这样等你到了之后，我们就能直接搬东西下来安装了。"

他一边跑，一边不忘朝谢源挤眉弄眼，好像在说：兄弟，不用说谢谢。哥们儿不当电灯泡了，这就把独处的空间留给你和蒋意。

只能说赵培棋太有眼力见儿了。其他几个人不明所以地被赵培棋拉着跑远，路上瞬间只剩下蒋意和谢源。

他用得着赵培棋给他创造和蒋意独处的空间吗？

蒋意慢悠悠地跟着三轮车，说："谢源，你的同事们丢下你跑掉了。"

这么显而易见的事实，她就不必哪壶不开提哪壶了吧？

蒋意把掉下去的袖子重新挽起来："但是你看我对你多好啊。我跟他们不一样，我在陪着你同甘共苦。"

谢源已经能够做到面无表情地听她讲这种肉麻的话了。

她说话说得这么好听有什么用？现在他已经是在明着喜欢她，但凡她心软一点儿，他就能转正了。是她的心太硬，不像他。

谢源觉得自己的心一直都很软，至少他对蒋意始终都是这样的。他回头看她："蒋意，你坐上来吧。"

从这儿到露营地的距离还挺远的，蒋意为难，觉得现在车上的东西已经很多很重了:"但是这样你骑得动吗?"她心疼他嘛,而且他刚刚踢完一场足球比赛呢,体力应该还没完全恢复吧。

谢源催促:"你能有多重?快点儿上来。"

他伸手扶了她一把。蒋意走上三轮车,找了个位置坐下。

谢源骑着三轮车,载着蒋意,向着太阳西沉的方向,稳稳地前进着。

赵培棋几个人的效率挺高,等谢源和蒋意抵达露营地,他们把手头能干的活都干得差不多了。三轮车上的器材一到,这群人马上上手把东西都布置起来。太阳还没有彻底落下去,露营就已经搞得非常像模像样了。

赵培棋充当起组织人的身份,给每个人都分配了活干:"孟今,你负责烤肉;老谭,你去洗盘子;谢源,你把那堆海鲜做成菜……"

轮到蒋意,赵培棋咧嘴一笑,没敢差遣她,而是主动换上一副商量的口吻:"蒋意,要不你去负责调节调节谢源的心情?最好能够让我们的谢神尽可能保持比较愉快、比较温和的情绪。他如果黑脸的话,我们都会被吓得不敢说话的。"

谢源哪有赵培棋说得这么恐怖?蒋意搬了一把凳子坐在谢源的旁边,看着他洗锅子:"谢源,你打算怎么做这些海鲜?"

"一部分蒸熟了吃,还有一部分煮在汤里,"谢源询问她的意见,"行吗?"

蒋意点头说"好"。

海鲜蒸熟很快。没一会儿,隔壁的烧烤炉那儿也飘出烤肉的香味,所有的菜陆陆续续端到中间的桌子上——开吃!

谢源给蒋意碗里夹菜。

赵培棋偷偷地往那边看,然后发现谢源给蒋意夹菜的时候都没换筷子。

天啊!赵培棋几乎每天都和谢源一起吃午饭,知道谢源这家伙有洁癖——这两个人果然是真情侣吧!赵培棋睁大眼睛看了一会儿,当看到蒋意直接往谢源嘴里投喂食物的时候,终于看不下去了。

单身人士被虐到了。赵培棋猛地站起身,重重地拍了拍手,决定提前进入下一个环节:"好了,现在是游戏环节。"

有人吐槽:"赵培棋,饭还没吃完呢。"

赵培棋觉得反正自己吃"狗粮"已经吃得很饱了,不差这两口肉。他大手一挥:"边玩边吃。"

赵培棋准备的游戏大多很简单,这群平时没什么娱乐活动的程序员也能迅速上手。

谢源中途抽到一张大王卡。

赵培棋："你可以指定在场的一个人做一件事。"

他用脚指头都能想到，谢源肯定会把这张大王卡用在蒋意的身上。他们其他人现在在谢源的眼睛里肯定都是背景板，就像游戏里连名字都没有的那种NPC（非玩家角色）。

谢源却问赵培棋："我暂时不使用这个权利，可以吧？"

赵培棋说"可以"。

游戏进入下一局，大家很快就把谢源抽到大王卡的事情抛到了脑后，一直到这场露营结束，谢源都没有主动提起要行使大王卡的权利。

露营结束，大家把器材搬上三轮车，期待的目光再度不约而同地投向谢源——得有人再骑着三轮车把东西还给露营设备租赁店的老板。

赵培棋这时候主动跳出来替小情侣保驾护航。

"行啦，谢神今天是我们赢下足球比赛的大功臣，我肯定不好意思让谢神再亲自骑三轮车把东西搬回去，你们呢？"这一下子把大家都架起来了，大家纷纷表示他们也不好意思再劳烦谢源。

这就对了。

"孟今、老谭——"赵培棋点了两个人的名字，"我们三个一起，把这辆三轮车送回去，今天哪怕是徒手推也要推过去。谢源，你们回去早点儿休息吧。"

谢源打量赵培棋。

赵培棋一脸得意，脑补谢源这会儿心里已经感动得不行了。

"谢了。"谢源言简意赅。

赵培棋表示都是小事情。

谢源带着蒋意往酒店走。

路上静悄悄的。蒋意腰后面贴着的暖宝宝还在稳定地释放热量。她今晚很开心，广告算法组谢源的这几个同事都很有意思，她感觉他们特别有喜剧天赋，尤其是赵培棋，简直是一个大活宝。

这时，她听见谢源突然开口："蒋意——"

"嗯？"

"我要行使大王卡的权利。"

蒋意转头看他。黑夜里，谢源的眼睛非常明亮，里面满满当当只装着她一个人。她看到了他眼睛里闪动的光，让她的心不禁放软，再放软，直到彻底变成软绵绵的一团。

"你说。"她的心悠悠地荡起来,像是飘在空中,她不知道他会让她做什么事情。

谢源直直地望进蒋意的眼睛里,语气认真:"蒋意,定义一下,什么叫疯狂心动?"

谢源的声音从蒋意的耳边拂过去,勾得她的耳朵尖热热的、痒痒的。

她当然知道他这句话里隐含的意思——她之前跟谢源说过的,如果他能做一件让她疯狂心动的事情,那么她可能就会答应他,做他的女朋友。

他在催促她,他想和她谈恋爱。

蒋意认真地想了想,她好像确实已经让他等了很久。

谢源不知道,她其实很容易就会陷入对他的疯狂心动中。他总以为自己缺乏浪漫的天分,但实际上做得很好。他不必妄自菲薄,也不必缺乏安全感——她心里早就认定是他了呀!

她只是很任性,谁让她有公主病呢?她不想让他太容易追到她。

谢源已经付出了很多努力,他说的话、做的事情,蒋意都看在眼里。她知道他很喜欢她,所以现在不想继续为难他了。

她也想快点儿和他谈恋爱,其实此时此刻就可以。不过,她还是想要一个契机,一个他们从今往后在一起的每一年都值得拿出来纪念的契机。

蒋意抬头望向天空。既然现在已经在降温了,那么想来距离今年冬天的第一场雪应该也不远了吧。

蒋意微微扬起唇角,轻声说:"我想要在初雪的时候看一场漂亮的烟花——"她回眸,温柔的目光落在谢源的脸上。藏起所有的骄矜,此刻她无比真诚:"这样应该就足够让我疯狂心动了。"

关于如何让她疯狂心动,她给了一个非常具体、非常详细的定义,谢源只需要照着去做就行。蒋意弯了弯眉眼,对他说:"这样应该不难吧?"

谢源替她把外套的连帽拉上:"知道了。"

他认认真真地把她说的话记在心里。蒋意想在初雪的时候看一场烟花,那天同样会是他的表白日,他会努力让她疯狂心动。

谢源曾经对冬天无感,但是现在忽然开始无比期待冬天的到来。

B市什么时候下第一场雪?他已经等不及了。

蒋意回到酒店房间。张辛迪已经洗完澡坐在床上了,戴着耳机抱着iPad,正在看电影。

蒋意把身上的外套脱掉。

张辛迪眼睛里闪动着八卦的光芒:"你这件外套是谢源的。"

张辛迪扯掉耳机,也不看电影了。她觉得还是眼前蒋意和谢源的爱情故事来得更有意思:"谢源送你回来的?"

蒋意点点头。

谢源把她送到房间门口,看着她刷卡进门,然后才走的。

张辛迪笑得不怀好意:"我在这儿是不是妨碍你们了?"

蒋意莞尔,顺手拿起沙发上的抱枕朝张辛迪扔过去,拿了睡裙往浴室走。张辛迪冲她的背影喊:"没事,蒋意,不用不好意思!如果你有需要,我也可以麻利地下楼再去开一间房间!当然,如果咱们财大气粗的谢源先生能够报销一下的话更好!"

女孩子之间的玩笑话也会如此荤素不忌。

深夜,蒋意和张辛迪关灯之后继续夜聊,就像大学时候住在寝室里女生之间的茶话会似的。张辛迪终于有机会能够把好奇的事情都问个遍:"蒋意,你喜欢谢源哪点呀?"

张辛迪问完,忽然意识到自己的问题似乎有点儿瞧不上谢源的意思,立马解释道:"当然,我绝对没有说谢源不好的意思。我想说的是,谢源当然很优秀啦,不过,蒋意你更好嘛。你这么漂亮,这么聪明,性格也很可爱,追你的男生肯定很多,你的选择面应该很广泛才对。为什么你偏偏就认定谢源了?而且整整七年啊。"

张辛迪觉得,像谢源这种不开窍的木头帅哥,很少有姑娘能够坚持七年这么久吧,更何况这可是蒋意呀——蒋意想找什么样的男人都很容易吧,为什么偏偏是谢源这么幸运?

蒋意不假思索地回答说:"因为谢源人很好啊。"

她的答案让张辛迪很意外,张辛迪:就这样吗?没了吗?

在张辛迪看来,蒋意这样说完全只是给谢源发了一张好人卡啊。

谢源是好人,这恐怕不能作为蒋意喜欢他七年的理由吧?

但是蒋意自己心里知道,这样一个简单的理由其实已经足够了。

刚进大学的时候,她和谢源并不熟悉。

大学里,男生女生虽然同在一个班级,但是彼此之间好像把楚河汉界划分得非常清晰。蒋意所在的计算机系的班级,男生很多,女生很少。她和班里女生的交集都不算多,更不用说和男生了。

大一一整年的课程学完,班级里这些男生的名字,蒋意一个都没能记住。尽管谢源算是其中长得最帅的,但是蒋意从小到大见惯了帅哥,一个男人长得帅反而是最不值一提的长处,所以谢源在她这里也没有得到特殊待遇。

他们真正第一次说上话,是在大二。那是蒋意和她同父异母的私生子哥哥蒋沉闹得最凶的时候。

当时蒋沉读完商学院,毕业后直接进了蒋氏集团的公司。蒋吉东把他带在身边,几乎可以说是手把手地教他如何做生意。所有人都说,蒋吉东把蒋沉当成接班人培养。凭什么?蒋意那时候脾气比现在还要大。她过得不顺心,那么别人也不要想过得顺心。她用各种手段表达不满。

蒋吉东只会用金钱弥补她,给蒋意股票,给她信托基金,给她买地、买房、买珠宝首饰,但是唯独没有同意把蒋沉从当时的位子上开除——蒋吉东铁了心要让这个儿子进蒋氏,教蒋沉做生意。

蒋意可以尽量不去在意蒋吉东如何对蒋沉好,毕竟蒋沉是他的儿子,而他不是好人。他的天平朝蒋沉倾斜,这只能进一步佐证他是坏人。

可是连蒋意的亲生母亲赵宁语都在否定蒋意的所作所为——她勒令蒋意不要去管蒋家的事情,命令蒋意离蒋家的生意越远越好。

那段时间里蒋意最伤心的时候,是在大二某次班会上。

蒋意坐在最后一排,拿着手机用微信分别跟蒋吉东和赵宁语争吵,讲台上辅导员说的话她一个字都没有听进脑袋里去。

蒋吉东一味地哄她,用物质来搪塞她,顺便试图向她灌输蒋沉小时候过得有多可怜。他说蒋沉很小就没了妈妈,差点儿进了福利院,不像蒋意从小过着幸福优渥的生活。而赵宁语的文字非常冰冷。赵宁语不愿意哄蒋意,并且指责蒋意正在管不该管的事情,说蒋意不该自降身份去理会蒋沉。

最后赵宁语发来几大段语音,蒋意戴上耳机,一一点开。

赵宁语语气冰冷到了极点:"蒋吉东的钱,现在都是他自己的。我和他的夫妻共同财产在离婚的时候早就已经分割过了,现在他的公司、他的财产,他想要怎么分配都是他自己的事情。就算他写遗嘱把那些东西全部都留给他的私生子,那也是他的自由。

"蒋意,我跟你说过的,你不许进蒋家的公司,也不许碰他们的生意。我今天再提醒你一遍,你给我把这话记牢了。还有,你爸前段时间转给你的股票,我会委托律师帮你处理掉,到时候你直接在文件上签字就好。

"你管好你自己的事情,不要把时间浪费在无用的事情上面。

"别让我觉得你不配做我的女儿。"

赵宁语把话说得很重。蒋意听着听着,眼眶忍不住变得酸涨。

也许在赵宁语的眼中,蒋吉东也好,蒋沉也好,都是跳梁小丑罢了。

蒋意如果继续管这些事情,也会变成她眼里的跳梁小丑。

那天班会结束,蒋意站在三楼的阶梯教室外面,风有点儿大,她在走廊尽头把赵宁语发来的这几条语音反反复复听了很多遍。

母亲自己有公司,外公也有公司。蒋家的钱,也许在母亲看来根本算不上什么。但是蒋意不想让蒋沉拿走蒋家的钱,蒋吉东这样做,无异于是在践踏赵宁语的尊严,蒋意不想让蒋吉东得逞。

可是为什么连她的母亲都不愿意理解她呢?

蒋意把耳机扯掉。有那么一个瞬间,她很想把手里的手机扔下去。但是高空坠物是违法的,她也只是想想而已。

而谢源恰恰就是在这个时候第一次和蒋意说话。

他叫她同学:"同学,两点钟有操作系统的期中考试。"

蒋意瞪他。她觉得那时候自己的眼神一定很凶,所以谢源愣了一下。不过,这个情绪在他的脸上转瞬即逝,他很快就恢复到面无表情的状态。

她不需要别人来指手画脚。蒋意把耳机和手机扔进包里,走楼梯下楼,谢源背着包走在她后面。

他们走到底楼,这时候是一点五十分。

她不骑自行车。考试地点离这里有点儿远,在另一栋教学楼,眼看着她肯定赶不上两点的考试。算了,她不去参加考试也没什么,反正这门课的老师在学期初的时候说过,如果期末考试卷面能够拿到九十五分以上,那么就算出勤、平时作业以及期中考试一样都不做也没问题,最终成绩会直接以期末考试的卷面得分为准。

但是谢源这时候多管闲事,把他的山地车推到她面前:"你骑我的车去吧,骑快点儿应该能赶上考试。"

蒋意那时候脾气很差,完全没有领情,相反还气势汹汹地发难:"你没看见我穿着短裙吗?而且你的车子这么高,我怎么骑啊?"

她现在想想,谢源那时候没跟她黑脸,也属于是非常罕见了。

谢源被她怼完,沉默了几秒钟,然后坐上山地车,长腿撑地。他没看她,冷冷地说:"那你坐后面,如果裙子太短的话——"他把他的书包递给她,"稍微盖在腿上遮一下,应该没问题。"

他的书包很轻,但是蒋意没要——她自己有包,能遮。

她侧着坐上他的后座,抓住他的 T 恤。

他骑得很快,但是不怎么稳,可能是第一次骑车带人没经验。不过,最后他们两个都没有迟到,赶上了两点钟的那场操作系统课的期中考试。

其实，蒋意在坐上谢源的车后座时，她的气就莫名其妙地全消了。她甚至有点儿后悔，觉得这个男同学也是好意，她刚才不应该那么凶地跟他讲话。

这是蒋意和谢源第一次说话，同时也是谢源第一次帮蒋意。也就是这一次之后，谢源被蒋意盯上了，莫名其妙地被她使唤去做越来越多的事情。

那段时间，她受了太多的委屈，而谢源是唯一一个主动对她好的人。虽然这么说可能有点儿老套，但是谢源挺像太阳的，蒋意被他温暖到了。她不想放开他。

蒋意省略了这其中和她的家庭相关的部分，然后把这个故事转述给张辛迪听。张辛迪听完，在床上扭得像一条幸福的蚕宝宝。

"好甜——"张辛迪捧着脸颊，脑袋在枕头上面拱来拱去，"我也好想拥有这样甜蜜的爱情。唉，为什么我在大学校园里经历的都是离谱的男人呢？"

蒋意枕着手臂侧躺在床上。

她其实后来没跟谢源再提过他们当年大二的这件事情，不知道谢源对这事到底还有没有印象了。

蒋意想到什么就做什么。她拿起手机，给谢源发微信："你记得大二的时候吗？你提醒我要去参加操作系统的期中考试，后来还骑自行车带我去考场呢。"

谢源居然也没睡，秒回："记得。"他话好少。

蒋意："你当时是怎么想的呀？你居然会多管闲事，这完全不像你的风格。"

谢源看着这条消息。他能说，他当时开班会的时候就注意到她的状态不对劲吗？后来班会结束，她站在三楼窗口那儿低头看手机。他就隔着一段距离在她后面看了很久，生怕她想不开往下跳。

至于他骑车载她的时候，他脑子里根本没工夫想别的，只全神贯注想着一件事情，那就是别把她摔了，不然他恐怕要哭得更厉害了。

蒋意："而且好奇怪啊，我那个时候那么凶，你的脾气居然还能那么好，照道理你肯定早就黑脸走人了。"

蒋意："该不会那个时候你就已经喜欢我了吧？"

谢源："嗯。"

谢源："可能吧。"

谢源："我也不知道。"

蒋意盯着手机屏幕，心脏"咚咚"地撞着胸口，很大声。

完蛋了，她好像又一次疯狂心动了。

算了，她不告诉谢源，他就不会知道——她要等他到初雪。

蒋意："我跟你讲，初雪的时候，我要看到那种非常非常大的烟花，你不可以拿仙女棒糊弄我。"

谢源虽然不知道为什么蒋意突然岔开了话题，但会记下她的所有要求。

谢源："知道了。"

谢源："你早点儿睡，别摸黑儿玩手机，眼睛会瞎掉的。"

谢源："我不是在吓唬你，是真的。"

三天两夜的团建结束，过后就是周末。

蒋意说她想要去商场买冬天穿的裙子。既然她想去，那就走吧——谢源开车。

蒋意挑衣服很慢，一条条地试裙子。把每条裙子穿上身，她都要走出来给谢源看看，让他提参考意见："是这条裙子好看，还是刚刚的那条裙子比较好看？"谢源客观地讲，她长得漂亮，无论穿什么衣服都挺好看的。

蒋意命令他认真一点儿，坐下来跟他咬耳朵："谢源，我今天买的裙子，说不定就要在初雪那天穿呢，所以不可以敷衍了事。"

她温热的呼吸全部都扑在谢源的脖子上。他扯了扯领口，莫名其妙地觉得浑身燥热，然后默默地往旁边挪开一些。

谢源听懂了，她今天是过来买初雪那天要穿的裙子。

谢源拍拍她的腰，示意她站起来再给他看看。蒋意乖乖地起身，转了一圈。她穿哪条都好看，谢源弯了弯唇："两条都买呗。"

那句话怎么说的来着？小孩子才做选择，大人当然全都要。

蒋意轻轻地哼了一声，不高兴，觉得他在敷衍她："刷的又不是你的工资卡，你肯定无所谓喽。"

谢源逗她："你想刷我的工资卡？"

蒋意转过脑袋不理睬他。她不是这个意思。其实不管是买两条裙子，还是买两百条裙子，对她来说都没有什么区别——她只是很在意他的态度嘛！

谢源伸手拉了拉她的发尾。蒋意没有回头，直接把长发都往前拨，发尾柔顺地卷曲着垂在胸前，她不让他拉。

谢源心里暗道"不好"：完了，他好像把家里的公主惹生气了。他又坐近："你想刷我的工资卡，也不是不行。待会儿我们回去你开车，你做饭，你洗碗，如果你能做到，那么我今天就把工资卡拿出来给你随便用。"

蒋意凶巴巴地瞪他。他明知她肯定做不到，还要提这种困难的条件。

蒋意往更衣室走，边走边跟陪同的销售说："我买刚刚的那条裙子，这条不要了。"

谢源听完，无奈地摇了摇头。她这不是自己心里已经有主意了吗，那刚才为什么还要问他的意见？

他不知道，蒋意其实是想让他选一条他觉得她穿着好看的裙子，然后她会在初雪那天换上那条裙子，打扮得漂漂亮亮的，去赴他的约。

可是谁让谢源这个男人不解风情呢？

那他没得选了，只能看着她在初雪那天穿她自己喜欢的裙子去约会。

买完裙子从商场出来，蒋意和谢源走上天桥，准备去旁边另一个商场吃午饭。天桥上人渐渐多起来，谢源把手指给蒋意牵着。蒋意不肯牵，还记恨他刚刚敷衍她的事情呢。于是谢源拉过她的手，牵着她："别走散了。"

他倒是挺会给自己找理由的。

走了一段，忽然有人在他们前面叫出谢源的名字。

蒋意循声张望，然后看到一位阿姨朝他们这边招了招手。那位阿姨的头发烫过，打理成一个个小小的卷，身上穿着三合一冲锋衣、牛仔裤、运动鞋，戴眼镜，感觉是很强势同时又很利落的形象。

蒋意感到好奇：既然她能叫出谢源的名字，那肯定是谢源认识的人。她是谢源家的亲戚吗？

谢源也看到了那位阿姨。他告诉蒋意，那位是他的高中班主任张老师，那会儿教他们数学。他带着蒋意走到张老师的面前。

张老师笑眯眯地透过眼镜片打量谢源，以及他身边的蒋意。

"还真是你。谢源，你这孩子毕业之后总不乐意参加同学聚会，我都好久没见你了。"高中班主任在学生毕业之后就彻底藏起了威严的一面，只剩下浓浓的慈爱和关心。

张老师问起谢源有没有读研读博，现在是否工作了，是不是还在计算机行业，在哪里高就。谢源一一回答。

张老师温和的目光落在蒋意和谢源牵着的手指上，她猜："女朋友？还是说你们已经领证结婚了？"

谢源低头看着蒋意，眼眸里带着几分温柔的意味，探询的意图浸在其中忽明忽暗。他此刻的心情一定很好。他像在征求她的意见，问她要怎么回答。

蒋意捏捏他的手指，朝他眨了一下眼睛——他想怎么回答都行。

蒋意不知道谢源有没有读懂她传达的意思。

谢源收回望在蒋意身上的眼神，看向老师，嘴边挂着淡淡的笑，说：

"这位是蒋意,我正在追她。"

虽然他这么说,但是张老师一眼识破,觉得眼前这两个年轻人距离水到渠成肯定不远了。她笑道:"谢源你以前读书的时候,班上早恋这个问题我最放心你。我当时还很好奇,想着以后该是怎样一个厉害的女孩子才能把你收服,今天终于见到了。"她又跟蒋意开玩笑:"谢源这小子很难相处得好吧?你肯定得惯着他的臭脾气。"

蒋意仰起脑袋和谢源对视一眼,谢源也定定地低头看她——他们两个到底是谁惯着谁更多一点儿?

蒋意露出笑脸回答张老师回答:"还好吧,我觉得谢源这样挺可爱的。"

张老师"哈哈"笑起来:"你太惯着他了。"

他们又聊了一会儿,然后张老师说她不打扰他们年轻人约会了。

张老师走后,蒋意踮起脚尖拍了一下谢源的胳膊,说:"我发现,你好像很喜欢承认说你正在追求我。我感觉你特别得意呀!"

谢源反问她:"难道这么说不对吗?"

蒋意转过身,才不回答这个问题呢。

谢源继续逗她:"不然怎么说?我能直接跟老师说,你是我的女朋友吗?我有这个名分了吗?"

蒋意不睬他,大步往前走。为什么不行?只要他想就行啊!

谢源正拉着蒋意的手。她往前走,可是他站在原地没动,她也拉不动他,只好停下来,回头瞪他:"你干吗不跟我走?"

谢源握紧她的手指,稍一用力,蒋意就被他轻而易举地拉回来,撞进他的怀里。

蒋意:"讨厌,鼻子撞疼啦!"

他捏了捏她的鼻尖:"好好想想。"

她想什么?她才不想呢!蒋意轻轻地把他的手拍开。

吃完午饭,风逐渐刮得凶起来。他们仍然走原来的路,沿着天桥往他们停车的那个商场走。

"想喝奶茶吗?"

蒋意点点头。

谢源把车钥匙给她:"去车上等我。"

蒋意接过车钥匙——她上次挂上去的那个小狐狸钥匙扣还在。

车里,空调"呼呼"地往外送着热风。

蒋意玩手机等着，玩了一会儿，正无聊的时候，谢源买好奶茶回来了。

他先绕到后面，把后备厢重新打开再关上，然后才拎着奶茶上车。

"后备厢刚才好像没关好。"他解释了一句。

谢源把吸管插上，然后把奶茶递给蒋意。

蒋意慢悠悠地喝了一口。

好喝！不愧是这附近排名第一的奶茶。

蒋意发出小猫般黏糊糊的撒娇声："谢源你真好。"

谢源："我也觉得我对你挺好的。"

蒋意翘起嘴角：哪有他这样自卖自夸的？

谢源没给自己买奶茶，买了一杯拿铁，打开封口喝了两口。

"待会儿想做什么？"他征询她的意见，"外面太冷了，我们可以找个室内的地方，去看电影？"

蒋意不想看电影。

"射箭？玩吗？"

给出这个选项的时候，谢源其实有点儿没底气。因为这地方是他不靠谱的高中同学付志清强行给他推荐的。那家伙宣称射箭馆是约会必去的场所之一，但谢源没觉得这里有什么非去不可的理由。

蒋意摇头："不要，会手疼。"

谢源提的一个个建议都被蒋意一票否决，但他挺有耐心。他坐在驾驶座上垂着眼睛看手机，修长的手指落在手机屏幕上指指点点："你等会儿，让我看看，这附近还有什么好玩的地方——"

蒋意盯着他的侧脸看了几秒钟。

她觉得这些都不好玩——没他好玩。

她将视线落在他薄薄的嘴唇上——看起来好像很好亲。

突然间，她不想等初雪了，谁知道初雪还要等多久，而他现在就在她面前，触手可及。

蒋意觉得自己想清楚了。毫无征兆地，她放下手里的奶茶，倾向他，手指毫无章法地随便找了个地方撑着借力，上半身越过了车内中控。

谢源的注意力还放在手机 App 的附近推荐上面，他完全没留意到身旁蒋意靠近了他。他只感觉到一阵柔柔的香风拂过来，然后，她在他的脸颊上轻轻地啄了一下，浅尝辄止。她把亲亲的位置选在离嘴唇最远的脸上，可是这里又离他的耳朵很近，既大胆又含蓄。

她在碰到他之后就退开，微微抬头，手指挡在唇边，眼睛像是会说话，但是欲说还休。她在等待他的反应——他会怎么做？他会当场死机吗？

在蒋意看来，这也不是完全没可能，毕竟，谢源就是一只很容易害羞的大狗狗啊。

谢源还真的愣住了。她亲得太短暂了，他只感觉到那一瞬间温热的触感，软绵绵的嘴唇碰到他的脸颊，陷下去，之后下一秒倏地逃走、躲远。

这个吻就像一场抓不住的梦，但他不想放走她。

她只在脸颊上浅浅地啄了一下，这怎么够呢？

谢源眼神沉沉的，扫向她的面庞，在她的脸上捕捉到一丝赧然。

她的脸皮薄薄的，透着粉粉的红色。原来她也会害羞，还好，他也同样在努力克服这种赧然，不过没关系，慢慢会好的。

谢源终于有了下一步的反应。他托起她的脸颊，指腹在她的脸上抚过。他把她挡在嘴唇前面的手指钩住，然后按下。

他的嘴唇动了一下。蒋意以为他要说话，但是他没有。下一刻，谢源俯身过来，准确地吻住她的唇。

他不是浅尝辄止，他的呼吸占据了她唇齿之间的所有空间，并且想要更多。

她是甜的。

蒋意扬着脸。

谢源开始吻得很轻。感受到她轻轻给的回应之后，他吻得越来越深、越来越重，恨不得揽着她的腰身将她整个人拖进怀里搂着。直到他本能地抚上她的脖颈，手掌带过她怕痒的颈侧，停留在她的耳边，蒋意发出一记低低的嘤咛，她的唇彻底被浸湿。

谢源稍稍离开她，但仅仅只有几秒钟，像是给她一点儿时间来缓过劲。然后他又开始断断续续地吻她。

蒋意的眼睛雾蒙蒙的，但是她不肯露怯。

在他放过她，而她能够说话的时候，她点了点自己的心口："我这里——现在正在疯狂心动呀。"

谢源的瞳孔一颤——这是他理解的意思吗？

蒋意揽上他的颈项："谢源……我答应你……现在我是你的……女朋友了。"她之前说过的，如果他能让她疯狂心动，那么她可能就会回应他的喜欢，做他的女朋友。

而她此刻终于兑现了这个承诺。

第六章
蒋意遍历了身边最亲近的人，
只有谢源爱她，而她也爱他

两个人黏黏糊糊的劲一直持续到十七楼的家门口。
两人应该要各回各家了。
蒋意继续抱着谢源的胳膊，不肯松手，漂亮的眼眸在谢源的脸上来来回回地看，尤其在他的薄唇上视线停留的时间最漫长。
谢源捏了捏她的脖颈，好笑地问："你想干吗？"
她想干坏事，他明知故问。
"不想你走。"她的企图溢于言表，她摇了摇他的手臂，撒娇，"你陪我再玩会儿嘛！"
她乖乖地望着他，眼眸水润，没藏好其中的小心机。谢源仿佛看到面前有一条小色狼正在冲他摇尾巴。
"不可以吗？"蒋意眨了眨眼睛。
谢源轻轻捏了一下她的脸颊，觉得又好气又好笑——他家这只小狐狸怎么满脑子都在想把他拐到床上去？真让人头疼。
他低头亲了下她的额头："慢一些。"
他们慢慢来，不着急。
蒋意"哦"了一声，既然他想慢慢来，那就慢慢来吧。
她重新抱住他的胳膊，脸颊抵着他手臂上的肌肉，微微仰起头，撞了撞他的肩膀。她的眼睛灿若星辰，她故意说："我也没有别的意思呀，谢源你是不是误会了？我可没有要留你在我家过夜的意思，更加不是想要把你——"

谢源偷袭她的嘴唇，倾下身飞快地亲了一下。他像是突然间开窍了，只能说男人在某些方面确实有着无师自通的本能。

"想要把我怎么样？"他问。

蒋意脸红了——她想把他就地正法。她的害羞劲这时候才慢吞吞地泛上来，此刻她从耳朵到锁骨一整片都是通红的。

谢源看出她不好意思了。他扬起嘴角，但是没敢笑出声，怕把他家的这位公主病小朋友惹急了。

"回家吧。"谢源揽着她的腰，亲手把她送到1702室的门口。门锁着。谢源牵起她的手，摁着指纹锁把门拉开，再把本来他手里拎着的购物袋和她的包包都放下。

蒋意这个时候才注意到，谢源的手里多了一个袋子，反应过来："你买了另一条裙子。"

谢源轻轻地"嗯"了一声。

"你什么时候买的？"

谢源摸了摸鼻子："给你买奶茶的时候。"

蒋意轻哼，手指戳了戳他的胸口，抱怨道："怪不得我等了你好久。"

其实她也没有等很久。

蒋意抑制不住地开心，唇角翘起来："你喜欢看我穿这条裙子呀？"

谢源低咳一声："嗯。"

他不怎么好意思承认。

他抬手揽上她的腰，用商量的口吻："约会的时候穿给我看？"

她故作思考："什么时候约会？初雪那天？"

谢源轻轻抚开她额前的碎发："那样要等很久。"

他不想等。原来他也觉得等初雪要等太久。

蒋意伸手搂住他的脖颈，一下子把两个人之间的距离拉近了。她能感受到谢源揽在她腰身上的手臂骤然紧了紧，然后又若无其事般地再放松回去。

蒋意歪了歪脑袋："那你想要哪天？"

谢源早就准备好答案："明天？"

明天？

谢源："要不要去看猫咪？我的姥姥和姥爷明天要出门，刚刚在家庭微信群里征集喂猫的志愿者。"

他姥姥姥爷家里现在养的两只猫咪,就是蒋意和他大学时捡到的流浪小猫。

蒋意凑近他的耳边,坏心眼儿地吐着气说:"你这样讲,就很像在说家长明天不在家,你邀请我回家干坏事似的。"

他有吗?看样子她的脑袋里装了很多带颜色的废料。

谢源腾出手捏了一下她的耳朵——他得找个时间给她好好地洗一洗。

第二天,谢源等在蒋意家门外。

她穿着昨天他后来买的那条裙子出门。

谢源不着痕迹地看了她一眼——裙子太短,腰太细……他昨天怎么没觉得这条裙子有这么多问题?

不过这条裙子很称她,她穿着很漂亮。

谢源开车径直往郊区去,带她找到他姥姥姥爷住的房子。

就像谢源之前给蒋意描述的那样,这栋房子所在的位置很静谧,自家院子里有花园,有菜圃,沿着门口的道路往前走十分钟,还有一条清澈的小河。环境让人非常舒服。

"就感觉像在城市里过着田园生活。"蒋意说,"谢源,你是从小在这里长大的吗?"

她看起来很羡慕他的童年。

谢源淡淡地笑了下:"不是。"

哦……既然不是,那他笑得这么好看干吗?

谢源有钥匙。他把外面围墙铁门的锁打开,边开锁边说:"这栋房子是我姥姥姥爷在退休前几年买的。本来他们打算退休之后就搬过来住,不过后来因为他们又是返聘又是带学生,反正没能彻底退休吧,所以仍然住在医院旁边的房子里,那样方便一些。前两年他们才真正退下来,然后就搬到了这里,一直住着。"

蒋意是好奇宝宝。她记得谢源说过,他们家里都是学医的,只有他是例外:"谢源,你为什么没有学医呀?"

谢源想了想:"我爸我妈说我脾气差、没耐心,不适合做医生这行。"

蒋意"扑哧"笑出声,脑补了一下谢源的爸妈一本正经地跟谢源讨论高考志愿的画面。

谢源看她笑得这么开心,觉得好笑。她好像最没有资格嘲笑他脾气差、没耐心吧？她扪心自问，他是不是对她脾气最好、最有耐心？

谢源伸手捉她，揽着她的脖颈，把她整个人拉在怀里。

"蒋意——"他明知她最怕痒，还要故意往她的脖子上呵气，逗得她整个人像条扑腾的活鱼。

"嗯……你不要欺负我……"蒋意抗议也无效。她被他半抱半拖地穿过花园，两个人走上台阶，停在廊檐下。

谢源一手制住她，另一只手拿钥匙开房子底楼的大门。他把钥匙拧了两下，然后按着把手推开大门。

门开了，他低下头看怀里的蒋意。

她自己折腾自己，长发都弄得有些凌乱，脸庞染着粉粉的红色。

"我脾气不好？"他又问她一遍，语气透着一丝丝危险。

蒋意伸出手捧住他的脸，终于肯装乖："你脾气最好啦。"

她心里想的却是：谢源的爸爸妈妈说得很对，谢源的脾气就是很差、很坏，完全不适合去做救死扶伤的医生。他也就跟她一样，适合做程序员，每天和程序代码闹情绪吧。

谢源假装没看出她心里的不服气，说："你去找猫，我去拿猫粮。"

猫很乖——用不着蒋意去找，它们就自己翘着尾巴跑过来了。

"谢源，它们现在还叫我们以前给起的名字吗？"

谢源在储物室里回答了一句"嗯"。当拎着猫粮走出来的时候，他其实很想纠正她，那两个难听的名字是她当时凭一己之力想出来的，跟他没有任何关系。他只是在把两只猫带回家以后，把她取的名字如实转告给了他的父母。但是他看到蒋意已经跪坐在地毯上，弯腰和两只猫玩上了。

算了，他不打击她了，反正名字难听归难听，两只猫也凑合用了好几年。

蒋意问谢源要了一根猫条。

谢源把口子撕开再递给她。

"一一。"

那只瘦瘦长长的奶牛猫叫一一。它优雅地坐下，尾巴轻轻搭在爪子上面。

"二二。"

旁边那只敦敦实实的橘猫叫二二。它"喵呜喵呜"地叫着，学着那种软乎乎的声音撒娇，伸出一只爪子想要挤进蒋意的怀里。

谢源面无表情地伸手抱走橘猫。橘猫抵着谢源的膝盖，"喵呜喵呜"地又叫了两声，但是这次像在说很脏很脏的话。

蒋意喂它们吃完一根猫条，谢源再喂它们吃普通猫粮。

两只猫蹲在各自的食盆前面，慢吞吞地嚼着猫粮。

谢源按照姥爷发过来的指南，又给它们倒了两浅碗的羊奶。橘猫二二舔了舔自己碗里的羊奶，然后贼兮兮地把爪子伸进奶牛猫一一的羊奶碗里，涮了涮爪子。

奶牛猫一一哪里肯受这种气，立马暴起，一爪子拍到橘猫二二的大脑门儿上。橘猫迅速地奋起反击，一脚踩翻了自己的羊奶碗，羊奶在半空中飞起来——有一些精准地落在了蒋意的头发上。

"唉——"

猫可能知道自己不小心闯祸了，马上想逃窜，被谢源一手拎起一只，束手就擒。

处理完猫，谢源再来处理蒋意。

蒋意坐在地毯上，眼睛湿漉漉的："谢源，我的头发得洗——"

谢源的薄唇抿成一条直线——他知道。

谢源把蒋意带到二楼的浴室："你自己洗吧。"

他这会儿为什么要强调她"自己"洗？蒋意抬眸看着他："我只想洗头发。"

谢源的喉结上下滚了滚——什么意思？如果她只想洗头发，那么就只洗头发，为什么要跟他说？

蒋意一本正经地说："但是如果我自己给自己洗头发，就得一直弯腰低头洗。我这样肯定会低血压的，说不定眼前一黑，然后一头栽下去——"

可以了，她不用继续说下去，谢源已经听明白了——她想让他帮她洗头发。

"蒋意，你这公主病能再离谱点儿吗？"

"可是，你是我的男朋友啊。"

蒋意简简单单的一句话让谢源没了脾气。

谢源叹气。

行吧，既然她都搬出这套男朋友的言论，那他就乖乖地给她洗呗。

反正谢源已经做过思想准备，转正做她男朋友之后，服务她的业务范围只会越来越多、越来越离谱。谁让他就是这么想做这个男朋友呢？

谢源从来没给蒋意洗过头发，洗头发这事他长这么大也就只给自己做过。

谢源打开水池的水龙头，调好温度，再把洗发露和护发素都拿到手边放着，还备了一条毛巾放在旁边——这样应该勉勉强强能算准备充足了吧？

谢源示意蒋意过来弯腰。

然而，没等她弯腰，谢源就发现不对劲——她身上这条裙子不太适合她弯腰。

谢源眼底的情绪变了又变。

她腰太细，腿太长，偏偏她的裙子又短。

他发誓他绝对不是故意要往她身上看，但实在是——

谢源只能说，自己毕竟是一个成年男人，有些反应避免不了。

谢源叹气："你先等会儿。"

他关了水龙头，护着她的脑袋让她先起来，去储物室里给她找到一件全新没拆封的浴袍："穿上。"

蒋意乖乖地穿上。谢源替她把腰带系上，又把浴袍的领口和下摆都规规矩矩地整理好。结果等弄完，他发觉这样看着更加不对劲了——浴袍穿得太严谨也不行，横看竖看都像是她只穿着浴袍。

谢源的视线顿住。算了……他拍拍她的腰，示意她弯腰。就这么凑合着洗吧，别折腾了，他吃不消。

蒋意的头发很密、很长，他洗起来需要很耐心，尤其她并不能算是非常配合他。

"谢源……水太烫了……"

"谢源……水温太低了……"

"谢源……泡沫进到眼睛里了……"

"谢源……你轻一点儿……"

"谢源……你把我弄疼了……"

"谢源——"

谢源眼神沉沉的，脑子里的弦快断了。他骤然把水龙头关掉，浴室里的水声断了，蒋意也安静了。一时间仿佛连针掉在地上都能发出清脆的动静。

蒋意站直，水珠顺着发梢滴到她的脖子上，然后再慢悠悠地沿着细腻柔软的线条淌过分明的锁骨，最后彻底隐没在浴袍之下。

谢源的喉结微动。

他明知自己此刻绷得很紧，但是仍然放任蒋意踮脚揽住了他的脖颈，这无异于火上浇油。

　　洗发露那股淡淡的甜桃味道往他的身上扑。蒋意声音软软的："谢源，你是不是正在不高兴？"她近在咫尺，满眼认真地盯着他。

　　"没有。"谢源回答得很快。

　　蒋意轻轻戳了戳他的脸颊："骗人，你脸明明都黑成这样了。"

　　谢源没接话，把她的手指拉着按下去。他没有使用很大力道，堪称轻柔地把她的手心朝下置在洗手台的边缘。

　　蒋意碰到湿滑冰凉的瓷面，谢源抚上她的手腕，然后将她抵向镜面。

　　他揽起她的腰，吮上她的唇，和她呼吸交缠。镜面上的雾气散开再聚起，反反复复，一切能被触及的地方都是滚烫的。

　　一吻毕，骤然失去支点，蒋意的脑袋微微往下无力地点了点，然后再被谢源抬起。她整个人不知道从什么时候开始已经被他拥着坐在洗手台上。身前是他，身后是镜面，她攀着他的肩膀勉强稳住重心。

　　谢源替她拿着头发，他的手不着痕迹地拂过她的耳郭。

　　"现在可以乖乖洗头发了吗？"

　　蒋意整张脸变得彻底绯红，可以了……

　　猎物和猎手的身份像是忽然间对调了。

　　蒋意的心跳加速，她甚至感觉脑袋里有点儿空白。

　　谢源替她把裙摆和浴袍整理好，然后揽上她的腰，单手将她从洗手台上抱下来——蒋意其实完全能自己下来，但是他非要抱她。所以，公主病都是被纵容出来的。

　　谢源给蒋意洗完头发，接下来该吹头发了。

　　他因为刚刚差点儿失控，没再和蒋意继续待在洗手间的密闭空间里，把蒋意带到了底楼的客厅。他找到吹风机，然后插上插座，示意她坐在沙发上，他给她吹头发。

　　吹风机"呼呼"地响。

　　谢源已经吸取了刚才的教训，但是蒋意似乎没有。她可能是不甘心处在猎物的境地，所以当谢源给她吹头发的时候，她一点儿也不乖。

　　谢源的眼底闪过一丝无奈。她随便撩撩，他就要没办法，这样可不行。他有合理的进度表，但是如果像现在这样发展下去，他们眼看着就会一下子超前于进度太多。

　　谢源放下吹风机。他得给她找点儿事情做，不然她的注意力永远在他的嘴唇和某些地方上。

谢源找出二十年前的老相册，一整本都存着他小时候的照片。

他把相册拿给蒋意，蒋意的眼睛一亮。

谢源稍微放心一点儿了。他就知道，她肯定会对这些照片感兴趣的。

他拿起吹风机继续给她吹干头发，而她抱着相册看得津津有味："谢源，我发现你好像从小就是一个臭屁小孩儿呢——"

臭屁小孩儿……这是好词吗？

蒋意扭头看他，抱起相册，把照片中的他跟他现在的长相做比较。

谢源伸手把她的脑袋转回去，问她："看出什么来了？"

蒋意："谢源，你小时候超级可爱呢。你快看这张照片，你穿着一件小小的工装背带裤，而且表情也很傲娇啊。那时候你几岁？"

照片左下角印着时间。谢源想了想："也就三四岁吧。"

"好可爱！"

他怎么感觉，她好像更喜欢照片里那个迷你版的他呢？

蒋意捧着她自己的手机，对准这本相册里的谢源小朋友，把她认为可爱的照片全部拍了下来，终于满意了。她合上相册，告诉谢源："我也有好多好多小时候的照片，应该还有好几盘成长录像带。"

那些都是蒋吉东给她弄的东西。

"下次回S市的时候，我找出来给你看。"

谢源把这些话都听进耳朵里。她这么说，是不是意味着她也有计划带他去见她的家长？谢源没有表现出来，但是心里不自觉有些愉悦。

他知道不能向自己的公主病小姐要求得太多。他希望她跟他一样，在认真地规划他们共同的未来，希望她在心里给他留出一块小小的地方，盛放他们的过去、现在和未来。这样他就很满意了。

蒋意和谢源要回去了。他们本来过来这边只有一个任务，就是给姥姥姥爷家里的两只猫喂食，没想到却在这个过程中意外触发了两个支线任务：给蒋意洗头发和吹干头发。

蒋意回想起浴室里的那个吻，心脏就会"怦怦"地跳动。

她瞥谢源，谢源一脸正经。但是她发觉，他其实一点儿都不正经。

谢源站在廊檐下准备锁门。两只猫蹲在门口，奶牛猫——用脑袋顶着门，想要跟出去，"喵呜喵呜"地轻声叫唤着。蒋意弯腰蹲下去温柔地把它抱起来，用指腹抚摸着它额头上那块黑色的毛。

橘猫二二如法炮制，也要求抱抱。

谢源看在眼里，说："如果喜欢就养一只。"

蒋意惊喜地回头看他。她明明记得，之前他们一起逛花鸟市场的时候，谢源还不允许她养猫猫狗狗。现在他怎么忽然就松口了？

蒋意眼睛亮晶晶的："真的吗？我现在可以养猫吗？"

她什么时候做事情前会征求他的同意了？

谢源说："我什么时候不让你养猫了？"

蒋意答道："上次在花鸟市场的时候——"她都记着呢，他休想抵赖。

确实有这件事情——她那时候抱着一只小小的马尔济斯犬，非常漂亮。他的相机里还存着照片呢。

谢源纠正她："但是我记得，我上次没有不让你养，而是说，我不会帮你遛狗，所有事情你得自己亲力亲为。"

这有什么区别啊？蒋意瞪他，说："那你现在不能这样了。"

哪样？

蒋意和他讲道理："如果我现在决定养一只猫，那你就是它的爸爸呀。你说，你作为爸爸，是不是有抚养和照顾它的责任、义务呢？"

谢源勾起嘴角，觉得她一本正经地跟他据理力争的模样特别可爱。

她到底是怎么长大的？究竟怎么才能养出她这种性格的女孩子？

他感觉下次去 S 市拜访的时候，有必要向叔叔取取经。

谢源从蒋意怀里把奶牛猫一一抱走，放回房子里。然后他把橘猫二二也拎进去。

"行。"他同意她的这套责任义务论。

蒋意说："如果我们再养一只猫的话，名字就要叫三三了。"

谢源的嘴角扬了扬——这个名字还是很难听。

说是这样说，但是蒋意和谢源回去之后暂时没有把养猫这件事提上日程。按照谢源的理由，现阶段他还是想要享受过二人世界。他没打算让一只名字叫"三三"的猫插足他和蒋意的生活——万一蒋意全心全意地喜欢猫，不喜欢他了该怎么办？所以谢源根本不会往家里引入这样的危险成员。

蒋意也没想马上养猫养狗，她最近这段时间的工作强度太大了——用张辛迪的话来说，这是情场得意需要付出的代价。

"不过，我感觉你的事业目前也非常得意。"张辛迪说。因为李燎要离职了，而 GraphLink 的项目经理 Paul 火速调整了组内的技术架构。他把蒋意安排在了一个至关重要的位置上，并且项目的技术主管的位置空缺。明眼人都能马上看出来，这个技术主管的位置肯定是要准备留给明年升到

· 258 ·

senior 职级的蒋意的。

李燎离职前和蒋意约了一次半个小时的谈话。他说他已经拿到 PhD offer，明年秋季入学。

"那你怎么这么早就提离职？"还有几乎一整年呢。

李燎："我打算回塔克山谷先找岗位，干个大半年。说不定也有可能我直接在那儿搞自己的初创公司了。"

蒋意笑了下："那就祝你财富自由。"

李燎"哈哈"地笑着，又说："你和谢源在一起了。"

陈述句，而非疑问句。

蒋意点点头。

李燎说："挺好，你如愿以偿了。"

他看起来很自然地就接受了这个结果。

蒋意扬唇："失败者的感觉怎么样？"

李燎开玩笑："你还真的是一点儿场面话都不肯说啊，非得要这么明晃晃地扎我一刀。"

蒋意故作无辜："我以为你们大男子主义者都不会伤心的。"

李燎做了一个无奈的表情："原来在你的心目中，我是一个讨厌的大男子主义形象。"

蒋意回答："在很多人眼中，你应该都算得上是标准的大男子主义。"

强势、目的明确、控制欲极强……诸如此类的形容词，非常符合蒋意最初认识李燎的那段时间对他产生的印象。

李燎夸张地叹了一口气："那我大概知道你为什么不喜欢我了。"

蒋意笑眯眯地纠正他："我不只是不喜欢你，我是只喜欢谢源。"

李燎感觉自己又被蒋意毫无感情地扎了一刀。他表示差不多了："我有点儿不想再跟你说话了。"当然，他这只是玩笑而已。

半个小时的谈话很快过去。李燎最后说："蒋意，如果你去 M 国，别忘记在塔克山谷还有我这么一个前同事。"

周六早晨，谢源端着两份煎蛋从厨房里出来。他放下煎蛋，然后看了眼时间——九点。蒋意待会儿要一块儿跟他出门，这会儿该起床了。

就在谢源准备去隔壁 1702 室把蒋意叫醒的时候，蒋意自己开门走了进来。她自然地从客厅角落里的立柜第三个抽屉里拿到她的气垫粉底盒，然后走到餐桌前坐下。

谢源对此已经见怪不怪了。自从他和蒋意正式谈恋爱之后，他经常在家里发现不属于他的物品。蒋意随手乱放乱丢，他则负责替她收拾。然后逐渐演变成目前的状况：她知道她的东西被他收在家里的哪个地方，一伸手就能拿到她想要的东西。当然，偶尔也会有她找不到东西的时候，那么她就会毫不犹豫地撒娇呼唤他替她找。

蒋意没有马上吃早饭，而是对着气垫粉底盒里的镜子开始涂口红。她先薄薄地涂了一层口红，接着又上了一层唇釉，认认真真地描摹唇形。唇釉的颜色鲜亮，衬得她整个人青春靓丽，像女大学生似的。谢源拿着酸奶走出来，看见她，忽然间就有了一种回到大学校园的感觉。

他其实有点儿遗憾，没能跟蒋意谈一场校园恋爱。

不过，也并没有那么遗憾，毕竟，在他对于大学校园的记忆里，蒋意基本上处处都在。说实话，这样跟谈一场校园恋爱的差别不算很大。

谢源把手里的酸奶和调羹递给蒋意，忍不住说教："吃完早饭再涂口红，你别把口红都吃进肚子里。"

蒋意放下气垫粉底盒。她撑着脸颊看他，笑眯眯地说："可是，我感觉最近你吃下去的口红，应该比我要多很多。"

她一招制敌，谢源竟然无法反驳。最近这段时间，他确实过得比较……荒唐。他目光深沉，隐晦地在她的唇上一掠而过，喉结动了动。

蒋意还没结束，身体微微前倾，露出白皙的手腕，故意招惹他："我今天换了一支新的口红呢，广告上面说，这款口红是巧克力味道的，你想知道吗？"她正在通过眼神邀请他：想要尝一尝吗？

谢源收起眼神，面无表情地把调羹塞在她的手里："我暂时还不想知道，谢谢。"

蒋意舀了一勺酸奶，咬着调羹慢悠悠地咽下去。

她注意到他的用词——暂时，那他就还是想要知道咯。

"谢源，你好无趣。"她舔了下嘴唇上残留的酸奶。

谢源直接用纸巾给她擦掉，连着口红、唇釉一起。

再无趣，他也是她的正牌男朋友，她不能始乱终弃。

吃过早饭，两个人一起出门，但他们不是要去约会。谢源去踢球，蒋意去见闺密屠令宜——他们难得各自有各自的安排。

上车的时候，蒋意主动提出说要开车。

行，谢源乐得清闲，把车钥匙给她。

蒋意今天打扮得尤其漂亮，一头长发明显是用卷发棒精心打理过的，柔顺又蓬松。谢源觉得她好像对她的闺密比对他更重视。

蒋意扣好安全带，伸手摸了摸他的下巴，手指轻轻地放上去挠了挠，像在摸一条大狗狗："没办法呀，谁让我要去见亲亲闺密呢？"

而且她已经很久没有面对面见到屠令宜了。如果不是因为屠令宜这次刚好来 B 市出差的话，她感觉自己都快跟屠令宜处成网友了。

蒋意先送谢源去他们踢球的球场。

到目的地，蒋意仰着脸要亲亲。谢源还不是很习惯在公开场合做出亲昵的举动，但还是不急不缓地抬起她的脸颊，吮吻她的红唇。

关于她的事情，他从来都不会敷衍了事。

吻毕，蒋意对着镜子照了照，然后不高兴地说："讨厌，你把我的唇釉都弄掉了。"主动索要亲亲的是她，亲完翻脸不认人的还是她。

谢源下车。蒋意降下车窗，叫住他，递给他一张纸巾："踢完球不要乱跑，乖乖等姐姐来接你回家。"

明明比谢源年纪小，她却故意在他面前自称姐姐。谢源先是一怔，随即眯起眼睛紧盯着她，眼底闪过难得一见的危险。

她越来越不乖了，就像一个天生的坏姑娘。

蒋意把谢源放下，然后开车去见屠令宜。停车等红绿灯的间隙，她听见车里的广播新闻准点播报天气："北方冷空气预计明晨起将影响本市，本市周中或将迎来冬季首场降雪……"

首场降雪……要下初雪了吗？

蒋意握着方向盘，望向前挡风玻璃外面的天空——晴空万里。

她想起自己和谢源之间关于初雪的约定。她曾经亲口告诉他，想要在初雪的时候看一场盛大的烟花，以此作为她和他在一起的契机。

但是现在他们已经在一起了，她等不及第一场雪，于是提前拆开了她的初雪礼物。所以，初雪那一天，谢源会为她准备烟花吗？

蒋意咬着唇，构想了一下可能发生的情况。但她发现，自己其实好像并不是非常在乎。无论有没有初雪都不要紧，无论有没有烟花也不要紧，只要和她在一起的是谢源，他就有她喜欢的所有模样。

她应该真的非常喜欢谢源吧。

红灯转绿，蒋意缓缓地踩下油门。

蒋意和屠令宜约好在水疗馆见面。

屠令宜早就在微信上得知蒋意和谢源之间的突破性进展，也已经跟蒋意语音聊过八百回恋爱的细节。但是这依然不妨碍她一见面就拉着蒋意问更多的细节，并频频发出"呜呜"的声音——太甜了。

她是由衷地为蒋意感到高兴："好！那我就非常放心我的蒋意宝贝一直留在 B 市啦。你已经找到那个陪伴你生活的男人了，而我还得继续在 S 市的茫茫人海中苦苦寻觅。"

室内点着青柚味的香薰精油。聊完谢源，屠令宜跟蒋意提起一些坊间传闻，有关蒋家，或者说，有关蒋沉。

"蒋沉最近做的几笔投资好像都黄了。"

屠令宜是蒋意身边为数不多的几个知道蒋家这些烂事的人。蒋沉的身份、蒋吉东的态度、蒋意的处境，屠令宜都非常清楚。

蒋意听完没什么特别的反应，甚至可以说是毫不关心。她抬眸瞥屠令宜，开玩笑："你不是娱乐版记者吗？什么时候转行去做财经版面了？"

屠令宜："没办法，谁让某些财经人物就是特别喜欢跟娱乐版的明星搅和在一块儿呢？所以在我们杂志社里，娱乐版和财经版常年坐在同一片办公区域。我碰巧还真的就从他们那儿道听途说了一些关于蒋沉的新闻。"

屠令宜替蒋意觉得不值。蒋意慢悠悠地闭上眼睛，启唇："蒋沉怎么作死都跟我无关，随他去吧。"她的声音如此冷漠。

这边，谢源跟朋友踢球。

踢完半场，一块儿踢球的伍育恒走过来，在谢源的身边坐下。他摘掉护膝和护腕，重新戴上金丝框眼镜，看起来又跟往常那副精英律师的模样别无两样。他握着手机，见缝插针地处理了几封工作邮件，然后跟谢源有一搭没一搭地聊天儿。

"我听说，前阵子付志清想要拉你入伙创业，但你没同意。"

伍育恒与谢源、付志清都是高中同学，彼此都熟。

伍育恒问："你干吗不跟付志清一块儿干？"

谢源没说真实原因，只是淡淡地回了句"没兴趣"。

按理说，对话到这里就可以结束了，但是伍育恒没放弃："我这几年经手的初创公司的案例，少说也有几十个。我感觉付志清拿出来的项目挺好的，正赶上这两年这个方向是风口，说不定还真的就能一飞冲天。你难道不想给自己的人生加一张通向财富自由的彩票——"

谢源打断他："你说这么多，付志清收买你来游说我？"

伍育恒"哈哈"笑了两声："没有没有，我没收付志清的钱，不过付志清倒是收了我的钱。"他说自己出钱投资了付志清的初创公司。

"我算股东，所以肯定指望这生意能更加靠谱点儿。"伍育恒说，"有你谢神坐镇，我心里就有底了，知道自己的辛苦钱投进去不至于打水漂儿。"

谢源仰头把水喝完，然后起身走上球场，没看伍育恒，淡淡地说："投资别太激进，省得最后影响生活质量。既然是辛苦钱，你就好好存着，以后用来养老吧。"

等谢源踢完整场，蒋意开车到了，靠在车边等他。

谢源拎着球包朝她走过去。

蒋意抱上他的腰，向他索要亲亲。谢源在她的唇上轻轻地亲了一下，掌心抚上她的细腰。但是蒋意不肯轻轻放过他，仰着脸还要继续亲亲。

伍育恒隔着老远在后头轻佻地吹了声口哨，像半大的小孩儿学人起哄。

谢源懒得理他。

"回家再亲。"谢源不着痕迹地拍了拍蒋意的腰，然后自然地转移话题，"回去这段路我开车，还是你开车？"

"你开吧，我累死了。"她要做甩手掌柜。

谢源忍不住想笑。如果他没记错的话，她上午是做水疗去了。根据他对水疗的了解，她应该只需要躺着休息就行，不存在任何体能上的消耗。她怎么好意思在他这个踢了一上午足球的人面前说累死了？

谢源坐上驾驶座。但是既然她累死了，那么他开就他开。

到家停车的时候，谢源不经意地提了一句："这周三和周四你别加班。"

他为什么突然说起这个？蒋意一下子就联想到初雪的事情。天气预报说本周周中可能会有第一场降雪，周中……不就是周三周四的时候吗？

谢源有安排！她按捺住内心的小雀跃，依然装作不知情的模样问谢源："我能从你这种工作狂的嘴里听到这话，还真是不容易呢，想不到竟然有你不让我加班的时候。"

谢源捏了捏她的脸颊："你不想的话就算了，去做工作狂吧，我同意。"

蒋意："绝对不行，这个家里只能有一个工作狂。"

"谁啊？"谢源明知故问。

蒋意搂住他的脖子，用柔软的嘴唇蹭了蹭他的颈窝："你呀。"

她眼睛亮晶晶的，满心满眼都是他。

她怎么这么可爱？谢源收紧手臂，把她紧紧地嵌在怀里。

谢源让蒋意把周三和周四的晚上空出来，但是初雪并没有如期而至——它爽约了。周三的晚上，夜空万里无云。周四的白天，气温甚至有点儿回暖，完全看不出半点儿要下雪的迹象。

周四下班的时候，谢源站在七楼的走廊上等蒋意。

蒋意拎着电脑包走过去，看见谢源正望着窗外的天空若有所思——今晚应该也不会下雪。

她从他的表情里捕捉到一丝烦躁，忍不住有点儿想笑。但是她考虑到谢源此时此刻也许相当郁闷，所以很体贴地抿住了嘴唇，咬住嘴里的软肉，把笑意牢牢地收敛在心里。她就不打击他啦。

谢源听见身后走近的脚步声，转过身看到蒋意："可以走了？"

她莞尔，点点头。

谢源靠近，伸手拿走她的电脑包和包包，同时主动捏了捏她的手心，但是他脸上的表情仍然是平静的。

这时走廊上下班的员工来来往往，而这个捏手心的小动作只有他们两个人彼此心知肚明。

蒋意心里甜津津的，她喜欢这种小小的心照不宣。

两个人坐电梯下楼，其间，谢源看了一会儿手机。

蒋意不喜欢他只看手机不看她。她可是他的女朋友啊，她在他的旁边，他怎么可以对手机更感兴趣呢？于是她带着一点儿骄纵的脾气，伸手想要干扰他。谢源明明没有把注意力放在她身上，却非常精准地举起手机避开了她的"魔爪"，然后拎着包的左手从容地抚上她的腰，将她拉进怀里，揽住她，不给她作乱的机会。

蒋意的发丝钩住他外套胸口的商标。

谢源收起手机，漆黑的眼眸随即望进蒋意的眼睛里。

他的眼底有淡淡的笑意。

讨厌，蒋意避开他的眼神。她不喜欢他在她面前游刃有余的模样，一点儿也不喜欢！

走出电梯，谢源牵着蒋意的手指，一下还没牵走她——蒋意站着没动。

谢源停下脚步，低头看她，微微勾起嘴角，开玩笑："怎么这么容易就生气了？"

蒋意向他伸手："我要保管你的手机，你接下来不许玩手机了。"

他听完，并不觉得她在无理取闹。恰恰相反，他居然真的把自己的手机放在蒋意的手里："行，好好保管，别弄丢了，弄丢要赔。"

赔什么？怎么赔？谢源现在说话的水平很高，总能让她想入非非。

还有，蒋意莫名其妙地觉得，谢源的脾气好像变得越来越好了。按照他以前的性格，他这个时候应该黑着脸不肯搭理她，而不是乖乖地把手机上交给她，同时说这些奇奇怪怪的话。果然男人谈了恋爱就是善变。

两个人上车，车子开出一段。蒋意无聊地撑着脑袋看车窗外面的高楼大厦，打发时间。过了一会儿，她忽然发现，他们现在正在走的这条路，不是平时上下班走的那条——这不是回家的路。

她扭头看谢源："我们不回家吗？"

谢源分神瞥她一眼："你着急回家？"

她并没有着急回家。

谢源打方向灯变道，然后又不紧不慢地说："我们不是约好了吗？周四晚上的时间要预留出来。你晚上有别的安排？"

她倒是没有其他安排。可是，今天不是不会下雪吗？没有初雪，他还要带她去哪里？

蒋意想了想，觉得可能谢源已经订好烟花和场地，实在不能往后拖延了。所以即使今天没有雪，他也照样把她拎到约会地点，给她看烟花。

嗯，一定是这样子。只有烟花，没有初雪，她这样想其实会有一点儿遗憾。然而天公不作美，那也没有办法——毕竟，谢源总不能给她搞一场人工降雪吧？

这种规模的事情，应该只有凭借她爸蒋吉东之流的财力水平才能够轻轻松松地办到。

这么一想，也难怪偶像剧里的男主角起码得是霸道总裁级别起步了，要不然，钱包吃不消。浪漫都标着价格，往往是很昂贵的。

谢源开了很久，直到他们的车驶过高速公路入口处的ETC口，蒋意才意识到，事情好像不是她想象的那么简单："谢源，你要带我去哪里？"

谢源双手握着方向盘，目不斜视，慢条斯理地反问她："你现在才想起问这话，是不是有点儿晚了？"说完他瞥了她一眼，眼神里压着几分幽暗，在她的脸上一掠而过，像是另有所图。

蒋意下意识地愣住：什么意思？为什么有一瞬间她觉得他看起来好有侵略性，像一个反派？

可是接收到这个危险的眼神时，她没觉得害怕，心反而跳得更快了，呼吸好像也带着几分急促，就像是……就像是喜欢到快要控制不住，甚至隐隐还有些期待。她难道是什么奇奇怪怪的人吗？

蒋意稍稍坐直了一点儿，下意识地并拢膝盖，小腿微微往回收了收。她努力想要抵御心底升腾起来的期待和灼烧感，咬着唇。

谢源留意到蒋意忽然摆出一副淑女相，一下就笑了。

他跟她开玩笑呢，她怎么还当真了？

谢源腾出手拍了拍她的脑袋，缓了下语气，说："平时对人要有点儿防备心，知道吗？"

蒋意反应过来——所以他刚才是故意吓唬她。

"谢源，你真无聊。"

谢源在高速上开了三个多小时，抵达了B市旁边一个名叫玉亩镇的地方。这时候已经是夜里九点多了，蒋意有点儿犯困。她怕谢源也犯困，便开了一点点车窗，一瞬间，寒风从这道缝隙里争先恐后地涌进温暖的车内，寒意刺骨。她立马把车窗关紧。

驾驶座上的谢源溢出一声轻笑。

他在笑什么啊？好讨厌。

蒋意转头看向车窗外面，看见落叶在空中打转，树枝都是光秃秃的，一眼可以望透的荒凉。这才是凛冽的冬天。

谢源沿着盘山公路把车往山上开。这座山不高，很快他们就开到了山顶，他停车。

"到了。"他解开自己的安全带，又俯身过去替蒋意解安全带。

蒋意任由他服务，问他："谢源，周四晚上，你带我出来旅游啊？明天周五，我们两个请假不去上班啦？"

而且这附近看起来没什么好玩的，连个人影都没有。

谢源解开她的安全带，顺手捏了捏她的脸颊："平时这颗脑袋挺聪明的，今天怎么变得笨笨的？"

蒋意拍开他的手："谢源，你少阴阳怪气——"

她话音未落，远处忽然响起一声嘹亮的啸声，好像是从山脚传过来的。

蒋意安静下来。

片刻之后，一道绚丽的火光从他们的眼前腾起，拖尾带着火红和橘黄的色彩，一跃冲上漆黑的天幕，升到顶，瞬间绽开成璀璨夺目的图案。

是烟花！

蒋意开门下车。寒风骤然将她整个人裹在其中，吹动她的长发，让她冷得有点儿发颤,却也耳目清醒。

谢源从驾驶座那侧绕过来,手里拿着一条毛毯,展开之后温柔地裹住她。他的掌心覆在她的肩上,他微微弯腰低头,将她整个人揽入怀中,渡给她来自他的温度。

啸声接连不断地从山脚响起,烟花一个接着一个,漫天都是烟火,灿若星辰。绚烂的颜色彼此交织层叠,铺天盖地的火光照亮了山顶这片范围,也把光芒镀在蒋意和谢源的脸上。

蒋意侧头看谢源。烟火各式各样的色彩,把他的面庞映照得青一块、红一块、黄一块,也为他增添了很多温柔。

她已经反应过来了——山里此刻的气温非常低,肯定在零摄氏度以下,所以,待会儿是不是有可能会下雪?她的心里有了期待。

第一轮烟花放完的时候,雪花开始飘下来,毫无征兆。先是第一片,然后接着是第二片、第三片……很快便是漫天大雪。

雪花是白色的,烟火是彩色的。雪花飘扬,在夜幕中穿梭交织,试图定格住每一朵烟花在那一瞬间的盛景。

烟火点亮漆黑阴沉的天空,将雪花照得越来越清晰、越来越自由,两者温柔地互为背景,又各自性情张扬得都像主角。

蒋意眼睛里映出这片五光十色的世界,眼眶渐渐泛起潮湿。

她感觉自己可能在很长一段时间里都不会忘记此时此刻眼前所见的景象,这实在是太美了!

任何言语都不够形容她此刻的心情,像是泉水往外"咕嘟咕嘟"地冒着泡泡,这只是肉眼可见的表现,而泉水的深处内里还蕴藏着更大的能量。

她内心满满都是想要立刻去爱一个人的热忱。

"谢源——"她的心脏情不自禁地微微颤动,"你一开始就想着要带我来这里看初雪吗?"

她无法想象,谢源是怎样做到这件事的。他准备了多久?他是怎么找到这个地方的?他怎么安排在山脚放起这场烟花的?他怎么算到这个时候这里会恰到好处地下起一场如此盛大的雪?

这里只有他们两个人,这是一个没有任何其他人打扰的世界。

她已经快要哭了。他做得太好了,好到甚至让她第一次产生了一种……不知道该怎样回馈他的感觉。作为有公主病的人,蒋意以前从来不会有这种心情。但是此刻,她品尝到了这种奇妙的心境。

她有点儿担心自己不够好。

谢源摸了摸她的脑袋，说："其实这是 plan B（备选方案）。"

"那……那你的 plan A（第一方案）是什么？"蒋意泪汪汪地问。她努力想要把眼泪憋回去，却越用力越是掉眼泪，幸好谢源这会儿从身后抱着她，还没有注意到她湿漉漉的眼眶。

"我在 B 市郊区找了一家露天餐厅。那里很漂亮，有一大片人工培育的玫瑰花园。附近还有一个烟花基地，可以买到最新、最有创意的烟花，据说还能把人名放上去。"谢源无奈地笑了下，"可惜 B 市这两天就是不肯下雪。"

蒋意破涕为笑：把人名放上去……他怎么想得出来？他果然还是那个大直男，一点儿都没变。这么看，她还是比较喜欢眼前的这个 plan B。

只有两个人的山顶，烟花和飞雪。这样会让她有一种错觉，仿佛全世界此刻只剩下他们两个人，漫天都是他们相爱的见证。

谢源的嗓音落在她的耳边，他说："还好，做事情果然还得要有两手准备。"这种事情只有谢源才做得出来——plan A 和 plan B，他以为他在干吗，在做重点项目吗？

但是蒋意明白，这说明在谢源的心目中，她的事情就是非常重要。他把她放在很重要的位置上，她也一样。

蒋意拉住他的手掌，很暖和。她下意识地把自己的手和他的手掌心相扣。

谢源弯了弯唇角。他喜欢这种正在形成的肌肉记忆——她会越来越依赖他、越来越爱他。以前他觉得这样很不好，但是现在觉得这样非常好。她可以永远都是公主，只属于他一个人的公主，这样就好。

烟花落幕，夜空重新恢复宁静，周遭唯有大雪纷飞。

他们错过了在烟花下拥吻的时机，蒋意后知后觉地意识到这件事，心里忍不住冒出小小的遗憾——刚才他们应该要亲吻彼此的。这么美好而重要的时刻，他们没有亲亲，感觉就像是缺了什么似的，不够圆满。

她的反应都落入谢源的眼里。他牵着她的手指，两个人往车子那边走去，他问她："脑袋里在想什么？"

蒋意正在懊恼，没说话。谢源轻声笑了下，感觉自己好像能够猜到她在想什么。她的想法非常容易猜到。

走到车子旁边，蒋意等着谢源给她开车门，但是谢源没有碰车门把手，而是抚上她的腰，下一刻，蓦地俯身吻上来。

她被抵在车门上。谢源用手指抬起她的细腰，让她与他紧紧相依相贴。车上积着薄薄一层落雪，她身上的羊绒大衣与车门严丝合缝地贴着。雪化进羊绒面料里，她的体温却滚烫到无法被这种冰凉的触感同化。

谢源很有耐心，慢悠悠地咬她的唇，从外到里，再从里到外，反反复复，时轻时重。蒋意想要吻得更深、更密切，谢源却缓缓地教导她"耐心"一词的意义。

过了很久，他终于肯让她如愿以偿。

吻毕，蒋意的思绪已经彻彻底底乱掉了，她几乎融成一眼柔润的泉，站都站不稳。幸好谢源的手臂始终都揽在她的腰后，将她稳稳地固定在他的怀里。她感觉，谢源的接吻技巧这段时间明显进步了很多，果然还是要多多实践。

蒋意张嘴想要说话，然而第一下没能发出声音。她喉咙特别干燥，张嘴的时候不小心吸进去冷空气，于是嗓子干燥的症状变得更加严重。她的水分都像是被某个家伙一掠而空了。

她伸手打了一下谢源的胳膊。

谢源还不知道她为什么突然动手打他。蒋意看到他一脸无辜的表情。烦死了，他这么可爱，那她还怎么跟他闹脾气呀？

蒋意想要撒娇，想要教训他，但只能徒劳地咳嗽了两声。

谢源听见她咳嗽，才终于反应过来，可能是刚才他吻得太急了。

他多多少少有点儿心虚，马上替她拉开车门："上车吧，车上有水。"

然而外面气温太低，连带着车里放的矿泉水都很凉。谢源拿起来觉得摸着冷，不放心让蒋意直接喝，于是两手捧着焐了一会儿。

蒋意一脸无奈地把车子里空调出风口的角度调了一下，然后拉着谢源的手把那瓶矿泉水挡在出风口前面。

暖风让谢源冰凉的手指逐渐温暖起来，这样明显能够让水暖得更快。

他也意识到自己刚刚那样有点儿愚蠢。

蒋意扬唇笑了下，伸手摸了摸谢源的脖颈："没关系，恋爱中的人智商是会下降的——"她望着他的眼睛，一字一顿认真地说，"这说明你在好好地恋爱呀。"

谢源也不知道为什么忽然冒出跟她辩论的劲头。他一边拿着那瓶矿泉水，继续让它三百六十度接触热风，一边问蒋意："我怎么看你的智商很在线呢？"她能想出把矿泉水放在空调出风口前，这说明她的智商没受到影响。他故意低沉着嗓音，像是带着不满地点了点她的鼻尖："这是不是意味着你没有在好好谈恋爱？"

哪有！蒋意捏上谢源的下巴，左右摇晃了一下，笑眯眯地纠正他："你好笨，这当然是意味着我的智商比你高啊。所以哪怕现在受到恋爱的影响，我的智商暂时下降了那么一点点，但是依然比你高。你少给我强词夺理。"

她拧了下他的脸颊。

谢源无奈：到底是谁在强词夺理？

但他确实说不过她，她太伶牙俐齿了。

说话间的工夫，矿泉水差不多能喝了，蒋意捧着瓶子小口小口地喝着。车里暖融融的，很安静，她只能听见自己"咕嘟咕嘟"喝水的轻微动静，让人忍不住陷进倦意。然后蒋意想起来一个问题——

他们今晚要在哪里过夜？现在已经快要十点半了，他们来的路上花了三个多小时，总不能让谢源在这个时间点再开三个多小时走高速回去吧？这样他们到家都得凌晨一点多了。蒋意想到什么就问什么。

谢源低头对上她灿若星辰的眼睛。蒋意这小坏蛋的脑子里在想什么呢？谢源打包票，她想的多半不是什么好事情。

"刚刚上山之前，我们路过一个房车营地，你看到了吗？"

蒋意理直气壮地摇头。

好吧……谢源直接开车出发。

二十多分钟之后，蒋意看到了谢源提到的那个房车营地。旁边是大片的草地和一条河流，房车营地就坐落在一片平坦开阔的区域里。营地里已经停着几辆房车，但是车里好像都没有灯亮着。

谢源径直把车开进去，然后把车停在其中一辆房车的旁边，看了一眼那辆房车的车牌号——没错。

很快有房车营地的工作人员过来，手里拿着一本登记册，然后很准确地报出谢源的姓氏和手机号码："请问是谢先生吗？"

"我是。"

房车营地的工作人员递过来钥匙和一些物资。

"这是我们房车营地的注意事项，请您和家人仔细阅读。我们营地是二十四小时全天候提供服务的，你们如果有任何需要，可以随时拨打我们的营地服务专线……祝你们入住愉快。"工作人员交代完事情就离开了。

蒋意盯着谢源，感觉他蓄谋已久。

谢源做事情真的很详细、很周全。蒋意甚至觉得哪怕自己什么东西都不带，只要跟着谢源出门，他也能够让她过得舒服得不得了。

像他这样的人，她就是会忍不住把很多很多麻烦的事情都扔给他来处理啊。所以不能怪她在他面前表现出来的加倍的公主病嘛，谁让他就是这么适合养她这种有公主病的人呢？

谢源把房车钥匙连同那张注意事项一块儿递给蒋意，说："今晚你住房车。"

什么意思？蒋意瞪他。她住房车，那他呢？他住哪里？

谢源："我睡自己车上。"

为什么？他为什么不能也睡在房车里？他难道还怕她把他吃掉吗？

蒋意不同意。

"房车里只有一张床。"谢源解释说，"所以你去睡那张床，好吗？"

"这跟一张床、两张床有什么关系？"蒋意开始胡搅蛮缠，"谢源，我跟你讲，你就是对你自己没有信心，所以才这么磨磨蹭蹭的——"

什么叫他对自己没有信心？她现在是在质疑他吗？他越解释越觉得自己是此地无银三百两。什么叫越描越黑，他今天算是领教到了。

蒋意抱臂："而且明明也是你教我的，不可以睡在密闭的车里，很容易一氧化碳中毒的。你就是应该跟我一起去住房车呀，不然我一整晚都会担心你，这样我就睡不好觉了。如果睡不好，第二天我的情绪就会很差劲，我就会很不开心。你也不想看到我不开心吧……"

谢源投降，开门下车："走吧。"

旁边这辆房车里的东西一应俱全，唯独床只有一张，而且肉眼可见，这张床没有他们家里的床来得宽敞。

谢源控制住自己的呼吸，尽可能让表情放松下来，不要显得像个冒进的愣头青。他给自己做思想工作：没什么的，不就是一张床吗？闭上眼睛，一整晚很快就过去了，如果他磨磨叽叽、犹犹豫豫才会被蒋意笑话一辈子。

简单洗漱过后，谢源把床铺好。他没有忘记把自己车上的毯子拿过来。这条毯子跟蒋意的感情比跟他的深，之前在燕泗山那次，蒋意睡觉盖的就是这条毯子。

蒋意盖上毯子，然后谢源伸手把房车里的灯关了。

山里没有那么多光污染，周遭突然变得很黑很黑。

谢源束手束脚地找到一小块地方，然后躺下。

安静的环境里，心跳声显得尤为强烈，他的喉结默默地滚动着，他感觉自己可能睡不着。他察觉到身旁的蒋意没什么动静，一点儿也不像她平时胆大妄为的作风。

谢源盯着漆黑的车顶想：是不是可以开始数山羊了？

但谢源真的躺下几分钟之后，可能是因为蒋意太乖了，所以他的紧张感慢慢消退了，而困意渐渐涌上来。

他这一天确实过得很忙，白天工作，下班的时候跟这边负责烟花的工作人员和房车营地的工作人员打电话再确认了一遍细节，保证万无一失，然后带着蒋意驱车几百千米到达玉宥镇，和她一起看烟花、看雪。如果他现在不困才比较奇怪吧？

蒋意骨碌碌地动了动脑袋，摸到谢源的胳膊肘，谢源没动也没躲。

然后她往上捏到他上臂的肌肉，谢源仍然没动。

"谢源——"

"嗯？"

"没什么，我以为你睡着了。"

谢源把她的手指从他的手臂上拿下来，以防她再度作乱，把她的手指握在手心里。

"谢源——"

"嗯？"

"你说外面还在下雪吗？"

谢源睁眼瞥了眼房车上的窗户，看到外面好像还飘着白茫茫的雪花。

"应该还没停吧。"

"噢。"

房车里再次安静了几分钟。

"谢源——"

"嗯？"

"你能不能往旁边睡一点儿？你压到我的头发了。"

谢源另一侧的胳膊已经抵着车边上了。他轻轻地叹了一声，只好再试图往旁边根本不存在的空间挤了挤："现在好了吗？"

"嗯……应该好了吧。"

谢源重新闭上眼睛。

又过了一会儿。

"谢源——"

他直接伸臂把她拖进怀里，她猝不及防地发出一声微弱的惊呼。

她的鼻子撞在他的怀里，热热的，像是有一阵暖流滑过。

黑暗里，谢源的声音里带着浓浓的倦意，但他还是撑着精神跟她说话：

"不是想要跟我一起睡觉吗？现在为什么还不肯乖乖睡觉？"

蒋意的脸"唰"地红透了。其实她也没有这么变态啦……

谢源的手掌落在她的发顶上，轻轻地揉着，他哑着声音说："不睡觉的小朋友没有糖吃。"他低头在她的嘴唇上轻轻啄了一下。碍于此时此刻的地点，他只敢一触即离。

蒋意的脸上仿佛有什么在灼烧。

亲亲，就是糖吗？亲也亲过了，所以她要乖乖睡觉了，是吗？

她往他的被子里拱了拱，像一只小小的"猫猫虫"，努力找到一个舒服的位置，然后趴着不再挪窝。

她好像能够听见他的心跳声，就像白噪声一样。

她知道谢源花了很多的精力和心思，他现在肯定很疲惫。她不再打搅他。她枕着他的胳膊，听着耳边的白噪声，然后渐渐进入梦乡。

凌晨五点多的时候，谢源先醒。

天蒙蒙亮，蒋意窝在他的怀里，脑袋枕着他的胸口，随着他的呼吸规律地起伏，睡得正熟。她的长发铺在他的颈侧及脸上，让他感觉很痒。

她整个人都陷在他的拥抱里，左手落在他的颈窝附近，时不时出于本能地摩挲着他的耳朵、嘴唇以及喉结，右手手腕搭在他的腰侧，长腿绊着毛毯，同时也缠着他。一时间很难分清楚，究竟是他主动抱她太紧，还是她无意识地黏他太亲近。

谢源思考应该怎样把她从他身上扒下去，但又不至于吵醒她。

说实话，昨晚他睡得很不好。蒋意的睡相很差，她睡着之后有一阵子甚至可以用"张牙舞爪"来形容。她一有动静，谢源就会醒过来。她可能是把他当作床上的抱枕，所以百无禁忌。起初，谢源还禁不住会有莫名其妙的反应，但是脸红心跳过后，到了后半夜，他漫长地保持着黑脸，盯着车顶，忍住把她拎起来弄醒的冲动。

谢源此刻觉得他的半边胳膊快要麻木了，而蒋意仍然酣睡着，紧紧地压着他的胳膊。等她醒过来，他这条胳膊还能要吗？谢源不知道。

他也是第一次谈恋爱，没经验，隐隐为自己日后的睡眠质量感到担忧。

分床是不可能的，往后他只能靠自己克服了。

谢源一点点地尝试把自己的手臂从蒋意的肩膀底下撤出来，一边挪动，一边小心翼翼地观察蒋意的反应。

终于，胳膊顺利地逃脱，谢源起身，单膝跪在床边，无声地松了一口气——还好，人没醒。

他垂眸盯着床上仍然睡着的蒋意。她翻了个身，发出无意识的呓语："谢源……嗯……要陪我……一起睡……"

知道她在睡梦里也非常喜欢他，他觉得这种感觉还不错。

谢源下床，没在房车里洗漱，而是下车走到外面营地的公共洗漱区域去洗脸刷牙。

冷水洗过脸之后，他清醒很多。

差不多该回B市了，如果现在出发，交通一路畅通的话，他甚至连今天上班都不会迟到。但是蒋意嘛——谢源猜都猜得到，她多半今天不肯去上班……随便她吧。

谢源往回走。

蒋意睡得迷迷糊糊的，被谢源从被窝里捞出来。他给她套上毛衣。她半梦半醒，趴在他的怀里，任由他给她把头发从外套里拿出来。

"几点啦？"

"五点半。"

"好早——"蒋意打了个哈欠，脸埋在谢源的颈窝里，发出慵懒而可爱的叹息声，"太早了，我们是要回去了吗？可是我还想睡很久。"

谢源已经给她穿戴整齐，看到她这副软乎乎的模样，忍不住弯了弯嘴角。

他把她拦腰抱起来，说："没事，你接着睡吧。"

谢源把蒋意抱上车，给她系好安全带，出发回B市。

多亏谢源开车很稳，蒋意在车上继续睡。

谢源一路没停。

上午八点多，他们到家。

谢源任劳任怨地抱着蒋意上楼，然后把她放在她卧室的床上。

大功告成。

蒋意自发地摸索到床上的被子，拉过被子把自己盖起来，脸蒙在枕头里，声音有气无力："谢源……你记得帮我……申请居家办公……"

果然不出谢源所料，她就是一条小懒虫，明明智商很高，能力也很强，但习惯性地摸鱼、偷懒，但凡能只出七分力，绝对不会出八分力。

她简直像谢源的反面。

谢源说"好"，正要转身出去，手指毫无防备地被蒋意轻轻拉了一下。

她已经把脑袋从被子里露出来，但也只露出了额头和眼睛："你今天还

274

要去上班吗?"

谢源答道:"我先回隔壁洗澡,再换身衣服,然后去公司。"

蒋意"嗯"了一声,翻身重新把脸埋进枕头里,发出一声慢悠悠的叹息:"谢源……你还真是工作狂啊。"

她什么意思?

谢源站那儿看了她一会儿,随后走近,俯身亲了亲她的头发。

"乖,我去上班了,晚上再回来陪你。"

蒋意的眼睛蓦地亮起来,她顿时就不困了,转身迎上他,忽然伸手揽住他的脖颈,几乎把他拖上她的床。

"真的吗?"她说,"晚上回来陪我睡觉?"

谢源眼睛里闪过一丝无奈:他刚刚好像不是这样说的吧?她怎么自己往里加词,扭曲他的意思?

但是话到嘴边,他也只剩妥协:"好,晚上回来陪你睡觉,行了吧?"

"嗯!"蒋意嘟起嘴巴飞快地亲了亲他的嘴唇,"拜拜!要好好上班哟!还有,别忘了给我申请居家办公。"

谢源说"好"。

他觉得她需要的不是居家办公申请,而是请假申请。

六院,VIP 病区。

蒋吉东打完止痛针,让助理和医护都出去。每到这个时候,他更愿意一个人待在休息室里,安静地坐着,什么都不想,什么都不做。

赵宁语就是在这个时候推门走进来的。

显而易见她过得非常好——

她身穿奢侈品牌的当季成衣,佩戴高定珠宝,手里拎着一只橘红色铂金包。这种鲜艳的颜色别人拎可能会显得太过张扬,甚至喧宾夺主,但是竟然很适合她这个年龄段的成功女性。她只凭借由内而外的气场就能压制住周身所使用的昂贵服饰。

人穿衣服,而不是衣服穿人。这句话在赵宁语的身上体现得淋漓尽致。

高跟鞋踩着地毯,赵宁语缓缓停住。

蒋吉东感应到有人走进来,睁开眼睛,目光与赵宁语直直扫过来的眼神对上。

她居高临下地打量着他,他也无声地仰视她。他此时此刻的疲态被她一眼看到底。

赵宁语放下包。

VIP病房非常宽敞,犹如酒店的高级套房。赵宁语落座,然后环顾四周,像是在对这间病房的环境及陈设进行扫描,然后将要给出评估。看完一圈,她轻启红唇:"我以为你会住多华丽的地方。"

你最终不过也还是进了医院。

赵宁语仿佛过路施舍他。

蒋吉东苦笑。

数年前她大病一场,他前去探望她,却被她拒之门外。如今轮到他罹患绝症,数着日子过生活,过一天就少一天。

人这一生,确实无法预料祸福。形势转变得太快,他差点儿无所适从。

蒋吉东:"看样子你已经知道我的情况了。"

赵宁语颔首:"胰腺癌,晚期。"

这两个词汇从她的嘴里说出,她咬字和腔调都很冰冷,像是在说一个无关紧要的人身上所发生的事情。

但他对于她确实也只是无关紧要的人了。

赵宁语稍稍垂下眉眼,平静地问他:"你还能活多久?"

蒋吉东回答:"最多两三个月吧。"

他的心情也很平静。到了这种时候,内心的平静反而能够给他带来力量。

蒋吉东看向不远处的窗户,那里泻进来大片大片的阳光。正是天气晴朗的时候,他却得坐在这里等着止痛药发挥效力——仅仅只能持续两个小时的止痛效力。

两个人并没有太多共同的话题,沉默了一会儿。赵宁语出声提醒他:"你记得提前写好遗嘱,做好公证。"

蒋吉东一怔。

赵宁语把话说完整:"否则你的儿子很可能什么都拿不到。"

她竟然说的是这个。蒋吉东表情有一瞬间的紧绷,然后回答:"我在很早之前就已经写好遗嘱交给林义民了。"

赵宁语的眉头微皱。她听出了他的话外之意,难道说——

蒋吉东又说:"小意还太年轻,怀璧其罪。她要学的东西还有很多,我是来不及教她了。如果日后她守不住家里的产业,宁语,还请你多帮衬她。"

赵宁语的心沉下去。

蒋吉东的这番话几乎证实了她方才升腾起的猜测——他竟然要把蒋氏集团的产业留给女儿蒋意。

蒋吉东隐隐激怒了赵宁语，她眼神骤然变得凌厉起来："蒋吉东，你的脑子病得糊涂了吧？你在说什么胡话？"

蒋吉东却平静地继续说："我会把所有的东西都留给小意。公司、股票、房产、现金……我所有的财产都将由小意继承，这是我很早之前就做好的决定。"

他声音很坚定，没有丝毫动摇。

赵宁语冷笑两声："蒋吉东，你这是在做什么？你是不是忘记了，你不只有蒋意一个孩子？你还有一个孩子呢。既然你到死都想要扮演出一副好父亲的模样，那么劳驾你在死之前也把这碗水端平了。"

蒋吉东了解赵宁语，透过她的表情看出了她此刻内心的盛怒。

当年他把蒋沉带回家，赵宁语二话不说，马上和他办理了离婚手续。

有的人生性软弱，需要依附另一个人作为自己的信仰；有的人生来强硬，宁为玉碎，不为瓦全。

赵宁语非常骄傲。她的出身、她的成长、她的经历，一切都是那么顺风顺水，唯有婚姻是她的败笔，是她视为人生污点的存在。

赵宁语是发自内心地厌恶他，也厌恶蒋沉，现在怎么可能会好心帮蒋沉说话呢？她是在嘲讽他，嘲讽他优柔寡断，既想要疼爱女儿，又想要照顾儿子，所以到头来什么都不能如愿以偿。

赵宁语压住火气，帮蒋吉东回忆："二十年前，你把那个孩子领回来。你是怎么跟我说的，你还记得吗？你说，你不是重男轻女，非得要生一个儿子养老送终，只不过蒋沉也是你的孩子，他没了亲妈，你不能不管，所以要领进家门，养他长大。"

离婚夫妻，随便翻出一桩陈年旧事，都是攻讦对方的利器。

"现在你要死了，要使用继承权了，怎么偏偏这个时候就不管这个儿子了？你现在不心疼他小小年纪没了亲妈？

"蒋沉已经被你亲手养大了。你教他做生意，他已经被你养得野心勃勃、不分是非——他早就视蒋家的财产为他的东西了。

"可是蒋吉东，你现在说要把所有的财产都留给蒋意，安的是什么心呢？

"到时候你死了，烧成灰埋进土里了，所有人都会夸你不重男轻女，夸你尊重发妻，重视婚生的女儿，夸你是一个好爸爸。并且他们还要转过头来指责我当年不知好歹、心胸狭窄，说我果然是被赵家宠坏的大小姐。

"这些我都可以不在乎，可是你的女儿会被蒋沉那条野狗咬住不放啊。"赵宁语气得连声音都要发抖了，"蒋意不需要你的钱。蒋吉东，我比你有钱。她是我的女儿，花我的钱，这辈子、下辈子，几辈子加在一起怎么花都花不完。她要你的钱做什么？

"你是在给她找麻烦，你懂吗？

"人之将死，其言也善。蒋吉东，你呢？你要死了，你有没有替蒋意考虑过呢？你能不能做一件善事呢？"

蒋吉东的眉头皱紧。他意识到自己身体里的痛感正在越来越剧烈，他的额头上渗出了一层层的汗。他快要听不清赵宁语说的话，只能看见她的嘴巴在他面前一张一闭。环境里的声音突然变得非常嘈杂，让他头痛欲裂。为什么打进去的止痛针还没有起作用？

蒋吉东紧紧攥住沙发位的扶手，指节发白。

他想让赵宁语不要说了，但是浑身痛得连话都说不出口。

赵宁语站起身，无视他此时此刻正在经受的痛苦，居高临下，一字一顿地说："你一定要把你的公司留给蒋沉，然后就在地下睁大眼睛好好看清楚——

"我是怎样亲手把你留给你儿子的财产，一样一样地毁掉的。"

顾晋西临时给赵宁语当司机，坐在车里等在楼下。

赵宁语见完蒋吉东之后下楼，拉开车门坐进车里。

看到赵宁语面露愠色，顾晋西忍不住轻声笑起来："这是怎么了？恶心的前夫病得快要死了，根据我自己的经验，按理说这个时候你应该非常高兴才对呀。你怎么反而是这么一副生气的模样呢？"

赵宁语言简意赅地答道："他要把财产都留给蒋意。"

顾晋西正在戴墨镜，闻言顿了一下，然后扭头看向赵宁语："所有的财产吗？"

"对。"

顾晋西想了想，然后说："我倒是并不感到意外。"她把车里的空调温度调低了一摄氏度，"我的前夫那时候也是这样的，进手术室前要死要活，非得拉着我家顾凤麟的手，一把眼泪一把鼻涕地说什么'爸爸如果死在手术台上，那么你要替爸爸好好地把公司经营下去'之类无聊的话。他们男人总是很擅长自我感动。

"不过，如果蒋吉东真的这么做的话——"

顾晋西转头看向赵宁语，弯了弯嘴角："那么你在蒋氏集团里布局的那些棋子，不就都派不上用处了吗？"

赵宁语沉默不语。

顾晋西提出合理的猜测："蒋吉东会不会就是预料到了这一点，所以才执意要把公司留给蒋意呢？毕竟，如果他选择把公司交给蒋沉，那么恐怕你会在他死后毫不留情地出手打压蒋氏。凭借你自己的公司，再加上如果你父亲愿意帮你的话，蒋氏肯定撑不住。他们蒋家几代人的心血，就会彻底毁在这一代的手里。

"你还要继续吗？"

顾晋西的问题问在了关键点上。

赵宁语抬手按眉，也觉得棘手。她之前严令蒋意不许碰蒋家的生意，就是因为她不想让蒋意陷在里面。

赵宁语早晚有一天会对蒋氏集团的公司下手。而至今她之所以仍然按兵不动，恰恰是因为顾忌蒋吉东和蒋意之间的父女关系。她不想让蒋意在法律所定义的财产责任上受到任何可能的牵连。

所以当得知蒋吉东患胰腺癌晚期的时候，她认为自己终于等到出手的机会了。等到蒋吉东死，蒋沉上位，她首先会让蒋意处理掉手里跟蒋家有关的所有财产，与蒋家彻底切割，确保蒋意对于那些生意没有任何连带责任。之后赵宁语就可以不遗余力地打压蒋氏的生意。

然而，蒋吉东现在却说他要把公司留给蒋意。

赵宁语对蒋吉东的憎恶更甚——这个男人，至今为止都是如此讨厌。

赵宁语的脸色恢复平静，她告诉顾晋西："当然要继续，谁知道蒋吉东现在说的是不是真话。退一万步讲，假如日后真的是蒋意拿到她爸爸的所有财产，那么我放在蒋氏集团里的那些人手，不是正好也能留给她用吗？"

顾晋西摸了摸下巴："但我感觉，你女儿不会喜欢管理生意。接班往往都很困难，搞不好就是身陷泥潭。还不如像我家顾凤麟这样把股票都卖掉，然后潇潇洒洒、随心所欲地活一辈子呢。对了，你女儿谈恋爱了吗？上次我听说他们两个小家伙还一块儿单独吃过饭呢，好像就是蒋吉东和我那个脑子缺根筋的哥哥一手促成的。"

赵宁语瞥她："顾晋西，收起你脑子里那些无聊的想法。你儿子活得这么潇洒，我怕他现在已经偷偷摸摸让你当上奶奶了。我可不会看着我的女儿跳火坑。"

顾晋西"哎哎"两声表示抗议："你这叫什么话？我们家顾凤麟还是很洁身自好的——"

蒋意买了一箱红酒，拿了两瓶放在谢源的家里。
这天吃完晚饭，她开了一瓶红酒。
谢源目睹她熟练地使用开瓶器的本事——这个时候倒不需要他帮忙了，这个女人该不会是酒鬼吧？
蒋意坐在落地窗边喝酒。
谢源把洗好的碗筷放进消毒柜里。所有的收拾工作都做完后，他从厨房里走出来，第一眼就看见了蒋意纤细的身影。
她坐在地毯上面，穿着一条质地柔软的米色羊绒连衣裙，没有穿袜子，手边放着一瓶红酒和两只高脚杯——看起来她还给他倒了半杯红酒。
谢源很少喝酒，这可能跟他从小到大受到的来自家庭的影响有关。他的父母是需要每天上手术台的外科医生，认为过多摄入酒精会影响到他们做手术时候手指的稳定，所以酒精类的饮品很少在家里出现。
谢源本人也不喜欢酒精麻痹大脑的感觉，更喜欢头脑完全清醒的状态。
但是，如果蒋意喜欢喝酒的话，偶尔陪蒋意稍微喝一点儿，他觉得也不是不能接受。生活需要情调，他不想做一根不解风情的木头。
谢源来到蒋意的身边，蹲下来。
她通过落地窗的反射看见他："你来啦——"
谢源"嗯"了一声，视线落在地上的两杯红酒上："哪杯是我的？"
谢源有点儿明知故问的意思。答案其实显而易见，其中一个高脚杯的杯口已经落有半圈浅浅的唇印，而另一个高脚杯上没有。
蒋意抬眸和他对视。她扬了扬唇角，然后把有唇印的那个杯子往谢源的面前推过去，撑着脑袋笑盈盈地观察他的反应。
谢源拿走她推给他的高脚杯，不知情似的喝了一口，喉结上下一滚，红酒顺着喉咙沉下去——但是他有意无意地没碰到杯口的那小半圈唇印。
蒋意本来扬起的眉眼这会儿又落了下去，她小声嘟囔了一句"没意思"，然后伸手拿起旁边那一杯没人喝过的红酒，嘴唇抿上去，喝了两口，再度在杯口上面留下一个清晰的唇印。
"我们来玩游戏吧。"她提议。
谢源示意她继续说下去。
蒋意："规则就制定得简单一点儿吧。摇骰子，谁掷出六点，就可以问对方一个问题。谁如果不肯回答的话，就要喝酒。"

谢源考虑到自己的酒量可能很差劲，所以果断地决定堵住漏洞，对规则做出了更进一步的明确定义："一次只喝一口。"

蒋意同意。

规则制定好了，然而新的问题随即出现：家里没有骰子。

"这个好办，"蒋意指了指放在不远处的手机，"我们可以用微信表情里自带的骰子。"

她的思路果然很灵活。

他起身，把桌上他和蒋意的手机拿过来。

于是两个人开始在消息窗口里轮流发送骰子表情包。

谢源发了两轮之后，顿时觉得自己该不会是刚刚只喝了一口红酒就醉了吧，否则他为什么会同意跟她玩这么幼稚的游戏……

差不多在发到第七八轮的时候，蒋意首先得到一个六点的骰子。

"我先问！"

谢源等着她的问题。她会问得很刁钻吗？谢源不知道。

蒋意："你跟我在一起之前谈过恋爱吗？"

这叫什么问题？他之前当然没有谈过恋爱。她认识他这么久，难道不知道吗？

谢源回答："没有。"

蒋意露出笑容："也就是说，我是你的初恋咯？"

当然。但谢源偏偏还要卖关子，一脸高冷："这算第二个问题，留着等你摇出下一个六点的时候再问。"

蒋意却不肯，拿起红酒："那我喝一口酒，你现在就回答我。"

这个游戏还能这么玩吗？

当然可以——按照蒋意的说法，游戏的最终解释权归她所有。所以她喝了一口红酒，然后谢源需要再次作答。

他说："是的，你是我的初恋。在你之前，我没有喜欢过其他人。"

蒋意的心"咚咚"地跳着。什么嘛……他回答问题就回答问题，为什么搞得像在表白一样？

谢源说完，伸手盖住了蒋意的高脚杯杯口，注视着她，说："不可以再用喝酒换问题，只能靠掷出六点。"

然而下一个六点又是蒋意掷出来的，她再一次获得提问权："你的理想型是什么样子的？"

这个问题她也问得让谢源觉得很意外。他们已经在一起了,她为什么还想要知道他的理想型呢?他喜欢的人只有她,所以,理所当然她就是他的理想型。

但是蒋意提前把这个答案排除了:"不可以说'我的理想型就是你'这种肉麻的话。我必须要听到你最真诚的答案。每个人肯定都会对自己未来的伴侣有一些要求吧,希望对方能够具备的品质和特点,诸如此类的内容。"

谢源思考了一下。其实对于自己的另一半,他以前确实有几条所谓的"理想型"标准——

他希望另一半能够拥有稳定的情绪内核,能够拥有独当一面的能力,遇到问题时能够愿意和他真诚地进行沟通。

不过,这些话他真的能够说给蒋意听吗?她听完肯定会不高兴吧。

谢源叹了一口气:"我能选喝酒吗?"

蒋意拧起眉头:"什么意思啊!这么简单的问题,你有什么不敢回答的?这题你不许选喝酒。"

规则的最终解释权果然归属于她。

谢源只好把上述几条曾经的理想型标准说出来。

蒋意果然面露失望:"可是为什么听起来感觉跟我截然相反呢?"

她很有自知之明。她肯定算不上具有稳定的情绪内核,在生活中也基本缺乏独当一面的能力,而且遇到问题首选是跟谢源胡搅蛮缠——她才不会做什么真诚的沟通呢。

谢源不忍心看到她失落的模样,摸了摸她的脑袋。还是得他来哄人:"理想型跟我真正遇到之后会喜欢的人不是一回事,我喜欢的人只有你。我觉得,喜欢是一件非常凭直觉的事情,它是不能够通过列出标准和条件来量化的。

"而且,你其实也基本能符合这几条理想型标准吧。"

蒋意瞪他——他怎么能满脸认真地说出这种胡话?她哪儿吻合这几条标准?连她自己都不这么觉得。

谢源分析给她听:"你的情绪内核很稳定。你虽然有的时候会使小性子,但是从来没有极端地表达过情感。

"当遇到不高兴的事情,你会非常直接地把情绪向我表达出来,向来不会掩饰自己,也不会委屈自己,这样也能算是真诚吧?

"至于独当一面的能力——你在生活上的经验确实可能欠缺了一些,但是你在自己从事的工作上，肯定具有独当一面的能力。你在学校的时候就已经很厉害了，到了原视科技之后，短短半年的时间，你已经是你们项目组里的技术大牛了。"

蒋意自己听了都觉得脸红。还真是"男人的嘴，骗人的鬼"，他怎么能够如此面不改色地胡诌呢？

蒋意握着酒杯，低头凑近谢源，她身上馥郁的香气丝丝缕缕地接触着他的感官。她扬起灿烂的笑容："你这样可是会把我宠坏的呀！"

谢源的目光紧紧锁在她身上，他的心脏强烈地跳动着。明明知道眼前人是一只擅长恃宠而骄的小狐狸，他仍然心甘情愿地给予她无限的宠溺。

他喜欢一个人，所以连她身上所有的优点和缺点都一视同仁地喜欢着。谢源以前从来没有料想到，有一天他也会成为这样一个夸张的家伙。

谢源伸手捏了捏她的鼻子，微微弯了弯嘴角："我看你现在已经被宠得很坏、很邪恶了。"

蒋意喜欢他的这句回答。

"这些都是你的功劳啊！"她轻快地说。

就好比熊孩子的背后大多有不负责任的家长，而公主的背后也少不了一位鞍前马后、干这干那的苦命骑士——谢源就是她的苦命骑士。

谢源明知故问："真的吗？我的罪孽这么严重吗？"

他其实早就高兴得要死了，但是故意要在脸上表现出一副心不在焉的、酷酷的模样。

结果蒋意一眼就看到了谢源那忍不住想要上扬的嘴角。他以为他伪装得很好呢。

蒋意肯定地点头："当然是真的。"

他们快要喝掉半瓶红酒的时候，谢源终于掷出了一次六点的骰子。

蒋意还在旁边火上浇油："谢源，你的手气好差呀！"

她这会儿已经脸色酡红，但是坚称自己没有喝醉——喝醉的人都不肯承认自己喝醉了。

谢源不让她再喝酒。他没顾上自己好不容易掷出的六点骰子，伸手拿走了落地窗旁边的红酒瓶子。他仗着身高优势，把红酒瓶放在蒋意踮脚都够不到的储物柜顶上："好了，你今天不可以再喝了。"

这半瓶红酒主要都是蒋意一个人喝掉的，谢源连最开始那一杯酒都没有喝完。

放下红酒，谢源走回来。他在地毯上坐下，然后开始考虑他要提问的问题。

他问她什么呢？

这个时候，蒋意突然出声，打断了谢源的思考："谢源，外面下雪了。"

谢源看向窗外。

是真的，落地窗的外面，雪花在黑夜里飞舞。隔着加厚玻璃，室内和室外犹如两个截然不同的世界。蒋意和谢源在玻璃的这一边，看着室外正在下的雪，如同在看一场属于另一个时空的电影。

这场雪没有下得很大，规模比不上那天他们在玉宙镇看到的那场雪，但是这并不妨碍它仍然是一场非常绮丽、非常浪漫的雪。

B市今年冬天的第一场雪终于来了。

蒋意趴在落地窗的玻璃上面，她的眼睛尤其明亮。谢源通过玻璃的倒影看见她眼睛里满满的喜悦，弯了弯嘴唇。他也正感到高兴，但不是因为这场雪，而是因为她脸上的笑容。

蒋意轻声说："太好了。"

她用手指温柔地在窗户玻璃上描摹，结起的水汽随着指尖传递过来的体温而被抹除，留下一道道清晰的弧线。

谢源没听清她在说什么："你说什么？"

蒋意的眉眼里俱是柔和，她很少流露出这副柔软细腻的神情。她说："我很开心，幸好那天我勇敢地向你告白了……"

谢源愣住：哪天？她什么时候跟他告白了？

"还好，那天我下定决心，然后'啵'的一声，亲了你一下。"

谢源听懂了。蒋意说的是她在车里主动亲了他的脸颊，然后正式答应做他的女朋友的那一天。对于她来说，那天的亲亲就如同告白一样。她也会紧张，也会感到惴惴不安，也需要勇气作为驱动力。

"不然的话，如果真的像我提出的要求那样，我们等到B市初雪的这一天，算起来真的要等上好久好久啊。"

"我一点儿也不想等这么久。我们已经晚了好久好久，明明……明明在大学里的时候，我们其实就可以在一起的。"

她的声音逐渐地低下去，脑袋也轻轻地垂着。蒋意一直以来都是一个骄傲且耀眼的姑娘，原来也会展现出像此时此刻这样遗憾的样子。

"幸好，那天我抓到你了。谢源，做你的女朋友，我真的很幸福。"

谢源看着蒋意。

他又怎么舍得无动于衷呢？

他拿过她面前的高脚杯,仰头把杯子里剩余的红酒一饮而尽。喉结用力地滚了滚,然后他伸手摁着蒋意的脖颈直接吻了上去。

她的唇舌尝到一丁点儿酒精微醺的甜味——来自他。

他借由嘴唇渡给她的这一点儿酒精,将她彻底地放置在微醺与沉醉之间那条不甚清晰的分界线上。她本来跪坐在地毯上,然后陷入他的怀抱里,他抵着她柔软的脸颊,反反复复地确认她的心意——她喜欢他,就像他喜欢她一样多。

谢源将她抱起,然后她很快就落到了柔软的、陌生的床垫上。

他俯身盯着她,终于想起自己还需要行使掷出六点的提问权:"你喜欢我,是非常认真、非常真诚的那种喜欢,并不是出于一种无聊的玩心,对吗?"

是的。她张了张嘴巴,脑袋已经遵循本能想要给他答案,但是谢源已经又一次低头吻了上来,彻彻底底地吻了上来,来不及等到她给他答案。

蒋意伸手抱住他,主动仰起脸来吻他的脸颊。她咬他的嘴唇,咬他的下巴,咬他的耳朵,甚至对他的喉结都不知危险地用牙齿较量。

谢源稍稍偏头躲开,然后以其人之道,还治其人之身。关于蒋意的一切,他都想要了解。

他们属于彼此。他想要两个人的心灵能够真诚地、亲密地紧紧相贴。只要这样,他就觉得足够了。

窗外,雪依然在下。云层遮蔽月亮,愈演愈烈,始终不肯休止。

清晨,蒋意感觉自己像是睡在一个巨大的火炉旁边,被热醒了。

好热……谢源的体温源源不断地传递过来。

她醒了,但是谢源闭着眼睛还在睡,好难得。

她的记忆一点点地拼凑起来——昨晚最后她喝醉了吗?绝对没有,她能够非常清晰地回忆起昨晚的每一个细节。她的头脑就是这么好用,两三杯红酒才不会让她的思维变得迟钝呢。

蒋意昨晚抱着谢源不肯让他离开她一点儿,但是现在就翻脸不认人,嫌他体温太高,把谢源往旁边推了推,可是推不动。她想往自己边上凉快的位置移过去,可是腰上横着的这条手臂有力地桎梏着她,不让她走。

谢源好像变得更加黏人了,像一条大狗。

她伸手摸摸他下巴上冒出来的青楂儿,觉得很新奇。她又想起谢源的腹肌,昨晚她的手戳了又戳,捏了又捏……她现在还想看。

她刚要动,谢源应该睡得浅,感觉到身边人在闹他,手掌自然而然地覆住她的后腰,把她拖进怀里,制住。

他的手指温柔地抚着、捏着她,她一下就安分了。

她咬着嘴唇,整个人的感官变得很奇妙。

男人果然都是好色之徒,谢源也不例外。

她怀疑他根本就是在装睡,不甘被他这么轻易地拿捏,于是也伸手放火。她把昨晚的伎俩再度用上,捏他的手臂,捏他的腹肌,捏他的脖颈……

但是谢源不怕痒,而蒋意很怕痒。她很快落于下风,下意识地动来动去想要躲开他使坏的手,却躲不开。

蒋意把谢源弄醒了。

他睁开眼睛,第一眼看见的就是她的脸庞。

"早安。"他嗓音低哑,很性感。

"早安。"她回答,脸颊越来越烫。

谢源低头在她的嘴唇上轻轻啄了一下,没有计较她把他弄醒这件事,然后掀开被子起身去浴室。

蒋意目睹了他轮廓清晰的腹肌线条,轻声笑了下。

谢源回头无奈地盯着她:"不许起哄。"

他练得很好。蒋意知道他一直有去健身房的习惯,平时也经常跑步——他果然不是花架子。

谢源开了花洒在浴室里洗澡。

蒋意又躺了一会儿,用被子裹住自己,眼睛眨了又眨,嘴边始终挂着一抹浅浅的笑。

她很开心,整个人由内而外都是热的。

她拉着被子慢吞吞地翻过身,然后努力地蠕动着挪到床边。

谢源很贴心,把她的手机放在了床头柜上。

她伸手拿过手机,手机屏幕上弹出一连串未读消息,联系人姓名显示的是顾凤麟。

顾凤麟?

这人是谁?

蒋意的脑子稍稍反应了一会儿,然后她终于想起来,顾凤麟是顾晋西阿姨的儿子。她之前回S市的时候,蒋吉东给她安排过一次类似于相亲的活动,相亲对象就是这位顾凤麟,当时吃饭的时候他们两个人加过微信。

那顿饭之后，他们没有再联系过。

现在顾凤麟找她能有什么事情？她把手机解锁，然后看到了完整的信息。

顾凤麟："蒋意，我最近听说了一件事情，觉得有必要转告你。"

顾凤麟："你的父亲蒋吉东董事长，前段时间好像是确诊胰腺癌了。"

顾凤麟："我跟你的情况差不多。同为婚生子，我想如果你对于你父亲的财产有诉求的话，你可能需要提前采取一些措施，毕竟你父亲还有一位非婚生子女。"

顾凤麟："希望我没有做多余的事情。"

顾凤麟："祝你一切顺利。"

蒋意瞬间如同掉落深渊，身上原本的温度一下子就冷却了。

这是什么意思？

她盯着手机屏幕上的这几行消息，瞳孔不可避免地剧烈震动着。

胰腺癌？蒋吉东？这两个词语怎么能够出现在同一个句子里呢？顾凤麟真的不是在跟她恶作剧吗？

蒋意马上给顾凤麟打电话。

电话接通，那边传来男人的声音——

"喂……蒋意？"

顾凤麟说话的声音听起来并不是非常清醒，如同在他睡得正熟的时候突然被人从被窝里直接拽起来。

蒋意听得出来，顾凤麟接到这通电话的时候表现得有点儿意料之外，但可能碍于两个人并不熟，所以也不好发作脾气。

是因为她的电话打得太早了吗？蒋意看了一眼手机上面显示的时间——上午七点十六分，好吧，可能确实很早。

蒋意："抱歉，我是不是打扰你休息了？"

她的道歉干巴巴的，没什么诚意，但很符合她本人的性格。

顾凤麟连忙回答："没事没事。嗯……你看到我发给你的微信消息了，是吧？"

蒋意"嗯"了一声，沉默了一会儿，然后又问："你从哪里得到的消息？可靠吗？"

顾凤麟回答："基本可靠。"

蒋意说"好"。

顾凤麟没有必要骗她,也不可能拿这种事情开玩笑。他既然这么说,那么蒋吉东生病的事情确实是板上钉钉的事实了。

她手指攥紧又松开,心间泛开一丝莫名其妙的凉意,就像是出了一身汗然后被置于流动的风场里,浑身每一个毛孔都被动地打开,必须承受住由风透进来的寒意。

顾凤麟:"你的父亲没有告诉你这件事情,对吗?"

对,蒋吉东为什么要瞒着她?他是想要为他的儿子争取更多的时间用来对抗她吗?

其实蒋吉东完全没有必要这么做,即便蒋沉能够通过继承得到蒋吉东的财产,也未必有能耐可以守得住。

蒋意很久之前已经决定不会在继承的节点上与蒋沉争夺家产——她比较喜欢用抢的。谁让蒋沉总是不知好歹地想要跟她争呢?她更愿意凭借真本事,从蒋沉的手里把他视若珍宝的东西一件一件地抢走。

如果还能看到他跪在地上痛哭流涕的模样,那么她就非常满意了。

顾凤麟给出他作为过来人的经验。他的父亲也有私生子,他陷入过继承之战:"蒋意,不管你的父亲是出于何种原因没有告诉你他真实的身体情况,我觉得现阶段你都不应该坐以待毙。越是到这种时候,你父亲的想法越容易受到周围人的影响。该是扮演乖乖女的时候,就不要犹豫。"

蒋意敛眸:"我明白。"

顾凤麟不再多说。像他们这种出身的年轻人,往往比其他任何人都更加清楚,眼前即将要发生一场没有硝烟的、残酷的战斗。

最后,蒋意说:"谢谢你,顾凤麟。"

她这会儿的态度真诚了很多。她的脑海里浮现出上次那顿"相亲饭局"的场面,现在想想,她当时好像对顾凤麟表现得太没有礼貌了。这位公子哥儿那天可谓是一脸窘迫、如坐针毡。他那顿饭应该吃得浑身都很难受吧。

他现在却愿意不计前嫌,向她通风报信——他其实完全可以不管这些事情的,真是个古道热肠的好人啊。

顾凤麟谦虚地表示没关系:"能帮到你就好。"

蒋意挂断电话,盯着手机屏幕上的消息记录。

胰腺癌,晚期——一个人得了这个病,就跟收到一张短期死亡通知书没什么区别。

她有点儿恍惚,并且努力压下心头的烦躁。

没什么的,她试图说服自己,就算有什么,那也是蒋吉东的报应,不是吗?她不想对他心软。

谢源洗完澡出来,目光自动地搜寻蒋意。

蒋意坐在床上,被子滑落到她的腰间,只盖住她的一双长腿。她低头安静地玩着手机,连他从浴室里走出来都没有察觉。

谢源把洗过的头发擦了擦,然后随手把浴室的门关上,走近蒋意。

"早晨想吃什么?"他将手臂撑在床边,俯身问她。

蒋意放下手机,抬起头打量他。谢源这会儿又穿得很严实,该遮起来的地方都遮得密不透风,一点儿也不肯露出美好的躯体——很守男德,但太见外了。

她拉住他身上的T恤。柔软的手指慢悠悠地攀上去,眼睛盯着他的表情。她喜欢看他忍耐的模样,昨晚就是如此——他明明已经快要到忍耐的边缘,可是仍然恪守他的原则,很禁欲,同时又很性感。

这个男人做事情总是很有原则,这会让她忍不住想要看到,如果她破坏了他的这些原则,那么他会做何反应?

他应该会很疯狂吧,连眼睛都染上欲望的那种疯狂。她想要他的疯狂。

"我想吃虾饺……"她一本正经地跟他讨论早餐的内容,但是手上的动作又很大胆,"叉烧包和粉蒸排骨。"

她仰着脸看他,表情貌似无辜。可是如果她真的这么无辜,谢源的眼神就不会越来越幽暗。

"我还想要吃蒸糕。"

谢源摁住她的手指:"要求这么多,嗯?"

他把她按下去,俯身,沉重的呼吸里带着淡淡薄荷的清冽味道,都落在她的颈侧。他看着她的耳根一点点地染上绯红。

蒋意微微挑衅他:"你不能满足吗?"

她掐上他的腹肌。

谢源低低地笑着,埋头亲吻她的唇齿:"我怕你胃口不够大,吃不了这么多。"

蒋意搂住他的脖子,暂时忘却了所有不开心的事情。需要她费心解决的问题都留到早餐之后吧,她现在不想考虑那些事情。

下了床,谢源又变得一本正经。他在厨房里给她蒸虾饺和叉烧包。这会儿不管蒋意怎么撩拨,他都不肯再说半句调情的话。

· 289 ·

蒋意怀疑这个男人身上是不是藏着什么开关，可以瞬间切换到不同的模式，而现在他是沉稳的料理主夫模式。

　　谢源多蒸了一碗南瓜。

　　他做完早饭，单手把蒋意从料理台上抱下来，教育她："这是用来做料理的，不是给你坐的。"

　　她为什么不可以坐？厨房又不是只用来做饭做菜的，明明还可以开发出很多别的用途啊。

　　蒋意反驳："可是我们又不是在做什么无聊的物理实验，学长，现在不需要遵守实验室安全规范吧？"

　　谢源听见了她对他的称谓——学长。

　　在学校里的时候，他们是同级的学生。那时候她只会伪装出一副乖乖的模样叫其他人"学长"，然后到他面前又是另一副颐指气使的面孔。

　　谢源感觉很不爽，弹了一下她的脑袋，然后拿着调羹，顺手喂了她一勺南瓜泥。

　　蒋意张嘴吃掉，然后说："我可能最近得回一趟S市。"

　　谢源说："好，我给你订机票。你哪天走？"

　　蒋意停住手里的筷子，压抑了一早上的话终于说出口："谢源，我爸爸好像生病了。"

　　谢源闻言抬头，他的表情变得严肃了一些："我陪你一起回去？"

　　蒋意没有马上回答。她有想要让他陪她的理由，也有不想让他陪她的理由……她还没有想清楚。毕竟，她的那个家庭里存在一些不堪的内容，她不想让他望而却步。

　　谢源看出她的犹豫，没有给她压力，而是轻声说："看你，蒋意，如果你需要我，我就和你一起回去。"

　　蒋意起身走过去，坐在他的怀里，伸手环住他的腰，把头埋在他的胸腔里。

　　他把她拥进怀里。

　　"我不知道……"她说，"我想要你陪我一起回S市，我们可以一起坐飞机、一起吃饭、一起睡觉。但我还没有做好准备让你去见我的父亲，以及我的母亲。我发誓，这不是你的问题。只不过，我家里的情况有一点点复杂。"

　　蒋意满脸认真地举起手，小声地发誓。谢源注视着她，心变得越来越柔软。在他的印象里，她从来没有在他面前表现出这种患得患失的模样。

他又怎么能忍心看她露出这副表情呢?

"你好像还不够了解我,"他摩挲了一下她的脸颊,手掌继而落在她的脑袋上,轻柔地安抚着,"我不在意这些事情。按照你自己的节奏来,不用担心我的想法。"

蒋意最终做出决定,让谢源陪她一起坐飞机回S市。

飞机落地,两个人一道穿过长长的通道,走进领取托运行李的大厅。

谢源等着拿他们的托运行李,蒋意抱着围巾站在旁边。这时候她的手机响了一下,她看到是蒋吉东的助理杜应景发来的微信消息。

杜应景:"小姐,董事长会去机场接您,大概还有十分钟能到。"

杜应景:"我看到您乘坐的航班好像比预计到达时间提前降落了。您能稍微在机场到达层出口的位置等一下吗?我们的车很快就到。"

蒋意看到这两条消息,第一反应是觉得荒唐——蒋吉东一个胰腺癌晚期的病人,怎么还能亲自跑到机场来接她呢?他这不是拿身体开玩笑吗?

然后她才想起来,她这次回S市不是孤身一人,有谢源陪着她。

蒋吉东来接她,势必会和谢源打照面,而她还不想让谢源和蒋吉东见面。

蒋意走到谢源的身边。

接下来她要说的话,会有一点点难以启齿,她伸手轻轻地拉了一下谢源的衣服。

"谢源……"她好声好气地跟他商量,"待会儿你能不能自己打车走啊?我给你地址。"

她感觉自己的脸红红的,很羞愧。毕竟,如果今天换成谢源跟她说这句话,不管他有怎样正当的理由,她肯定要跟他大闹一场,说不定愤而提出分手都有可能。但她还是垂着脑袋老老实实地把这话说了,然后等着谢源的反应。她觉得她有点儿像坏女人,只会伤害谢源。

谢源叹了一口气,忍不住吐槽了一句:"我怎么感觉,我像是你见不得光的情夫呢?"

这叫什么比喻!

他俯身靠近她:"蒋意,你应该没有脚踩两条船吧?"

"当然没有!"

谢源冷哼一声:"不要被我抓到。"

他有点儿威胁的意味。

他在胡思乱想些什么东西？难道在他的心目中，她就是这种道德败坏的家伙吗？

不过，蒋意只从谢源的语气里听出几分佯怒——他似乎没有真的生气。

蒋意打量他，不可思议地说："你居然没有黑脸啊。"

她伸出手指戳了戳他的脸颊。

他不是很容易就会黑脸吗？他怎么今天脾气这么好？

谢源这下是真的有点儿不高兴了。他敲了一下她的脑袋，没好气地问她："你难道没有发觉，我已经很久没有露出黑脸了吗？"

有吗？蒋意回忆了一下——等等，好像确实是这样。

"为什么？"

因为她，笨蛋。谢源不想回答。

蒋意抓到他脸上一闪而过的表情："慢着，我感觉你刚刚有一瞬间又想要黑脸，是吧？"

他否认："没有。"

蒋意："明明就有！"

这架势眼看着马上要演变成小学生吵架，谢源及时刹住。行吧，她说有就有。

谢源把话题拉回正轨："你让我自己打车走？"

蒋意朝他露出一个漂亮的笑脸，多多少少有点儿心虚："行吗？"

他能说不行吗？谢源凉凉地说："我需要自己找酒店吗？"

这倒不用，蒋意自己有很多房子，其中有一套是她偶尔来S市时会住的公寓。

蒋意："不用，我待会儿把我家的地址发给你。对了，大门门锁的密码是我的生日。"

谢源听完顿时觉得有点儿牙痒：小坏蛋。她在B市不是还用他的生日作为密码吗？在S市怎么就变成她自己的生日了？她不会在S市真的还有另一个男朋友吧？

谢源把她的外套递给她。

蒋意接过，又朝他露齿笑着，主动抱住他的手臂，脸颊轻轻地蹭着他的肩膀："我就知道，我的男朋友最好啦！"

谢源哼了一声，勉勉强强吧，看在她这么可爱的分上。

他又指了指自己的脸颊："稍微收点儿精神损失费可以吗？"

当然可以。蒋意踮起脚，抱着他的脑袋，在他的嘴唇上重重地啄了一下。谢源果断地伸手按住她的脖颈,把这个吻变成唇舌交缠的热吻。

吻完,谢源变得很好说话,拍拍她的腰:"走吧。"

"拜拜,晚上见!"她甜甜地说。

"嗯。"谢源尽量控制着表情,不让她看见他脸上露出的好心情,但微微扬起的嘴角还是出卖了他,"有事给我打电话,知道吗?"

"嗯!"

蒋意走出通道。杜应景很快出现在她的视野里——他在等她。蒋意留意到蒋吉东没有出现。

"小姐,董事长在车上等您。"杜应景恭恭敬敬地说。

蒋意瞥了一眼杜应景的表情,见他一脸镇定自若,到了嘴边的话又被她咽了下去。

杜应景作为蒋吉东的助理,不可能不知道蒋吉东的病情吧?但是他此刻见到她,却没有主动告知她关于蒋吉东得胰腺癌的事情。

为什么?是蒋吉东要求的?那么杜应景也同样将蒋吉东的病情瞒着她的母亲赵宁语吗?

按照杜应景自己所说,赵家对他有知遇之恩,而且他自己这些年也一直在暗中接受赵宁语的指示做事。所以,他应该会告诉赵宁语吧。

蒋意皱起眉头。这会儿她隐隐意识到,如果想要掌握全局信息,到底需要费多少心思提前培植亲信、安插人手……而这种事情她光是想想就觉得头痛不止,恐怕却是赵宁语、蒋吉东这些生意人的生活常态。也许母亲告诫她远离生意场是一个非常正确的决定。

蒋吉东的迈巴赫停在外面。

杜应景上前替她拉开后排的车门。

蒋意看见了车里坐着的蒋吉东,上车后不着痕迹地打量他。

蒋吉东看着像个没事人。如果不是因为提前知道他的病情,她还真的会以为他的身体很健康。

他慈爱地抚了抚她的脑袋,然后用力握了一下她的肩膀,高兴的情绪溢于言表:"难得见到我们家小意这么主动回家看我。跟爸爸说说,是不是最近在外面惹了什么麻烦要找我给你撑腰啊?"

蒋意靠在真皮座椅上,扬唇笑了下,没露出什么多余的表情,还是像往常似的挽着蒋吉东的胳膊撒娇:"哪有?难道在爸爸的心目中,我就只会闯祸吗?我明明是一个很靠谱的孩子,别人都羡慕爸爸有我这个聪明又漂亮的小女儿，不是吗？"

她的手指微微收紧，她能够察觉到蒋吉东似乎比以前消瘦很多，但没拆穿他的身体状况。

蒋吉东"哈哈"笑了两声："这些话应该等着让别人夸你，你这孩子怎么还自己夸自己？"

话音未落，他突然有些气喘。他偏过头，握拳抵着脸咳嗽了两声。杜应景坐在前面的副驾驶座上，马上递过去一个保温杯。

蒋吉东的表情淡下来，他摆了摆手，示意杜应景把保温杯拿回去，自己这会儿不需要喝水。

蒋意却自然地从杜应景手里接过保温杯，把盖子拧开。

里面装的不是白水，而是泡了一些东西，闻着有一股淡淡的药味，但是气味又不至于像熬煎出来的中药那么浓烈。

蒋意把杯子放在蒋吉东手里。蒋吉东很听女儿的话，喝了两口，不像刚刚那么喘了，气息渐渐平顺下来。

然后他自己把盖子重新拧上，有些感慨地说："小意真的长大了。记得你小时候喝瓶装的饮料，每次都会抱着瓶子跑过来找我给你拧开。现在反过来变成你替爸爸拧盖子了。"他说起往事，眼神很柔软，兴致也很好，"你那会儿手小小的，两只手合起来才勉强拿稳瓶子。你从小就无法无天，那时候哪怕我在书房里开会、打电话，你连门都不敲，直接跑进来，把瓶子举高，说：'爸爸，帮我拧一下饮料好不好？'小意，你还记得吗？"

蒋意当然记得。那时候她还很小，蒋沉也还没有来到这个家里。如今她回想起来，觉得那段日子如同美梦一般，但也确实只是一场美梦而已。既然是梦，那就有醒来的时候。

车子开到蒋宅门口。

蒋意下车，蒋吉东却没有跟着一起下去："小意，我公司里还有事情要处理。晚上我们爷儿俩一块儿吃饭吧，我亲自下厨，你想吃什么？"

其实吃什么都无所谓，蒋意随口报了几个菜。

蒋吉东满口答应，还叮嘱杜应景，待会儿记得提醒他开完会早点儿走，他要去市场亲自买菜，然后回来做饭。

蒋意目送蒋吉东的迈巴赫渐渐驶远。

她心里说不上是什么感受，反正不太好。

包里的手机响了一下，是谢源发来的消息。

他用词很简练，只有两个字："地址。"

蒋意终于想起来自己没把公寓的位置发给谢源。一路上她都忘了这件事——低级错误。

她马上把地址发过去，然后让谢源不用等她一起吃晚饭，因为她晚上要和她爸一起吃饭。

谢源："好。"

蒋意盯着谢源前后两条微信看了一会儿。两条微信，加起来总共才三个字。她揣摩不出谢源的语气。她微微叹了一口气：她确实有点儿顾不上他，是不是应该哄哄他？

蒋意："别生气嘛。"

她都准备好接着给他发"对不起"三个字了。

谢源："没生气。"

谢源："真的没生气。"

谢源："我保证。"

蒋意看着对话窗口里迅速跳出来的几条消息，忍不住弯了弯嘴角，心情好像稍微轻松了一些。

蒋意："嗯，真乖！"

她发出这条消息后，谢源那边再无动静。她轻轻笑了一声，收起手机，往大门口走去。

晚餐，蒋吉东和他承诺的晚餐都没有出现。

家里的保姆阿姨给蒋意做了一桌子丰盛的菜肴，都是蒋意喜欢吃的。

"小姐——"

"阿姨，再等等。"蒋意没动筷子。

早前杜应景打过电话回来，这通电话是家里的管家接听的。杜应景说，蒋吉东临时多了一个会议，很重要，所以走不开，让蒋意先吃，不用等他。

她爸真的是因为要开会所以才赶不回来吗？蒋意才不相信呢。她已经不是那么好骗的小孩子了，在很久以前蒋吉东就骗不到她了。

应该是因为蒋吉东的身体出现了什么突发状况吧。蒋意这两天查过很多资料，有中文的，也有外文的，里面一些专业术语她看不懂，但是总有她能够看懂的内容。胰腺癌晚期患者应该老老实实地住进医院接受治疗，哪有病人像蒋吉东这样在外面乱跑的？

眼看着桌上的鱼汤一点点地凉下去，不再冒起白白的热气，蒋意等不下去，站起身："阿姨，你们先吃饭吧，我出去一趟。"

她到车库取车，然后一脚踩下油门驶出去。

她开车直接前往 S 市的美渡枫林国际医院，但是蒋吉东没在这家医院。她把车掉头开出去，在医院门口等着右转弯合流的时候，想起了父亲的老友张医生。

张医生在六院，蒋意马上把导航的目的地改到六院。她遇到了下班的晚高峰，一路走走停停，抵达医院的时候已经将近晚上八点。

蒋吉东会在六院吗？

蒋意打着转弯灯驶进医院。车子的前照灯照出前面窄窄的单行道，树影幢幢，交替投落在车里。她的心情始终蒙着一层阴云。

公立医院的停车位置向来很紧张，哪怕这个时候已经过了门诊的诊疗时间，医院的地面停车位仍然基本停满。

蒋意停下来，正准备问一声保安哪里还有空车位，忽然她的目光落在不远处花坛背面停着的那辆车上。

一辆黑色的迈巴赫，跟蒋吉东的那辆迈巴赫看着很像。

她踩油门开过去，然后看到了车牌号码，心里的那颗石头沉沉地砸下来——这就是下午蒋吉东去机场接她时坐的那辆迈巴赫，蒋吉东一定就在这里。

蒋意把车停在这辆迈巴赫后面，车头几乎贴着迈巴赫的车尾。她不管司机待会儿开不开得出来。

司机就等在车上。他通过后视镜看到后面忽然有一辆车停过来，靠得特别近，影响到他待会儿把车开出来。他正准备下车跟对方车主理论，却瞄到了后面这辆车的车牌号码，浑身一凛，再看驾驶座上坐着的那人，不就是他老板的女儿吗？

蒋意下车走过去，敲了敲迈巴赫驾驶座旁边的玻璃。

司机一时间甚至不敢开窗。

蒋意拉了拉车门把手，车门从里面锁着，她没拉开。

这会儿她已经脸色非常难看了："下来。"

司机战战兢兢地开门："小姐。"

蒋意："认得我吧？"

司机忙不迭地点头。

"我爸在几楼？"她指了下旁边的住院部大楼。

司机额头上有汗珠滚下来："我……我不清楚，您可以问一下杜助理。董事长来医院的事情，都……都是杜助理全程陪同的。"

司机没敢说漏嘴,这番话说得含含糊糊。

蒋意说"好",没有为难司机。她一边往台阶上走,一边给蒋吉东打电话,电话没人接。

她又给杜应景打电话,电话响了很久,杜应景才接起来。

"你们在几楼?"蒋意开门见山。

那边的人沉默了一下,没说话。但是这种反应不会让蒋意满意。

她这时已经走进住院部的大厅,上下扫了一眼楼层指示牌,随即冷笑了一声:"让我看看——高级住院病区,是从六楼到九楼。还好,总共也就四个楼层,哪怕我一层一层找,也不会花费太多时间,对吧,杜助理?"

杜应景让步:"七楼,712。"

蒋意上楼。

杜应景等在走廊上,蒋意径直走过去。

她看见病房门口挂的牌子——712病房。她正要伸手握住门把手进去的时候,杜应景挡了一下。

蒋意挑眉看他:什么意思?他要堵她?她人都已经走到这里了,他觉得他拦得住她吗?

杜应景解释说:"董事长刚刚打完止痛针,您可以等等再进去。董事长这会儿正在等止痛针起效,可能比较……疼。"

蒋意抿了抿嘴唇,问道:"多久了?"

杜应景:"……"

"我问你多久了!"

"从第一次诊断出来到现在,大概三个月。"

也就是说,蒋吉东的病是在今年九月份的时候查出来的。

蒋意一下子把所有的事情联系了起来:"所以那次他要我去做体检,体检的项目里面有那么多基因筛查的东西。"

"对……董事长他有点儿担心这病可能会遗传。张医生建议让家里的孩子去做一下基因筛查,可以排除一些遗传上的风险。"

蒋意望向紧闭的病房门:"为什么不告诉我?为什么我爸不告诉我,为什么你也没有跟我说?"

杜应景:"……"

他只会一言不发,可真是蒋吉东养的一条好狗。

"我妈呢?你有跟她汇报这件事情吗?"

杜应景沉默地点头。

行,他对赵宁语也很忠诚,唯独不把她放在眼里。

"我妈也让你帮着瞒我?"

杜应景:"赵总应该有她自己的考量,毕竟……"

蒋意对"毕竟"后面的内容毫无兴趣。她有点儿疲倦:"他们当我是什么?明年要参加高考的学生吗?他们觉得我没有知情权吗?觉得我承受不住吗?为什么要瞒着我?我爸他也瞒着蒋沉吗?蒋沉知道吗?"

杜应景:"据我所知,蒋沉目前也不清楚董事长的身体情况。"

蒋意眼神一点点地冷下来:"我爸他想干吗?他是不是觉得自己很伟大,瞒着这么大的事情不告诉我,不告诉蒋沉,要自己一个人去死吗?"

杜应景低下头。

"杜应景,把头抬起来。"

杜应景下意识地服从,对上蒋意的眼神。他在这张年轻的面孔上看到了蒋吉东和赵宁语融合起来的模样,不仅仅是长相,还有神态,以及那种在精神内核里的东西。他不由自主地想要躲闪开。

"他还有救吗?"蒋意其实已经很清楚胰腺癌晚期意味着什么,但是这会儿依然问出了这个问题。恐怕谁都很难在这个时候保持绝对理性。

杜应景:"张医生建议董事长可以去国外尝试一些新的治疗手段,或许可以延长生命,或许可以提高生活质量。"

他说得很委婉,但这些话无论多么委婉,表达的意思都是相同的——这个病没法儿治。就算蒋吉东去了国外接受治疗,延续生命的时长也只是一种可能性而已,甚至是一种微乎其微的可能性。

"但是董事长拒绝了。"

蒋吉东拒绝接受张医生提供的方案。

"那他现在在里面做什么?"蒋意直直地注视着病房门口。

"董事长在等止痛针起效——"杜应景又说了一遍,"前段时间吃止痛药已经没有什么效果了,所以现在他定期来医院打止痛针,这样会舒服点儿。"

"我可以进去了吗?"蒋意转头看着杜应景,咬紧了嘴唇。

杜应景默默地替她开门。

蒋意走向那扇打开的门。

她以为她走进去就要直面蒋吉东躺在病床上的样子,所以在门口停住脚步,做了一会儿心理建设。但是下定决心走进去后,她发现这间病房比她想象中的还要大——准确来说,这是一间套房,里面还有一个房间,蒋吉东应该就在里面。

这次蒋意没让杜应景为她开门,自己握住门把手,然后轻轻往下一压,门锁就开了。

她摁着门把手,把门推开。

蒋吉东循声望过去,以为会看到杜应景:"已经到时间了吗?但我还想坐一会儿——"

看见女儿出现在门口,他愣住了,这完全在他的意料之外。

蒋意走进去。

蒋吉东没有躺在病床上,而是坐在沙发上,手指搭在膝盖上,仍然是一副从容平和的模样,跟他平时的形象没什么差别,身上没有病气——难怪他能瞒住朝夕相处的儿子蒋沉。

蒋意声音险些颤抖:"疼吗?"

蒋吉东回答女儿:"不疼。"

他甚至朝她露出了一个温和的笑,带有安抚的意味。

他被女儿撞破了病情,与此同时,他的脸上稍微显出一点儿无所适从,一点儿羞赧。

记忆的闸门霎时打开,蒋意从童年的记忆里挖掘出来一些相似的片段。

她小时候,有一阵蒋吉东要戒烟,表面看着很有成效,她却抓到他站在围墙旁边偷偷抽烟,大叫"爸爸骗人"。那时候蒋吉东慌乱地摁灭指间的烟,脸上也露出过这副无所适从的模样。

二十年的时间过去,眼前的蒋吉东和她记忆里的爸爸重合起来。

蒋意低声说:"骗人。"她明明在顶嘴,眼睛里却有着悲伤。

蒋吉东轻轻地摸了摸蒋意的脑袋,像是在安慰她。他此刻流露出来的更多的是不舍,而非伤感。

"走吧,和爸爸回家。"他拍拍她的手背,然后收紧手指握了一下她的手,"爸爸回家给你做晚饭。"

东方家庭里的家长,当他们面对孩子却不知道该说什么的时候,往往就会开口提起吃饭。

司机把车开到医院附近的超市。

蒋吉东想亲自进去挑选食材。杜应景扭头想劝,可是又觉得自己肯定劝不住董事长。

蒋意开口:"让杜助理去买吧。爸爸,你需要买什么?"

只要蒋意开口，蒋吉东总会答应。于是蒋吉东同意留在车上休息，让杜应景进去替他买。

蒋意也跟着下了车，杜应景有点儿意外。蒋意却没看他，越过他径直往前走。车上的氛围对她而言太沉重，她想离开蒋吉东一个人待着。

"不用管我，"她告诉杜应景，"你只管去买东西。"

蒋意渐渐走远，在超市外面随便找了一条长椅坐下，也没介意旁边挨着垃圾桶。她摘掉围巾，然后从大衣口袋里摸出手机，没有马上滑开锁屏，只是把手机紧紧抓在手心里。

蒋意觉得自己的生活忽然变得很凌乱，而她向来不擅长收拾。

她很想给谢源打电话——这种时候她总是会尤其想念他。

她正在想他，他的电话下一秒就真的打过来了，这算是心有灵犀吗？

她垂眸盯着手机屏幕上的来电显示，心情一点点地明亮起来。

蒋意按下接听键，手机里传出谢源的声音。他不疾不徐地在电话里问她，大概什么时候回去，需不需要他过去接她。

蒋意知道，这就是谢源表达关心的方式，他喜欢使用这种实用主义的表达方式。但她不一样——她喜欢用更加直白的方式。

"谢源，我想你了——"她尾音软软地落下去，在冬天的夜里显得格外惹人怜爱，"我好想好想你现在能够抱抱我。"

这句话不是撩拨的时候随口一说的甜言蜜语，她是真的想要他现在就能抱抱她。她想要回到那种与他相拥热吻的体验里，仿佛如此才能令她得到疗愈——她太难受了。

谢源的心思一顿。

"你在哪儿？"他问。

"等等——"蒋意没想到他居然会这么说。他是……真的想要马上过来给她一个抱抱吗？她终于彻底地露出笑容。

"没事，你不用过来，我陪我爸吃完晚饭就回去了。"她声音又轻又柔，每一个音节都带着缱绻的情愫，"你要等我。"

谢源的喉结上下动了动，他说："好。"

蒋意挂了电话。

她唇角上扬，心情微微变好。

不一会儿，杜应景拎着一大袋东西走出来，停在离她不远处望着她，欲言又止。

蒋意站起身："走吧。"

她又一次径直走在他前面，上车。

车子驶进蒋宅。

蒋吉东进了家门以后就一头扎进厨房里。家里两位保姆阿姨站在两旁，脸上表情有几分不知所措。

蒋意在餐桌旁边坐下，朝两位保姆阿姨招招手，笑着说："阿姨，没事的，就让我爸做吧。不过，你们在旁边还是得帮忙盯着一些，别让我爸把手指切了，他明天上班还要坐在办公室里面签很多文件的。"

她明显在开玩笑。

蒋吉东在厨房里也能听见蒋意说话，探出头，笑呵呵地假装教训她："小意，你是觉得老爸每天在公司里不干别的正事，只需要负责做个签字的人，是吧？"

"哪有？我明明是在夸爸爸知人善任，公司里有很多能干的员工。有他们替爸爸分担工作，爸爸就可以多多休息，只做签字这一件事情就好啦！"

父亲和女儿之间的对话，乍一听让人感觉无比轻松，哪里能让人想起早些时候他们在医院病房里那个几乎如同对峙一般的场面？

蒋吉东背过身去，站在水槽前假装在洗手里的茄子，其实忍不住抬手擦了擦眼睛。他能够感觉出来，女儿确实已经长大了。换作是以前那个只会撒娇的小丫头，这会儿肯定仍然泪汪汪地瞪着他，大发脾气，控诉他为什么没有告诉她他的病情，为什么不肯尝试别的治疗方案。但是现在蒋意已经彻底控制住了情绪，像个没事人，甚至还能够俏皮地跟他开玩笑，顺便提醒他要注意身体，工作不要太操劳。

如果可以，蒋吉东希望蒋意永远都不必长大。可惜他这个老爸已经不能继续陪着他的小公主了，所以他的孩子还是快快长大吧。

父女俩吃过晚饭，已经将近九点半。蒋意说她今晚不在家里住："我回我自己的公寓住。"

不只是因为谢源在那里，还因为她不想和蒋吉东待在同一屋檐下。她还没想好要用怎样的态度来面对蒋吉东……

她需要在自己的空间里面厘清头绪。所以，她要离蒋吉东远远的。

蒋吉东开口留她，蒋意却坚定地摇摇头。

"那我让司机送你。"

蒋意还是拒绝："我自己开车走。爸，没事的。"

蒋吉东送她到大门口。蒋意坐在车里，降下车窗："爸爸，接下来的每一天，你都要过得开开心心的，好吗？"

蒋吉东点头说"好"，蒋意这才露出笑容。

蒋意把车开出去一段。

对向车道的灯光在她的脸上一晃而过，照出她沉默的表情。

从驶出蒋宅大门的那一刻开始，蒋意脸上就一直维持着这样的表情。她怎么会有笑容呢？笑容是她演给蒋吉东看的呀。

她往右侧变道，最后把车暂时停在路边。

她擦掉眼眶旁边的湿意，整个人一半麻木，一半疼痛。

她身上有一半她母亲的基因，有一半她父亲的基因。现在，是来自母亲的那一半在麻木吗？是来自父亲的那一半在疼痛吗？原来这颗心也可以一拆为二。明明她在很久以前就已经下定决心要把蒋吉东当作一个她非常讨厌的人，可是为什么现在还是会感到难过呢？他从来不觉得自己是一个心软的人，可是为什么还会流泪？这是不是意味着她的心肠还不够硬？

她想起母亲赵宁语——杜应景说，她的母亲知道蒋吉东的身体情况。所以，她的母亲是什么反应？

谢源环顾蒋意公寓的厨房，发现她家里的厨具永远都如此齐全，而且她只买最好的东西，但从来都不会使用它们。这些厨具在她家里就像是整套搭配好的装饰品，用来打造一个完美的、昂贵的厨房，简直是暴殄天物。

谢源在手机软件上下单了一些食材。

厨房的这些厨具上并没有积灰，大概是有人会定期过来打扫。

不过，以防万一，谢源还是打算把他可能会用到的厨具都再清洗一遍，能放洗碗机的就放洗碗机，不能放洗碗机的他手洗。他蹲下，把洗碗机设置好运转模式，然后手机响了，是付志清打来的电话。

谢源接起："喂。"

"谢神！"付志清那边的环境很吵，因此他跟谢源讲电话时下意识地提高音量，"你今天为什么没来我们 Query 的第一次全体聚餐？"

谢源没接话，而是快速地按了两下音量降低键。

付志清继续嚷嚷："虽然我跟你做不成合伙人，但你毕竟是我们 Query 排在前几席的股东。今天这么重要的日子，你怎么能不出席呢？我跟你讲，连伍育恒都特意空出时间来了，你这太让我伤心了！"

付志清的公司前段时间正式起航了，公司的名字叫 Query。谢源始终没答应跟付志清一块儿创业，但是往付志清的公司里面投了一笔钱。

对于 Query 这家公司致力于要做的事情而言，谢源投的这笔钱不算很多。不过在付志清看来，这就是来自谢神的认可。既然谢神愿意出钱投资他，肯定是因为谢神看好他正在做的事情。付志清当即感动不已。

谢源把炖锅放进水槽里，开了水龙头，淡淡地回答："没空，所以没去。以后这种事情也别找我，你只要别把我的钱赔光就行。"

付志清："你怎么这么忙啊？谢源，我跟你讲，这些大公司都太压榨劳动力了。我们一定要追求 work-life balance（工作与生活的平衡），你不能把每天的二十四个小时都奉献给老板。"

谢源很想提醒付志清：付志清此时此刻已经是一些人的老板，这话大可以留着去温暖他自己的员工。

谢源冷冷地笑了下，纠正付志清："我在陪女朋友。"

难道付志清觉得他像是那种没有情调的工作狂吗？

付志清一抖，就像路边的单身流浪狗走得好好的，忽然被恋爱疯子踹了一脚。话痨如他，此刻都无话可说了。

这时门铃响了，谢源说了声"再见"，然后果断地挂掉电话。

付志清在电话被挂断之前清晰地听见了谢源那边的这声门铃，认定谢源是去给女朋友开门了。

哼，有女朋友了不起吗？好像确实很了不起……付志清收起手机，很快就原谅了自己重色轻友的朋友谢源。毕竟，之前谢源在追求这位女朋友的过程中所经历的艰苦，他也还历历在目。

付志清转身融入 Query 公司这个新组建起来的大家庭。

谢源去开门。一个身穿考究西装的男人站在门外。那男人看见谢源，完全是一副见鬼的表情，很明显不是配送食材的外卖员。他比谢源更快地黑下脸："你哪位？"

谢源额头上的青筋"突突"地跳了两下，他莫名其妙地想起下午在机场里发生的对话。蒋意那时候信誓旦旦地怎么说的来着——她说她绝对没有脚踩两条船，那他眼前这个男的是谁？

门外，蒋沉第一反应是自己找错了地方。他抬头又看了一眼楼层号码——没错啊，这就是蒋意来 S 市时常常会住的公寓，那这会儿她家里这个男人是谁？

蒋沉的记忆立马回到好几个月之前。在 B 市，他同父异母的妹妹蒋意当时拒绝请他上楼坐坐，满脸都是嘲弄的冷笑，然后说她楼上的家里有男人在等她，不方便接待他。

蒋沉当时以为那只是蒋意随口找的借口。不过，根据他此时此刻的眼前所见，恐怕那个时候蒋意没找借口，而是确有其事——这不就是有一个活生生的男人在她家里吗？

蒋沉立马多看了谢源两眼——原来蒋意喜欢这种类型的啊。

还好，至少这男的整整齐齐穿着衣服，脖子上面也没什么可疑的痕迹。要不然，蒋沉觉得这个场面着实会有一点儿尴尬。

谢源面无表情："你找谁？"

蒋沉回答："我找蒋意。"

谢源目光冷冷地扫过蒋沉的面孔："这里没有你找的人。"

他准备关门。

蒋沉伸手按住门框。

谢源淡淡地瞥了一眼蒋沉按在门框上的手指，脸上写着不爽，逐客的意思很明确。

蒋沉掀唇笑了笑："别误会。我是蒋意的哥哥，我叫蒋沉。"

他仿佛这会儿刚刚想起来要做自我介绍，其实明摆着就是故意的。

谢源没笑，漫不经心地"嗯"了一声，也没给蒋沉面子。

原来是蒋意的哥哥。

这是谢源第一次见到蒋意家里的人。

谢源记得，蒋意以前提过一句，她并不喜欢她的哥哥，他们两个人之间的关系很差劲。除非蒋意还有别的哥哥，否则她讨厌的那位指的应该就是眼前的这个西装男。

谢源没打算跟蒋沉多说什么。按照蒋意的性格，谢源想也想得到，既然她不喜欢她哥，那么如果他跟她哥多说了几句话，恐怕在她看来就等同于犯了十恶不赦的罪。

她的原话是怎么说的来着？他是她的男朋友，所以与她同仇敌忾属于是最基本的义务。

谢源没给蒋沉任何优待，脸上没有表情的时候显得有点儿凶："她不在家里，你现在可以走了。"

谢源说完就关门，让蒋沉吃了一个闭门羹。

什么玩意儿？蒋沉简直不敢相信，蒋意找了个什么样的男人啊，这个男人居然就这么当着他的面直接把门给关上了。

他马上猜测，蒋意和这个男人多半不是认真谈恋爱的关系，否则哪有人会这样不把女朋友的哥哥放在眼里？

蒋意在公寓楼下遇见了蒋沉。

她的车往里开，蒋沉的车往外开，两辆车险些在公寓楼下撞上。蒋意下意识地猛然重踩刹车，整个人随着惯性往前一顿，然后又被安全带牢牢地固定在座位上。

她想骂人。

两辆车的前照灯都特别亮，把对方车子的驾驶室照得如同白昼一般。她看见那辆车里坐着蒋沉。

他来她这儿干什么？真是倒胃口。

蒋意没理睬蒋沉，径自挂倒车挡，把车往后面倒了倒调整位置，然后重新挂 D 挡，眼眸微抬，眼里闪过一道寒凛的光。

蒋沉立马打方向盘欲躲，但是他的反应慢了很多。

蒋意一脚油门踩下去，她这辆车子性能好，即刻像飞箭似的往前，她的车身几乎贴着蒋沉的车驶过去。

蒋沉心脏狂跳，握着方向盘，出了一手心的冷汗。

其实蒋意开车很有分寸，从来不拿自己的性命开玩笑，但是蒋沉禁不住她吓唬——谁让她眼里那一瞬间迸发出来的狠劲是那么逼真。

蒋意把车停在楼下，开门下车。

蒋沉心一横，今天一定要跟她说上话，于是也跟着下车追上来。

蒋意倒是罕见地愿意停下来跟他说句话。她瞥了一眼他的腿，似笑非笑："还不错，稍微有点儿出息嘛。我以为你会被吓得跟软脚虾似的，站都站不稳呢，哥哥。"

她难得叫他"哥哥"，像在嘲弄他。

蒋沉想说让她以后不要这样开车，很危险。不过，他一想也知道，蒋意肯定觉得他没资格管教她——她从来没把他当成过哥哥。

而且，他今天过来是因为有求于她，实在没必要开口就把她得罪了。

"有事就说。"蒋意淡淡地说。

蒋沉在来之前就已经做过心理建设，但是此时此刻他的内心仍然感到一阵紧张——他有点儿耻辱。

他把手里的牛皮纸袋递给蒋意。蒋意却没接，冷冷地等他的下文。他

305

只好就这么往前伸着手,不好收回来,简单地概括了一下目前的状况:"公司的项目暂时出现了流动性风险,因此被迫停下来等待资金回笼。但是,新政策落地留给我们的窗口期很短,如果没能及时收回——"

蒋意打断他:"说重点。"

蒋沉急于说服她:"爸之前给过你公司的股票,不是吗?如果公司的股价下跌,对你也没有好处,不是吗?所以,能不能请你出面——"

他的声音再一次被蒋意提高的音量盖过,她说:"爸给我的股票,好几年前我就已经卖了,当时的价格很不错呢。"蒋意摊手,一脸无辜,"抱歉,我帮不到你呢。"

这些年蒋吉东陆陆续续把一些股份转给蒋意,但是这些股票到了蒋意的名下之后,都被赵宁语安排给她的律师在合适的时机抛售了。所以,蒋意还真的不是蒋沉的利益共同体。

蒋沉没有预料到蒋意会这么说。

蒋意欲走,蒋沉拦住她。他比她高出一个头还要多,偏偏这个时候气势比她矮了一大截。

他一咬牙,索性直截了当地说:"小意,你能不能请宗明董出面?项目上的流动性风险,如果老爷子肯帮忙的话——"

宗明董指的是蒋意的外祖父——信盛投资的董事长,赵宗明。

蒋意简直觉得蒋沉在胡言乱语:"你的脑子是坏掉了吗?"

她怎么可能会为了蒋家的公司而去找她的外祖父帮忙?

蒋沉被她贬损得脸色发白,半天才憋出一句:"你也是蒋家人。"

这话他说得毫无底气。

"哥哥,你也是蒋家人啊。"蒋意换上一副温和的笑容,轻声问,"凭什么你这个姓蒋的在败家,而我这个姓蒋的要替你收拾烂摊子呢?"

她脸上的肌肉在笑,眼睛却很冷。

"蒋意——"蒋沉试图进行最后的挣扎,"你哪怕看在爸爸的面子上,也不愿意出手帮忙吗?你明明知道,公司倾注了父亲这辈子的心血。"

蒋意无奈地摇了摇头,勾起嘴角,不想再继续听下去,翻来覆去都是废话。

蒋沉把话说到这个份儿上,已经算是在道德绑架她了吧。

"是你在闯祸,是你导致项目陷入了流动性风险,是你在糟蹋爸爸这辈子的心血。"蒋意一字一字地纠正他,"你怎么能怪我呢?我兢兢业业,每天朝九晚五,偶尔加班,是一个再普通不过的打工人。爸爸每次都夸我聪明努力。"

蒋沉咬紧牙关：她是在扮猪吃老虎吧，一定是这样的。

她成年以后，父亲这些年最起码给了她市值相当于一亿五千万元的公司股票，她现在却说她是一个普普通通的打工人。

"父亲那么疼爱你，无论我怎么做，在他眼里，你永远是他最喜欢的孩子。哪怕你刁蛮骄横，哪怕你从来都不为他分忧，哪怕你根本就是恨死他当年带回我这个儿子，你明明有这么多的问题，可是他全部都视若无睹。

"即便这样，你也仍然丝毫都不在意他的感受。

"还有现在待在你家里的那个男人，你其实也根本就不爱他吧？"

"蒋意，这个世界上真的还有你在意的人吗？"

"你在意你妈吗？"

蒋意难得有耐心听完蒋沉的一条条控诉，微微扬着唇角，竟然没有半点儿生气的感觉，连她都讶异于自己此刻的好脾气。

蒋沉觉得她完全不在意蒋吉东，她倒希望自己真的能够做到这么心狠，这么优秀。

她轻笑一声："你如果觉得我是这样的人，那么就应该知道，今天你来求我，注定是做无用功。"她离开前说，"蒋沉，我依然还是这句话——爸爸让你参与公司的经营，我不跟你争这个。所以，公司发展得好归功于你，发展得不好也归功于你，但愿你能守得住爸爸的心血。"

蒋沉的眼神骤然一变。此时此刻，他似乎才刚刚明白过来，蒋意一直以来都挂在嘴边的"不跟他抢"究竟是什么意思。

她拿着父亲给她的股票，早已高位离场，而他在公司里坐着高级管理层的岗位，面临的却有可能是项目的全面失败。如果这样，父亲应该会对他很失望吧。多做多错，不做不错……蒋沉忽然觉得自己像一个笑话。

蒋意没有再管蒋沉，沿着公寓前面的花圃慢悠悠地绕过去，把蒋沉扔在身后。

她没想到他居然会露出一副一蹶不振的模样——他原来是这么脆弱的人吗？她懒得去了解他的性格。

她想起来不久之前闺密屠令宜跟她提过一句的事情。屠令宜说，蒋沉手上做的几笔投资好像接连失利。不知道刚才蒋沉提到的项目出现流动性风险，跟他那几笔失败的投资是否有关系。

蒋意其实隐隐能够察觉到，母亲赵宁语的目光似乎一直落在蒋家的生意上。

这些年赵宁语在国外的生意做得非常成功，她其实完全不用理会国内蒋家的生意。无论是她三令五申不许蒋意碰蒋家的生意，还是安排律师尽快出售蒋意手上持有的股票，都指向一种可能性，就是她也许会插手打压蒋家的生意。结合她已经知道蒋吉东的病情——蒋沉遇到的流动性风险，会跟她有关吗？

蒋意经过花圃，抬头看见谢源站在公寓楼底的屋檐下面——他怎么下来了？

蒋意的眉眼一点点地柔和下来，也一点点地生动起来，她仿佛一下子距离蒋家那些庞大又烦琐的事情特别遥远，眼中盈着浅浅的甜意。

"你怎么在这里呀？"她走上台阶，自然而然地把身子倚进他的怀里。

谢源伸手替她把围巾拉正："刚刚你哥上楼敲门找你。我记得你讨厌他，怕你被他欺负。"

所以他下楼等她。

蒋意踮脚搂住他的脖子。原来他已经见过蒋沉了。

蒋意用鼻音撒娇："他是不是特别讨厌，就跟我描述得一模一样？"

谢源揽住她的腰，低低地"嗯"了一声。他其实有心事，但是没让蒋意看出来。

他该不该告诉她，他刚才站在这里，无意听见她和她哥哥之间的对话？尤其是那两句话——

"还有现在待在你家里的那个男人，你其实也根本就不爱他吧？"

"蒋意，这个世界上真的还有你在意的人吗？"

蒋意当时没有正面回答蒋沉。

谢源不想拿同样的话再来向她问一遍。虽然他很想知道她真实的答案，非常非常想知道，想得快要疯了。

蒋意抬头专注地看着谢源，用手指摸索着前进，直到与他十指相扣，然后朝他笑了下。时间的流速仿佛放缓了。

谢源将她的手掌包裹住，两个问题的答案好像没有那么重要了。

她在他的怀里，只要他不放开她，她就不会离开他，不是吗？

他垂眸，静静地看着她干净的眼睛。

她并不知道他在想什么，但那没关系。

"谢源，你不用担心我。"她露出骄傲的神情，像小孩子在期待表扬，"我跟我讨厌的哥哥搏斗，从来没有输过。"她着重强调自己的不败战绩。

谢源的手抚上她的后脑勺儿。

他知道——他刚才并没有亲眼看见她搏斗的模样，但听到了她的声音——那声音既坚决又冷静，里面表现出的力量都完全不像她了。

从认识蒋意开始，谢源就觉得她有十足的公主病，可是现在看起来，好像事实并非如此。他以为自己很了解她，其实没有。在她的性格里面有一些更为坚强的属性，不同于她表面有公主病的样子。这是好事，哪怕她可能会因此而没有那么依赖他。他尽量压下心里那种像是受到冷落的感觉，拉过她的手，揣进自己的外套口袋里面。

蒋意随他上楼。这明明是她的公寓，她却让谢源按密码开门——还好，至少此刻她还是一个做什么事情都喜欢依赖他的"公主"。

谢源乖乖输密码的时候，蒋意开始叙述一个冗长的故事："那个哥哥，他和我同父异母，叫蒋沉。在很长一段时间里，我讨厌他，每一年的生日那天我都只许一个生日愿望——希望他可以立刻从我的世界里消失，再也不要出现。谢源，你知道吗？我家里超级有钱的。"

谢源扭头看她，她的脸上一副"不要觉得我在胡说八道"的表情。

与此同时，他把大门打开了。

蒋意走进去，一边脱鞋一边继续说下去："我爸我妈因生意联姻，没有感情基础。据说一开始他们没打算生一个共同的孩子，而是达成了共识——等着各自羽翼丰满，然后就对这桩由父母促成的包办婚姻说'不'。但是两个人相处久了，居然也能产生真实的感情——有人管这叫先婚后爱，对吧？他们相爱了，然后就有了我。小时候我真的过得很幸福，可能很难找到一个小朋友童年能够过得比我还幸福。

"我八岁那年，我爸把蒋沉带回了家。蒋沉比我大五岁，他出生的时候——"蒋意停顿了一下，"不对，这样说不够准确。应该说，他还在他妈妈肚子里的时候，我爸我妈就已经结婚了。

"虽然那个时候我爸我妈还没有相爱，还处在那段所谓的'互不干涉彼此私生活'的自由时间里面，但这件事情一下子变得非常恶心。你能明白吗？谁都能给自己找到理由。当我爸妈身边的人试图参与进来、帮忙修复这段婚姻的时候，一些人觉得我爸做错了，而另一些人觉得我爸没有做错。

"我爸认为自己做错了，但他说他不想离婚。他跟我妈说，他一直不知道自己在外面有这个儿子。蒋沉的妈妈直到病得快死了，才辗转托人告诉他蒋沉的存在。他还跟我妈说，他当时做了保护措施。"

蒋意把情绪压在眼底："你看，男人为了不离婚，什么话都能说得出口。我妈不想继续牵扯在这些恶心的事情里面，所以坚持离婚。"

向谢源叙述这个故事的同时,蒋意觉得自己像是又一次被拉回到十几年前,再次经历那个状似普通的早晨。

那天,赵宁语难得出现在蒋家的别墅里,提出这天由她送蒋意去学校。蒋吉东当然不会拒绝她。

蒋意记得自己很高兴,因为她已经有好几天没有见过妈妈了。

"我以为妈妈肯定会争取我的抚养权。"

但是在车上,赵宁语一边给她梳麻花辫,一边平静地说:"蒋意,你以后跟你爸爸生活好吗?我没有精力照顾你。"

谢源沉默地凝视着蒋意,她轻轻地眨了眨眼睛,这次没有流眼泪。

"所以,我主动提出说要跟爸爸。我爸并不知道这背后的缘由,不知道其实我当时很想跟着妈妈。

"我妈跟我是这样说的,但又授意她的律师在整个离婚谈判的过程中始终强调,她要我的抚养权。这是她给我爸设的圈套,我爸以为她放不下我,以为他只要能留住我的抚养权,就还能有机会和我妈重新开始。"

谢源将她拉入怀里。

她抬眸看着他:"所以我最讨厌什么先婚后爱的桥段了。要我说,师姐就不应该跟凌聿学长结婚!"

谢源猝不及防,没预料到蒋意会突然岔开话题说到景孟瑶和凌聿的事情。他用食指点点她的额头,提醒她不要跑题。蒋意却把他的手指拽过去,毫不犹豫地咬了一口。

她咬得很重,但谢源面不改色。他抽了一张纸巾,把指尖的水痕擦掉,又拍拍她的腰,示意她可以躺下来,把脑袋枕在他的腿上。

他觉得,此时此刻无论他做什么,都很难带给她真正的安慰和疗愈。但是他仍然想要为她做些什么。

他用手缓缓地抚上她的额头,轻轻地按着,从额头开始一点点往后,手指没入她的发间,试图为她缓解紧张的情绪。姥爷常常会这样照顾姥姥,满头花白的老人如此相濡以沫,这是具象的爱情。

谢源按了一会儿。

蒋意感受到一阵阵熨帖的暖流,由他手指落下的位置传进她的大脑神经,很舒服。她的眼里渐渐蓄起酸涩感,她扭头埋进他的怀里。

"谢源,你可以偶尔叫我'宝贝'吗?"她轻声提出请求。

谢源低头看她。

宝贝——当然可以。他曾经以为他不会用这种称谓来称呼自己的另一半，而当一个具象的爱人来到他的面前，这些所谓的原则又很容易抛弃。

蒋意圈住他的手指，握在自己的手里，垂下眼睛："我知道，对你来说可能这样太肉麻了，但是这对我很重要。"此刻她似乎格外善解人意，"我想听你这样叫我。特别是在你每一次把我紧紧抱在怀里的时候，我想听到你叫我'宝贝'。就像我真的是你的宝贝，多少钱都不换的那种。在这个世界上，可能只有你有资格叫我'宝贝'了。"

谢源忍住想要立刻叫她"宝贝"的冲动，问她为什么这么说，为什么只有他可以叫她"宝贝"。

"因为我爱你，而你也爱我。"蒋意认真地说，"我想遍了身边最亲近的人，好像真的只有你符合这个条件。我爸也许爱我，但我不爱他。我爱我的妈妈，但她可能没有那么爱我。只有你，我爱你，而你也爱我。"

我爱你，而你也爱我。

谢源从没听过这样的情话，他的心底闪过一丝丝妄念——这一刻，他真的很想彻底把她变成自己的，哪怕这么做违反了他从小到大接受的教育和他认可的价值观。她不知道她说的话能够让他瞬间产生多少满足感，又随即催生了怎样无底的贪欲。

谢源将手臂置于她的身后，揽起她的腰，摩挲着她的唇。眼里的情愫浓重得像雾，可他迟迟没有吻下去。他比她清楚，如果此刻他俯身吻了她，那么今晚恐怕不只是一个吻或者很多个吻就能结束的。

他想要，但更希望这件事情能够自然而然地发生在未来不明的时候。

谢源俯身抱住她，抱得很紧，仿佛想要把她揉进血肉里面。

"蒋意。"他嗓音微哑，烙在她的耳边，"意意……宝贝。"

他第一次如此亲昵地唤她。

他们就这么亲密地相拥着，在客厅的沙发上面分享一张毛毯。沙发非常宽敞，但他们偏偏挤在一起，紧挨着。蒋意把脑袋枕在谢源的怀里。她已经很困了，连眼睛都快要睁不开了，但是依然有好多好多话想要告诉他。

她的家人是她的人生里面没有办法割掉的一个部分。他们甚至不像阑尾，在造成麻烦的时候她就能请医生动手术割掉。她必须与他们永远地纠缠在一起，直到生死将他们分离。她希望谢源知道，他选择的她有怎样的过去，而这些过去可能怎样影响他们的未来。

"我这次回来，是因为我爸确诊了胰腺癌晚期。"

谢源是医生家庭的孩子，当然清楚"胰腺癌晚期"几个字意味着什么。

而这件事情发生在蒋意的父亲的身上，蒋意用"他也许爱我，但我不爱他"这样的语句来描述她的父亲。

"我有一点点难过。"她伸出大拇指和食指，捏起来比画了一下。然后她默默地又把大拇指和食指之间的距离放宽一点点，再放宽一点点，直到索性把手指完全放开："好吧，我承认，其实我很难过。我很讨厌我自己。我想要无动于衷，想要站在那里冷眼看他……但是我做不到。

"谢源，你知道吗？今天晚上，我爸很频繁地咳嗽。我查过资料，这个症状说明癌细胞可能已经转移到肺部，他没有多少时间可以活了。我没有那种幼稚的想法，觉得他一定要活着赎罪，不能死——人都是会死的。如果他死了，我就能够彻底跟蒋家摆脱关系，这辈子都可以不再回来，能够真的有机会去治愈我不幸的童年。但我不想他死。"

谢源一直没说话，静静地听她叙述。

蒋意说完，低下了头。过了很久她都没有听见谢源说话，于是撑起胳膊稍微坐起来一点儿，然后看到他沉着脸，抿着嘴唇，一副严肃的模样——他看起来比她更加在乎这件事情。

蒋意轻轻弯了弯眉眼，整个人扑在他的肩膀上面，伸手捏住他的嘴巴，拇指按住他的嘴角用力地往上推，给他在脸上摆弄出一个强行的笑容。

"谢源——"她娇嗔道，"我把这些事情告诉你，不是要让你陪我一起难过的。"

谢源低低地应了一声。

"我是想让你能够偶尔提醒我一下，不要太心软，尤其不要对蒋吉东太心软。"

谢源仰头看她，感到心疼。他说了声"好"。他其实很想告诉她，就算她会心软也没关系，这都是人之常情。他只希望她能够开心。

蒋意重新倚进他的怀里，磨磨蹭蹭地玩着他的手指。

谢源感到困意一阵阵地涌来，由着她把他的手掌翻来覆去地又捏又摸。过了一会儿，他手里没有动静了。他垂眸往下看，蒋意已经安静地睡着了，小拇指停在他掌心的纹路上面。

她很棒，哪怕经历了很多难过的事情也依然好好地长大了，他为她感到骄傲。

蒋意被一阵手机振动的动静吵醒。她动了动手指，凭着本能去摸索那个烦人的手机。她将手掌伸进毛毯底下，触碰到身边贴着的热源，没来得及有什么动作，手腕猛地被按住。

谢源防守及时，低头沉沉地看她一眼。

蒋意发出声音："是谁的手机在响呀？"

谢源的手机在响，是付志清打来的电话——早晨五点四十分，付志清还真会挑时间。

谢源把电话挂断，又把手机调成勿扰模式。

付志清锲而不舍地继续往他的手机上打电话，有一种必须把电话打通的势头。

谢源掀开毛毯，准备换个地方接电话，打算接完这通电话就把付志清拉黑。

蒋意抱住他的腰，脸颊慢吞吞地蹭过来，像小猫似的，本能地遵循肌肉记忆跟他撒娇："外面好冷的，你别出去了。"她说，"你就在这里接电话吧，不会吵到我的。"

她的眼睛微微睁开一点儿，睫毛上挂着一点儿柔柔的雾气。她对他露出一个狡黠的笑容，嗓音还没彻底醒来，甜甜的："除非这是什么见不得人的电话。"

谢源失笑。他哪里有什么见不得人的电话？她这是在给他设陷阱呢。看起来她今天心情不错，没有昨晚那股小可怜的劲了。

他俯身捏住她的鼻子以示惩罚，她气呼呼地仰头乱咬。

谢源接起电话。

付志清一大早打电话是想要搬救兵。Query 公司的在线模型库从凌晨三点开始出现大量错误信息，疑似遭遇大规模网络攻击。运维工程师发现了这个情况并且马上试图处理，但很快就意识到他们恐怕没有能力解决，所以立刻打电话向付志清汇报。

付志清从睡梦中骤然清醒，火急火燎地从床上跳起来。他在电脑前面蹲了半个小时，同时在元老骨干群里面薅人起来帮忙，都快把屏幕盯穿了，但是仍然没有找到问题出在哪里。

他只好去找谢源。吵醒了谢源，付志清已经准备好接受狂风暴雨的轰炸，但哪怕挨骂都得打这通电话："抱歉抱歉，谢神，我知道这会儿实在太早了。但是事关公司的模型库，真的火烧眉毛、十万火急，你能不能帮忙一块儿看下问题？"

付志清小心翼翼地一口气说完，然后等谢源开口骂人。

谢源确实想骂人，但深吸一口气，忍住了——算了，蒋意还要睡觉呢。

他将手掌落在蒋意的脑袋上面，有一下没一下地安抚着。他知道这样哄她入睡最快，而且也挺喜欢像这样摸她的脑袋，她的后脑勺儿实在特别圆、特别漂亮，能够让他已经积攒到顶的起床气慢慢消解。

谢源告诉付志清："我现在不在 B 市，你给我描述一下大致的情况，我帮你想想。"

付志清简直不敢相信自己的耳朵——没有骂人，只有平和的言辞，谢源什么时候变得这么好说话了？太阳这是从西边出来了？不对，今天的太阳还没出来呢。

付志清把遇到的问题迅速地描述了一遍。

蒋意没睡着，抬起脑袋望着谢源，看到他的下巴上面冒出一层青青的胡楂儿。说实话，这很吸引她，这是另一种模样的谢源。此时他沉着脸听付志清讲话，表情严肃，眉眼之间微微透出一股成熟又性感的气质，好像已经不再是刚刚走出校园的青年。她想象他在这样的清晨深埋在她的颈窝里面，低哑着嗓音跟她说私密的情话，想想就觉得很绝。

她微微撑着上半身想要起来。

谢源对上蒋意的眼睛，感觉自己能看穿她脑袋里面装着的想法。他按下她的腰，眼神抚过她的脊背，示意她乖乖的，不要乱动。

蒋意难得听话，自觉地和他保持距离。

客厅里面很安静，电话的语音质量也很高，所以付志清的声音很清晰，足够让蒋意和谢源两个人都听见。

付志清说完最重要的部分，然后开始讲从最初运维人员发现问题到现在的这两个小时里面，他们都做了哪些事情。

但是这些内容不重要。蒋意拉了一下谢源的手指，小声问："你为什么没有骂他？他吵到了我们睡觉啊，而且你不是有起床气吗？"

谢源反过来捏住她的手指。

付志清在电话那头瞬间思维呆滞了。他听见手机里面传出女人说话的声音——一大清早，谢源的身边有一个姑娘。

付志清后知后觉：他是不是打扰到谢源办正经事了？

他噤声了，默默地在心里敲木鱼赎罪，心想：这下完蛋了……

谢源拍了拍蒋意的后背，示意她乖乖闭眼睡觉，然后留意到付志清那边突然没声了："继续说下去啊，怎么不说了？"

付志清感觉谢源马上要发飙了："算了。谢神，你……你要是不方便的话，我……我自己再想想办法吧。"付志清退缩了，觉得有点儿委屈。

谢源马上明白，付志清是听见蒋意说话的声音了，顿时觉得有点儿好笑,又有点儿无奈。谢源扫了蒋意一眼,好像在说:你看,把人家给弄自闭了吧?

蒋意坐起来,轻哼一声。她又不是故意的,是他的朋友自己想多了。

蒋意试图证明自己没有在捣乱,一本正经地问谢源:"他们是不是遇到FDIA攻击(虚假数据注入攻击)了?"她刚刚听到了付志清描述的情况。

她说话的声音不大不小,刚好够付志清在电话那边听得清清楚楚。

FDIA攻击,付志清他们排除原因的时候考虑过这种可能性。不过付志清和运维组的人都觉得,目前的错误信息里面反映的模式特征不符合FDIA攻击的常规特点,所以没继续往这方面想。

蒋意说:"我之前看到过使用隐匿手段来隐藏FDIA攻击的方法,这种方法会让服务端无法识别攻击类别,从而使攻击绕过检测安防。你应该还有印象吧?"

谢源点头。蒋意曾经把那篇论文发给他看过,他记得里面的细节。他也觉得蒋意的想法应该是对的,便告诉付志清:"你给我开一个端口权限,我上去试一下。"

付志清说"好"。

谢源想起什么,又对付志清补充道:"别用公司的邮箱地址发。"

付志清很快把端口权限给了谢源。

谢源挂了电话。他这次来S市只带着自己的工作电脑,便看向蒋意:"你这儿有电脑吗?要私人电脑。"

蒋意白了他一眼。废话,她当然有了。她也是靠这个吃饭的,怎么可能会没有?她翻出来一台几乎全新的顶配笔记本电脑,处理器芯片是去年发布的新款。

谢源马上开始处理Query公司那边遇到的麻烦事。

十五分钟之后,谢源锁定了错误,马上给付志清打电话。他远程能做的事情并不多,主要还是得靠他们在B市那边的人手处理这个问题。

付志清咬牙,哪怕讨人嫌也勇敢地问:"谢神,你什么时候能回来?"

谢源看了一眼洗手间,蒋意正站在镜子前面洗漱。

"我暂时不回去。"他说,"我这边有些事情。"

付志清怏怏地说了声"好",又跟谢源道谢:"等你回来,我一定请你和你家里那位吃饭。"

谢源:"她叫蒋意。"

付志清一下子没反应过来:"什么?"

谢源耐心地重复一遍："我的女朋友，她叫蒋意。"

付志清连忙"哦"了两声："好，你和蒋意回 B 市，我请你们吃饭。"

谢源"嗯"了一声。

蒋意刷完牙洗完脸，整张脸白白净净的，但是眼皮和脸颊看起来都有点儿肿，可能是因为昨天蒋吉东的事情让她掉过眼泪，浮肿现在还没消下去。谢源说他觉得她这样挺可爱的，她不满地瞪他："哪里可爱了？"

"那我给你切两个黄瓜片敷眼睛？"

蒋意直接将一个抱枕丢过去，马上敷了一张面膜救急。

谢源过去洗漱，蒋意就坐在旁边的台子上面。谢源看着她毛茸茸的兔耳拖鞋，白皙的脚晃呀晃。

她用手指按着眼眶消肿，忽然说："我们待会儿就回 B 市吧。"

谢源含着一口牙膏沫抬头看她，有点儿疑惑：她不想留在这里陪她的父亲吗？他以为她肯定不舍得走了。

蒋意认真地说："我们回 B 市吧，你的朋友需要你帮忙，而且我也不想留在这里了。"

谢源注视着蒋意的脸，可惜她的脸上敷着面膜，他看不到面膜下面她的表情。

这是她经过深思熟虑做出的决定吗？谢源不希望她草率地对待这件事情。

说得难听一点儿，胰腺癌晚期，人可能说没就没了。如果真的发生了一些诸如此类的事情，蒋意以后回想起来会后悔吗？

后悔的情绪往往会引起更大的难过。

蒋意像是猜到了谢源在想什么，摘下脸上的面膜纸，露出脸庞，脸上写着坚定："我想清楚了，我们回 B 市，我不要留在这里，我要回去工作。"

谢源迅速漱口，然后还想说点儿什么，但蒋意伸手捏住他的上下嘴唇，手动给他"闭麦"。

"我们说好的！"她微微噘起嘴，"你要负责监督我，提醒我不要太心软。"

谢源无声地叹息，说了声"好"，然后揽住她的腰，把她从洗手台上面抱下来，拍拍她的腰："我去订机票，你去换衣服。"